Independence का हिंदी अनुवाद

आज़ादी

चित्रा बैनर्जी दिवाकरुणी की अन्य पुस्तकें

द फ़ॉरेस्ट ऑफ़ एंचांटमेंट्स

द लास्ट क्वीन

आज़ादी

चित्रा
बैनर्जी
दिवाकरुणी

अनुवाद

नवेद अकबर

हार्पर
हिन्दी

प्रथम प्रकाशन 2022

हार्पर हिन्दी
(हार्परकॉलिंस पब्लिशर्स इंडिया) द्वारा प्रकाशित 2024
बिल्डिंग नं. 10, टावर A, 4th फ्लोर,
डीएलएफ साइबर सिटी, फेज II, गुरुग्राम 122002, भारत
www.harpercollins.co.in

P-ISBN: 9789356998056
E-ISBN: 9789356996489

टाइपसेटिंग : निओ साफ्टवेयर कन्सलटैंट्स, प्रयागराज (इलाहाबाद)
मुद्रक : थॉम्सन प्रेस (इंडिया) लि.

मेरे दादा, निबारन चंद्र घोष, और

मेरी मां, तातिनी बैनर्जी के लिए,

जिन्होंने मुझे आज़ादी का मतलब समझाया,

और

मेरी ज़िंदगी के तीन पुरुष, मूर्ति, आनंद और अभय के लिए,

जो मुझे हर रोज़ प्रेम सिखाते हैं

ऐसी कई कहानियां हैं जो काग़ज़ पर नहीं लिखी होतीं; वो औरतों के दिमाग़ों और जिस्मों पर लिखी होती हैं।

अमृता प्रीतम

विषय-सूची

भाग एक

अगस्त 1946

1

भाग दो

अगस्त-अक्टूबर 1946

61

भाग तीन

अक्टूबर-दिसंबर 1946

111

भाग चार

मार्च-नवंबर 1947

173

भाग पांच

नवंबर-फ़रवरी 1948

253

उपसंहार

1954

315

आभार

323

आज़ादी का साउंडट्रैक सुनें। ऐसे गानों की सूची जिन्होंने स्वतंत्रता आंदोलन को प्रेरित किया।

भाग एक

अगस्त 1946

यहां चांदी की महीन माला जैसी एक नदी है, यहां एक गांव है जिसकी सीमाओं पर धान के हरे-सुनहरे खेत हैं, यहां मीठे पानी की महक वाली हवा है, यहां एक आलीशान पुरानी हवेली में संगमरमर की बालकनी है, जिसके लोहे के फाटकों पर पहरेदार मौजूद हैं और नौकर लज़ीज़ खानों की थालियां सीढ़ियों से ऊपर ले जा रहे हैं, यहां सागौन की नक़्क़ाशीदार कुर्सियों पर एक आदमी और एक औरत बैठे हैं। यहां वो देश है जिसमें ये सबकुछ है।

ये नदी सरसी है, ये गांव बंगाल में रानीपुर है, हवेली ज़मींदार सोमनाथ चौधरी की है। वो अपने सबसे अच्छे दोस्त नबकुमार गांगुली की बेटी प्रिया के साथ शतरंज खेल रहे हैं। देश है भारत, साल है 1946, महीना है अगस्त।

सबकुछ बदलने वाला है।

1

प्रिया

प्रिया ने अपने घोड़े से सोमनाथ के ऊंट को मारा और ख़ुशी से झूम उठी। 'आप इसे नहीं समझ पाए थे ना, काकू?'

मन ही मन प्रसन्न होते सोमनाथ कुछ बड़बड़ाते हुए बिसात पर झुक गए। उन्होंने उसे दस साल पहले शतरंज खेलना सिखाया था जब वो आठ साल की थी; उसकी जीतें उनकी भी तो जीत थी।

सोमनाथ सूती कुर्ता-पाजामा पहने हैं, और सोने के बटनों की झिलमिलाहट उनकी गर्दन पर पड़ रही है। कोई सोच भी नहीं सकता कि वो रानीपुर के ज़्यादातर खेतों और कलकत्ता में एक शिपिंग बिज़नेस और शानदार हवेली के मालिक हैं। उनके गांव का मकान उनका मनपसंद घर है। प्रिया का कहना है कि ऐसा इसलिए है कि शहर में शतरंज में उनका कोई योग्य प्रतिद्वंद्वी नहीं है।

प्रिया करघे की बुनी वैसी ही साड़ी पहने है जैसी गांव की अधिकांश लड़कियां पहनती हैं, उसका हंसता हुआ चेहरा उसकी चोटी में गुथने से बचे रह गए घुंघराले बालों से घिरा हुआ है। कोई सोच भी नहीं सकता कि उसने अपने मन में एक वर्जित सपना संजो रखा है।

नौकर संगमरमर की मेज़ों पर भोजन सजाते हैं। चांदी के गिलासों में

नीबू का शरबत, तीन तरह की दूध की मिठाई, कद्दू के फूल के गर्मागरम पकौड़े, पिस्ते, कलकत्ते से मंगवाया गया फ्रूटकेक। प्रिया को अपराधबोध कचोटता है। घर पर उसकी मां और दोनों बहनें मुरमुरे और गुड़ का किसानों वाला नाश्ता खा रही होंगी। गांगुली परिवार में पैसों की तंगी हमेशा रहती है। नबकुमार, जो रानीपुर और कलकत्ता में प्रैक्टिस करने वाले एक बेहतरीन डॉक्टर हैं, में एक बुरी आदत है: वो पैसा देने में लाचार रोगियों को भगा नहीं पाते। लोग आपका फ़ायदा उठाते हैं, प्रिया की मां बीना शिकायत करती हैं। अगर बीना के पास रज़ाई बनाने का हुनर नहीं होता तो न जाने उनका क्या हाल होता? उनके शादी वाले कांथाओं की बहुत मांग रहती है। बीना की बात सही है; मगर फिर भी, नबकुमार प्रिया के हीरो हैं।

सोमनाथ की बहन मनोरमा सीढ़ी चढ़कर ऊपर आती हैं, जो तभी से उनके घर की प्रबंधक हैं जब उनकी पत्नी उनके इकलौते बेटे अमित को जन्म देते हुए चल बसी थीं। मनोरमा विधवाओं के लिए निर्धारित सफ़ेद साड़ी पहनती हैं, लेकिन उनकी साड़ी बेहतरीन सूत की है। आभूषण वर्जित हैं, लेकिन उनकी कमर पर चाबियों का एक बड़ा सा चांदी का गुच्छा लटका हुआ है, जिसने सोमनाथ की तिजोरी को छोड़कर बाक़ी सभी चाबियों को गर्व के साथ अपने में समेटा हुआ है। इस घर के सभी लोगों को अपनी ज़रूरतों के लिए मनोरमा से याचना करनी पड़ती है।

मनोरमा देखती हैं कि पकौड़े ठंडे हो रहे हैं।

'हटा लो ये सब!' सोमनाथ झल्लाकर कहते हैं। खेल तनावपूर्ण होने पर वो चिढ़ रहे हैं। 'मैंने सौ बार कहा है कि जब मैं खेल रहा होऊं तो मुझे तंग मत किया करो। अगर मैं इस छुटकी सी लड़की से हार गया, तो इसकी वजह बस तुम होगी।'

मनोरमा पर कोई असर नहीं होता: 'अगर तुम हारोगे तो इसलिए कि प्रिया बेहतर खिलाड़ी है। कम से कम उसे तो खाने दो!'

प्रिया एक पकौड़े को दांतों से काटती है। 'धन्यवाद, पिशी। कुछ लोगों के उलट, मैं तो खाते-खाते सोच भी सकती हूं।'

मनोरमा हंसने लगती हैं।

अपने ख़ास रूखे अंदाज़ में वो प्रिया को पसंद करती हैं। एक बार

उन्होंने उससे कहा था कि हालांकि उसकी सबसे बड़ी बहन दीपा गांव की सबसे सुंदर लड़की है—गोरा रंग, गुलाब की पंखुड़ियों जैसे होंठ, भावपूर्ण आंखें, झरने जैसे बाल—लेकिन प्रिया ज़्यादा तारीफ़ के लायक़ है। वो न तो झूठ बोलती है, न अपने पर घमंड करती है और न ही उसमें छिछोरापन है। प्रिया ने मनोरमा का शुक्रिया अदा किया था, लेकिन अंदर ही अंदर उसने कंधे उचका दिए थे। जब किसी के सामने कोई लक्ष्य हो, तो मामूली बातों पर बर्बाद करने के लिए ज़िंदगी बहुत छोटी है।

नीचे अहाते में हंगामा होता है। एक गेट ज़ोर की आवाज़ से बंद होता है, बजरी के लंबे ड्राइववे पर क़दमों की बेतरतीब सी आवाज़ सुनाई देने लगती है। प्रिया अपनी आह को दबा लेती है। ये उसकी तीखी आवाज़ वाली मझली बहन जामिनी है, जो उसे उसके पूरे और सही नाम से पुकार रही है। 'बिष्णुप्रिया! मां तुझे घर बुला रही हैं!'

जामिनी का जन्म प्रिया से बस तेरह महीने पहले हुआ था, लेकिन वो कहीं ज़्यादा बड़ी लगती है। शायद इसका कारण उसके पहनने-ओढ़ने का ढंग है। लंबी बाज़ू के शालीन ब्लाउज़, कड़े कलफ़ वाली साड़ियां ताकि लोग उसे गंभीरता से लें, जूड़े में कसकर बंधे बाल जिसकी वजह से वो बीमार सी लगती है। प्रिया ये समझती है। लेकिन जामिनी अपनी बहनों के सुझावों को पसंद नहीं करती, इसलिए प्रिया ने समझदारी से ख़ामोश रहने का विकल्प चुन लिया है।

जामिनी को प्रिया पर हुक्म चलाना पसंद है; प्रिया आमतौर पर जामिनी को ऐसा करने देती है। जामिनी का बायां पैर थोड़ा सा छोटा है, वो लंगड़ाकर चलती है, हालांकि नबकुमार ने बचपन में ही उसे कलकत्ता के एक सर्जन को दिखाया भी था। गांव की औरतें कानाफूसी करती हैं कि कोई उससे शादी नहीं करेगा। इस बात से प्रिया को दुख होता है। वो ख़ुद शादी को बहुत महत्वपूर्ण नहीं मानती—उसके प्लान बड़े हैं, लेकिन उसे लगता है कि जामिनी के लिए पत्नी होना काफ़ी मायने रखता है।

लेकिन वो जामिनी को अपना गेम बीच में नहीं रोकने देगी। 'मैं बाज़ी पूरी होने के बाद घर आ जाऊंगी।'

'बहुत वक़्त नहीं लगेगा,' सोमनाथ घोषणा करते हैं। 'मैं इसे हराने ही वाला हूं।'

एक शरारती मुस्कान के साथ प्रिया एक ऊंट को अपने राजा और सोमनाथ के वज़ीर के बीच फंसा देती है।

'तुम ऊपर ही जो आ जाओ और इंतज़ार करते हुए कुछ मिठाई भी खा लो,' मनोरमा कहती हैं। उन्हें जामिनी पसंद नहीं है; प्रिया ने उन्हें कहते सुना है कि जामिनी कुछ ज़्यादा ही गुणी है, लेकिन चौधरी परिवार मेहमाननवाज़ है, बिन बुलाए मेहमानों के साथ भी।

जामिनी शिष्टता से कहती है: 'बहुत-बहुत धन्यवाद, लेकिन आज नहीं, पिशी। मैं बाबा के लिए खाना बनाने में मां की मदद कर रही हूं—'

'बाबा घर पर हैं?' प्रिया उठती है, और अपने उत्साह में शतरंज की बिसात को गिरा देती है। 'तुमने बताया क्यों नहीं?'

सोमनाथ मुंह बिसूरते हैं। 'नबकुमार कलकत्ता से जल्दी आ गए। लेकिन क्यों? उन्हें तो अपना रुटीन बदलना पसंद नहीं है।'

जामिनी को दूसरों से ज़्यादा जानकारी रखना पसंद है। 'क्लिनिक में कुछ हो गया था। वो आपको कल बताएंगे। अब मुझे जाना चाहिए। मैं बाबा की कलकत्ता की कहानियों को छोड़ना नहीं चाहती। प्रिया बहन, तुम आराम से रुको और अपनी बाज़ी ख़त्म कर लो। मुझे यक़ीन है बाबा बुरा नहीं मानेंगे।'

प्रिया जामिनी के तानों की इतनी आदी है कि उसने कोई प्रतिक्रिया नहीं दी। वो सोमनाथ की ओर माफ़ी मांगने वाली नज़र से देखती है जो स्थिति को समझते हुए सिर हिलाते हैं, अनछुए पकौड़ों की अपनी प्लेट पर दुखी सी नज़र डालती है, और मनोरमा से विदा लेती है।

लेकिन तभी घोड़े की टापें सुनाई देती हैं। दरबान सिंह के प्रतीकचिह्नों वाले बड़े-बड़े गेटों को खोलते हैं और एक काला घोड़ा सरपट दौड़ता हुआ अंदर आता है जिस पर अमित सवार है। प्रिया से दो साल बड़ा और उसका सबसे अच्छा दोस्त अमित हाल ही में कलकत्ता से पढ़ाई करके लौटा है। इंपोर्टेड जोधपुरी पैंट और महीन मलमल की शर्ट में, वो गांव के

लिए कुछ ज़्यादा ही सुरुचिपूर्ण है। इसे लेकर प्रिया उसे चिढ़ाती है। वो एक बेहतरीन घुड़सवार है, लंबे क़द और सुगठित शरीर का है, और जंगली से जंगली घोड़े को भी नियंत्रित करने के लिए पर्याप्त मज़बूत है। लेकिन ये सब वो उससे नहीं कहती है; वो पहले ही काफ़ी घमंडी है।

वो अपनी कलाई के एक झटके से घोड़े को रोकता है, छलांग लगाकर नीचे उतरता है, और उसे उस नाम से बुलाता है जो उसने उसे बचपन में दिया था।

'पिया। तुम इतनी जल्दी नहीं जा सकतीं। मैं अपनी घुड़सवारी इसी हिसाब से पूरी करके आया हूं कि तुम्हारी बोरिंग बाज़ी पूरी होने तक लौट आऊं। मुझे अपने कलकत्ता के दिनों के बारे में तुम्हें बहुत कुछ बताना—'

जामिनी बीच में बोल पड़ती है। 'प्रिया को घर जाना है। अभी।'

प्रिया को जामिनी के लहजे पर हैरत होती है। जामिनी अपनी बहनों के अलावा हर किसी से बहुत अपनाइयत से बात करती है, लेकिन अमित के वापस आने के बाद से वो उससे जैसे खार खाए बैठी है।

'तुम पिया की गार्जियन कबसे बन गईं?' अमित पलटकर कहता है।

झगड़ा करने को आतुर जामिनी उसके रूबरू आ जाती है।

प्रिया माफ़ी मांगने के अंदाज़ में अमित की बांह पर हाथ रख देती है। अमित बहुत ग़ुस्से वाला है; वो नहीं चाहती कि अभी उसका ग़ुस्सा भड़के। 'बाबा अचानक घर लौट आए हैं। वो दो सप्ताह से बाहर थे—'

अमित का चेहरा निर्मल हो जाता है; प्रिया उसे कभी भी शांत कर सकती है। 'ज़ाहिर है, तुम उनसे मिलना चाहती होगी। मैं भी साथ चलता हूं। मुझे नबकुमार काकू की ख़बरें सुनना बहुत अच्छा लगता है। मैं ज़रा सुल्तान को साईस के हवाले कर दूं—'

जामिनी बात काट देती है। 'आज उनसे मिलना ठीक नहीं होगा। बाबा बस परिवार के साथ शांति से डिनर करना चाहते हैं।'

प्रिया फुफकारती है: 'अमित भी परिवार ही है!'

इस बार अमित उसकी बांह छूता है। 'मैं उनसे किसी और समय मिल लूंगा।'

सिर्फ़ इंतज़ार में बैठे अपने पिता का ख़्याल ही प्रिया को बहस करने से रोक देता है। 'वो कल सोमनाथ काकू से बात करने आएंगे। मैं उनके साथ आऊंगी। तब हम बात करेंगे'—वो जामिनी को तीखी नज़र से देखती है—'बिना किसी के टांग अड़ाए।'

घर वापसी के रास्ते में जामिनी गांव में सबके प्रिय मुस्लिम फ़क़ीर पीर मुईनुद्दीन की दरगाह पर रुकती है। प्रिया चिढ़ जाती है।

'तुम तो कह रही थीं कि तुम जल्दी में हो। तुम मुझे अमित से बात भी नहीं करने दे रही थीं।'

जामिनी कहती है कि किसी पवित्र स्थल के पास से प्रार्थना किए बिना गुज़र जाना अपशकुन होता है। और जहां तक अमित का सवाल है, तो उसके साथ प्रिया का रुख़ कुछ ज़्यादा ही दोस्ताना हो रहा है। 'तुम अब बच्ची नहीं हो। तुम्हें ठीक से पेश आना चाहिए, वर्ना तुम सारे परिवार को बदनाम कर दोगी। क्या तुम्हें दिखता नहीं है कि अमित कितना बदल गया है? उसे सिर्फ़ अच्छे कपड़ों, महंगे घोड़ों और कलकत्ता के अपने अमीर दोस्तों की परवाह रहती है, जो सभी नाकारा और फ़ालतू हैं। मैंने तो ये भी सुना है कि वो अपनी परीक्षा में फ़ेल हो गया—'

प्रिया शब्दों को तोड़-मरोड़कर बोलने में माहिर जामिनी से बहस करना पसंद नहीं करती, लेकिन आज वो इतना ग़ुस्से में है कि सारी समझदारी भूल जाती है। 'इस तरह की ग़लत-सलत अफ़वाहें फैलाते हुए तुम्हें शर्म आनी चाहिए। मैं अमित को जानती हूं। वो एक अच्छा इंसान है। और हां, उसने सही कहा था; तुम मेरी गार्जियन नहीं हो। जब तक बाबा मुझे मना नहीं करते, मैं अमित के साथ जितना चाहूंगी, दोस्ताना रहूंगी।'

वो तेज़ी से चलने लगती है ताकि जामिनी उसके साथ न चल पाए, वो अपने रास्ते में आने वाले पत्थरों को ठोकर मारती चलती है। सरसों के सुनहरी फूलों से भरे खेत, घास में चुगते चांदी जैसे सफ़ेद बगुले, वो सारी चीज़ें जो उसे पसंद हैं—वो उन्हें अनदेखा कर देती है। वो जामिनी के तानों को दरकिनार कर देने में माहिर है। तो फिर आज कैसे उसकी बहन ने उसे इतना झुंझला दिया था?

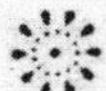

डिनर का समय। तीनों बहनें अपनी दो कमरों की कुटिया के फ़र्श पर नबकुमार के आसपास जमा हैं। वो क़द-काठी में एक जैसी हैं लेकिन इसके अलावा इतनी अलग हैं कि कोई अनजान आदमी सोच भी नहीं सकता कि वो एक ही परिवार की होंगी: दीपा अपनी आत्मविश्वास से भरी सुंदरता से दमकती है; जामिनी सद्‌गुणों और दबी हुई इच्छाओं से फीकी पड़ी हुई है; तो प्रिया लक्ष्य के जुनून से चमकती है। उनकी मां बीना, जो आमतौर पर बुझी-बुझी सी या चिंतित रहती हैं, आज ख़ुश हैं क्योंकि उनके पति घर आए हैं। उन्होंने सरसों में हिल्सा पकाई है, जो कि एक महंगी मछली है जिसके लिए वो ख़ासतौर से मछली बाज़ार गई थीं। प्रिया सोचती है कि उन्होंने ज़रूर अपनी पिटारी से पैसे निकाले होंगे, वो पैसे जो वो बड़े जतन से अपनी बेटियों के दहेज के लिए बचाती हैं।

दहेज—या उसकी कमी—उनके घर में तनाव का एक स्थायी कारण है। हालांकि नबकुमार अपनी लड़कियों को ससुराल भेजने की उतावली में नहीं हैं, लेकिन बीना को लगता है कि उनकी शादी जल्द हो जानी चाहिए। वो अपने पति पर आरोप लगाते हुए कहती हैं कि गांव की उनकी उम्र की ज़्यादातर लड़कियों की अगर शादी न भी हुई हो, तो कम से कम सगाई तो हो ही चुकी है। बीना की अपनी बेटियों के लिए महत्वाकांक्षाएं हैं; वो उनकी शादियां संपन्न और सम्मानित परिवारों में करना चाहती हैं। लेकिन बिना पर्याप्त दहेज के उनके पास ऐसे दूल्हों को आकर्षित करने की कितनी आशा है? अपने पति को ये याद दिलाते हुए उनकी आवाज़ तेज़ हो जाती है कि जैसे-जैसे लड़कियां बड़ी होती जा रही हैं, उनके विकल्प कम होते जा रहे हैं।

प्रिया की शादी करने की कोई इच्छा नहीं है। मगर फिर भी दहेज की बात ही उसे ग़ुस्सा दिला देती है। क्या एक औरत अपने आप में पर्याप्त मूल्यवान नहीं है, वो पूछती है। जब एक आदमी अपनी दुल्हन को घर लाता है, तो क्या परिवार को एक ऐसी घरेलू नौकरानी नहीं मिल जाती है जिसे उन्हें कभी पैसा नहीं देना पड़ेगा? लेकिन ये एक हारी हुई लड़ाई है। यहां तक कि उसके आदर्शवादी पिता भी मानते हैं कि इस प्रथा की जड़ें

इतनी गहरी हैं कि इससे लड़ना आसान नहीं है।

लेकिन आज बीना अच्छे मूड में हैं और जब नबकुमार उनके बनाए खाने की तारीफ़ करते हैं तो वो लजाकर मुस्कुराती हैं। जामिनी सबको परोसने के लिए कूद पड़ती है, हालांकि उनके पिता ने उससे कहा है कि सब लोग अपने लिए ख़ुद परोस सकते हैं। प्रिया नबकुमार के सबसे क़रीब बैठी है, और उनके कलकत्ता के क्लिनिक में आए नए केसों के बारे में पूछने लगती है लेकिन तभी बीना टोक देती हैं, 'क्या हमें खाने के समय भी ख़ून-पीप, और बुख़ार-उल्टी के बारे में सुनना होगा? बाबा को चैन से खाने दो।'

जब बीना नहीं देख रही होती हैं, तो नबकुमार प्रिया को देखकर आंख मारते हैं। *बाद में,* वो इशारे से कहते हैं। उनका अपना राज़।

नबकुमार को अपनी बेटियों के क्षितिज को विस्तार देना पसंद है। वो एक प्रतिभाशाली गायक हैं, और उन्होंने उन्हें टैगोर के कई गीत सिखाए हैं। दीपा और जामिनी ने जल्दी सीख लिया था, उनके पास गाना सीखने की समझ है, लेकिन प्रिया—इसमें वो अपनी मां की तरह है—वो बिल्कुल नहीं गा सकती। लेकिन उसे सारे बोल याद हैं, और उसे अपने पिता का गाना सुनना पसंद है, ख़ासकर देशभक्ति के गीत जो उसके मनपसंद हैं। पता नहीं क्यों मगर बीना ये गाने बर्दाश्त नहीं कर पाती हैं; प्रिया ने देखा है कि जब वो आसपास होती हैं, तो नबकुमार प्रकृति की प्रशंसा करने वाले सहज गीत गाने लगते हैं।

नबकुमार लड़कियों को उनका अंतिम वर्ष पूरा होने तक गांव की पाठशाला में रखते, लेकिन बीना ने कहा, बस, कौन आदमी ऐसी पत्नी चाहता है जो उससे ज़्यादा पढ़ी-लिखी हो। फिर भी वो किताबें और नोट्स घर ले आते, और लड़कियों को घर से परीक्षा देने के लिए प्रोत्साहित करते। दूसरी लड़कियों ने तो मना कर दिया लेकिन प्रिया ने अपने दम पर पढ़ाई की और उच्च अंकों के साथ मैट्रिक पास किया। शायद इसीलिए वो उसे सबसे ज़्यादा प्यार करते हैं; दुनिया को जानने की उसकी भूख में वो अपना अक्स देखते हैं।

अब वो राजनीति में उतरे हैं, जो उनका दूसरा जुनून है। जवानी के

दिनों में वो स्वतंत्रता सेनानी थे; वो ज़ोर देकर कहते हैं कि उनके परिवार को पता होना चाहिए कि उनके देश में क्या हो रहा है। ये रोमांचक, कठिन समय, वायसरॉय वेवेल, नेहरू और जिन्ना के बीच कड़वी बहसें, गांधी को दरकिनार कर देना, विरोधी गुटों के उठते अनेक सिर... और वो इस बात पर दुखी होकर अपनी बात ख़त्म करते हैं कि कोई भी इस बारे में एकमत नहीं है कि स्वतंत्र भारत को क्या आकार लेना चाहिए। न जाने सत्ता-परिवर्तन की राह कितनी ऊबड़-खाबड़ होगी।

प्रिया को और ज़्यादा जानने की इच्छा है, लेकिन बीना टोक देती हैं। 'क्या हम किसी शांतिपूर्ण और सुखद चीज़ के बारे में बात कर सकते हैं?'

इस अटपटी ख़ामोशी में दीपा आकर्षक ढंग से होंठ गोल किए पदार्पण करती है जिसका सामना कोई आदमी नहीं कर सकता, एक बाप भी नहीं। 'बाबा, आप मुझे कलकत्ता कब ले चलेंगे? आपने पिछले साल वादा किया था कि हम न्यू मार्केट में शॉपिंग करने जाएंगे...'

लड़कियां बरसों से कलकत्ता नहीं गई हैं। प्रिया की शहर की एकमात्र याद एक चिड़ियाघर में मोरों के चिल्लाने की है, जहां वो तब गए थे जब वो बच्ची थी। हालांकि कलकत्ता बहुत दूर नहीं है, मगर किसी हद तक इसकी वजह ये है कि कलकत्ता जाना अपने आप में एक सिरदर्द है। रानीपुर का अपना स्टेशन नहीं है। यात्रियों को बदुरिया पहुंचने के लिए दो घंटे पैदल चलना होता था या फिर बैलगाड़ी लेनी पड़ती थी, जो पैदल चलने से बहुत तेज़ नहीं होती थी, और फिर वहां ट्रेन का इंतज़ार करना पड़ता था। लेकिन असली वजह ये है: बीना को बड़ा शहर पसंद नहीं है, वो उस पर भरोसा नहीं करतीं।

लज्जित होते हुए नबकुमार ने स्वीकार किया कि उन पर दीपा का एक दौरा उधार है। वो माथे पर बल डालकर कुछ हिसाब-किताब करने में लग जाते हैं। 'मैं तुम्हें दो सप्ताह में ले जा सकता हूं।'

प्रिया चिरौरी करती है कि वो भी उनके साथ जाएगी। वो उनका क्लिनिक और कलकत्ता मेडिकल कॉलेज देखना चाहती है जहां उन्होंने पढ़ाई की थी। जामिनी भी विनती भरी निगाहों से देखती है।

बीना एक निर्णायक ना के साथ जवाब देती हैं; फिर वो थोड़ा शांत

पड़ती हैं। 'हम सबको ले जाना बहुत महंगा पड़ेगा। दीपा को अपने साथ ले जाओ। मैं न्यू मार्केट में दुकानदारों को दिखाने के लिए अपना एक कांथा इसके साथ भेज दूंगी। हो सकता है कोई मेरे काम को रखने के लिए राज़ी हो जाए।'

दीपा। सबसे बड़ी, सबसे प्यारी, मनपसंद जिसे बीना दुर्गा पूजा के समय सबसे बड़ी मिठाई और सबसे अच्छी साड़ी देती हैं, जो बाबा के कलकत्ता जाने पर उनके पास सोती है। दीपा कहती है, 'मैं आपकी ख़ूबसूरत रज़ाइयों के लिए कोई ख़रीदार ज़रूर ढूंढ़ लूंगी, मां। मुझे बारात वाला कांथा पैक कर देना। उसमें सुई का काम लाजवाब है।'

अच्छी पसंद है, प्रिया को मानना पड़ेगा; दीपा की नज़र पैनी है। कांथा में एक दुल्हन को एक पालकी में अपने पति के घर जाते दिखाया गया है। लहराते ताड़ के पेड़, उछलती मछलियों वाली नदियां, विजयी भाव से घोड़ों पर सवार दूल्हा और उसके दोस्त, पालकी से उत्सुकता से झांकती दुल्हन। जामिनी की मदद के बावजूद बीना को सिर्फ़ अंदर की सिलाई करने में ही पूरा एक सप्ताह लग गया था।

नबकुमार निर्णायक लहजे में बोलते हैं। 'हम पांचों जाएंगे। हम इसे पारिवारिक छुट्टी बनाएंगे। मैं सोमनाथ से पूछूंगा कि क्या हम उनके कलकत्ता वाले घर में ठहर सकते हैं। वो ज़्यादातर ख़ाली रहता है। हमारा एकमात्र ख़र्च ट्रेन का टिकट होगा। इतना तो मैं कर सकता हूं।'

बीना की त्योरियां चढ़ जाती हैं। 'लेकिन क्या ये सुरक्षित रहेगा? बाज़ार में लोग कह रहे हैं कि एक बड़ी रैली होने वाली है।'

'चिंता की कोई बात नहीं है। नेता तो अक्सर हड़ताल करते ही हैं।' नबकुमार बीना के गाल को छूते हैं। 'ये एक ख़ास तोहफ़ा होगा। मैंने तुम्हें बहुत तोहफ़े दिए भी तो नहीं हैं, डियर।'

बीना के चेहरे पर मुस्कान फूट पड़ती है, कई साल झड़ से जाते हैं। वो शर्म से अपना सिर झुका लेती हैं। प्रिया को उस शोख़ युवती की झलक दिखाई दी जो वो कभी रही थीं, जो अपने छोटे से गांव में आए उत्साही डॉक्टर पर फ़िदा हो गई थी। उनके बीच प्यार हो गया, और उन्होंने परिवार की अनुमति के बिना शादी कर ली थी—जो उस समय के लिए

एक असाधारण बात थी।

नबकुमार जामिनी की ओर मुड़ते हैं। वो भले ही सबसे ज़्यादा प्यार प्रिया को करते हों, लेकिन वो अपने सभी बच्चों के लिए निष्पक्ष हैं। 'तुम कलकत्ता में क्या करना चाहोगी, बेटी?'

कर्तव्यपरायण जामिनी उन सबको चौंका देती है। 'मैं किसी सिनेमा हॉल में जाना और कोई अंग्रेज़ी फ़िल्म देखना चाहती हूं। बेला के पिता उसे पिछले साल मेट्रो सिनेमा ले गए थे। उसमें लाल मख़मली कुर्सियां हैं और—'

बीना जामिनी से पूछती हैं कि क्या वो लोग बेला के पिता की तरह एक विशाल चावल गोदाम के मालिक हैं। वो ये भी कहती हैं कि जामिनी को न के बराबर अंग्रेज़ी आती है।

जामिनी लज्जित हो जाती है। वो अपनी थाली की ओर देखने लगती है और मछली के एक टुकड़े को उलटने-पलटने लगती है। प्रिया चाहती है कि उसका बचाव करे, लेकिन इससे उसके अपने मामले को नुकसान ही होगा।

नबकुमार कहते हैं, 'अगर तुम्हारी यही इच्छा है, जामिनी बेटा, तो हम ज़रूर कोई अंग्रेज़ी फ़िल्म देखने जाएंगे।'

जामिनी कपकपाती सुदूर सी मुस्कान से उन्हें देखती है जैसे वो पहले ही मेट्रो पहुंच चुकी हो, और अपनी मख़मली कुर्सी पर बैठी हो।

नबकुमार हाथ धोने के लिए उठते हैं।

दीपा कहती है, 'लगता है तुम खा चुकी हो, जामिनी। मैं तुम्हारी हिल्सा ले लूं?'

प्रिया बीना को देखती है। वो निश्चित रूप से इस बेतुकी बात पर ना कहेंगी। लेकिन उसकी मां कुछ नहीं कहतीं, और दीपा आगे झुककर मछली ले लेती है।

अब घर में ख़ामोशी है, लालटेनें बुझ चुकी हैं, परिवार रात की तैयारी कर

चुका है, माता-पिता अपने बिस्तर पर हैं, बेटियां बाहरी कमरे के फ़र्श पर पुरानी रज़ाइयों पर हैं। अपनी हड़प ली गई मछली के बदले जामिनी ने दीपा से खिड़की के पास वाली जगह ले ली है, जहां सबसे ज़्यादा ठंडक होती है। दीपा भुनभुनाते हुए कमरे के दूसरे छोर पर दूसरी बेहतरीन जगह पर चली जाती है। प्रिया उन दोनों के बीच लेट जाती है। उसे इन चीज़ों से कोई ख़ास फ़र्क़ नहीं पड़ता।

हड़बड़ी में दरवाज़ा पीटे जाने से उसकी आंख खुलती है। बाहर कोई डाक्टर बाबू चिल्ला रहा है, संकट है चिल्ला रहा है। दीपा भुनभुनाती है और अपना तकिया अपने कानों पर लगा लेती है; जामिनी डरकर बैठ जाती है; प्रिया दरवाज़ा खोल देती है। रात के इस समय उनसे मिलने आने वाला एक हताश युवा मछुआरा है। उसकी पत्नी को सुबह से प्रसव पीड़ा हो रही है लेकिन बच्चा टस से मस नहीं हो रहा है। दाई का कहना है कि वो अब कुछ नहीं कर सकती।

अस्त-व्यस्त बालों में, सिलवट पड़ा पाजामा पहने, नबकुमार अपना मेडिकल बैग लाने के लिए वापस बेडरूम में जाते हैं। बीना की त्योरियां चढ़ जाती हैं। 'ये बहुत मुश्किल लगता है।'

नबकुमार की आवाज़ गंभीर है, उनके शब्द दबे-दबे से हैं। 'है तो सही। मेरे इंतज़ार में जागना मत।'

बीना आह भरती हैं। दिनभर का सफ़र करने के बाद नबकुमार को नींद चाहिए थी। और इस केस से बहुत कम पैसा मिलेगा, अगर मिला तो। फिर भी वो बिस्तर से निकलती हैं और एक बैग में एक-दो साफ़ पुरानी साड़ियां रख देती हैं। पल भर बाद वो बच्चों की एक रज़ाई भी रख देती हैं।

प्रिया नबकुमार के साथ बेडरूम में आ गई है। 'प्लीज़ मुझे अपने साथ चलने दीजिए! कोई मदद करने को होगा तो अच्छा ही रहेगा।'

बीना की रूह कांप जाती है। 'प्रसव की जगह पर एक कुंआरी लड़की मौजूद नहीं रह सकती।'

प्रिया को डर है कि नबकुमार राज़ी नहीं होंगे। इसलिए नहीं कि ये अशोभनीय है—उनके मन में ऐसे विचार नहीं आते—बल्कि इसलिए कि उन्हें बीना को नाराज़ करना पसंद नहीं है। साथ ही, शायद उन्हें ये भी लगे

कि प्रिया किसी काम नहीं आ सकेगी। अब तक उसने उनके रानीपुर के क्लिनिक में केवल छोटे-मोटे कामों में मदद की है: किसी घाव में टांके लगाना, फोड़े को फोड़ना, मलेरिया की दवा देना। लेकिन वो सहमति में सिर हिला देते हैं। 'लालटेनें ले लो। दो लालटेनें। जल्दी करो।' प्रिया को अहसास होता है कि उन्हें अंदेशा है कि समस्या इतनी गंभीर होगी कि वो अकेले नहीं संभाल सकेंगे।

वो उमस भरी रात में मछुआरों के इलाक़े से गुज़रते हैं। तंग रास्ते, नशे की सी हालत में एक दूसरे पर ढुलकती झोंपड़ियां। वो आदमी—जिसका नाम हामिद है—उन्हें सबसे छोटी झोंपड़ी में ले जाता है। एक धुआं छोड़ते लैंप की मद्धम सी रौशनी में एक गर्भवती महिला चटाई पर लेटी हांफ रही है। सहमी हुई दाई उन्हें बताती है कि बच्चे के दिल की धड़कन बहुत धीमी है।

'हो सकता है गर्भनाल उलझ गई हो,' नबकुमार कहते हैं। वो अपने हाथों को कीटाणुरहित करते हैं, और रोगी की जांच करते हैं। 'मुझे चीरा लगाकर खोलना होगा। क्लोरोफ़ॉर्म।'

प्रिया अपने डर को भगाती है और निर्देशों का पालन करती है। रोगी के चेहरे पर क्लोरोफ़ॉर्म लगे कपड़े को तब तक लगाए रखना है जब तक वो शिथिल न पड़ जाए, पेट को एंटीसेप्टिक से साफ़ करना है, हामिद और दाई को लालटेन को मज़बूती से पकड़े रखने को क़हना है। नबकुमार जो उपकरण मांगें वो उन्हें देने हैं—नश्तर, क़ैंची, क्लैंप। जब महिला के पेट में चीरे से ख़ून फूटे तो घबराना नहीं है। औरत कराहती है। शांत, शांत। थोड़ा और क्लोरोफ़ॉर्म; स्थिर हाथ से बूंदें टपकानी हैं, मांस के रिसते भाग को संभालना है। नबकुमार एक बच्चे को निकालकर उठाते हैं। शिशु के गले में लिपटी सांप की कुंडली जैसी नाल को काटना है। उसे पैरों से पकड़ना है, उसकी पीठ को थपकना है, और उसके रोने पर उसे दाई को सौंप देना है। यहां आत्मतुष्टि का समय नहीं है। महिला को सिलने में मदद करनी है, ख़ून साफ़ करना है, बीना की साड़ियों से पट्टियां फाड़नी हैं। घाव पर पट्टी बांधनी है, पेनिसिलिन का इंजेक्शन लगाना है, घबराए हुए हामिद को बताना है कि उसे डॉक्टर के साथ अगली मुलाक़ात तक क्या करना होगा।

फिर उसे याद आता है। वो बैग में टटोलती है और हामिद को बच्चे की रज़ाई देती है।

मछुआरे की आंखें भर आती हैं, वो तितलियों के पैटर्न वाले नर्म कपड़े पर श्रद्धा भरी उंगलियां फेरने लगता है। ये बीना की सबसे सादी साड़ी है, लेकिन प्रिया देख सकती है कि हामिद कभी इतनी बढ़िया चीज़ का मालिक नहीं रहा है। वापसी में वो ख़ामोशी से उनके साथ चलता रहता है लेकिन उनके दरवाज़े पर आकर वो फिर से रोने लगता है, और कृतज्ञता के शब्द ढूंढ़ने की कोशिश करता है, नबकुमार को कुछ सिक्के देने की कोशिश करता है।

नबकुमार हाथ हिलाकर पैसा लेने से इंकार कर देते हैं, लेकिन वो हामिद को छोटा महसूस नहीं कराते। 'किसी दिन अच्छी मछलियां हाथ लगें, तो हमारे लिए थोड़ी मछली ले आना,' वो कहते हैं।

हामिद सहमति में सिर हिलाता है। वो ज़्यादा सतर कंधों और ऊंचे सिर के साथ चला जाता है।

प्रिया सोचती है कि मुझे बाबा से डॉक्टरी के बारे में कितना कुछ सीखना है। और मानवीय शालीनता के बारे में भी।

सोए हुए घर की चौखट पर वो हिम्मत जुटा ही लेती है। 'जब मैंने ये जानते हुए बच्चे को आपके हाथों से लिया कि अगर हम नहीं होते तो वो मर सकता था... मुझे इतना रोमांचकारी अहसास कभी नहीं हुआ। क्या मैंने ठीक काम किया?'

'तुमने बहुत बढ़िया काम किया। शांत और कुशल—परफ़ेक्ट सहायक।'

वो थकान से चूर है, उम्मीद से सहमी हुई है। 'तो आप मुझे कलकत्ता के मेडिकल कॉलेज में पढ़ाएंगे ना? मैं डॉक्टर बनना चाहती हूं। ये मेरा सपना है—'

बाबा दूसरी ओर देखने लगते हैं। 'इस पर बात करने के लिए अभी मैं बहुत थका हुआ हूं।'

लेकिन ये पूरा सच नहीं है। वो जब भी इस विषय को उठाने की

कोशिश करती है तो वो उसे टाल देते हैं। लेकिन वो भी उनकी ही बेटी है, उनके हठ की उत्तराधिकारी। वो हार नहीं मानने वाली।

सोमनाथ की हवेली की बालकनी में, दार्जीलिंग चाय और ब्रिटैनिया बिस्कुट। आदमी लोग कलकत्ता के बारे में चर्चा कर रहे हैं।

'साल दर साल भीड़, महंगाई और गंदगी बढ़ती ही जा रही है,' सोमनाथ एक नाज़ुक सी कपकपाहट के साथ कहते हैं। 'फ़िरंगी सैनिकों ने हमारे शहर को बर्बाद कर दिया है।'

नबकुमार असहमत हैं। 'गांव में रहने ने तुम्हें कोमल और देहाती बना दिया है। और मोटा। मैं मनोरमा से कहूंगा कि अब तुम्हें रोशोगुल्ले न दिए जाएं। वो मेरी बात मानेंगी—आख़िरकार मैं तुम्हारा डॉक्टर हूं।'

'तुम अव्वल दर्जे के शैतान हो,' मीठे के शौक़ीन सोमनाथ जवाब देते हैं।

एक दूसरे से भाइयों की तरह प्यार करने वाले इन दोनों को आपसी नोकझोंक बहुत पसंद है। प्रिया अपनी चाय की चुस्की लेती है और ख़ुश होते हुए हामिद की बीवी फ़ातिमा के बारे में सोचने लगती है, जिसकी आज उन्होंने जांच की थी। बैठी हुई और बीना की रज़ाई में लिपटे बच्चे को दूध पिलाती। उसकी शर्मीली सी मुस्कान। उसके टांके साफ़ और असंक्रमित।

बातचीत का रुख़ कलकत्ता के क्लिनिक की ओर मुड़ जाता है, जिसे नबकुमार अपने कॉलेज के दोस्त अब्दुल्लाह ख़ान के साथ चलाते हैं। चूंकि डॉक्टर फ़ीस लेने पर ज़ोर नहीं देते हैं, इसलिए क्लिनिक ग़रीबों के बीच बहुत लोकप्रिय है। बिल्डिंग के बाहर हमेशा लंबी लाइनें लगी रहती हैं, और धूप हो या तूफ़ान, मरीज़ बड़े सब्र से खड़े रहते हैं। लेकिन पिछले सप्ताह एक औरत लड़खड़ाकर गिर गई थी और मरते-मरते बची थी।

'हमें अपने क्लिनिक में एक प्रतीक्षा कक्ष जोड़ना होगा, और वो भी जल्दी,' नबकुमार कहते हैं। 'तो मैं फिर से भीख का कटोरा लिए तुम्हारी चौखट पर मौजूद हूं, सोमू।' उनकी हंसी में असहजता का पुट है। वो लेने से अधिक देने में विश्वास रखते हैं।

'ये भीख मांगने की क्या बकवास लगा रखी है, नबो? मुझे ये बताओ कि तुम्हें कितना चाहिए। मैं कलकत्ता में मुंशीजी को संदेश भेज दूंगा। वो दो सप्ताह में पैसा तैयार रखेंगे। लेकिन मुझे ये समझ नहीं आता कि वो टूटा-फूटा क्लिनिक तुम्हारे लिए इतना महत्वपूर्ण क्यों है। क्या तुम्हें अपने परिवार की याद नहीं आती—ख़ासकर अपनी प्यारी बेटियों की, जो जल्द ही शादी होकर चली जाएंगी? अगर तुम ग़रीबों की मदद ही करना चाहते हो, तो रानीपुर के आसपास भी ग़रीबों की कोई कमी नहीं है।'

नबकुमार गंभीर हो गए। 'रानीपुर के ग़रीबों के पास घर नाम की एक जगह होती है, भले ही वो घर एक झोंपड़ी क्यों न हो। वो ज़मीन या नदी के ज़रिए गुज़र-बसर कर सकते हैं। जब फ़सल कटने का समय हो, या जब कोई तालाब खोदा जाना हो, या घर बनाया जाना हो, तो कोई न कोई उन्हें काम दे देता है। सबसे बढ़कर ये कि वो जानते हैं कि वो कहां के हैं।

लेकिन कलकत्ता के ग़रीबों के पास न तो कोई जड़ है न उम्मीद है। उनमें से अनेक तो फ़ुटपाथों पर रहते हैं और पुलिस उन्हें परेशान करती रहती है। तीन साल पहले पड़े अकाल ने, जिसमें शहर में हज़ारों भूखे लोग जमा हो गए थे, हालात को और भी बदतर बना दिया है। तुम ये नहीं सुनना चाहते हो क्योंकि तुम अंग्रेज़ों के साथ बिज़नेस करते हो, लेकिन बंगाल में चावल की आपूर्ति उन्होंने ही बंद की थी। उसमें दस लाख लोग मरे थे। मैंने नुक्कड़ों पर लाशों के ढेर देखे थे, सोमू... सिर्फ़ खालें और हड्डियां। मुझे आज तक उनके भयानक सपने आते हैं—' उनकी आवाज़ कांप जाती है। 'इसीलिए मुझे कलकत्ता में काम करना है, गुमनाम ग़रीबों के बीच। ये अपनी मातृभूमि को मेरी छोटी सी श्रद्धांजलि है।'

प्रिया ने गांव में अकाल की मुसीबतों को देखा था, लेकिन वो ये जानकर स्तब्ध हो गई है कि कितने लोगों ने कष्ट झेला था और कितनी बुरी तरह से। उसके पिता का दर्द उसके दिल को कचोटने लगता है। वो एक प्रतिज्ञा लेती है: अगर नियति ने उसे डॉक्टर बनने दिया, तो वो भी बेसहारा लोगों की मदद करेगी।

'तुम विनीत हो रहे हो, नबो। तुम्हारी भेंट बहुत बड़ी है। तुम न सिर्फ़ ग़रीबों का मुफ़्त इलाज करते हो, बल्कि तुम गांधी के हरिजन सेवक संघ

में भी पैसा भेजते—'

नबकुमार उनकी बात काट देते हैं; उन्हें अपनी दानशीलता पर बात करना पसंद नहीं है। 'कलकत्ता में रहने के पीछे मेरे भी कुछ स्वार्थ हैं। मैं देश के राजनीतिक हालात के संपर्क में रहता हूं। और इस तरह मैं पेशेवर ठहराव से बचा रहता हूं। मुझे असामान्य बीमारियां देखने को मिलती हैं। अब्दुल्लाह मुझे अपने मेडिकल जरनल दिखाता है, हम रोमांचक नए इलाज आज़माते हैं। क्लिनिक मेरे लिए ऑक्सीजन की तरह है।'

नबकुमार के शब्द प्रिया के दिलो-दिमाग़ में गूंज जाते हैं। जब वो घर पर कोई नई मेडिकल टैक्स्टबुक लाते हैं या उसके साथ किसी अजीब केस पर बात करते हैं, तो क्या उसे भी इसी तरह का रोमांच महसूस नहीं होता है? मानव शरीर बहुत पेचीदा है, एक रहस्य है। इसे मौत के चंगुल से बचा लाना एक निरंतर एडवेंचर है।

सोमनाथ कहते हैं, 'हमारी प्रिया गंभीर हो रही है। तुम्हारे दिमाग़ में क्या चल रहा है, बिटिया?'

वो जानती है कि उसकी बात नबकुमार को पसंद नहीं आएगी, लेकिन सोमनाथ का प्रोत्साहन उसके शब्दों को बाहर ले आता है। 'मैं भी चाहती हूं कि बाबा की तरह डॉक्टर बनूं। कठिन रोगों का इलाज करूं। नए इलाज सीखूं। ग़रीबों की मदद करूं। मैं कलकत्ता मेडिकल कॉलेज जाना चाहती हूं।' वो अपनी ज़बान को काटते हुए उस ग़द्दारी भरे आरोप को रोक लेती है: *लेकिन ये मुझे इसकी अनुमति नहीं दे रहे।*

सोमनाथ कहते हैं, 'अगर कोई औरत ऐसा कर सकती है, तो प्रिया, वो निश्चित रूप से तुम हो। तुम यहां भी अपने पिता के क्लिनिक में बहुत मदद करती हो। तुमने कल रात हामिद का बच्चा पैदा कराने में भी इनकी मदद की थी।' वो उसके चौंकने पर हंसने लगते हैं। 'अरे, मेरे भी अपने स्रोत हैं। नबो, हमारी प्रिया को मेडिकल प्रवेश परीक्षा देने दो। ये बहुत मेधावी है; मुझे विश्वास है कि ये बहुत अच्छे अंकों के साथ पास होगी।'

'तुम नहीं जानते कि मेडिकल कॉलेज के प्रशासक—जिनमें से अभी भी ज़्यादातर ब्रिटिश हैं—महिलाओं के प्रति कितने पक्षपातपूर्ण हैं,' नबकुमार ताव में कहते हैं। 'अधिकांश महिला उम्मीदवार लिखित परीक्षा

तक पास नहीं कर पाती हैं क्योंकि उन्हें पुरुषों की तुलना में ज़्यादा सख़्ती से अंक दिए जाते हैं। जो पास हो जाती हैं, उनमें से अधिकांश को मौखिक साक्षात्कार के दौरान बाहर कर दिया जाता है, जिनमें चयन समिति उन्हें डराने की कोशिश करती है। वो थोड़ी सी लड़कियां जिन्हें प्रवेश मिलता है—जो आमतौर पर प्रभावशाली परिवारों से होती हैं जिन्हें कॉलेज सीधे तौर पर नाराज़ नहीं कर सकता—जल्द ही छोड़कर चली जाती हैं। अब्दुल्ला के भानजे रज़ा, जिसने हाल ही में कोर्स पूरा किया है, ने हमें डरावनी कहानियां सुनाई हैं। प्रोफ़ेसर लड़कियों के साथ अतिरिक्त सख़्ती बरतते हैं, और उनसे ऐसी चीज़ें पूछते हैं जिनकी किसी प्रथम वर्ष के छात्र से जानने की उम्मीद नहीं की जा सकती, और फिर जब वो जवाब नहीं दे पाती हैं तो उन्हें पूरी क्लास के दौरान खड़े रहने को मजबूर किया जाता है। शरीर-रचना विज्ञान प्रयोगशालाओं में उन्हें चीर-फाड़ करने के लिए पुरुषों की लाशें दी जाती हैं, या फिर यौन रोगों वाले पुरुष रोगियों, या ऐसे पागल रोगियों की देखभाल करने के लिए कहा जाता है जो उन पर हमला कर सकते हैं। उनके साथी छात्र भी उन्हें चिढ़ाते और उनका मज़ाक़ उड़ाते हैं, और भद्दे मज़ाक़ करते हैं। कॉलेज में महिलाओं के लिए शौचालय तक नहीं हैं—और मुझे यक़ीन है कि ऐसा जानबूझकर किया गया है। मैं नहीं चाहता कि मेरी बेटी को इस तरह प्रताड़ित किया जाए।'

'मुझे परवाह नहीं,' प्रिया कहती है। 'मैं ऐसी छोटी-मोटी बातों से परेशान होने वाली नहीं हूं। मैं उन्हें साबित करके दिखाऊंगी कि मैं भी उतनी ही अच्छी डॉक्टर बन सकती हूं जितना कोई लड़का बन सकता है,' वो नबकुमार को घूरती है। 'क्या आपने हमेशा मुझे दुर्व्यवहार के ख़िलाफ़ लड़ना नहीं सिखाया है? तो फिर हम ऐसे अन्याय को कैसे स्वीकार कर सकते हैं? हम महिलाओं के लिए हालात कैसे बदलेंगे अगर हम—और हमारे परिवार—उन चीज़ों के लिए लड़ने को तैयार नहीं होंगे जो महत्वपूर्ण हैं?'

उसी समय बालकनी में आते हुए अमित ने पूछा, 'अब पिया किससे लड़ना चाहती है?'

'बीच में मत बोलो!' वो फटकारती है। 'हम मेरे भविष्य के बारे में गंभीर बातचीत कर रहे हैं।'

'मुझे माफ़ करना।' अमित झुककर कोर्निश बजा लाता है जो उसने कलकत्ता में सीखा होगा। उसकी आंखों में शरारत नाच रही है।

प्रिया को और ज़्यादा चिढ़ना चाहिए। ऐसा क्यों है कि वो उससे नाराज़ नहीं रह पाती?

'लड़की को एक मौक़ा दो, नबो,' सोमनाथ कहते हैं। 'ये इसकी हक़दार है। अगर ये फ़ेल हो गई, तो बात वहीं ख़त्म।'

'और अगर मैं पास हो गई?' प्रिया कहती है।

'तो हम फिर से बातचीत करेंगे,' सोमनाथ अपनी शांत आवाज़ में कहते हैं।

नबकुमार, हिचकिचाते हुए: 'ठीक है, ये परीक्षा दे सकती है। मैं इससे आगे कोई वादा नहीं करता।'

प्रिया नबकुमार के गले लग जाती है। वो सोमनाथ के हाथ पकड़ती है। वो अपने शांत ढंग से उसकी वकालत नहीं करते तो नबकुमार साफ़ मना कर देते। 'मैं परीक्षा के लिए ख़ूब तैयारी करूंगी। मैं आपका सिर ऊंचा करूंगी।'

'बेहतर होगा कि तुम शादी के लिए तैयारी करो, और वो कौशल सीखो जो मर्द पत्नियों में पसंद करते हैं,' नबकुमार भुनभुनाते हैं।

'अगर इसे ऐसा आदमी मिल जाए जो मेडिकल कौशल वाली पत्नी को पसंद करता हो तो?' अमित बोलता है।

वो उसकी बांह पर थपकी मारती है। 'अहम मामलों के बारे में मज़ाक़ करना बंद करो।'

'मैं माफ़ी का तलबगार हूं।' उसकी आंखों में उसका मनोरंजन साफ़ झलक रहा है; फिर वो गंभीर हो जाता है। 'मेरे कमरे में चलो। मैं तुम्हें वो दिखाना चाहता हूं जो मैं तुम्हारे लिए कलकत्ता से लाया हूं।'

'बेहतर होगा कि वो कोई बेवक़ूफ़ी की चीज़ न हो,' वो कहती है। और फिर उस पर उत्साह हावी हो जाता है। वो मेडिकल परीक्षा देने वाली है। उसका सपना पूरा होना शुरू हो रहा है। वो अमित की बांह पकड़ लेती है। 'चलो भी, लेट लतीफ़!' वो सीढ़ियां उतरने लगते हैं।

उसे पीछे से सोमनाथ की आवाज़ सुनाई देती है। 'ये कैसे आपस में झगड़ते और सुलह कर लेते हैं, बिल्कुल हम दोनों की तरह।'

'सही कहा।' लेकिन नबकुमार की आवाज़ विचारों में डूबी हुई है। प्रिया अपने पीछे से उन्हें ख़ुद को घूरते महसूस कर सकती है।

सोमनाथ कहते हैं, 'इस बहस-मुबाहिसे ने मुझे थका दिया है। क्यों न एक गाना हो जाए, नबो?'

उसके पिता गाना शुरू करते हैं। उनकी आवाज़, जो थोड़ी रूखी सी है, वो आवाज़ है जो उसे दुनिया में सबसे प्यारी है। *'ई कोरेछो भालो, नीठूरो हे, ई कोरेछो भालो—'*

'ये वाला नहीं,' सोमनाथ आह भरते हैं। 'ये बहुत निराशा भरा है।' लेकिन नबकुमार बिना रुके गाना गाना जारी रखते हैं।

एमी कोरे ह्रदोये मोर तीब्रो दहन जलो।
आमार ए धूप ना पोड़ाले गोंधो किछुई नाही ढाले।
आमार ए दीप ना जलाले दैइ ना किछुई आलो।

तुमने अच्छा काम किया है, हे निर्दयी,
मेरे दिल को झुलसाने का।
जब तक धूप को जलाया न जाए, तब तक वो सुगंध
नहीं देती
जब तक दीये को जलाया न जाए, तब तक वो अपनी
चमक नहीं बिखेरता।

प्रिया सहमत है—ये एक दुख भरा गीत है। उसे समझ नहीं आता कि ये उसके पिता को इतना क्यों पसंद है।

वो अमित के चार डंडों वाले पलंग पर टांग पर टांग रखकर बैठ जाती है, जिस तरह से उसे हमेशा से बैठना याद है। ये सौ साल से अधिक पुराना एक भव्य पलंग है, जो इतना ऊंचा है कि उन्हें चढ़ने के लिए एक पायदान

की ज़रूरत पड़ती थी। वो कितनी बेपरवाही से अपने ढेर सारे खिलौने, लूडो और कैरम की गोटियां फ़र्श पर बिखेर देता था। उसके पास किताबों से भरी अलमारियां थीं जिन्हें वो तभी खोलता था जब वो उसे इसके लिए मजबूर करती थी। अपनी चीज़ों का बेहतर ध्यान न रखने और इतना भाग्यशाली होने पर भी कृतज्ञ न होने के लिए वो उसे झिड़कती थी। लेकिन वो वास्तव में इतना भी भाग्यशाली नहीं था—वो इतने बड़े घर में बिना मां, बिना भाई-बहन के रहता था, एक ऐसे पिता के साथ जो उस पर बहुत कम ध्यान देते थे, एक ऐसी बुआ के साथ जो उस पर बहुत ज़्यादा ध्यान देती थीं। इसीलिए प्रिया उसकी दोस्त बन गई थी; उसे उसकी ज़रूरत थी।

कुछ मायनों में अमित अभी भी बदला नहीं है। उसकी चीज़ें अभी भी हर जगह बिखरी रहती हैं, वो नौकरानियों या यहां तक कि लाड़ करने वाली मनोरमा तक को उन्हें ठीक नहीं करने देता है। वो एक संदूक़ में कुछ तलाश रहा है, और कपड़े और जूते निकालकर फेंक रहा है। जब प्रिया पूछती है कि बड़े शहर में वो किन शरारतों में लगा रहा है, तो वो ग़ुस्सा दिलाने वाली सुकुमारता के साथ कहता है, जो तुम्हारे मासूम कानों के लायक़ नहीं हैं।

'मिल गए!' अमित चिल्लाता है। 'अपनी आंखें बंद करो।'

वो नक़ली आह भरते हुए उसका कहना मानती है। वो पहले भी उसके लिए बढ़िया-बढ़िया चीज़ें लाता रहा है। नक़ली बर्फ़ वाला ग्लोब जो हिलाए जाने पर चारों ओर घूमता है, नर्तकी वाला एक बॉक्स जो उन भारतीय धुनों से भिन्न ऐसे मधुर संगीत पर नाचती है जैसा संगीत उसने कभी नहीं सुना था। आज वो क्या लाया हो सकता है?

वो उसका हाथ पकड़ता है और उसकी कलाई पर कोई ठंडी और भारी चीज़ चढ़ा देता है। वो ख़ुद को लाल पत्थरों से जड़े सोने के दो कंगन पहने पाती है। वो त्योरियां चढ़ाती है।

'तुम्हें पसंद नहीं आए?' अमित की आवाज़ में अनिश्चितता है। 'मैं ये कलकत्ता की सबसे अच्छी ज्वैलरी शॉप पी.सी. चंद्रा से लाया हूं। ये पत्थर रूबी हैं। मुझे लगा ये तुम पर अच्छे लगेंगे।'

'तुम्हारे पास इतना पैसा कहां से आया?' वो संदेह से पूछती है।

कलकत्ता में अमित द्वारा कैरियर के शुरू में कुछ ग़लतियां करने के बाद, सोमनाथ ने उसे दिए जाने वाले पैसे को सख़्ती से सीमित कर दिया था।

'मैंने अपने भत्ते में से बचत की। पूरे साल एक भी पार्टी नहीं दी।'

वो दंग रह जाती है। अमित कभी पैसा बचाने वाला नहीं रहा था, जो कि एक बड़ी संपत्ति के उत्तराधिकारी में एक समझ सकने योग्य दोष था।

उसने दांत निपोरकर कहा, 'ये बड़ा कठिन था। मेरे सारे दोस्तों ने मेरा बहिष्कार कर दिया। लेकिन ये मैंने तुम्हारे लिए किया।'

उसकी सांस सीने में अटक जाती है। 'मैं इन्हें नहीं ले सकती। ये बहुत महंगे हैं।' वो कंगन उतारने लगती है, लेकिन वो उसके हाथों को कसकर पकड़ लेता है।

'अगर तुम इन्हें रखोगी तो मुझे ख़ुशी होगी, पिया।'

वो उलझन में पड़ जाती है। इसलिए नहीं कि उसे कंगन चाहिए—वो ऐसी चीज़ों की परवाह नहीं करती है—बल्कि इसलिए कि वो उसका सबसे प्यारा दोस्त है और वो उसे आहत नहीं करना चाहती। 'मां कभी अनुमति नहीं देंगी—'

'उन्हें जानने की ज़रूरत ही नहीं है। इन्हें किसी सुरक्षित जगह रख देना। ये हमारा राज़ रहेगा।'

अमित की आंखों में जो भाव था वो उसने पहले कभी नहीं देखा था, एक ऐसा भाव जिसके लिए वो तैयार नहीं थी। नबकुमार ने उसे आवाज़ दी तो उसे बड़ी राहत सी महसूस हुई। वो कंगनों को अपनी कमर पर पड़े थैले में डाल लेती है। घर में स्टोर रूम की दीवार में, अनाज की टंकी के पीछे एक ढीली ईंट है, और उसके पीछे एक ख़ाली जगह है जहां बचपन में वो अपने नन्हे-मुन्ने ख़ज़ाने रखा करती थी। वो कंगनों को तब तक के लिए वहीं छिपा देगी जब तक वो उन्हें वापस करने का कोई तरीका नहीं खोज लेती।

2

दीपा

दीपा के लिए कलकत्ता का पहला नज़ारा निराशाजनक है; बल्कि भयावह है। उफ़, सियालदह स्टेशन का वो हो-हल्ला। टिकट काउंटरों की क़तारें; कहीं और जाने को बेताब धक्कामुक्की करते यात्रियों की पंक्तियां; टूटती आवाज़ों वाली कर्कश घोषणाएं जिन्हें समझना असंभव है; अपने सिरों पर होल्डॉल संभाले लाल वर्दियां पहने चिल्लाते कुली कि रास्ते से हट जाओ। सबसे चौंकाने वाली चीज़ हैं भिखारी बच्चों की सुस्त, धंसी हुई आंखें। प्रिया उन्हें पैसे देना चाहती है, लेकिन अमित, जो गांगुली परिवार के साथ शहर आया है, उसे रोक देता है। वो उसे चेतावनी देता है कि उसे घेर लिया जाएगा। वैसे भी, उनमें से ज़्यादातर उन ग़ुंडों के लिए काम करते हैं जो दिन ख़त्म होने पर उनका पैसा ले लेते हैं। दीपा को दुख होता है, लेकिन ज़िंदगी ऐसी ही है। प्रिया की आंखें भर आती हैं। ये लड़की इतनी नर्मदिल है कि ख़ुद अपने ही लिए ख़तरा है। ऐसा कैसे हो सकता है, वो इस तरह पूछती है जैसे इसके लिए ख़ुद अमित ही ज़िम्मेदार है। वो तो सोमनाथ का ड्राइवर उसे दुनिया की असमानताओं के बारे में जवाब देने से बचा लेता है, जो दौड़ते हुए आता है और उन्हें कार तक ले जाता है, जहां दीपा जल्दी से एक खिड़की वाली सीट पर क़ब्ज़ा कर लेती है।

ये शानदार है। लंबी-चौड़ी, आलीशान कार—अमित के मुताबिक़

रोल्स रॉयस—चौड़ी और चिकनी सड़क पर आगे बढ़ने लगती है, जिसके किनारे-किनारे फूलों से लदे पेड़ हैं। अमित ने ड्राइवर को लड़कियों को कुछ देखने लायक़ जगहें दिखाने के निर्देश दिए हैं। वो हुगली नदी के किनारे-किनारे चलते हैं। बोरियों और क्रेटों से लदे बजरे, यात्रियों से ठुंसी नौकाएं, अंग्रेज़ों को ले जा रही शानदार मोटर लाँचें। दीपा घुटनों तक की ड्रेस पहनी महिलाओं को घूरती है, और एक ही साथ रोमांचित और भौचक्की हो जाती है; उसने कभी किसी महिला को सार्वजनिक रूप से अपनी टांगें दिखाते नहीं देखा है। ऐसा लगता है जैसे इस बड़े शहर में सारे नियम भिन्न हैं।

प्रिया दीपा की बग़ल में बैठी है, और सबकुछ देखने के लिए उसके ऊपर झुक जाती है। दीपा बार-बार उसे कोहनी मारकर दूर करती है—आख़िर वो सबसे बड़ी है—लेकिन नेकदिल प्रिया इसका बुरा नहीं मानती है। जामिनी की कहानी अलग ही है। बीना ने उसे खिड़की वाली सीट की पेशकश की थी, लेकिन उसने मना कर दिया था; वो चाहती थी कि बीना को बेहतर नज़ारा मिले। ठीक है, बीना ने कहा। अब जामिनी सामने की ओर देख रही है, और इस बात पर कुढ़ रही है कि उसकी क़ुर्बानी को सराहा नहीं गया। जब दीपा को कुछ चाहिए होता है, तो वो उसे एक ऐसी मुस्कान के साथ हासिल कर लेती है जिसका लोग विरोध नहीं कर पाते हैं। एक बार उसने उदारता दिखाते हुए जामिनी को भी ये सिखाने की कोशिश की थी, लेकिन जामिनी पैर पटकती हुई चली गई थी।

अमित सामने की सीट से प्रमुख स्थलों की ओर इशारा करता जा रहा है। स्मारक का लंबा स्तंभ, जिसके शीर्ष के पास सिर को चकरा देने वाली दो बालकनियां हैं; एक ऊंची बाड़ द्वारा बाहरी लोगों से छिपा रेस कोर्स; दूर दिखाई देता विक्टोरिया मेमोरियल का संगमरमर का सफ़ेद गुंबद जिस पर एक काले देवदूत का प्रतीक चिह्न बना हुआ है।

अमित ने ये पूछकर उन्हें चौंका दिया था कि क्या वो भी उनके कलकत्ता के एडवेंचर में शामिल हो सकता है। नबकुमार ख़ुश होते हुए सहमत हो गए थे। लड़कियों के इस समूह में एक और आदमी मददगार होगा, उन्होंने कहा था। सोमनाथ ने त्योरियां चढ़ाई थीं। तुम्हें हमारी जायदाद का कामकाज संभालना शुरू करना चाहिए। तुम इतनी जल्दी फिर से

कलकत्ता क्यों जाना चाहते हो? लेकिन दीपा की तरह अमित भी लोगों को लुभाकर उनसे अपनी बात मनवा लेने में माहिर था।

दीपा जानती है कि अमित यहां क्यों आया है: उसने उन नज़रों को देखा है जिनसे वो प्रिया को देखता है और वो उनके बीच रोमांस के पक्ष में है। उसके जैसे अमीर परिवार के साथ गठबंधन निश्चित रूप से उस समय मददगार साबित होगा जब नबकुमार उसके लिए वर की तलाश करेंगे। सोमनाथ की मदद से उन्हें जामिनी के लिए भी वर मिल सकता है। दीपा को ये अच्छा लगेगा। जामिनी उसे खिजाती है, लेकिन आख़िर वो बहनें ही तो हैं।

अमित बताता है कि अब वो चौरंगी पर हैं, जो कलकत्ता का सबसे महत्वपूर्ण इलाक़ा है। मोटर कारें, बसें, तांगे, रिक्शे जिन्हें आदमी खींचते हैं और पैदल चलने वालों को चेतावनी देने के लिए हाथ की घंटी बजाते हैं। ऊपर बिजली की लाइनों से जुड़ी पटरियों पर दौड़ रही इलेक्ट्रिक ट्रामें देख रही हो? वो बहनों को उनकी सवारी कराने ले जाने का वादा करता है।

वो एक महल जैसी विशाल चमचमाती सफ़ेद इमारत के पास से गुज़रते हैं, जिसमें सामने की ओर बरामदे और नक़्क़ाशीदार स्तंभ हैं। ऊपर के कमरों में फूलों वाली झाड़ियों से सजी सुंदर बालकनियां हैं। शहर का सबसे शानदार होटल, द ग्रांड। दीपा पूछती है कि क्या अमित उन्हें बस होटल दिखाने के लिए उसके अंदर ले जा सकता है, लेकिन वो मुंह बनाता है।

'सॉरी। ये केवल विदेशियों के लिए है।'

प्रिया, चिढ़कर: 'क्यों? ये हमारा देश है ना?'

नबकुमार कहते हैं, 'हां, और हम इसे वापस हासिल करने के लिए 1857 से लड़ रहे हैं। बहुत लोगों ने इसके लिए अपनी जानों की क़ुर्बानी दी है। आख़िरकार, आज़ादी मिलने वाली है। हो सकता है कि जब हम अगली बार कलकत्ता आएं, तो चाय पीने के लिए अंदर जा सकें।'

बीना नाक सिकोड़ती हैं। दीपा जानती है कि उसकी मां क्या सोच रही हैं। वो भी वही सोच रही है: लगता तो नहीं। उनके पास इतना पैसा नहीं है। ये बहुत अच्छी बात है कि नबकुमार दुनिया को बचाना चाहते हैं,

लेकिन अगर वो ये काम थोड़ा कम करते, तो परिवार के पास कुछ ज़्यादा पैसा होता।

और भी ख़ूबसूरत ऐतिहासिक स्थल तेज़ी से गुज़रते जाते हैं। निज़ाम पैलेस, सेंट पॉल कैथीड्रल, इंडियन म्यूज़ियम। और आख़िर में, पेड़ों की क़तारों वाला एक शांत रास्ता, विशाल गेटों को खोलते और अमित को सलाम करते राइफ़लों से लैस दरबान। दूर तक फैले लॉन, अनूठे फूलों की बाड़ें, रुपहली फुहारें छोड़ते फ़व्वारे। हवेली की विशाल दीवारें सफ़ेद रंग की हैं; इसकी चमचमाती खिड़कियों पर अलंकृत ग्रिल लगी हैं। संगमरमर के दो शेर प्रवेश द्वार की रक्षा करते हैं। अंदर, कमल के डिज़ाइन में मोज़ैक टाइलें, सागौन का चमकदार फ़र्नीचर। ऊपर लगी अपनी ऑयल पेंटिंग्स से उनके ख़स्ताहाल बैगों को नापसंदीदगी से घूरती पूर्वजों की पीढ़ियां। हाउसकीपर शेफाली, जो दशकों से परिवार के साथ है, हाथ जोड़कर उनका स्वागत करती है; गांगुली महिलाओं के कपड़ों की तुलना में उसकी साड़ी कहीं ज़्यादा अच्छी है।

अगर मेरे पास ऐसा घर होता, दीपा सोचती है, तो मैं कभी किसी पिछड़े गांव में नहीं रहती।

माता-पिता को नीचे बेडरूम दिया गया है, अमित तीसरी मंज़िल पर है, पूरा दूसरा फ़्लोर लड़कियों के पास रहेगा। अमित ने सबसे बड़ा कमरा प्रिया के लिए चुना है—इसमें कोई आश्चर्य नहीं है—लेकिन सभी कमरे बड़े और चमचमाते हुए हैं, जिनमें चार डंडों वाले विशाल पलंग हैं। दीपा के पास कभी भी केवल उसका अपना कमरा नहीं रहा, ऊपर लगे शॉवर वाला बाथरूम तो दूर की बात है। उसका बिस्तर इतना मुलायम है कि वो वहीं लेटकर अपनी ज़िंदगी काट सकती है।

शुक्र है कि उन्होंने अपनी यात्रा रद्द नहीं की थी।

दो दिन पहले एक पड़ोसी ने उन्हें बताया था कि मुस्लिम लीग ने 16 अगस्त को पूरे भारत में व्यवसायों को बंद रखने का आदेश दिया है ताकि वो एक सामूहिक बैठक कर सकें। हिंसा हो सकती है। और लूटपाट भी।

'ये ख़तरनाक होगा,' बीना ने कहा। 'हमें घर पर ही रहना चाहिए।'

नबकुमार ने कहा, 'आजकल तो हड़तालें होती ही रहती हैं। वो बस

पार्टी नेताओं के लिए भाषण देने का एक अवसर भर होती हैं जबकि आम लोगों को काम से एक दिन की छुट्टी मिल जाती है। हम कलकत्ता जल्दी पहुंच जाएंगे और हमें ख़रीदारी करने का समय मिल जाएगा। हड़ताल के दिन हम घर में रहेंगे और आराम करेंगे। जब हड़ताल ख़त्म हो जाएगी, तो हम घूमेंगे और तुम्हारी रज़ाइयों के लिए कोई ख़रीदार ढूंढ़ेंगे। शायद हमें गंगा में नाव की सवारी करने के लिए भी समय मिल जाए।'

वो ख़ुश थे और उनमें आत्मविश्वास था। बीना ने हार मान ली थी।

प्रिया के कमरे में दराज़दार अलमारी के ऊपर पॉलिशदार लकड़ी और चमकदार घुंडियों वाला एक बड़ा सा रेडियो रखा हुआ है। रेडियो महंगे होते हैं; उनके पास कभी रेडियो नहीं रहा। प्रिया हिचकिचाते हुए उसे उंगली से छूती है लेकिन जामिनी आगे को झुककर आत्मविश्वास के साथ उसकी घुंडी घुमा देती है। उसने ये कहां से सीखा, जामिनी के अपने ही राज़ हैं?

टैगोर का एक गीत बज रहा है, जिसे देश भर के स्वतंत्रता सेनानियों ने लोकप्रिय बना दिया है। ख़ुद गांधीजी को भी ये पसंद है। *एकला चोलो रे। अगर कोई तुम्हारी पुकार का जवाब नहीं देता है, तो अकेले ही चल दो।*

जामिनी भी गायक के साथ गाने लगती है; उसकी आवाज़ शीशे की तरह साफ़ है। वो इतने पैसे वाले नहीं हैं कि किसी संगीत शिक्षक का ख़र्च उठा सकें, लेकिन जब उसकी सहेलियां संगीत सीख रही होती हैं तब वो चुपके से सुनती रहती है। दीपा भी अच्छी गायक है। लेकिन उसने तब अभ्यास करना बंद कर दिया था जब जामिनी ने कहा कि कम से कम ये एक चीज़ तो मेरी होने दो।

टैगोर का एक नया गीत आता है। *पागला हवार बादल दीने, पागोल आमार मोन जेगे ओथे।* आमतौर पर, टैगोर दीपा को कुछ ज़्यादा ही उच्च विचार वाले लगते हैं; वो हेमंत के *जानीते जोदी गो तूमी* जैसे दिलकश और रोमांटिक गाने पसंद करती है, लेकिन इसमें कुछ ऐसा है जो उसके मन पर छा जाता है।

इस भयंकर हवाओं वाले दिन,
मेरा जंगली मन जाग उठता है।
न जाने क्यों ये जाने को तरसता है
ज्ञात दुनिया से परे
जहां सड़कें नहीं हैं...
क्या ये कभी घर लौटेगा?

गायिका की दमदार आवाज़ से मंत्रमुग्ध बहनें इस गाने को सुनती हैं। वो अव्यावहारिक चीज़ों के सपने देखने लगती हैं। यात्रा, रोमांच, सीमाओं को तोड़ना। अगर कोई ज्ञात संसार से परे चला जाए, तो क्या उसका वापस लौटना संभव है? वो इंतज़ार करती हैं कि ख़ुद गाना उन्हें इसका जवाब दे दे। लेकिन तभी नबकुमार उन्हें अपने दोस्त डॉ. अब्दुल्लाह से मिलने के लिए नीचे बुला लेते हैं और आज्ञाकारी जामिनी रेडियो को बंद कर देती है।

महोगनी की गोल मेज़ पर जिसकी टांगों पर शेर के पंजे उकेरे गए हैं, एक नहीं बल्कि दो अजनबी मौजूद हैं। कड़क सफ़ेद कुर्ता-पाजामा, बहुत क़रीने से छंटी हुई दाढ़ी, और क्रोशिए से बुनी मुस्लिम टोपी में अब्दुल्लाह। और उनका भांजा रज़ा जिसे अब्दुल्लाह ने ही पाला है क्योंकि लड़के की मां की मौत तभी हो गई थी जब वो छोटा सा था। लंबा, चौड़ी छाती वाला, अपने मामा की तरह पारंपरिक कपड़े पहने, उन्हीं जैसी दाढ़ी वाला। लेकिन जब दीपा बची हुई एकमात्र कुर्सी पर उसकी बग़ल में बैठती है, तो वो उसे देखकर ऐसी खिली हुई मुस्कुराहट देता है जिसमें कुछ भी पारंपरिक नहीं है। वो इच्छा करने लगती है कि काश उसने अपनी साड़ी बदलने के बारे में सोचा होता।

नाश्ता आता है, कलकत्ता के ख़ास व्यंजन जो अमित ने ऑर्डर किए हैं: लेडी कैनिंग के नाम पर आधारित चाशनी में डूबे लेडिकेनी, पिसी हुई दाल और हींग से भरी कचौरियां, बेमौसम की फूलगोभी से भरे समोसे। लेकिन इस शहर में कभी भी कुछ बेमौसम नहीं होता, अमित गर्व से कहता है।

बशर्ते कि आप सही लोगों को जानते हों और आपके पास अच्छा-ख़ासा पैसा हो, रज़ा कहता है। क्या उसकी मुस्कुराहट में थोड़ा कड़वापन है? यक़ीनन नहीं। देखिए वो किस शिष्टता के साथ दीपा को शाही टुकड़ा पेश करता है, वो मिठाई जो वो लेकर आए हैं। मुग़ल सम्राटों का पसंदीदा, वो उसे बताता है; एक ऐसी डिश जो एक राजकुमारी के लायक़ है। दीपा, जो गांव के नौजवानों को अपने ऊपर रीझते देखने की आदी है, शर्माने लगती है। जब रज़ा पूछता है कि वो कलकत्ता में क्या देखना चाहेगी, तो वो खिसिया जाती है क्योंकि वो उसे प्रभावित करने के लिए कुछ ख़ास नहीं सोच सकती।

बातचीत का रुख़ बदल जाता है। डॉ. अब्दुल्लाह—किसी हद तक मज़ाक़ में—नबकुमार से शिकायत करते हैं कि रज़ा राजनीति में कुछ ज़्यादा ही घुस रहा है। हालांकि वो एक प्रतिभाशाली डॉक्टर है, लेकिन वो अपने दिन का ज़्यादातर भाग मुस्लिम लीग मुख्यालय में बिताता है। वो युवा लीडर बन गया है। संगठन हमेशा उसे रैलियों में बोलने के लिए कहता है जबकि क्लिनिक उसके बूढ़े मामा को संभालना पड़ता है।

दीपा लंबे और रोबदार, भीड़ के सामने आत्मविश्वास से भरे रज़ा की कल्पना करती है। वो भाषण देने के लिए ही पैदा हुआ था, उसे पता है क्या बोलना है, कैसे सबको प्रेरणा देनी है।

रज़ा कहता है, 'ये हमारे देश के इतिहास में एक अहम समय है, मामाजी। याद रखिए, आप भी ऐसी चीज़ों में शामिल रहे थे।'

'वो अलग बात थी। नबो और मैं विदेशियों के अत्याचारी बोझ को उतार फेंकने के लिए लड़ रहे थे। हम स्वतंत्र भारत के लिए कितने लालायित थे! हर समुदाय के लोग साथ होते थे। नबो, क्या तुम्हें याद है—हम नज़रुल का गाना *दुर्गम गिरि कांतार मोरु* गाते थे?'

नबकुमार सहमति में सिर हिलाते हैं। वो जज़्बात से कांपती आवाज़ में, सुनाते हैं:

वो कौन है जो पूछने की हिम्मत करे, 'डूबने वाले हिंदू
हैं या मुस्लिम?'

बल्कि कहो, वो इंसान हैं, वो मेरे वतन की संतान हैं।

अब्दुल्लाह आगे बोलते हैं, 'हमें अंदाज़ा ही नहीं था कि एक-दो दशक में हमारे लोग उस देश को अलग-अलग राष्ट्रों में तोड़ने के लिए लड़ रहे होंगे जिसका हमने सपना देखा था। तुमने पढ़ा जिन्ना ने क्या कहा है? मुझे तो अपनी आंखों पर यक़ीन ही नहीं हुआ। *भारत विभाजित होगा या नष्ट होगा।*'

दीपा रज़ा के चेहरे पर आए अड़ियल भाव को देखती है। लेकिन मामा के लिए उसका सम्मान जीत जाता है; वो ख़ामोश रहता है।

प्रिया कहती है, 'प्लीज़ हमें अपने कारनामों के बारे में बताइए, चाचा।'

इस पर बीना तनाव में आ जाती हैं, लेकिन इसे केवल दीपा ही देख पाती है।

'तुम्हारे बाबा और मैं इसी तरह गहरे दोस्त बने थे,' अब्दुल्लाह कहते हैं। 'जब महात्मा गांधी ने अपना नमक मार्च शुरू किया था तब हम दोनों मेडिकल कॉलेज हॉस्पिटल में डॉक्टर थे। अहिंसक प्रतिरोध के उनके दृष्टिकोण से प्रेरित होकर हमने उनके साथ जुड़ने का फ़ैसला कर लिया। ये 1930 की बात है। हमारे अंग्रेज़ सुपरवाइज़र ने हमें छुट्टी देने से मना कर दिया। तो हमने अपनी नौकरी छोड़ दी और पूरे देश का सफ़र करते हुए डांडी गए। परंपरा को धता बताते हुए सभी वर्गों के मर्द-औरत एक साथ थे। तुम्हें मातंगिनी हाज़रा याद हैं, नबो? वो ग़रीब विधवा, जिनके पास कोई औपचारिक शिक्षा तो नहीं थी, लेकिन शेरनी जैसा दिल था।'

नबकुमार सहमति में सिर हिलाते हैं। 'हम उन्हें गांधी बूढ़ी कहते थे क्योंकि वो उम्र में बहुत बड़ी थीं, लेकिन उनमें हममें से बहुत लोगों से ज़्यादा ऊर्जा थी। वो उस दिन तक लड़ती रहीं जब तक कि पुलिस की गोली लगने से मर नहीं गईं। तब वो सत्तर के दशक में थीं। वो वंदे मातरम् का नारा लगाते हुए झंडा पकड़े मरी थीं।' उनकी यादें उन्हें चुप करा देती हैं। आख़िरकार वो फिर से बोलते हैं। 'हमारी सबसे महत्वपूर्ण महिला नेताओं में से एक सरोजिनी नायडू की तरह वो भी बंगाली थीं, प्रिया। ये

कभी मत भूलना कि यही तुम्हारी विरासत है। अब्दुल भाई, याद है कैसे सरोजिनी नमक यात्रा पर महात्मा की बग़ल में चल रही थीं?' वो प्रिया की ओर मुड़ते हैं। 'और हम ठीक उनके पीछे चल रहे थे।'

प्रिया अपने हाथ जोड़ती है; उसे प्रतिरोध में सबसे आगे रहने वाली इन महिलाओं की कहानियां बहुत पसंद हैं। क्या केवल दीपा का ही ध्यान जाता है कि बीना का चेहरा किस तरह काला पड़ गया है? क्या सिर्फ़ उसी को परवाह है?

अब्दुल्लाह की नज़रें दूर कहीं शून्य में थीं। 'सरोजिनीजी। भारत कोकिला। वो मार्च के दौरान अपनी कविताएं सुनाती थीं। वो एक ऐसी महिला थीं जो किसी चीज़ से नहीं डरती थीं। वो महात्मा के साथ मज़ाक़ भी कर लेती थीं, जिनके लिए हम सबके मन में इतनी श्रद्धा थी। *आप बहुत बड़ी मुसीबत हैं, बापूजी,* वो कहतीं, *आप जहां भी जाते हैं हमें बकरियां लानी पड़ती हैं क्योंकि आप सामान्य लोगों की तरह गाय का दूध नहीं पीते।* जब महात्मा उन्हें अपने साथ शाकाहारी भोजन खाने के लिए आमंत्रित करते, तो वो हंसते हुए मना कर देती थीं। *क्या गड़बड़झाला है।* या, *मैं आपकी तरह घासफूस पर नहीं जी सकती।* जब मार्च के दौरान अंग्रेज़ों ने गांधीजी को गिरफ़्तार कर लिया, तो उन्होंने बिना पलक झपकाए कमान संभाल ली।'

नबकुमार कहते हैं, 'मैं अभी भी उन्हें हमारी ओर मुड़ते और ज़ोर से चिल्लाकर कहते देख सकता हूं कि *भले ही गांधी का शरीर जेल में है, लेकिन उनकी आत्मा आपके साथ चल रही है।* तमाम कठिनाइयों और पुलिस उत्पीड़न के बावजूद वो हमें आगे बढ़ाती रही थीं।'

'लेकिन तुम्हारे पिता और मैं महात्मा के साथ अपना नमक बनाने के लिए समुद्र तक नहीं पहुंच पाए,' अब्दुल्लाह उदासी से कहते हैं। 'जब हमने सरोजिनीजी के साथ धारासना साल्ट वर्क्स पर धरना दिया, तो हमें जेल हो गई। तुम्हारे पिता को पुलिस ने बुरी तरह पीटा था। मैं इनके ख़ून से लथपथ सिर में टांके लगाने के लिए चिकित्सा का सामान खोजने के लिए इधर-उधर भटकता रहा था।'

'तुम भी तो घायल थे, अब्दुल भाई।' नबकुमार ने अब्दुल्लाह के

कुर्ते की आस्तीन खींची।

दीपा उनकी पूरी बांह पर एक भद्दा, दांतेदार निशान देखती है।

'उसके बाद क्या हुआ?' प्रिया फुसफुसाती है। 'क्या आप दोबारा कभी सरोजिनीजी से मिल सके?'

नबकुमार ने इंकार में सिर हिलाया। 'नहीं। उन्हें भी जेल भेज दिया गया था। लेकिन बाद में वो अंग्रेज़ों से बातचीत करने के लिए गोलमेज़ सम्मेलन में लंदन चली गई थीं। हो सकता है तुम किसी दिन उनसे मिल सको।'

इस संभावना पर प्रिया के चेहरे पर उत्साह की चमक आ जाती है।

'हमें तो बस सरकारी जेल अंदर से देखने को मिली थी,' अब्दुल्लाह व्यंग्य भरी मुस्कुराहट के साथ कहते हैं।

नबकुमार व्यंग्यपूर्वक कहते हैं, 'जब हमें रिहा किया गया, तब तक हम भूख से अधमरे हो चुके थे और हमारे सिर में जुएं भरी हुई थीं। जब हम आख़िरकार कलकत्ता वापस आए, तो कोई भी अस्पताल हमें काम पर रखने को तैयार नहीं था क्योंकि उच्च-अधिकारी—जो सभी ब्रिटिश थे—हमें उपद्रवियों के रूप में देखते थे। लेकिन हमें ये जानकर संतोष हुआ कि हम एक बहुत बड़ी चीज़ का हिस्सा बने थे।'

'और चूंकि हमें नौकरी नहीं मिली, इसलिए हमने अपना क्लिनिक शुरू कर लिया,' अब्दुल्लाह कहते हैं। 'आज हम अपने मालिक आप हैं, और दुनिया में कुछ अच्छा कर रहे हैं—भले ही हम नहीं जानते कि अगले महीने का बिजली का बिल कैसे भरेंगे!'

अचानक उन सबको बीना की दर्द भरी कर्कश आवाज़ सुनाई देती है। 'अब्दुल्लाहजी, वो जोखिम उठाना आपके लिए आसान था, आपका कोई परिवार नहीं था। लेकिन आपके मित्र की तीन छोटी-छोटी लड़कियां थीं। जब इन्होंने मुझसे सलाह किए बिना अपनी नौकरी छोड़ी, तब प्रिया नन्ही सी बच्ची थी। मैं इनसे न जाने की विनती करती रही, लेकिन इनके कान पर जूं भी नहीं रेंगी। आप कल्पना कर सकते हैं कि बच्चों के साथ अकेली छोड़ दिए जाने पर मैं कितना डर गई होऊंगी? मुझे हर रोज़ लगता

था कि मुझे इनकी मौत की ख़बर मिलेगी। जब मुझे पता चला कि इन्हें जेल भेज दिया गया है, तो मैं पगला गई थी। अगर हमारे पड़ोसियों ने दया न दिखाई होती, तो हम ज़िंदा नहीं बच पाते।'

वो भद्दी, फटी सी आवाज़ में रोना शुरू कर देती हैं। भौचक्की प्रिया और जामिनी घूरकर देखने लगती हैं। शर्मिंदा पुरुष नज़रें चुराने लगते हैं। दीपा मेज़ के नीचे से हाथ डालकर अपनी मां का हाथ पकड़ लेती है। उसे ज़रा भी अंदाज़ा नहीं था। जब आदमी लोग हीरो बनने चले जाते हैं, तो क्या उन्हें इस बात का अहसास भी होता है कि जिन औरतों को वो छोड़कर जा रहे हैं उनका क्या होगा?

आख़िरकार, नबकुमार अपना गला साफ़ करते हैं। 'मुझे अफ़सोस है कि मैंने तुम्हें इतना कष्ट दिया, प्रिय। मैंने कई बार माफ़ी मांगी है। लेकिन कुछ चीज़ें ऐसी होती हैं जो करनी ही पड़ती हैं, भले ही उनसे आपके प्रियजनों को ख़तरा और दुख मिले। मैं आभारी हूं कि मैं हमारे देश के संघर्ष में एक छोटी सी भूमिका निभा सका। अगर मेरा बस चलता, तो मैं भारत छोड़ो आंदोलन से भी जुड़ जाता। मुझे मातंगिनीदी के साथ मरने में गर्व महसूस होता। लेकिन मैंने तुम्हारे बारे में सोचा और रुक गया।'

और दीपा को हमेशा लगता था कि उसके माता-पिता के बीच बहुत अच्छा रिश्ता था। वो कितनी अंधी थी।

नबकुमार अपनी बात जारी रखते हैं, 'इसीलिए क्लिनिक मेरे लिए इतना अहम है, भले ही मैं इससे कोई पैसा नहीं कमाता हूं। ये अकेली चीज़ है जो मैं देश के लिए कर रहा हूं।'

उनकी आंखों में मिन्नत है, लेकिन बीना के हाव-भाव में कोई नर्मी नहीं आती। जब एक दंपती में इतने गहरे मतभेद हों, तो क्या कोई चीज़ उनके बीच की खाई को पाट सकती है?

रज़ा इस अटपटी ख़ामोशी को तोड़ता है। महिलाओं ने कभी क्लिनिक नहीं देखा है। क्या उन्हें कल वहां जाने में दिलचस्पी होगी? और अमित को? आख़िर उसके पिता ही तो उनके प्रमुख संरक्षक हैं।

बीना का झुका हुआ मुंह उनके उत्साह की कमी को जता रहा है। उनके लिए क्लिनिक एक ऐसा गड्ढा है जहां नबकुमार वर्षों से पैसा डालते

जा रहे हैं। जैसा कि अपेक्षित था, प्रिया उत्सुक है। विनम्र जामिनी ज़ोरदार विरोध करके सबको चौंका देती है और अपने पिता को याद दिलाती है कि उन्होंने उन्हें न्यू मार्केट और सिनेमा ले जाने का वादा किया था। वो समर्थन के लिए दीपा की ओर मुड़ती है। लेकिन दीपा, जो बीमारी की बदबू को बर्दाश्त नहीं कर सकती, जिसे हमेशा से ख़ून देखने से नफ़रत रही है, रज़ा को देखती है और कहती है कि वो वहां जाने को बेताब है।

इस गतिरोध में अमित क़दम रखता है। 'हम कार से चलेंगे—उससे समय बचेगा। हम घर से जल्दी निकलेंगे, क्लिनिक देखेंगे, और फिर न्यू मार्केट चले जाएंगे। हम बीना काकी की रज़ाइयों के लिए कोई ख़रीदार ढूंढ़ेंगे और फिर ग्लोब में फ़िल्म देखेंगे, जो मार्केट के एकदम बग़ल में है।'

नबकुमार विरोध करते हैं। युद्ध के बाद के वर्षों में पेट्रोल बहुत महंगा है। और निश्चित रूप से अमित के अपने दोस्त होंगे और वो महिलाओं के झुंड के साथ ख़रीदारी पर जाने के बजाय उनके पास जाना पसंद करेगा?

अमित कहता है कि कार का इस्तेमाल होना अच्छा रहेगा। कार ज़्यादातर गैराज में खड़ी रहती है। जहां तक कलकत्ता के उसके दोस्तों का सवाल है, तो वो बुरी संगत हैं। बेहतर यही है कि वो उनसे दूर रहे। सब हंसने लगते हैं। क्या सिर्फ़ दीपा ही देख पा रही है कि कैसे अमित की नज़रें प्रिया को सहला रही हैं, कैसे वो लाल हुई जा रही है?

सोते समय, जब वो ऊपर जा रहे हैं, तो जामिनी अमित की बांह को छूती है।

'तुमने मेरे लिए जो किया मैं उसकी शुक्रगुज़ार हूं,' वो फुसफुसाती है।

वो शर्मिंदा होते हुए कंधे उचकाता है। 'वो कोई ऐसी बात नहीं थी।'

और यहां एक पेच है। क्या जामिनी को वाक़ई ऐसा लगता है कि अपनी कार और अपनी संगति देते समय अमित उसके बारे में सोच रहा था? दीपा उसे समझाने के बारे में सोचती है। लेकिन अंत में वो कुछ नहीं बोलती। अगर उनकी चिड़चिड़ी बहन अपनी ग़लतफ़हमी में ख़ुश रहे, तो उनका सफ़र ज़्यादा आसानी से कट जाएगा।

3

जामिनी

जामिनी हमेशा से अपनी कमियां जानती है। उसमें न तो दीपा जैसी दमकती सुंदरता है और न ही प्रिया जैसी एकाग्र बुद्धिमत्ता। इसीलिए, ज़िंदगी के आरंभ में ही, उसने अच्छाई को चुन लिया था। वो दुर्गा मंदिर में सेवा करती है, और झाड़ू लगाने या बर्तन मांजने को कहे जाने पर कभी शिकायत नहीं करती है। अगर कोई पड़ोसी बीमार पड़ जाता है, तो सबसे पहले जौ-नींबू का शरबत लाने वाली वही होती है। जब नबकुमार क्लिनिक से घर आते हैं, तो वो साफ़ तौलिया, और उनके पैर धोने के लिए पानी लिए तैयार होती है। वो बीना की रज़ाइयों में देर रात तक मदद करती है, और छोटे-छोटे, समतल टांके लगाती है जिससे उसकी आंखों पर ज़ोर पड़ता है।

मगर फिर भी।

वो क्या ग़लत कर रही है? ऐसा कैसे कि उसकी बहनें—एक दिखावटी, दूसरी अव्यावहारिक—मज़े की ज़िंदगी जी रही हैं और वो स्नेह प्राप्त कर रही हैं जिससे वो वंचित है?

वो हर सप्ताह पीर से दुआ मांगती है। *मैंने हमेशा बस प्यार किया जाना चाहा है। क्या एक अपाहिज लड़की इतना नहीं मांग सकती?*

शायद पीर आख़िरकार सुन रहे हैं। उसे लग रहा है कि हवा बदल

रही है, जैसे कोई परिवर्तन आने वाला है।

सिनेमा वाले दिन की सुबह, जामिनी अपनी सबसे अच्छी साड़ी पहनकर सीढ़ियों से नीचे आती है, सुनहरी बॉर्डर वाली लाल सूती साड़ी। उसकी आंखें काजल से काली हो रही हैं, उसकी हमेशा वाले कसे हुए जुड़े की जगह आज एक ढीली चोटी ने ली हुई है। तुम सब ऐसे सज-धज क्यों रही हो, प्रिया पूछती है। जामिनी नाश्ते की मेज पर अमित की बग़ल वाली सीट पर बैठने के लिए अपनी बहन को किनारे कर देती है। वो सुनिश्चित करती है कि अमित को सबसे फूली हुई लूची मिले। जब वो उसे धन्यवाद देता है, तो वो अपनी सबसे अच्छी मुस्कान देती है।

नाश्ते के बाद वो क्लिनिक जाते हैं जो सोमनाथ के बंगले से पंद्रह मिनट की दूरी पर है, लेकिन एक बिल्कुल ही अलग दुनिया है। ये पार्क सर्कस के किनारे पर एक ग़रीब इलाक़े में स्थित है। सड़क के किनारों पर भीड़-भाड़ वाली इमारतें हैं; बालकनियों में महिलाओं की शलवारें और बुर्क़े लटके हुए हैं। नीचे के फ़्लोर संकरी दुकानों में बांट दिए गए हैं जिनमें पान-बीड़ी बिकती हैं। रेडियो पर उर्दू गाने बज रहे हैं। बस डिपो से परे, जामिनी को एक मस्जिद की हरी मीनार दिखाई देती है। कार एक कूड़े के ढेर के पास रुक जाती है। सड़क पार एक क़साई की दुकान है, जहां लटकते मांस के टुकड़ों पर मक्खियां भिनभिना रही हैं। जामिनी असभ्य नहीं दिखना चाहती, लेकिन वो ख़ुद को अपनी नाक सिकोड़ने से नहीं रोक पाती। क्लिनिक छोटा और तंग है, जिसका हल्का पीला पेंट उखड़कर गिर रहा है। क्लिनिक के सामने पहले से ही एक लंबी, घुमावदार क़तार लगी हुई है, जिसमें फटे-पुराने कपड़े पहने हताश पुरुष लगे हुए हैं। बीना एक आह भरती हैं—एक भारी, निराशाजनक आवाज़ के साथ।

जामिनी सोचती है कि बाबा की परोपकारिता की एक क़ीमत है, और वो क़ीमत हम चुका रहे हैं।

रज़ा क्लिनिक के दरवाज़े पर इंतज़ार कर रहा है। उसे देखकर दीपा का चेहरा इस तरह रौशन हो जाता है कि जामिनी को अच्छा नहीं लगता। वो ख़ुद को याद दिलाती है कि दीपा उस तरह की लड़की नहीं है जो

अव्यावहारिक भावनाओं में बह जाए। उसने अपनी बहनों से कई बार कहा है कि उसके जीवन का लक्ष्य एक ऐसा पति खोजना है जो समृद्ध और अपने समुदाय में सम्मानित हो। उसे इस बात की परवाह नहीं है कि वो सुंदर होगा या नहीं; एक साधारण आदमी अपनी ख़ूबसूरत पत्नी से उतना ही ज़्यादा लाड़ करेगा। ये भी सच है: अपने दिखावे के नीचे, दीपा एक अच्छी बेटी है, एक अच्छी बहन है। वो जानती है कि बीना ने सारी उम्मीदें इस बात पर लगा रखी हैं कि उनकी मनपसंद बेटी को एक बेहतरीन रिश्ता मिल सकेगा। वो जानती हैं कि छोटी बहनों का वैवाहिक भाग्य सबसे बड़ी बेटी के रिश्ते की गुणवत्ता पर निर्भर करेगा।

जामिनी के पास परेशान होने का कोई कारण नहीं है।

क्लिनिक में सिर्फ़ ज़रूरत भर की चीज़ें हैं: दो जांच क्षेत्र, एक कमरा सामान्य सर्जरी के लिए, एक छोटा सा दवाख़ाना, सामान के लिए अलमारी, उन मरीज़ों के लिए चटाइयों के साथ एक रैनबसेरा जिनके पास जाने के लिए कोई और जगह नहीं है, और एक अकेली, परेशान नर्स। एक कमरे से दूसरे कमरे में जाते हुए प्रिया दमक रही है। ये जादुई जगह है, वो फुसफुसाकर जामिनी से कहती है, जहां जानें बचाई जाती हैं और उम्मीदें फिर से जन्म लेती हैं। जामिनी नाक सुड़कती है। प्रिया मिन्नत करती है कि उसे नए मरीज़ों की जांच होते देखने दिया जाए; इजाज़त मिलने पर वो ख़ुशी-ख़ुशी एक पर्दे के पीछे ग़ायब हो जाती है। गलियारे के अंतिम छोर पर दीपा और बीना बहस कर रही हैं—एक दुर्लभ घटना। दीपा जामिनी को घूरकर उसे दूर रहने की चेतावनी देती है। जामिनी आह भरती है। ये एक लंबी सुबह होने वाली है।

फिर वो अमित को देखती है, जो एक बेंच पर बैठा, अख़बार के पन्ने पलट रहा है। वो तेज़ी से उसकी ओर बढ़ जाती है।

पीर बाबा, मेरी मदद करना।

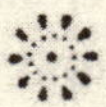

न्यू मार्केट तक रास्ते भर जामिनी मन ही मन मुस्कुराती रहती है। सौभाग्य से—या शायद ये पीर बाबा ने किया था—उसने अमित से ग्लोब के बारे में पूछ लिया था। क्या उसने वहां कोई अच्छी फ़िल्में देखी हैं? पता चला कि

अमित को फ़िल्में देखना पसंद है। उसने उसे *गैसलाइट* के बारे में सबकुछ बताया, वो आख़री फ़िल्म जो उसने देखी थी, और उसने पूरी सजीवता के साथ खलनायक का वर्णन किया जिसने अपनी पत्नी को मूर्ख बनाकर उसे विश्वास दिला दिया था कि वो पागल हो रही है। कहानी के बीच में प्रिया ने उन्हें रोक दिया था, जो उत्तेजना से गदगद थी क्योंकि अब्दुल्लाह ने उसे रोगियों की जांच करने दी थी और वो हर बार सही साबित हुई थी। अब्दुल्लाह ने नबकुमार से कहा कि प्रिया एक बेहतरीन डॉक्टर बनेगी, कि उन्हें उसे प्रोत्साहित करना चाहिए। साथ ही रज़ा ने भी कहा कि वो प्रथम वर्ष के अधिकांश मेडिकल छात्रों से अधिक जानती है। अगर वो थोड़ा भी पढ़ ले, तो निश्चित रूप से प्रवेश परीक्षा पास कर लेगी। प्रिया ने अमित को बेंच से खींचा और उसके साथ कमरे में तब तक घूमती रही जब तक उसकी सांस नहीं फूल गई। वो ऐसी ही तो है कि बिना कुछ सोचे बीच में आ जाती है, और सारा ध्यान अपनी ओर खींच लेती है। लेकिन अमित ने माफ़ी मांगी थी और जामिनी को बाक़ी की कहानी बाद में सुनाने का वादा किया था। जब कार एक क़िले जैसी विशाल इमारत के सामने रुकती है, जिसकी हाल ही में पेंट की गई लाल-ईंट की दीवारों के ऊपर चमचमाती सफ़ेद मीनारें हैं, और जिसकी टॉवर घड़ी दोपहर का घंटा बजा रही है, तो जामिनी उसके वादे को अपने दिल में संजो लेती है।

दीपा भी मुस्कुरा रही है।

क्लिनिक से निकलने से पहले नबकुमार ने अब्दुल्लाह को नए प्रतीक्षालय पर बातचीत करने के लिए अगले दिन घर पर, डिनर पर आमंत्रित किया था। दीपा अपने पिता के कान में फुसफुसाई थी, और उन्होंने रज़ा से भी कह दिया था। रज़ा ने कहा कि उसे बहुत ख़ुशी होगी। उसे कल स्मारक पर ड्यूटी पर होना है, जहां मुख्यमंत्री सुहरवर्दी को भाषण देना है, लेकिन सब कुछ दोपहर तक ख़त्म हो जाएगा। उसने कहा कि वो शाही टुकड़े का एक और डिब्बा ले आएगा क्योंकि दीपा को शाही टुकड़े पसंद आए थे। बीना की त्योरियां चढ़ती हैं और वो कहती हैं कि इतना कष्ट उठाने की कोई ज़रूरत नहीं है; वैसे भी, दुकानें तो हड़ताल की वजह से बंद हैं ना? रज़ा ने दीपा पर जल्दी से एक नज़र डालते हुए जवाब दिया कि कष्ट की कोई बात नहीं है, कि वो हलवाई को व्यक्तिगत रूप से जानता

है और वो इंतज़ाम कर लेगा। दीपा ने उसे अपनी लंबी पलकों के नीचे से देखा और हल्की सी मुस्कान के साथ कहा कि उसे ये बहुत अच्छा लगेगा।

कार में बैठते हुए, जामिनी को बीना से उठती नाराज़गी महसूस हो जाती है। लेकिन सपनों में खोई, खिड़की से बाहर देखती उसकी प्रसन्न बहन इससे बेख़बर लगती है।

बाहर निकलते ही, वो फूलों से घिर जाते हैं। हर कल्पनीय रंग और आकार के गुलदस्तों से भरी बाल्टियां ही बाल्टियां; हिंदू शादियों के लिए गेंदे और गुलाब की मालाएं; ईसाई अंत्येष्टियों के लिए लिली की मालाएं। ये बाहरी फूल बाज़ार है, नबकुमार कहते हैं। वो एक प्रवेश द्वार से गुज़रते हैं, जो कुछ साल पहले तक भारतीयों के लिए बंद था। अंदर भूलभुलैयों जैसे गलियारों में सैकड़ों दुकानों की भीड़ बिजली की रौशनी से इस तरह जगमगा रही है जैसे ये रात का समय हो। इस जादुई जगह पर रात और दिन में अंतर कर पाना वाक़ई कठिन है। जामिनी जिस चीज़ के बारे में भी सोचती है—सौंदर्य प्रसाधन, आभूषण, खाना बनाने का सामान, फ़र्नीचर, फल, सूखे मेवे, अचार, दवाइयां—वो अगले मोड़ पर दिखाई दे जाती है। यहां तक कि ऐसी दुकानें भी हैं जहां बेशर्मी के साथ महिलाओं के अंडरगार्मेंट प्रदर्शित किए जा रहे हैं।

बीना शादी के कांथों के लिए बांहों में भर-भरकर रेशम के धागे इकट्ठा करती हैं। ये महंगे हैं, लेकिन जब वो रज़ाइयां बेचेंगी तो इनकी क़ीमत ख़ुद ही वसूल हो जाएगी। दीपा नबकुमार से फ़ेस पाउडर और—हिम्मत जुटाकर—लिपस्टिक की मांग करती है। प्रिया अनोखे जानवरों के बाज़ार से एक बंदर का बच्चा लेना चाहती है, लेकिन बीना की शक्ल देखने के बाद वो पत्र-लेखन के काग़ज़ लेने के लिए तैयार हो जाती है, हालांकि उसके पास कोई ऐसा नहीं है जिसे वो चिट्ठी लिखे। अमित पीछे पड़ जाता है कि उसके लिए डिज़ाइन का चयन वो करेगा: काले युद्धपोतों का हाशिया जो जामिनी को बहुत भद्दा लगता है। फिर भी, वो उससे अपने लिए एक रेशम के फूल वाला हेयर क्लिप चुनने के लिए कहती है; सौभाग्य से, वो एक गुलाबी गुलाब चुनता है जो उसे काफ़ी पसंद आता है।

आख़िरकार, बिछावन के शानदार डिस्प्ले वाली एक दुकान: छत से लटकी हुई मैच करती बिछाने और ओढ़ने की चादरें; लेस के किनारों वाले तकियों के ढेर, मख़मली मसनदें। बीना सेल्समैन को अपनी बारात वाली रज़ाई दिखाती हैं। वो कहता है कि काम उत्कृष्ट है, लेकिन वो मालिक नहीं है और इसलिए वो कोई फ़ैसला नहीं ले सकता। अगर बीना उसके पास कांथा छोड़ जाएं—वो उन्हें रसीद दे देगा—तो वो अग्रवालजी से पूछ लेगा। हड़ताल के कारण कल वो बंद रखेंगे—वो असुविधा के लिए अपना सिर हिलाता है—लेकिन अगर वो परसों फिर से आ जाएं, तो वो कोई जवाब दे सकेगा। बीना एक अजनबी के पास अपनी सबसे अच्छी रज़ाई छोड़ते हुए हिचकिचाती हैं, लेकिन नबकुमार कहते हैं कि बस एक ही दिन की तो बात है।

'और अब सबसे बढ़िया चीज़,' नबकुमार घोषणा करते हैं, और अमित, जिसके साथ उन्होंने इसकी योजना बनाई होगी, चिल्लाता है, 'नाहूम्स!'

वो इसके बारे में बताने से मना कर देते हैं, इसलिए महिलाएं उत्सुकता से उनके पीछे-पीछे बाज़ार के दूसरे छोर तक पहुंचने के लिए और भी ज़्यादा तंग और घुमावदार गलियों में चल देती हैं। ये अच्छी-ख़ासी दूरी है; वो बहुत तेज़ी से चल रहे हैं। जामिनी की टांग में दर्द होने लगता है; पूरी कोशिश करने के बावजूद वो पिछड़ जाती है। अमित के अलावा किसी का ध्यान नहीं जाता है। वो अपने जूते के फ़ीते बांधने के लिए रुक जाता है, लेकिन जामिनी जानती है कि ये बस एक चाल है ताकि वो बिना किसी शर्मिंदगी के उस तक पहुंच सके। वो इस तरह उसके ख़्याल रखने से प्रभावित होती है।

वो नाहूम्स को देखने से पहले उसे सूंघ लेते हैं क्योंकि नाहूम्स एक बेकरी है। कलकत्ता की सबसे पुरानी और सबसे लोकप्रिय बेकरियों में से एक, अमित कहता है। काउंटर पर ग्राहकों की भीड़ लगी है। जामिनी लोगों के कपड़ों से ईसाइयों और मुसलमानों में, और यहूदियों और हिंदुओं में फ़र्क़ बता सकती है। कलकत्ता क्या शानदार शहर है, जहां वो सब एक-दूसरे से छूते हुए चलते-फिरते हैं लेकिन उन्हें कोई एतराज़ नहीं होता।

शीशे के केसों में चमचमाती चीज़ें रखी हैं—प्लम केक, फ्रूट केक, चीज़केक, हार्ट केक, चिकन पफ़, चीज़ पफ़, रम बॉल... एक बोर्ड पर लिखी क़ीमतें उनकी ग्रामीण आंखों के लिए हद से ज़्यादा हैं। अमित भुगतान करने को तैयार है, लेकिन नबकुमार कहते हैं कि चूंकि परिवार वहां पहली बार आया है इसलिए ये उनकी ओर से होना चाहिए, इसलिए अमित सम्मानपूर्वक अपने पर्स को रख लेता है। दीपा एक क्रीम पफ़ चुनती है और अपनी उंगलियां तक चाट डालती है; प्रिया कहती है कि उसका दिल के आकार का केक बादल जैसा नर्म है; अमित फ्रूट केक का स्लाइस चुनता है इसलिए जामिनी भी वही लेने का फ़ैसला करती है। वो गहरे रंग का टुकड़ा कड़वा है, सूखे फलों के साथ छिलके भी मिलाए गए हैं। लेकिन वो पूरे शौक़ से उसे चबाती है और कहती है कि उसने इतनी स्वादिष्ट चीज़ कभी नहीं खाई।

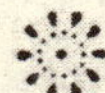

आख़िरकार वो क्षण जिसका उसे इंतज़ार था। अमित उन्हें सड़क के दूसरी ओर ग्लोब सिनेमा हाउस ले जाता है। उत्सुकता से भरी जामिनी लंगड़ाती हुई ठीक उसके पीछे-पीछे चलती है। आज की मूवी है *एंड देन देयर वर नन।* वो शाम के शो के लिए सही समय पर पहुंच जाते हैं। अमित टिकट काउंटर पर जाता है। नबकुमार बहस नहीं करते; वो पहले ही अपनी हैसियत से ज़्यादा ख़र्च कर चुके हैं।

जामिनी मूवी के पोस्टर का जायज़ा लेती है। ये मज़ेदार ढंग से डरावना है। शीर्षक के हिंसक लाल चीरे, भयभीत चेहरे, तेज़ हवाओं से घिरे द्वीप पर विशाल हवेली जहां निश्चित रूप से भयानक चीज़ें उनका इंतज़ार कर रही होंगी। वो प्रत्याशा में अपने हाथों को आपस में दबा रही है। अगर उसने फुर्ती दिखाई, तो वो शायद अमित के बग़ल वाली सीट पकड़ लेगी।

लेकिन फ़िल्म की टिकटें बिक चुकी हैं।

'मुझे बहुत अफ़सोस है,' अमित जामिनी से कहता है। 'मुझे बहुत बुरा लग रहा है। मैं जानता हूं कि तुम्हें इसका कितनी बेताबी से इंतज़ार था। मुझे टिकट ख़रीदने के लिए पहले ही ड्राइवर को भेज देना चाहिए था।'

जामिनी अपना होंठ काट लेती है; वो उसके सामने नहीं रोएगी।

'प्लीज़ दुखी मत हो! मैंने परसों के लिए टिकट ख़रीद लिए हैं, जब हम अग्रवाल की दुकान पर फिर से आएंगे। हॉल के सबसे अच्छे टिकट, बालकनी में पहली पंक्ति के। ये लो, इन्हें तुम संभालो।'

जामिनी टिकट लेते हुए उसे एक थरथराहट भरी मुस्कान देती है।

'क्या मुझे माफ़ कर दिया गया?'

वो एक गहरी सांस लेती है। उसके पास खोने को क्या है? 'बशर्ते कि तुम मेरे पास बैठो और मुझे वो भाग समझाते रहो जो शायद मेरी समझ में न आएं।'

अमित को राहत मिलती है कि वो इतनी आसानी से छूट गया। 'बड़ी ख़ुशी से!' वो सीटी बजाता हुआ ड्राइवर को ढूंढ़ने चला जाता है।

दीपा, जिसने सबकुछ सुन लिया है, अपनी आंखें सिकोड़कर जामिनी को देखती है। 'क्या तुम अमित को पटा रही हो?'

लेकिन जामिनी से पंगा लेना अच्छा आइडिया नहीं है। वो तुरंत ही अपनी आंखें वापस ठीक कर लेती है। 'बस उतना ही जितना तुम रज़ा को पटा रही हो।'

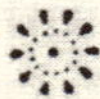

जामिनी सपना देख रही है। वो ये जानती है, लेकिन फिर भी इसकी भयावहता कम नहीं होती।

वो सिनेमा के पोस्टर वाली हवेली के अंदर है, और एक सर्पीले गलियारे में है। फ़र्श गीला और रपटवां है। वो उसे छूती है। उसकी उंगलियां चिपचिपी और सुर्ख़ हो जाती हैं। ख़ून। उसे अपने पीछे क़दमों की चाप सुनाई देती है। ये हत्यारे के क़दम हैं। वो भागने की कोशिश करती है लेकिन—हे अन्यायी ब्रह्मांड!—वो सपने में भी लंगड़ा रही है। उसकी गर्दन पर हत्यारे की गर्म और बदबूदार सांस, उसके कंधे पर हत्यारे की पकड़, उसके गले पर हत्यारे का चाक़ू। वो चिल्लाती है, अमित को पुकारती है। वो क्यों नहीं आ रहा है? उसके कंधे वाला हाथ कसता है, और उसे चीथड़ों

की गुड़िया की तरह हिला डालता है।

जामिनी पसीने से नहाई जागती है। उसकी छाती में इस तरह दर्द है जैसे उसने पानी के नीचे अपनी सांस रोक रखी हो।

प्रिया उसका कंधा थपथपा रही है। 'उठो, जामिनी। मैंने तुम्हें चिल्लाते सुना था। तुम कोई बुरा सपना देख रही थीं? तुम ठीक तो हो?'

जामिनी को आभारी होना चाहिए, लेकिन शर्मिंदगी उसके लहजे को तीखा बना देती है। 'मैं ठीक हूं। तुम अपने कमरे में जाओ। मुझे अकेला छोड़ दो।'

प्रिया, चिढ़कर: 'अगली बार तुम चिल्ला-चिल्लाकर अपने फेफड़े भी फाड़ लोगी, तो भी मैं अपने सिर पर तकिया रख लूंगी, जैसे दीपा करती है।'

उसे जानना है। वो अटपटे ढंग से पूछती है, 'मैं क्या बोल रही थी?'

प्रिया हिचकिचाती है। जामिनी सांस नहीं ले पा रही। आख़िरकार उसकी बहन कहती है, 'मैं समझ नहीं पाई। तुम्हारे शब्द साफ़ नहीं थे।' दरवाज़ा उसके पीछे क्लिक की आवाज़ के साथ बंद हो जाता है।

चांद कमरे को सुंदरता में नहला देता है, चादरें तरल चांदी की हो जाती हैं, कहीं दूर रात का कोई पंछी अपना एकाकी गीत गुनगुनाता है। जामिनी ये सोचते हुए लेट जाती है कि कहीं उसकी बहन ने उसे अमित का नाम पुकारते हुए तो नहीं सुन लिया।

डाइरेक्ट एक्शन डे। गांगुली परिवार घर पर आराम करने का निर्णय लेता है जो कि एक दुर्लभ विलासिता है। नौकरों ने टेबल और कुर्सियां बग़ीचे में लगा दी हैं। जामिनी ऊपर की बालकनी से अपने माता-पिता को वहां बैठे देखती है। बीना आकाश की चमक में तैरते बादलों की ओर इशारा करती हैं। नबकुमार उनके गले में हाथ डालते हैं और उनकी कनपटी पर चुंबन करते हैं। घर पर बीना उन्हें अटपटे ढंग से धकिया देतीं; यहां वो अपना सिर उनके कंधे पर टिका लेती हैं। उनके लिए ख़ुश जामिनी थोड़ी देर के लिए कल रात की शर्मिंदगी को भूल जाती है।

बाथरूम में नहाते हुए दीपा गा रही है। हल्की सी टीस के साथ जामिनी स्वीकार करती है कि हालांकि उसने अपनी बहन को रियाज़ करने से रोक दिया है, लेकिन फिर भी दीपा की आवाज़ उतनी ही मीठी है जितनी ख़ुद उसकी। सच तो ये है कि दोनों की आवाज़ें बहुत कुछ समान लगती हैं। अगर कोई उन्हें किसी दूसरे कमरे से गाते सुने, तो वो फ़र्क़ नहीं कर सकेगा।

नाश्ते पर अमित कहता है, 'तुम थकी हुई लग रही हो। क्या तुम ठीक से सो नहीं पाईं? क्या पलंग आरामदेह नहीं है?' जामिनी को उसकी इस चिंता पर ख़ुशी और घबराहट दोनों हो जाती हैं। इससे पहले कि वो उसे विश्वास दिला पाती, वो प्रिया के क़दमों की आहट सुनता है और मुड़ जाता है, और वो देखती है कि अमित उसे भूल गया है। वो प्रिया को जिस तरह की उत्साही मुस्कान देता है, वो जामिनी को दी जाने वाली उसकी विनम्र मुस्कुराहट से इतनी भिन्न है कि कोई समझदार लड़की हार मान लेती। लेकिन जामिनी ज़िद्दी और प्रेम दीवानी है, जो कि एक ख़तरनाक मेल है। एक छोटी सी राहत: प्रिया उसके साथ हमेशा की तरह व्यवहार कर रही है; शायद उसने कल रात कुछ आपत्तिजनक नहीं सुना होगा।

नबकुमार उन्हें हड़ताल के बारे में ताज़ा ख़बरें सुनने के लिए ड्रॉइंग रूम में रेडियो के पास बुलाते हैं। बीना, जो बिना किसी शर्म के अनिच्छुक हैं, कोने में आरामकुर्सी पर अपनी बुनाई लेकर बैठ जाती हैं। जामिनी चेहरे पर ध्यान देने का भाव लाती है, हालांकि वास्तव में उसे राजनीति नीरस लगती है। उसे लगता है कि अमित के साथ भी ऐसा ही है। वो प्रिया के पास बैठता है और उसकी साड़ी के फुंदनों से खेलने लगता है लेकिन फिर वो उसके हाथ पर थपकी मारकर उसे अलग कर देती है। दीपा, जो साधारणतया ऐसी चीज़ों के प्रति लापरवाह रहती है, ये समझने की कोशिश में लग जाती है कि ये हड़ताल कितनी जल्दी ख़त्म होगी। सिर्फ़ नबकुमार और प्रिया ही गंभीरता से सुन रहे हैं।

मुसलमानों की एक बड़ी भीड़—पचास हज़ार से ज़्यादा की—स्मारक पर मुख्यमंत्री का इंतज़ार कर रही है, और भी लोग आते जा रहे हैं। नबकुमार की भौंहें चढ़ जाती हैं। 'ये असाधारण रूप से बड़ी संख्या है। मुझे नहीं लगता था कि कलकत्ता में इतने मुसलमान हैं।' जैसे उन्हें

आश्वस्त करने के लिए उद्घोषक घोषणा करता है कि व्यवस्था बनाए रखने के लिए लालबाज़ार मुख्यालय से एक पुलिस बल स्मारक पर भेजा गया है; सबकुछ योजना के अनुसार चल रहा है।

प्रसारण समाप्त होता है; सितार संगीत शुरू हो जाता है। दीपा ख़ुश होकर कहती है, 'लगता है कि हड़ताल डिनर के समय से बहुत पहले ख़त्म हो जाएगी।'

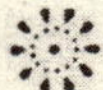

पूरा दिन किसी सपने की तरह गुज़र जाता है। माता-पिता ड्रॉइंग रूम में रुके रहते हैं। पिता मां को अख़बार पढ़कर सुनाते हैं; मां पिता के लिए कल ख़रीदे हुए गहरे हरे ऊन से स्वेटर बुनती हैं। ये रंग उन पर अच्छा लगेगा, वो कहती हैं।

'तुम्हें तो लगता है कि मुझ पर हर चीज़ अच्छी लगती है,' वो मज़ाक़ करते हैं।

'वो तो लगती ही है।'

बहनें अमित के साथ बग़ीचे में टहलती हैं, जो उनके बालों के लिए फूल तोड़ता है, और सबसे बड़ा और खिला हुआ गुलाब प्रिया के लिए चुनता है। जामिनी अपने अंदर फफोले की तरह उठती जलन से लड़ती है। जब प्रिया छोटी थी, तो वो हर जगह जामिनी के पीछे-पीछे रहती थी। जामिनी उसका हाथ पकड़े रहती थी ताकि वो गिरे नहीं। वो ख़ुद को ये बात याद दिलाती है।

दोपहर के खाने के बाद माता-पिता कुछ देर को सो जाते हैं। अमित लड़कियों को रमी सिखाता है। वो माचिस की तीलियों से जुआ खेलती हैं, और ख़ुद को अक़्लमंद समझती हैं। कुछ देर में दीपा ये कहकर चली जाती है कि उसे अपनी ब्यूटी स्लीप चाहिए। जामिनी समझ रही है कि अमित चाहता है कि वो भी चली जाए ताकि वो प्रिया के साथ अकेला रह जाए। वो जुझारूपन से अड़ी रहती है कि वो लोग खेलते रहें। वो प्रिया की सारी तीलियां जीत लेती है। प्रिया भुनभुनाते हुए तीलियां टेबल के दूसरी ओर सरका देती है; वो कहती है कि वो पढ़ने के लिए अपने कमरे में जा रही

है। जामिनी के दिल की धड़कन बढ़ जाती है।

लेकिन अमित ये कहते हुए खड़ा हो जाता है कि उसे भी एक झपकी लेनी है। वो एक बड़ी सी जम्हाई लेता है—स्पष्ट दिखने वाली नक़ली जम्हाई—और प्रिया के पीछे-पीछे सीढ़ियां चढ़ने लगता है।

जामिनी के पीछे बाईं ओर चमकदार घुटन भरी दोपहर के आसार दिखाई दे रहे हैं। वो अच्छी बनने से थक चुकी है। इससे उसे क्या हासिल हुआ है? उसके अंदर एक इच्छा सिर उठाती है, एक पागलपन भरी हवा।

कुछ तो बदले। कुछ तो टूटे। मुझे परवाह नहीं क्या। मुझे परवाह नहीं कैसे।

4

प्रिया

सूरज डूबता है, शेफाली धूप जलाती है, नौकरानियां नाश्ता लाती हैं। दीपा ड्रॉइंग रूम में परिवार के पास आती है, वो लिपस्टिक और प्रत्याशा से दमक रही है, उसके शैंपू किए हुए बाल उसके चेहरे पर ख़ूबसूरती से बल खाए पड़े हैं। बीना उसे घूरकर देखती हैं और जामिनी से संगीत लगाने के लिए कहती हैं। लेकिन रेडियो पर गाने नहीं आ रहे हैं, सिर्फ़ एक उद्घोषक है जो बहुत तेज़ी से बोल रहा है और घबराहट में उसकी आवाज़ नकिया रही है। सारे कलकत्ता में दंगे फूट पड़े हैं, मुसलमान और हिंदू एक-दूसरे पर हमले कर रहे हैं। सुबह की सभा ख़त्म होते ही झगड़े शुरू हो गए थे। स्पष्ट है कि चीज़ें पहले से प्लान की गई थीं। हथियारबंद मुसलमानों से भरी लॉरियां हिंदू दुकानों को लूटने के लिए दनदनाती फिर रही थीं। हिंदुओं ने जवाबी कार्रवाई की, ख़ासतौर से उत्तरी कलकत्ता के इलाक़ों में जहां वो बड़ी संख्या में हैं। कर्फ़्यू लगा दिया गया है, लेकिन दंगाई इसे नज़रअंदाज़ कर रहे हैं। हिंसा जारी है जबकि दोनों समुदायों के स्वयंभू रखवाले बदला लेने की फ़िराक़ में हैं; दुकानें और घर जलाए जा रहे हैं, लोगों को काटा जा रहा है। पुलिस पर भारी बोझ है। गवर्नर बरोज़ ने सियालदह रेस्ट कैंप से सैनिक भेजने की अपीलों का अभी तक कोई जवाब नहीं दिया है।

नाश्ता भूलकर परिवार सुनने लगता है और सहम जाता है। उद्घोषक

उन जगहों के नाम गिनाता है जहां लड़ाई सबसे ज़्यादा भयंकर है—राजाबाज़ार, कोलूटोला, पार्क सर्कस।

'पार्क सर्कस! बाबा, आपका क्लिनिक भी तो वहीं है ना?' प्रिया बोल पड़ती है। वो अपने मुंह पर अपना हाथ मारती है, लेकिन तब तक बहुत देर हो चुकी है। नबकुमार उछल पड़ते हैं। 'तुमने सही कहा। अब्दुल्लाह उसी इलाक़े में रहता है। मुझे उसे फ़ोन करना होगा। पक्का करना होगा कि वो सुरक्षित है।'

उनका फ़ोन मिलने में बहुत समय लग जाता है। लाइनें जाम हैं।

'शुक्र है कि तुम्हारा नंबर मिल गया, अब्दुल भाई। इससे पहले कि हालात और बिगड़ें, मैं चाहता हूं कि तुम और रज़ा फ़ौरन यहां आ जाओ। इस इलाक़े के सारे घरों में हथियारबंद गार्ड हैं। हम सुरक्षित रहेंगे। तुम हालात संभलने तक यहां रह सकते हो।'

सुनते समय उनके चेहरे पर चिंता के भाव आ जाते हैं। आख़िरकार वो रिसीवर रख देते हैं।

'अब्दुल्लाह नहीं आ रहा है। रज़ा ने उसे क्लिनिक से फ़ोन किया था—मेरे ख़्याल से दंगे शुरू होने के समय वो सबसे क़रीबी जगह थी जहां वो शरण ले सकता था। वहां बहुत से घायल लोग आ गए हैं। और भी घायल आ रहे हैं। रज़ा से ये सहन नहीं हो रहा कि वो उन्हें वापस कर दे, लेकिन वो अकेला इतनी सारी इमर्जेंसी नहीं संभाल सकता। लोग उसकी आंखों के सामने मर रहे हैं। रज़ा सदमे में है। उसने ऐसा कुछ कभी नहीं देखा है। हम उसे अकेला नहीं छोड़ सकते। अब्दुल्लाह क्लिनिक जा रहा है। मैं भी जा रहा हूं।'

'नहीं, प्लीज़।' बीना घबराहट में उनसे चिपक जाती हैं। 'इसमें बहुत ख़तरा है। इस शहर के लोग पागल हो गए हैं। तुम वहां पहुंचने से पहले ही मारे जाओगे। तुम अपने और हमारे साथ ऐसा नहीं कर सकते। अपने परिवार के लिए तुम्हारा फ़र्ज़ उन लोगों से ज़्यादा है जो शायद वैसे भी मर ही जाएंगे।'

दीपा और जामिनी भी रो-रोकर मिन्नतें करने लगती हैं।

बीना प्रिया को धक्का देती हैं। 'तुम कहो इनसे, प्रिया। ये तुम्हारी बात हमेशा मान लेते हैं।'

उसकी मां सही कह रही हैं। लेकिन प्रिया ख़ुद को कहते सुनती है, 'मुझे अपने साथ ले चलिए, बाबा। मैं मदद कर सकती हूं।'

बीना एक घुटी-घुटी सी आवाज़ निकालती हैं।

नबकुमार मुस्कुराते हैं लेकिन इंकार में सिर हिलाते हैं। 'कोई बहस नहीं, मेरी बच्ची। मेरे पास बहस के लिए समय नहीं है।' बीना से वो कहते हैं, 'तुम चाहती हो मैं कायर बन जाऊं? अपनी जान बचाने के लिए मैं किसी कुत्ते की तरह खोखल में घुस जाऊं? कि मैं एक ऐसे समय में अब्दुल्लाह और रज़ा को छोड़ दूं जब उन्हें मेरी सबसे ज़्यादा ज़रूरत है? अगर मैंने ऐसा किया तो मैं इसके साथ कभी नहीं जी सकूंगा।' फिर थोड़े नर्म लहजे में उन्होंने आगे कहा, 'मैं बहुत सावधान रहूंगा, प्रिय। मुझे यहां से क्लिनिक तक की पिछली गलियां पता हैं। मैं ध्यान रखूंगा कि दंगाइयों से दूर रहूं।'

अमित अपने जूते चढ़ाने लगता है, लेकिन नबकुमार कहते हैं, 'मैं चाहूंगा कि तुम यहीं रहो और मेरे परिवार का ख़्याल रखो।'

बीना सिसकते-सिसकते गिर पड़ी हैं, लेकिन सूखी आंखों वाली प्रिया नबकुमार के छलावरण में मदद करने के लिए सोमनाथ की अलमारी से गहरे ग्रे रंग का कुर्ता-पाजामा ढूंढ़ निकालती है। अमित एक तिजोरी खोलता है, और उसमें से एक पिस्तौल निकालता है। ये पहली बंदूक़ है जिसे प्रिया ने कभी देखा है। चपटी नाक वाली, कोबरे जैसी काली—इसे तो किसी फ़िल्म में होना चाहिए, न कि उसके पिता के हाथ में। लेकिन नबकुमार उसकी जांच करके सुनिश्चित करते हैं कि वो भरी हुई है और एक भयावह परिचितता के साथ उसे अपने कमरबंद में फंसा लेते हैं।

उन लोगों के भीतर कितने रहस्य छिपे होते हैं जिनके बारे में हमें लगता है कि हम सब जानते हैं! आज की रात गुज़रने के बाद प्रिया के पास अपने पिता से पूछने के लिए सौ सवाल होंगे।

नबकुमार अपने परिवार को चूमते हैं और वादा करते हैं कि वो क्लिनिक पहुंचते ही कॉल करेंगे। वो सब गेट तक उनके साथ आते हैं।

प्रिया ने उनके कपड़े अच्छी तरह चुने हैं; वो कुछ ही क्षणों में अंधेरे का भाग बन जाते हैं।

बीना प्रिया की ओर मुड़ती हैं। 'अगर तुम्हारे बाबा को कुछ हो गया, तो मैं तुम्हें कभी माफ़ नहीं करूंगी।'

इस पर एक बेटी क्या कह सकती है?

वापस घर में आने के बाद दीपा हाथों में अपना चेहरा लिए एक कोने में दुबकी बैठी है; अमित गंभीर भाव से टहल रहा है; बीना उस आरामकुर्सी पर बैठी आगे-पीछे झूल रही हैं जिस पर नबकुमार बैठे थे; प्रिया खिड़की पर खड़ी अंधेरे में घूर रही है। क्या उसे अपने पिता से रुकने के लिए मिन्नतें करनी चाहिए थीं? जामिनी रेडियो चला देती है। पुरुषों और महिलाओं को तलवारों से काट डाला गया, दोनों गुटों के गुंडों ने सारे शहर में लूटपाट की, घरों में आग लगा दी, और उनमें रहने वालों को अंदर ही रहने को लिए मजबूर किया गया जिससे वो जलकर मर गए।

'बंद कर इसे!' बीना चिल्लाती हैं।

जब टेलीफ़ोन बजता है, तो वो स्तब्ध से उसे घूरते रहते हैं; डर प्रिया के हलक़ में अपने पंजे कस लेता है। आख़िरकार अमित फ़ोन उठाने के लिए आगे बढ़ता है।

फ़ोन पर नबकुमार हैं।

वो सब रिसीवर के पास जमा हो जाते हैं, और उनकी दूर से आ रही महीन प्यारी सी आवाज़ को सुनते हैं। वो बिना किसी दुर्घटना के क्लिनिक पहुंच गए हैं, वो तब तक वहीं रहेंगे जब तक वापस आना सुरक्षित नहीं हो जाता। वहां बहुत से ज़ख़्मी लोग हैं और वो उनकी देखभाल कर रहे हैं। 'खाना खा लेना,' वो कहते हैं। 'रात को अच्छी तरह सोना। हम जल्दी ही फिर से साथ होंगे।'

प्रिया बुरी तरह भूखी है; वो सभी भूखे हैं। बिना एक शब्द बोले वो खाना खाते हैं जो उन मेहमानों के लिए बनाया गया था जो आए ही नहीं। वो दूसरी और तीसरी बार खाना लेते हैं, वो प्लेटों पर झुके हुए हैं, वो खाने में हाथ डाले हुए हैं। राहत मिल जाने के कारण उन्हें सबकुछ स्वादिष्ट लग

रहा है। खाने के तुरंत बाद वो सोने चले जाते हैं। दीपा बीना के साथ सोने का प्रस्ताव रखती है। प्रिया को विश्वास है कि वो इतनी व्याकुल है कि सो नहीं सकेगी, लेकिन वो बेसुधी में डूब जाती है। किसी हाथ द्वारा हिलाए जाने से वो जागती है।

जामिनी है, कल रात के एक विडंबनात्मक उलटाव में, आंसुओं भरे चेहरे के साथ बड़बड़ाती हुई कि कुछ बहुत बुरा हो गया है।

उनके सोने के तुरंत बाद डॉ. अब्दुल्लाह ने घर पर फ़ोन किया था। बीना अंधेरे में लड़खड़ाती हुई फ़ोन तक पहुंची थीं। दीपा उनके ठीक पीछे थी। डॉ. अब्दुल्लाह स्पष्ट बोल रहे थे। उनके पास एक बुरी ख़बर थी, और उसे सुनाने के लिए ज़्यादा समय नहीं था। क्लिनिक के दरवाज़े के बाहर गली में एक घायल आदमी गिर गया था और मदद के लिए चिल्ला रहा था। नबकुमार इसे सहन नहीं कर सके। डॉ. अब्दुल्लाह ने उनसे रुकने की मिन्नतें कीं। लेकिन वो उस आदमी को घसीटकर बिल्डिंग के अंदर लाने के लिए बाहर चले गए और दोनों ओर की गोलीबारी के बीच फंस गए। सीने और पेट में गोलियां लगीं। रज़ा और डॉ. अब्दुल्लाह ने अपनी पूरी कोशिश की थी, लेकिन उनका ख़ून अभी भी बह रहा था। स्थिति अच्छी नहीं दिख रही थी। नबकुमार फ़िलहाल होश में थे, क्या बीना उनसे बात करना चाहेंगी।

दीपा ने अपनी बहनों को बताया कि बीना आश्चर्यजनक रूप से शांत रही थीं। उन्होंने डॉ. अब्दुल्लाह से कहा था कि वो क्लिनिक आ रही हैं। उन्होंने उन्हें इससे रोकने की भरसक कोशिश की थी लेकिन वो अड़ी रहीं। 'आप इस समय मुझे मेरे पति के पास होने से नहीं रोक सकते। शायद मैं उन्हें मौत के पंजे से वापस लाने में मदद कर सकूं। अगर ऐसा नहीं हुआ, तो भी कम से कम ऐसा नहीं होगा कि मरते समय उनके पास उनके परिवार से कोई न हो।'

डॉ. अब्दुल्लाह ने हार मानकर कहा था कि वो उन्हें लाने के लिए रज़ा को भेजेंगे।

जब लड़कियों ने कहा कि वो भी अपने पिता को देखना चाहेंगी, तो

बीना ने कोई एतराज़ नहीं किया। उन्होंने तब भी कुछ नहीं कहा जब अमित ने कहा कि वो भी उनके साथ चलेगा। शायद उन्होंने उनकी बात सुनी ही नहीं। उनका ध्यान कहीं और था, उनके होंठ ख़ामोशी से हिल रहे थे।

रज़ा के आने तक का समय अनंत काल सा लगा था। वो इस तरह हांफ रहा था जैसे वो सारे रास्ते दौड़ता हुआ आया है, उसके कुर्ते पर ख़ून और पसीने के काले पड़ चुके धब्बे थे, उसके चेहरे से चमक ग़ायब थी। उसने उन्हें कपड़े दिए। जल्दी। ख़ामोशी से।

अब वो छह लोग गली में जल्दी-जल्दी चल रहे हैं, एक अंधेरे से निकलकर दूसरे अंधेरे की ओर जा रहे हैं, हर आवाज़ पर चौंक रहे हैं। रज़ा नेतृत्व कर रहा है, अमित सबसे पीछे है, महिलाएं बीच में झुंड बनाए हुए हैं। रज़ा अमित के लिए एक टोपी और महिलाओं के लिए नर्स सलीमा के बुर्क़े ले आया था। यही सुरक्षित तरीक़ा था क्योंकि उन्हें एक मुस्लिम मुहल्ले से गुज़रना था। प्रिया के बुर्क़े से लौंग और लहसुन की महक आ रही है। इसके जालीदार पर्दे से दुनिया अजीब ढंग से चमकती दिख रही है। दीपा बीना को संभालती है। जामिनी अपने नम हाथ से प्रिया का हाथ पकड़ लेती है। प्रिया बीना को फुसफुसाते सुनती है; वो नबकुमार से उनके पहुंचने तक ख़ुद को संभाले रहने को कह रही हैं।

वो उस गली तक पहुंच गए हैं जहां क्लिनिक है; उस आख़री, सबसे ख़तरनाक टुकड़े तक। उन्हें एक बड़े आम रास्ते से और कई खंभों की लाइटों से गुज़रना है, जहां उनके पास अंधेरे में छिपने का कोई मौक़ा नहीं है। यहां कुछ ही समय पहले ज़बरदस्त लड़ाई हुई है। प्रिया ज़मीन पर हाथ-पैर फैलाए शरीर पड़े देखती है। कुछ सड़क किनारे के नालों में गिर गए हैं। उसके पैरों में ख़ून से सनी एक कटी हुई बांह है। हिंदू या मुस्लिम? मौत कोई भेदभाव नहीं करती। वो उल्टी करने के लिए झुक जाती है। पिछले कुछ साल से बाबा की मदद करते हुए उसे विश्वास हो गया था कि वो ख़ून की, हादसों में खोए अंगों की अभ्यस्त हो गई है। लेकिन यहां का ख़ूनख़राबा बहुत अधिक भिन्न ढंग से भयानक है। दोनों लड़के भी सदमे के कारण रुकने को मजबूर हो जाते हैं। प्रिया के पीछे दीपा और जामिनी

कराह उठती हैं। केवल बीना का ध्यान अपने लक्ष्य पर टिका हुआ है। उन्हें ख़ामोश रहने के लिए फुफकारती हुई वो अपनी गति बढ़ा देती हैं और उन्हें तेज़ी से अपने पीछे आने के अलावा कोई विकल्प ही नहीं देतीं। शुक्र है कि दंगा-फ़साद यहां से कहीं और चला गया है, वर्ना उन्हें कोई बुर्क़ा बचा नहीं पाता।

अभी प्रिया यही सोच रही है कि नुक्कड़ से कुछ आदमियों का एक गुट निकलकर आता है। बीना की इस छोटी सी पार्टी को देखकर वो उन्माद भरी चीख़ों के साथ उनकी ओर दौड़ते हैं। उनके लीडर के पास एक तलवार है, उसके माथे पर टीका लगा हुआ है।

हिंदू भीड़।

लड़कियां जमकर रह जाती हैं। रज़ा और अमित अपने हाथों की मुट्ठियां बनाए उनके सामने खड़े हो जाते हैं, लेकिन वो निराश दिख रहे हैं। उन आदमियों के पास छड़ें और चाक़ू हैं; एक के पास कुल्हाड़ी है। काश मेरे पास गन होती, अमित बड़बड़ाता है।

तभी बीना—वो कैसे इतने शांत, इतने स्पष्ट ढंग से सोच पाती हैं?—अपना बुर्क़ा उतारकर ज़मीन पर गिरा देती हैं। वो अपनी बेटियों से भी ऐसा ही करने को कहती हैं। वो रज़ा और अमित के सिर से टोपियां खींचकर उन्हें भी फेंक देती हैं। वो रज़ा को अमित के पीछे कर देती हैं। फिर वो हाथ जोड़कर ऊंची आवाज़ में लीडर को संबोधित करती हैं। 'दादा, आपको देवी काली ने ही मेरी मदद के लिए भेजा होगा। मेरे बच्चे और मैं मेरे पति के पास जाने की कोशिश कर रहे हैं, जो एक डॉक्टर हैं और आज रात जानें बचाते हुए बुरी तरह घायल हो गए हैं। वो आगे सड़क पर क्लिनिक में हैं। आप हमें वहां पहुंचाने में मदद करेंगे?'

लीडर चौंक जाता है। उसका एक आदमी बुर्क़ों की ओर इशारा करता है और फुसफुसाता है।

बीना कहती हैं, 'हमें मुस्लिम क्षेत्रों से गुज़रते डर लग रहा था, इसलिए हमने भेष बदल लिया था। लेकिन देखो, हम हिंदू हैं।' वो लीडर की आंखों में आंखें डालकर देखती हैं और अपने हाथों को ऊपर उठाती हैं।

लीडर बीना की मांग में गहरा लाल सिंदूर और उनकी बांहों में लोहे

और शंख की चूड़ियां देखता है। वो लोग आपस में कुछ बुदबुदाते हैं, और समूह के बाक़ी लोगों पर बस एक उचटती सी नज़र डालते हैं। आख़िरकार लीडर सिर हिलाता है। 'ठीक है, मैं आपको क्लिनिक तक पहुंचाऊंगा। लेकिन दोबारा बाहर मत निकलना। अगला गुट जो आपको मिलेगा, वो शायद इतना दयालु न हो। हमारे साथ आइए। अब जल्दी कीजिए। हमें आज रात बहुत काम करने हैं।'

प्रिया ये सोचकर ही कांप जाती है कि वो कौन से काम होंगे। फिर भी, फ़िलहाल यही लोग उनके मसीहा हैं। वो उनके पीछे-पीछे चल देते हैं जिनमें बीना सबसे आगे हैं। उनके पीछे दीपा ने अपना हाथ रज़ा के हाथ में दे दिया है। प्रिया प्रार्थना करती है कि भीड़ का इस संदिग्ध हरकत पर ध्यान न जाए। ऐसा लगता है जैसे सड़क के इस ज़रा से टुकड़े को पार करने में न जाने कितना लंबा समय लग रहा है। जामिनी हांफ रही है। प्रिया उसकी कोहनी पकड़ लेती है और उसे खींचती है ताकि वो साथ चल सके। अमित सबसे पीछे है, और बार-बार सावधानी भरी नज़र से पीछे देख रहा है।

आख़िरकार क्लिनिक का दरवाज़ा आ जाता है। भीड़ रात में खो जाती है। रज़ा दरवाज़े पर दस्तक देता है और अपने मामा को आवाज़ देता है। उसकी आवाज़ कांप रही है। क्या वो भी वही सोच रहा है जो प्रिया के मन में चलता रहा है? अगर भीड़ को अंदाज़ा हो जाता कि वो मुस्लिम है, तो अभी वो यहां नहीं खड़ा होता। दुश्मन का साथ देने के लिए शायद दूसरे भी मार डाले जाते।

डॉ. अब्दुल्लाह जल्दी से दरवाज़ा खोलते हैं। जल्दी करो, जल्दी करो। जब प्रिया झुककर अंदर प्रवेश करती है, उससे एकदम पहले कोई चीज़ उसे सिर उठाकर देखने को मजबूर करती है। आसमान का रंग हल्का सुर्ख़ हो रहा है। कलकत्ता जल रहा है।

हर जगह घायल आदमी, चटाइयों पर, फ़र्श पर, दीवारों से टिके हुए। प्रिया को उनकी टांगें फंलागकर जाना पड़ता है। कई लोग कराह रहे हैं। शायद क्लिनिक में दर्दनाशक दवाइयां ख़त्म हो चुकी हैं। कुछ लुढ़क गए हैं और अजीब ढंग से निश्चल पड़े हुए हैं। वो अपनी नज़रें हटा नहीं पा रही है।

हवा में लोहांध है। वो जानती है ये क्या है। जब वो नबकुमार के साथ काम करती थी, तो उन्होंने उसे कितनी सावधानी से मौत से बचाए रखा था, और उसे इलाज का केवल उपचार वाला पहलू दिखाया था। वो कुछ मृतक जिनके मालाओं से सजे शरीर उसने देखे थे, वो बुढ़ापे या लंबी बीमारी के कारण मरे पड़ोसी थे। और अब ज़मीन पर बिखरी ये लाशें, जिन पर कोई चादर भी डालने वाला नहीं था।

जांच कक्ष में नबकुमार एक टेबल पर लेटे हैं। उनकी छाती और पेट पर चमकती लाल पट्टियां बंधी हुई हैं। प्रिया ख़ौफ़ से ठंडी पड़ जाती है। अगर डॉ. अब्दुल्लाह ख़ून को रोकने में नाकाम रहे हैं, तो इसका मतलब ये है कि गोलियां किसी महत्वपूर्ण अंग पर लगी होंगी। उसके पिता की आंखें बंद हैं, उनका चेहरा पीला पड़ गया है, उनकी छाती स्थिर है। क्या उन लोगों को बहुत देर हो गई है?

बीना नबकुमार का दायां हाथ पकड़ती हैं, उनके कान में बोलती हैं। शायद इसका कारण उनकी आवाज़ की गंभीरता है, या शायद इसका कारण वो इंजेक्शन है जो डॉ. अब्दुल्लाह लगा रहे हैं... कि नबकुमार की पलकें फड़फड़ाने लगती हैं। प्रिया देखती है कि उन्हें अपनी आंखें खोलने के लिए कितना ज़ोर लगाना पड़ रहा है। दीपा अपनी मां को संभालती है। नबकुमार के पैरों में जामिनी असंगत सा कुछ बड़बड़ा रही है। *ये सब मेरा किया-धरा है।* नहीं, ये प्रिया की ग़लती है। उसे अपने पिता को घर से निकलने से रोकना चाहिए था।

नबकुमार के बाएं हाथ में ऐंठन होती है। वो उसे उठाने का प्रयास कर रहे हैं। प्रिया जल्दी से उनके पास आती है।

'हार मत मानना, बाबा,' वो आग्रह करती है। 'आपने हमेशा मुझे यही तो सिखाया है ना? प्लीज़ कोशिश कीजिए। प्लीज़। हमारी ख़ातिर।'

उनके होंठ कांपते हैं। 'सॉरी।' ये भी बहुत ज़्यादा कोशिश है; उनकी आंखें वापस बंद हो जाती हैं।

वो नबकुमार का हाथ पकड़ लेती है जैसे इससे वो उन्हें जाने से रोक सकेगी। उसके हाथ के ऊपर एक और हाथ बंध जाता है, जिससे वो चौंक जाती है। अमित। अपनी परेशानी में वो उसे भूल ही गई थी।

नबकुमार इतने धीमे बोल रहे हैं कि प्रिया और अमित दोनों को क़रीब झुकना होगा। 'ख़्याल रखना—'

प्रिया अपने आंसुओं को रोकती है। 'रखूंगी, बाबा। मैं उनका ख़्याल रखूंगी। चिंता मत कीजिए।'

उसके साथ अमित भी बोलता है। 'तसल्ली रखिए, काकू। मैं वादा करता हूं: मैं आपके परिवार को सुरक्षित रखूंगा।'

प्रिया जानती है कि अमित के साथ होने के लिए उसे उसका आभारी होना चाहिए; लेकिन उसे उसकी जुर्रत पर ग़ुस्सा आ रहा है। नबकुमार प्रिया से बात कर रहे हैं, न कि अमित से। वो परिवार का ध्यान रखने के लिए उस पर भरोसा करते हैं। वो ये कर सकती है। वो ये करेगी।

उसे ये पक्का करना होगा कि अमित को ये बात समझ आ जाए। लेकिन अभी नहीं। ये क्षण उसके पिता के लिए है। वो उनके चेहरे पर नज़रें टिका देती है। उसे ये चेहरा हमेशा अपने अंदर रखना होगा।

नबकुमार एक आवाज़ करते हैं। क्या ये राहत है, क्या वो कुछ और कहने की कोशिश कर रहे हैं, क्या उनके लिए सांस लेना और भी मुश्किल हो रहा है? वो अपना सिर बीना की ओर घुमाते हैं और उनके होंठ मुस्कुराने की कोशिश करते हैं।

'गाओ मां,' वो फुसफुसाते हैं। प्रिया को लगता है कि वो कन्फ़्यूज़ हो रहे हैं। उसकी तरह बीना भी बेसुरी हैं, उन्हें गाना नहीं आता।

सिर्फ़ जामिनी समझ जाती है। ख़ामोश सतर्क जामिनी, जो किसी की फ़ेवरिट नहीं है, अपने आंसू पोंछती है और सीधी बैठ जाती है। वो कपकपाती आवाज़ में गाना शुरू करती है।

आजी बांग्ला देशेर हृदोय होते कोकौन अपोनी
तुमी ई ओपोरूपो रूपे बहीर होले जोनोनी
ओगो मा तोमे देखे देखे आंखी ना फिरे...

उसकी आवाज़ तेज़ होते हुए कमरे में, गलियारे में और पूरे क्लिनिक में फैलती जाती है। अब हर कोई पल भर के लिए मुसीबत से ऊपर उठकर

सुन रहा है।

ओ मां, तू कब बंगाल के हृदय से निकल गई,
ओ सुंदर, ओ भव्य
मैं अपनी नज़रें तुझसे नहीं हटा सकता, ओ मां...

नबकुमार एक आह भरते हैं। 'मां,' वो कहते हैं। फिर वो चले जाते हैं।

भाग दो

अगस्त–अक्टूबर 1946

नदी पीछे हटती है, जिससे कीचड़ के मैदान दिखाई देने लगते हैं, दिन वर्षाहीन और भंगुर हो जाते हैं, गांव मौत के अचानक वार से हिल जाता है, शहर अभी भी नफ़रत से जल रहा है। ट्रेनें उनसे भरी हुई हैं जो भाग रहे हैं, श्मशान और क़ब्रिस्तान उनसे जो भाग नहीं सके। एक आदमी शांति की तलाश में राख में नंगे पैर घिसट रहा है। पास-द-पार्सल गेम की तरह इल्ज़ाम एक लीडर से दूसरे लीडर पर डाला जा रहा है।

ये नदी सरसी है, ये गांव रानीपुर है, जलता हुआ शहर कलकत्ता है, हालांकि भयंकर हवा चिंगारियों को दूसरी जगहों पर भी ले जा रही है। मरने वाले गुमनाम हैं, उनकी गिनती करना नामुमकिन है। नंगे पांव व्यक्ति बीमारी और निराशा से लड़ते गांधी हैं; लीडर जिन्ना, बरोज़, सुहरवर्दी, नेहरू, वैवेल हैं।

महीना अभी भी अगस्त है, साल अभी भी 1946 है।

लेकिन बदलाव शुरू हो चुका है।

5

दीपा

नबकुमार की अंत्येष्टि नदी किनारे होती है, गांव के श्मशान में। एक शांत रस्म—केवल महिलाएं, सोमनाथ, अमित। बीना ने बाक़ी सबको मना कर दिया था, दोस्त, पड़ोसी, मरीज़, वो सभी जो श्रद्धांजलि देना चाहते थे। जब सोमनाथ ने शोक-संवेदनाओं के साथ मृत्यु-भोज देने की चेष्टा की, तो उन्होंने मना कर दिया।

मौत के बाद से बीना का व्यवहार अजीब सा हो गया है। बात समझ में आने वाली है। पर फिर भी, दीपा इसे लेकर चिंतित है।

विधि-विधान संपन्न हो चुका है। सफ़ेद वस्त्र के नीचे सिकुड़े हुए शव को अग्नि देने का समय आ गया है। पुजारी कहते हैं कि शास्त्रों के अनुसार ये संस्कार किसी पुरुष को करना चाहिए। दुर्भाग्य से मृतक की केवल बेटियां हैं। अच्छा, तो परिवार का कोई मित्र?

अमित आगे बढ़ता है, लेकिन प्रिया कहती है, 'बाबा ने कभी ऐसे बेतुके रीति-रिवाजों में विश्वास नहीं किया। ये काम हम बहनें करेंगी।' दीपा तर्क करने की कोशिश करती है, ताकि काम पूरा हो सके; लेकिन प्रिया अडिग है। दीपा मदद के लिए इधर-उधर देखती है, लेकिन जामिनी ख़ामोश है और बीना नदी को घूर रही हैं। अमित और सोमनाथ प्रिया का पक्ष लेते हैं। पुजारी समझौता करने के लिए मजबूर हैं। अमित चिता जलाने

में बहनों की मदद करता है।

बदबू, गर्मी का प्रकोप, जलता हुआ मांस। अपनी बहनों के रोते हुए चले जाने के बाद भी, दीपा ख़ुद को वहीं खड़े रहकर देखने के लिए मजबूर करती है। हालांकि किसी ने उस पर ये आरोप नहीं लगाया है, लेकिन वो जानती है कि नबकुमार की मौत उसकी ग़लती है।

अंतिम संस्कार के बाद सोमनाथ उन्हें अपनी बग्घी में घर ले जाते हैं। दीपा आभारी है। उनका घर रानीपुर के दूसरे छोर पर है, और वो इस स्थिति में नहीं हैं कि गांववालों की कौतूहलपूर्ण निगाहों को झेल सकें, उनकी हमदर्दी का सामना कर सकें। झूलती हुई बग्घी से मंद पड़ चुका उसका दिमाग़ पिछले दिनों में लौट जाता है।

नबकुमार की मृत्यु के अगले दिन अब्दुल्लाह और रज़ा शोक प्रकट करने और मदद करने की पेशकश के साथ कलकत्ता वाले घर आए थे। बीना ने उन्हें अंदर नहीं आने दिया। वो दरवाज़े से ही चिल्लाने लगी थीं कि उनके परिवार की बदहाली के लिए वो ज़िम्मेदार हैं। *मेरे पति तुम्हारी मदद करने गए थे, और फिर तुम्हारे लोगों ने उन्हें मार डाला।*

रज़ा के चेहरे का भाव—जैसे उसके पेट में घूंसा मार दिया गया हो।

जब बीना अंदर चली गईं तो दीपा गेट की ओर दौड़ी। वो डर रही थी कि कहीं वो चले न गए हों, कि कहीं उसे अपनी मां के व्यवहार के लिए माफ़ी मांगने का मौक़ा भी न मिले। अब्दुल्लाह तो जा चुके थे, लेकिन रज़ा अब भी किसी कारण से गली के नुक्कड़ पर खड़ा था। जब उसने सॉरी बोलने की कोशिश की तो उसने उसे रोक दिया। उसने उसे अपना पता और फ़ोन नंबर दिया। 'अगर तुम्हें किसी चीज़ की ज़रूरत पड़े, तो मुझसे संपर्क करना,' उसने कहा। 'किसी भी चीज़ की।'

उसकी उंगलियों का स्पर्श। एक छोटी सी सांत्वना।

जब वो बग्घी से उतरते हैं तो सोमनाथ पूछते हैं, 'इस घड़ी में मैं आपकी क्या मदद कर सकता हूं, बीना? मेहरबानी करके संकोच मत करना—'

बीना उनकी बात काट देती हैं। 'मैं चाहूंगी कि आप हमें अकेला छोड़ दें।'

लड़कियां घूरती हैं। सोमनाथ उलझन में पड़ जाते हैं और उनकी भौहें तन जाती हैं। 'आप ऐसा क्यों कहती हैं? नबकुमार मेरे भाई जैसे थे—'

'अगर आपने उनकी मूर्खता का साथ न दिया होता,' बीना कहती हैं, 'तो वो बहुत पहले कलकत्ता के क्लिनिक को छोड़ चुके होते और हम पर ये मुसीबत कभी नहीं आती।'

सोमनाथ कसमसाकर रह जाते हैं। दीपा के सीने पर अपराधबोध चोट करता है। क्रोध में आकर प्रिया कहती है, 'आप काकू के साथ इतनी अभद्र कैसे हो सकती हैं? आपने जो कहा वो सच भी नहीं है। वो क्लिनिक बाबा का जीवन था। वो कोई और तरीक़ा ढूंढ़ निकालते।'

अमित कहता है, 'रहने दो, प्रिया। बीना काकी बहुत कुछ झेल रही हैं।'

ये सच है। एक सप्ताह के अंदर ही बीना का वज़न काफ़ी कम हो गया है। उनकी आंखों के नीचे गहरे धब्बे से पड़ गए हैं जैसे किसी ने अपने अंगूठों से उन्हें दबाए रखा हो। वो जागते समय कभी नहीं रोती हैं—लड़कियां चाहती हैं कि वो रोएं—लेकिन हर रात नींद में अपनी सुबकियों से वो उन्हें जगा देती हैं।

अब वो अमित से कहती हैं, 'तुम भी। मुझे तुमसे कहना होगा कि अब तुम हमारे यहां मत आना। अगर कोई लड़का लड़कियों के साथ समय बिताने आता रहेगा, तो इनकी बदनामी होगी।'

और भौचक्का अमित: 'मेरे आने से आपकी बेटियों की बदनामी होगी? लेकिन मैं तो सारी ज़िंदगी आपके घर आता रहा हूं।'

बीना की आवाज़ दृढ़ है। 'जब इनके पिता ज़िंदा थे, तब बात अलग थी। अब हमारा घर बस औरतों का है। हम लोगों की बातें सहन नहीं कर सकते।'

जामिनी एक तीखी सांस खींचती है। प्रिया का चेहरा सुर्ख़ होने लगता है। दीपा उन्हें देखकर मना करते हुए सिर हिलाती है। *मां अपने आपे में नहीं*

हैं। हम ग़ुस्सा नहीं हो सकते, हम इनसे बहस नहीं कर सकते। जामिनी ख़ुद पर क़ाबू कर लेती है लेकिन प्रिया नाइंसाफ़ी के सामने झुकने वाली नहीं है।

'आप क्या बोल रही हैं, मां? क्या आप भूल गईं कि बाबा की मौत के बाद अमित ने हमारी कितनी मदद की है? इसने कितने काम संभाले? पुलिस, मृत्यु समीक्षक, मृत्यु प्रमाणपत्र, रिश्वतें। शव को लाने के लिए शव वाहन। हम अपने दम पर कभी ये नहीं कर पाते।'

अब सोमनाथ: 'श्श, बेटा, शांत हो जाओ। हम इस पर फिर किसी समय बात करेंगे। चलो, अमित। मनोरमा परेशान हो रही होगी।'

दीपा घबराई हुई बग्घी को मोड़ पर ओझल होते देखती है। परिवार को चौधरी परिवार से अलग करना ऐसे समय में बीना का सबसे ग़लत काम है जब उन्हें पहले से कहीं ज़्यादा मदद की ज़रूरत है।

बीना किसी नींद में चलने वाले की तरह चलती हुई बेडरूम में चली जाती हैं। उनकी साड़ी का पल्ला फ़र्श पर घिसटता हुआ धूल खा रहा है। 'दीपा,' वो आवाज़ देती हैं। 'तुम खिड़कियां बंद कर दोगी? रौशनी मेरी आंखों में चुभ रही है। और मेरी कनपटियों पर थोड़ा अमृतांजन मल दो। मेरा सिर फटा जा रहा है।'

दीपा बीना के माथे पर, चिंता की नई उभरी लकीरों पर मरहम लगाती है। पिछले सप्ताह में दो बार बीना पर बेहोशी के दौरे पड़े हैं। वो कुशल और प्यार करने वाली मां कहां है जिसे दीपा ने सारी ज़िंदगी जाना है? वो निडर महिला जिसकी त्वरित सोच ने दंगों की रात उनकी जान बचाई थी?

दीपा ने कुछ ऐसा किया है जो अगर बीना को पता चल जाए तो उन्हें बहुत ग़ुस्सा आएगा। उसने रज़ा को चिट्ठी लिखी है। वो अपनी इच्छा से बहुत लड़ी, लेकिन आख़िरकार वो ख़ुद को रोक नहीं सकी। उसे किसी को वो चीज़ें बतानी थीं जो उसका दम घोंट रही थीं। वो दुख और डर जो वो अपने परिवार के साथ नहीं बांट सकती थी क्योंकि उनके पास उनकी अपनी ही इतनी सारी समस्याएं थीं। उसने रज़ा से कहा था कि वो अपना जवाब उसकी सहेली मालिनी के घर भेजे, उसकी अकेली दोस्त जो इस सारी मुसीबत के दौरान उसके साथ खड़ी रही थी। मालिनी इस पूरे मामले

को लेकर डर रही थी। लेकिन अंत में उसने वादा किया कि वो दीपा के राज़ को राज़ रखेगी।

'अब हमारा क्या होगा?' बीना फुसफुसाती हैं, और दीपा अपने दिवास्वप्न से बाहर निकल आती है।

दीपा नहीं जानती। नहीं जानना उसे डरा देता है। वो धार्मिक नहीं है; फिर भी वो कहती है, 'हम ईश्वर से प्रार्थना करेंगे, मां। वो हमारा ध्यान रखेंगे।'

बीना के होंठ ऐंठ जाते हैं। 'मैं किस ईश्वर से प्रार्थना करूं? वो ईश्वर जिसने कलकत्ता के आदमियों को पागल बना दिया? उस ईश्वर से जिसने तुम्हारे बाबा को मारे जाने दिया?'

उनके शब्द बर्फ़ के सुए की तरह दीपा को छेद डालते हैं। दीपा अपना चेहरा तकिए में धंसा लेती है। इस तरह बीना, जो आख़िरकार अपनी बार-बार टूटने वाली नींद में वापस चली गई हैं, उसके रोने से जागेंगी नहीं।

सब मेरी ग़लती है। अगर मैंने बाबा को हमें कलकत्ता ले जाने के लिए नहीं फुसलाया होता, तो वो ज़िंदा होते।

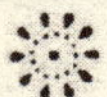

बहनों ने काम बांट लिए हैं। जामिनी खाना बनाती है, सफ़ाई करती है, बाज़ार जाती है। प्रिया दिनभर बाबा के क्लिनिक में बैठती है, हालांकि कोई मरीज़ नहीं आता। दीपा बीना के साथ रहती है, उनसे बिस्तर से निकलने, कुछ खा लेने, रज़ाई पर काम करने के लिए मिन्नतें करती रहती है। वो मालिनी से *देश* की पुरानी प्रतियां उधार लेती है और बीना को भावुकतापूर्ण धारावाहिक पढ़कर सुनाती है। लेकिन बीना अपने सिर पर चादर तान लेती हैं। क्या वो बिखरती जा रही हैं? उसी तरह से जैसे उन्होंने उस दौर के बारे में बताया था जब नबकुमार नमक मार्च पर गए थे? दीपा घबराकर इस संभावना को अपने दिमाग़ से झटक देती है। सिर्फ़ एक बार शाम के समय वो ये कहते हुए अपनी मां को जामिनी की देखभाल में छोड़ती है कि उसे मन हल्का करने के लिए थोड़ा टहलने की ज़रूरत है। वो जल्दी से मालिनी के घर जाती है, जहां लगभग हर रोज़ मालिनी को कलकत्ता की अपनी नई पत्र-मित्र सागरिका का पत्र मिलता है। मालिनी एक अच्छी

दोस्त है। हालांकि वो इस धोखे को लेकर लगातार और ज़्यादा असहज होती जा रही है, लेकिन वो दीपा को उसकी मूर्खता पर फटकारे बिना लिफ़ाफ़ा सौंप देती है। वो दीपा को अकेला छोड़ देती है ताकि वो रज़ा के सांत्वना और दोस्ती—और हाल ही में प्यार—भरे शब्दों को चाव से पढ़े और फिर नष्ट कर दे।

हां, दीपा को प्यार हो गया है। जो मोह समय के साथ मुरझा जाता, उसने त्रासदी और साझा सदमे से पोषण पाकर अपनी जड़ें उसके दिल की गहराइयों तक जमा ली हैं। उसे कोई अंदाज़ा नहीं है कि इसका क्या अंजाम होगा। वो बस इतना जानती है कि वो इसे छोड़ना सहन नहीं कर सकती।

दीपा के वापस आने तक गांगुली निवास के सामने लगे शाल पेड़ों के झुरमुट के आगे सूरज डूब चुका है। वो खाना बना रही जामिनी को ये जानने के लिए आवाज़ देती है कि खाने में क्या है। जामिनी एक पुरानी, हल्दी से रंगी साड़ी से हाथ पोंछती हुई रसोई से बाहर निकलती है। उसकी आंखें धुएं से लाल हो रही हैं क्योंकि वो कुछ समय से सस्ते कोयले का इस्तेमाल कर रहे हैं। या शायद वो रो रही थी। दीपा को पूछते हुए डर लग रहा है।

एक भाग्यशाली भटकाव: सड़क पर आगे रहने वाली शिवानी तालुकदार अपनी दो सहेलियों के साथ आ रही है। गांव की सबसे बड़ी साड़ी की दुकान शिवानी के पति की है। वो चिड़चिड़ी और घमंडी है, लेकिन एक वफ़ादार ग्राहक है। परिवार की दुर्भाग्यपूर्ण कलकत्ता यात्रा से पहले, शिवानी ने अपनी बेटी के दहेज के लिए इक्कीस सौभाग्य चिह्नों वाली एक रज़ाई का ऑर्डर दिया था। बीना ने इसीलिए न्यू मार्केट से इतना सारा रेशमी धागा ख़रीदा था। दीपा के हृदय में आशा की एक किरण फूट पड़ती है। एक ऐसे समय में शिवानी का सहयोग बेहद कारगर होगा जब कई पड़ोसी इस तरह उनसे दूर रहे हैं जैसे दुर्भाग्य कोई संक्रामक बीमारी हो। दीपा शिवानी से निवेदन करेगी कि वो बीना से बात करे, और उनकी सिलाई फिर से शुरू करवा दे। वो मुस्कुराती है और हाथ जोड़कर नमस्ते करती है, लेकिन शिवानी कोई जवाब नहीं देती। वो गली के दूसरे छोर से चिल्लाती है कि उसे रज़ाई की ज़रूरत नहीं पड़ेगी, वो बस इतना चाहती है कि बीना एडवांस लौटा दें।

दीपा समझाने की कोशिश करती है कि उसकी मां पहले ही काफ़ी पैसा सामान ख़रीदने में ख़र्च कर चुकी हैं, लेकिन शिवानी सुनने को तैयार नहीं है। उसकी आवाज़ ऊंची होने लगती है, उसकी सहेलियां उसके साथ बोलने लगती हैं, पड़ोसी उत्सुकता से झांकने लगते हैं। जामिनी भी मैदान में कूद पड़ती है: 'क्या ये कोई समय है हमें परेशान करने का, शिवानी माशी? आपको शर्म नहीं आती?'

दीपा के पीछे लड़खड़ाते क़दम। बीना जो इतनी कमज़ोर हैं कि उन्हें दरवाज़े का सहारा लेना पड़ रहा है, लेकिन जिनका लहजा दृढ़ है। 'पैसा लौटा दो, दीपा।'

ये ठीक नहीं है। दीपा को डर है कि इससे दूसरे ग्राहकों को भी इसी तरह की मांग करने के लिए प्रोत्साहन मिलेगा। लेकिन बीना उसे तब तक घूरती रहती हैं जब तक वो तिजोरी की ओर नहीं चली जाती। जामिनी अपनी मां को वापस बिस्तर तक ले जाने में मदद करती है, और फिर अपनी बहन के पास चली जाती है। दीपा बीना को बड़बड़ाते सुन सकती है, 'इन्हें लगता है कि हमारी बदनसीबी इनकी रज़ाइयों को दाग़दार कर देगी। शायद वो ठीक ही सोचते हैं।'

तिजोरी में नोटों की एक गड्डी है, जो दीपा के अंदाज़े से छोटी है।

जामिनी कहती है, 'बाबा ये कहकर क्लिनिक के लिए पैसा निकाल ले गए थे कि जब सोमनाथ काका उन्हें पैसा देंगे तब वो यहां वापस रख देंगे।'

तिजोरी में लड़कियों के अठारह साल का होने पर नबकुमार द्वारा उन्हें दी गई सोने की तीन पतली-पतली चेनें और बीना की शादी का नेकलेस भी है। बाक़ी सब कुछ इतने सालों में ख़त्म हो चुका है।

जामिनी का चेहरा चिंता से बुझ गया है। 'क्या हमें ये बेचनी पड़ेंगी?' वो चाहती है कि बड़ी बहन दीपा उसे आश्वस्त करे। लेकिन दीपा बस 'अभी नहीं' कह पाती है।

जामिनी की नज़र स्टोर रूम की ओर चली जाती है, जहां सामान कम होता जा रहा है। वो कुछ जानती है। दीपा को इसका विश्वास है। लेकिन जब वो पूछती है, तो जामिनी इंकार में सिर हिला देती है।

6

जामिनी

उस हवाविहीन कोठरी में जो रसोई का काम करती है, वो रात के खाने के लिए चावल और दाल—स्टोर में बची एकमात्र चीज़ें—को मिलाकर खिचड़ी पकाती है। खाने की मात्रा बढ़ाने के लिए उसने पानी उससे ज़्यादा रखा है जितना रखा जाना चाहिए था। फिर भी, उसे कल तिजोरी से पैसा लेना होगा। शिवानी के जाने के बाद उनके घर और भी महिलाएं आईं; वो भी अपना एडवांस वापस चाहती थीं। पेटी में बस कुछ ही रुपए बचे हैं। वो उम्मीद करती है कि प्रिया जल्द ही घर लौट आएगी; उसे उम्मीद है कि वो उस कलमी शाक को याद रखेगी जो जामिनी ने उसे क्लिनिक के पास वाले तालाब से लाने के लिए कहा था। जामिनी ने अपने घर के पीछे के तालाब की खाने योग्य सारी चीज़ें इस्तेमाल कर ली हैं। क्लिनिक में अभी तक एक भी मरीज़ नहीं आया है। जामिनी को हैरानी नहीं है। वो एक अनुभवहीन लड़की पर अपने जीवन का भरोसा क्यों करेंगे? उसे उम्मीद है कि प्रिया जल्दी आएगी। आग बुझ रही है और जामिनी और कोयला डालने का ख़र्च नहीं उठा सकती। शायद वो प्रिया को ट्यूशन का काम लेने के लिए मना सके। इतनी सारी किताबें जिन्हें पढ़ने में उसने घंटों ख़र्च किए हैं, किसी काम तो आएं।

उसे अपने पिता की याद आती है, शांतचित्त, दयालु, निष्पक्ष, इस

घर में उसकी चिंता करने वाले एकमात्र व्यक्ति। उसे उन्हें कभी ये बताने का मौक़ा नहीं मिला कि वो इस बात को कितना महत्व देती है। वो उनकी मृत्यु वाले दिन दुनिया में भेजी अपनी बेलगाम इच्छा को अपराधबोध के साथ याद करती है: *कुछ तो बदले। कुछ तो टूटे। मुझे परवाह नहीं क्या। मुझे परवाह नहीं कैसे।*

क्या इच्छाएं विनाश ला सकती हैं? एक मूर्खतापूर्ण सवाल। वो इसे अपने भीतर के अंधेरे कोटरों में धकेल देती है।

काश कि बीना ने चौधरी परिवार से संबंध ख़त्म नहीं किए होते। अमित के आने भर से ही—भले ही ये सिर्फ़ प्रिया पर रीझने के लिए होता—बड़ा अंतर पड़ जाता।

दरवाज़े पर दस्तक से उसकी सांस तेज़ हो जाती है। गांव की औरतें कहती हैं कि अगर आपका प्यार मज़बूत हो तो आप मर्द को अपनी ओर खींच सकती हैं। या शायद पीर ने आख़िरकार नज़रें-करम उसकी ओर घुमाई है। वो अपनी सिलवटें पड़ी साड़ी को ठीक करती है, हसरत के साथ बीते समय के अपने बेदाग़ कपड़ों के बारे में सोचती है, चेहरे पर एक आकर्षक मुस्कान लाती है। लेकिन ये तो बस उनकी पड़ोसन है, एक युवा मां जिसे हर कोई लीला की मां कहता है। वो ये कहते हुए जामिनी को एक कटोरी आलू की सब्ज़ी देती है कि उसने बहुत ज़्यादा पका ली थी। झूठ, लेकिन दयालुतापूर्ण झूठ। वो कभी-कभी दो-वर्षीय लीला को ये कहकर उनके पास छोड़ जाती है कि उसे जल्दी से बाज़ार जाना है। जामिनी को लगता है कि वो जानती है कि बच्ची थोड़ी देर के लिए बीना का ध्यान अपनी परेशानियों से हटा देगी।

अपनी टहल से वापस आने के बाद दीपा बाहर कुएं पर है, अपने पैर धो रही है, और बहुत समय ले रही है। जामिनी झांककर बाहर देखती है कि उसकी बहन चांद को निहार रही है, और उसके चेहरे पर एक चमक है। जामिनी को विश्वास है कि दीपा कुछ छिपा रही है। उसकी बहनें क्यों अब भी उससे अपने राज़ छिपाती हैं, जबकि उन्हें एक साथ आ जाना चाहिए? कोई बात नहीं। जामिनी दीपा के रहस्य का पता लगा लेगी, जैसे उसने प्रिया का रहस्य पता लगा लिया था।

कलकत्ता जाने के कुछ दिन पहले जामिनी ने देखा कि प्रिया स्टोर रूम में जा रही है। प्रिया ने उसे नहीं देखा था; जामिनी बेडरूम में चादरें बदल रही थी। वो बर्तनों को इधर-उधर हटाए जाते, बक्सों को बाहर खींचे जाते और धक्का देकर वापस उनकी जगह पहुंचाए जाते सुन रही थी। जब प्रिया घर से निकली, तो जामिनी देखने गई। कुछ ही देर में उसे ढीली ईंट मिल गई। ईंट के पीछे की जगह बेकार की चीज़ों से भरी हुई थी जिन्हें प्रिया बरसों से लिखती और सहेजती रही थी। जामिनी ने उन पर ध्यान नहीं दिया। उसने काग़ज़ों के नीचे छिपाए गए कंगन उठाए, और उनकी तोल का अंदाज़ा लगाया। ये एक परिवार को साल भर तक आराम से रखने के लिए पर्याप्त सोना था। वो जानती थी कि प्रिया को वो किसने दिए थे। अपनी बहन के लिए ख़ुश होने की कोशिश करते हुए भी उसका दिल ऐंठकर रह गया।

उसने कंगन वापस रख दिए। उसने किसी को बताया नहीं। अब प्रिया का राज़ उसका भी राज़ था।

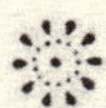

निराश और बेहाल सी प्रिया अंधेरे में लौटकर आती है। जामिनी को अफ़सोस है लेकिन वो नाराज़ भी है। लड़की के लिए बेहतर यही होगा कि वो मान ले कि वो क्लिनिक को नहीं चला सकती। प्रिया कलमी शाक भूल गई है। उसे न डांटने के लिए जामिनी को अपनी सारी इच्छाशक्ति का इस्तेमाल करना पड़ता है। वो तो अच्छा हुआ कि लीला की मां उन्हें आलू की सब्ज़ी दे गई थी। वो चुपचाप उस नीरस से खाने के चारों ओर बैठती हैं, एक अकेली लालटेन दीवार पर छायाएं बना रही है। बीना कुछ कौर खाती हैं, लेकिन केवल इसलिए कि दीपा ने कहा है कि अगर आप नहीं खाएंगी, तो मैं भी नहीं खाऊंगी। प्रिया अपना खाना इधर-उधर धकेलती है। दीपा यांत्रिक रूप से खाना निगलती है। क्या कोई समझ सकता है कि लगभग शून्य से इस भोजन को बनाने में जामिनी ने कितनी मेहनत की है? वो बचे-खुचे खाने को संभालकर रखती है और उम्मीद करती है कि वो सुबह तक ख़राब नहीं होगा। वो उन्हें जल्दी से बिस्तरों पर पहुंचाती है ताकि लालटेन बुझा दे और मिट्टी का तेल बचा सके।

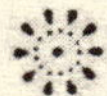

गहरी काली और शांत रात। जामिनी दरवाज़े की चटकनी खोले जाने की आवाज़ से जागती है। चौखट पर मौजूद बीना विधवा की अपनी सफ़ेद पोशाक में भूत सी दिखाई दे रही हैं। वो बाहर निकलती हैं और आश्चर्यजनक गति से बढ़ने लगती हैं। जामिनी का दिल तेज़ी से धड़कने लगता है, वो प्रिया को हिलाकर जगाती है, उससे फुसफुसाकर दीपा को बुलाने को कहती है, और अपनी मां तक पहुंचने के लिए दौड़ती है।

'आप क्या कर रही हैं, मां? कहां जा रही हैं आप?'

बीना भावशून्य आंखों से सामने घूर रही हैं। वो नींद में चल रही हैं। दीपा और प्रिया उन्हें आवाज़ देती हैं। वो कुछ नहीं सुनतीं, और जब दीपा उनके कंधे पर हाथ रखती है तो वो लहरा जाती हैं।

'हमें इन्हें वापस घर ले जाना होगा,' जामिनी कहती है। 'हम तीन हैं। ये विरोध करें तो भी हम ऐसा कर सकते हैं।'

प्रिया हिचकिचाती है। 'मैंने बाबा की एक डायरी में पढ़ा था कि नींद में चलने वालों को जागने के लिए मजबूर करना ख़तरनाक हो सकता है। वो सदमे में जा सकते हैं। हम बस इनके साथ चलते रहते हैं।'

बीना अंधेरे में तेज़ी से और बिना हिचकिचाए चलती रहती हैं जैसे उन्हें किसी महत्वपूर्ण मुलाक़ात के लिए जाना है। लड़कियां पीछे चलती रहती हैं; ख़ामोश, लड़खड़ाती हुई। परिचित इलाक़ों, गांव के स्कूल, पंचायत भवन और संकरी गलियों वाली मछुआरों की बस्ती के पास से।

'ये श्मशान जा रही हैं,' जामिनी कहती है।

दीपा सुबकने लगती है। 'ये सरसी में डूबकर बाबा के पास जाने का सोच रही हैं।'

डर से जामिनी का लहजा तीखा हो जाता है। 'हमें इन्हें तभी रोक लेना चाहिए था। हमें तुम्हारी बात नहीं सुननी चाहिए थी, प्रिया। तुम कोई असली डॉक्टर नहीं हो।'

प्रिया कसमसाती है। लेकिन वो एक प्रशंसनीय शांत भाव से कहती

है, 'हमें इनके नज़दीक रहना होगा। अगर ऐसा लगेगा कि ये ख़तरे में हैं तो हम इन्हें पकड़ लेंगे।'

उनकी मां चक्कर खाते पानी में उतरती हैं तो वो अपनी मां को घेरे में ले लेती हैं। टख़ना, पिंडली, घुटने, जांघें। जामिनी के दांत किटकिटाते हैं। उसे विश्वास है कि वो डूब जाएगी। उसकी बहनों ने गांव के तालाब में तैरना सीखा था, लेकिन उसे अपने पैर की वजह से उनके साथ तैरते हुए बहुत शर्म आती थी।

अब पानी कमर तक गहरा है; जामिनी घबरा जाती है, और वापस जाने के लिए हाथ-पैर मारने लगती है। लेकिन बीना रुक गई हैं। वो अपनी बांहों को फैलाती हैं, वो कोई अदृश्य चीज़ पकड़े हुए हैं, वो उसे पलट रही हैं।

'ये बाबा की अस्थियां बिखेर रही हैं,' दीपा कहती है।

बीना तब तक पलटती रहती हैं जब तक वो मटका ख़ाली नहीं हो जाता जो उनके दिमाग़ में है। वो उसे पानी की धारा पर बहा देती हैं। लड़कियां तनाव में हैं और अपनी मां द्वारा मटके का पीछा करने की कोशिश करने की स्थिति में उन्हें पकड़ने के लिए तैयार हैं। लेकिन वो पलटती हैं और घर की ओर चल देती हैं।

जब तक वो अपने इलाक़े में पहुंचीं, पौ फटने लगी है। बीना अब भी नींद में चल रही हैं, लेकिन अब जब उनकी बेटियां उनकी बांहें पकड़ती हैं तो वो विरोध नहीं करतीं। जामिनी थकान, राहत और डर से कांप रही है। अगर बीना ने दोबारा कभी ऐसा किया तो? उसे नहीं लगता वो इसे सहन कर सकेगी। उन्हें आज ही एक ताला ख़रीदकर दरवाज़े में अंदर से लगाना होगा।

सवेरे जागने वाले—किसान, दूधवाले, नित्यक्रिया पर जाने वाले बूढ़े लोग—घूरते हैं और उन्हें तेज़ी से घर की ओर जाते देखकर आपस में कानाफूसियां करते हैं। बिखरे बाल, चेहरे मिट्टी से सने हुए, उनकी टांगों पर फड़फड़ाती भीगी हुई साड़ियां।

देखो, देखो, गांगुली परिवार की विचित्र और अभागी स्त्रियां।

7

प्रिया

क्लिनिक में प्रिया मेडिकल की किताबों के उन ढेरों पर हाथ फेरती है जो नबकुमार बरसों से जमा करते रहे थे। कितनी ही रातों को बाप-बेटी उन्हें एक दूसरे को पढ़कर सुनाते जागते रहे थे। आज दुकान का मालिक आया था, सहानुभूतिपूर्ण लेकिन दृढ़। उसे महीने के अंत तक दुकान छोड़नी होगी—ये जगह एक दूसरे गांव के डॉक्टर को चाहिए—जब तक कि वो किराया न दे दे लेकिन वो कैसे देगी? ख़ुशक़िस्मती से वो आदमी उपकरण और किताबें ख़रीदने को तैयार है, दुकान मालिक ने जाते-जाते कहा।

वो अपना चेहरा पन्नों में धंसा देती है। उनमें से उसके पिता की महक आ रही है; उन्हें बेचना अपने पिता को एक बार फिर से खो देने जैसा होगा। वो अपने आंसू नहीं रोक पाती है हालांकि उसे इसके लिए ख़ुद से घृणा हो रही है।

दरवाज़े पर खटखटाहट होती है। वो अपनी आंखें पोंछने के लिए जल्दी से अपनी साड़ी को खींचती है। आख़िरकार एक मरीज़—और उसे देखो, वो सुबक रही है।

लेकिन नहीं, ये अमित की आवाज़ है। 'प्रिया? मैं हर रोज़ तुम्हारे बारे में सोचता हूं। तुम्हारी मां के कहने की वजह से मैंने तुमसे दूर रहने की

कोशिश की, लेकिन मैं दूर नहीं रह सकता।'

वो नहीं चाहती कि वो उसे ऐसी हालत में देखे जब वो बदसूरत हो रही है क्योंकि वो रोई है, कल रात सोई नहीं है, और उसका पेट ग़ुर्रा रहा है क्योंकि उसने सुबह से बस बची हुई खिचड़ी खाई है। उसे ये दिखाना चाहिए जैसे यहां कोई नहीं है।

वो दरवाज़ा खोलती है, और उसके गले लग जाती है। वो उसे अपनी बांहों में समेट लेता है और रोने देता है।

जब वो उसे अपनी सारी समस्याएं बता चुकती है, तो वो बस इतना कहता है, 'मुझसे शादी कर लो।'

प्रिया उसके शब्दों की अनपेक्षितता से मदहोश और ख़ामोश हो जाती है। वो समझ नहीं पाती कि वो क्या हैं, अनुरोध, आदेश या एक व्यावहारिक सुझाव। लेकिन जब वो उसे चूमता है, तो उसे लगता है कि ये कितना सही महसूस होता है। उसका दृढ़ मुंह, उसकी गर्म दालचीनी की महक वाली सांस। उनका सारा जीवन इसी क्षण की ओर तो चला जा रहा था—उसे ये पहले कैसे नहीं दिखाई दिया? वो सहमति की मीठी धार पर थिरकती हुई उस पर झुक जाती है। काश कि वो हमेशा इसी तरह रह सकती।

वो कहता है, 'मैं तुम्हारा ख़्याल रखूंगा, पिया।'

और अचानक वो उस याद में वापस चली जाती है जिससे वो इतने समय से भागती रही है। ख़ून और डर की महक, धुंधली रौशनी वाला गलियारा, कराहते हुए घायल लोग, उसके पिता की ख़ून से भीगी पट्टियां, उनकी आंखों की वो गंभीर मिन्नत।

इनका ख़्याल रखना, आपने मुझसे कहा था, बाबा। मैंने वादा किया था। मुझे वादा पूरा करना होगा। मैं उन महिलाओं की तरह अपने पैरों पर खड़ी होऊंगी जिन्हें आप सराहते थे, मातंगिनी हाज़रा, सरोजिनी नायडू। मैं अपनी आज़ादी का ध्वज लेकर चलूंगी। आप मुझसे यही चाहते। यही मैं ख़ुद से चाहती हूं।

वो अलग हो जाती है।

'क्या हुआ, जान?'

वो अपने अंदर चल रही भावनाओं को व्यक्त नहीं कर सकती, राहत, प्रेम, हिचकिचाहट, संकल्प। उसे अमित से कहना होगा कि वो उसे अपनी समस्याओं को हल नहीं करने दे सकती, ये काम उसे ख़ुद ही करना होगा। लेकिन आज नहीं।

आज वो कहती है, 'शुक्रिया, मेरे सबसे प्यारे दोस्त।'

'हमने एक-दूसरे को शुक्रिया कहना कब से शुरू कर दिया?'

'तुम मुझे थोड़ा समय दोगे?'

दूसरे आदमी इस तरह के अनिर्णय पर चिढ़ जाते। अमित ने सहमति में सिर हिलाया। 'तुम जितना चाहो समय ले लो।'

वो दुकान बंद करने में उसकी मदद करता है, खिड़कियों की कुंडी लगाता है, फ़र्श पर झाड़ू लगाता है, घड़ी में चाबी देता है। फिर वो कहता है, 'क्या तुम जल्द ही किसी समय आकर बाबा का स्वास्थ्य देख सकती हो? वो सारा दिन बिना किसी से बात किए बरामदे में बैठे रहते हैं। मैं जानता हूं कि वो नबकुमार काका को मिस करते हैं—और तुम्हें।'

प्रिया के अंदर एक टीस सी दौड़ जाती है। निराशा से बेहाल होने के कारण उसे सोमनाथ का ख़्याल ही नहीं आया था, उसे ये महसूस ही नहीं हुआ था कि वो भी उन्हें कितनी गहराई से मिस करती है। 'मैं कल सुबह सबसे पहले उनका पूरा चेक-अप करूंगी।'

वो उस थैले को उठाती है जो जामिनी ने उसे कलमी शाक के लिए दिया था। ये किसलिए है, अमित पूछता है। वो शर्मिंदा है; लेकिन फिर वो कंधे उचका देती है। क्या वो उसका सबसे अच्छा दोस्त नहीं है? अगर उसे उनकी आर्थिक दुर्दशा से सदमा पहुंचा है, तो उसने इसे ज़ाहिर नहीं होने दिया है। वो उसके साथ तालाब तक जाता है और ढेर सारा कलमी शाक तोड़ने में उसकी मदद करता है। जल्द ही दोनों कीचड़ से लथपथ हो जाते हैं और हंसने लगते हैं।

अपने पिता की मृत्यु के बाद आज वो पहली बार हंसी है।

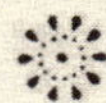

जामिनी शाक को देखकर ख़ुश हो जाती है और प्रिया की अप्रत्याशित कुशलता पर उसकी तारीफ़ करती है। प्रिया अमित के बारे में नहीं बताती। बहनों की अपनाइयत के इस दुर्लभ पल को क्यों बर्बाद किया जाए? जब वो मुंह-हाथ धोने के लिए कुएं पर जाती है, तो उसे ये देखकर आश्चर्य होता है कि दीपा उसके पीछे-पीछे आई है।

'आज रज़ाई के ऑर्डर रद्द कराने के लिए और औरतें आई थीं। वो चाहती हैं कि हम एडवांस वापस कर दें, लेकिन हमारे पास पैसा ख़त्म हो गया है। उनमें से एक ने चिल्लाकर कहा कि मां की रज़ाई उनके लिए अमंगल लाएगी। किसी ने असहमति नहीं जताई। शोर सुनकर मां बाहर आ गईं। उन्होंने अपनी सोने की चेन ज़मीन पर फेंक दी और उनसे कहा कि वो गिद्ध हैं, गिद्धों की तरह लड़ें।'

क्या बात यहां तक पहुंच चुकी है? जो पड़ोसी अपने घरों में उनका स्वागत करते थे, चटाइयां बिछाते थे, नारियल की मिठाइयां परोसते थे, क्या वो उनके ख़िलाफ़ हो गए हैं? प्रिया सोच भी नहीं सकती कि उसकी शांतचित्त मां ऐसी उतावलेपन की हरकत कर सकती हैं। वो सोने की चेन, जो नबकुमार ने अपनी शादी में बीना को उपहार में दी थी, उनकी सबसे क़ीमती चीज़ थी।

सिवाय उन कंगनों के जो अमित ने मुझे दिए थे।

उसे दीपा और जामिनी को कंगनों के बारे में न बताने के लिए अपराधबोध महसूस होता है। लेकिन वो दृढ़ है कि उन्हें वापस कर देगी, और उसकी बहनें उस पर ऐसा न करने का दबाव डालेंगी। इसीलिए वो उन्हें अमित के शादी के प्रस्ताव के बारे में भी नहीं बताएगी। वो इसे अपनी समस्याओं के पूरे और तत्काल समाधान के रूप में देखेंगी और सहमत होने के लिए उसके पीछे पड़ी रहेंगी। वो ये नहीं समझ पाएंगी कि उसे क्यों *अभी नहीं* कहना होगा।

दीपा उसकी बांह थपथपाती है। 'चिंता मत करो। इससे पहले कि उनमें से कोई चेन उठा पाती, मैंने चेन उठा ली थी। मैंने उनसे कहा कि मेरे पास दो सप्ताह के अंदर उनके लिए पैसे होंगे। मैंने धमकी दी कि अगर वो हमें परेशान करना जारी रखेंगी, तो मैं हवलदार को बुला लूंगी, और कुछ

और दबी-दबी गालियां देने के बाद वो चली गईं।'

'तुम मेरी चेन बेच सकती हो। मुझे कोई आपत्ति नहीं है।' एक भीषण झूठ। वो याद करती है कि उसके पिता ने उसके अठारहवें जन्मदिन पर वो चेन उसके गले में डाली थी।

दीपा ने इंकार में सिर हिला दिया। 'अगर हम अपनी सारी चेनें भी बेच दें, तो भी पैसा कब तक चलेगा? नहीं। हमें न्यू मार्केट जाना होगा, तुम्हें और मुझे।'

रात में बहनें फुसफुसाते हुए अपनी योजना बुनती हैं। दीपा बीना को मनाएगी कि उसे प्रिया के साथ और माल लेकर कलकत्ता जाने दें। वो अपनी मां को समझाएगी कि शहर अब सुरक्षित है—भले ही ये पूरी तरह से सच नहीं है। वो सोमनाथ के घर में रहेंगी—प्रिया उनसे अनुमति मांगेगी—और उस दुकान पर जाएंगी जहां उन्होंने रज़ाई छोड़ी थी। शायद उसे बेच दिया गया हो। शायद दुकान कुछ और रज़ाइयां ले ले। जामिनी घर पर ही रहेगी और बीना की देखभाल करेगी।

प्रिया को चिंता है कि कहीं जामिनी ख़ुद को उपेक्षित महसूस न करे, लेकिन वो संतुष्ट दिखती है। 'मैं नाक-घुसाऊ पड़ोसनों को दूर रखूंगी और ये पक्का करूंगी कि मां सुरक्षित रहें,' वो कहती है। 'आख़िरकार यही सबसे महत्वपूर्ण बात है। मैं दरवाज़े पर ताला लगाकर रखूंगी। मैं उन्हें एक मिनट को भी अकेला नहीं छोड़ूंगी, ख़ासकर रात को। बल्कि आज से मैं उनके साथ ही सोऊंगी, ताकि उन्हें आदत पड़ जाए।' वो बेडरूम में जाती है, तो उसके क़दमों में एक जोश है। प्रिया को महसूस होता है कि जामिनी हमेशा से यही चाहती थी: अपनी मां के लिए अपरिहार्य बन जाना।

वो ख़ुद ये जानकर बेचैन है कि वो कलकत्ता वापस जाने से घबरा रही है। 'क्या मैं सोमनाथ काकू से कहूं कि हमारे साथ एक गार्ड भेज दें?'

दीपा जम्हाई लेती है। 'ये एक छोटी सी रेल यात्रा ही तो है। बस इतना पूछ लेना कि क्या ड्राइवर हमें स्टेशन से ले सकता है।'

'सही कहा। वो हमारे साथ दुकान पर भी जा सकता है।'

'उसकी ज़रूरत नहीं है। कलकत्ता में मेरे दोस्त हैं जिन्होंने हमारे साथ चलने को कहा है।'

'दोस्त?' प्रिया की तरह दीपा भी अपने वयस्क जीवन में सिर्फ़ एक बार कलकत्ता गई है। वहां उसके कौन से दोस्त हो सकते हैं? और उन्हें उनकी योजना के बारे में कैसे पता चला?

दीपा अपने राज़ अपने मन में समेटे हुए निश्चल लेटी सोने का नाटक कर रही है।

चौधरी हवेली में प्रिया ने सोमनाथ को ऊपर की बालकनी में एक प्लांटर्स चेयर पर सुस्त सा बैठे पाया; उनके बाल बिखरे हुए थे, नाश्ते को अभी छुआ भी नहीं था। उसे ये देखकर दुख हुआ कि वो कितने दुबले, कितने बूढ़े दिख रहे हैं।

वो उसके अभिवादन के जवाब में ग़ुर्राते हैं। 'बड़ा समय लगा तुम्हें।'

वो अपने पिता का मेडिकल बैग नीचे रख देती है; वो जानती है कि इस मूड में सोमनाथ उसे अपनी जांच नहीं करने देंगे। 'मैं आपकी शतरंज में ज़ंग लगने का इंतज़ार कर रही थी ताकि आपको रिकॉर्ड समय में हरा सकूं।'

उनकी आंख में एक हल्की सी चमक उभरी। 'सपने देखती रहो!'

'कथनी से करनी आसान है। क्यों न हम इस दावे को आज़माकर देख लें?'

एक गेम जिसे सोमनाथ बाल-बाल ही जीत पाते हैं, फिर कृतज्ञ मनोरमा द्वारा जी भरकर ऐसा खाना परोसा जाता है, जैसा प्रिया ने हफ़्तों से नहीं खाया है।

प्रिया उन्हें दीपा की योजना के बारे में बताती है; उम्मीद के अनुसार, सोमनाथ उन्हें अपना घर और कार देने की पेशकश करते हैं। वो कहते हैं कि शेफाली पक्का करेगी कि वो आराम से रहें और उन्हें अच्छी तरह से खिलाया-पिलाया जाए। फिर वो प्रिया को वो अख़बार देते हैं जो उन्होंने

इतने हफ्तों से उसके लिए सहेजकर रखे हैं। वो उसे चेतावनी देते हैं कि उनमें दी गई जानकारी व्यथित करने वाली है; लेकिन उसके लिए सच्चाई जानना ज़रूरी है।

दंगों के बाद कलकत्ता में व्यवस्था स्थापित होने में एक सप्ताह से ज़्यादा लगा। मरने वालों की अनुमानित संख्या दस हज़ार थी; एक लाख लोग बेघर हो गए थे। कई अख़बारों ने दावा किया कि मुसलमानों से ज़्यादा हिंदू मारे गए थे; मुस्लिम लीग इससे असहमत थी और उसने घोषणा की कि उनकी भी उतनी ही मौतें हुई थीं। कांग्रेस पार्टी ने सुहरवर्दी पर, जिन्हें लोग बंगाल का क़साई कह रहे थे, पुलिस को अपना काम करने देने से रोकने का इल्ज़ाम लगाया। मुस्लिम लीग का मानना था कि ग़लती अंग्रेज़ों की थी: उन्होंने समय से सेना को तैनात नहीं किया। नेहरू ने डाइरेक्ट एक्शन डे का आह्वान करने के लिए जिन्ना पर आरोप लगाया। जिन्ना ने जवाब में कहा कि भारत के अधिकतर शहरों में सिर्फ़ शांतिपूर्ण बातचीत और मार्च हुए। बलात्कार के अनेक केस रिपोर्ट किए गए; कोई नहीं जानता कि कितने दबा दिए गए। जैसा कि ऐसे मामलों में हमेशा होता है, ग़रीबों ने सबसे अधिक झेला।

तस्वीरें सबसे भयानक हैं, लाशों से भरी गलियां, इमारतों के जले हुए ढांचे, ऐसी झुग्गियां जहां आग में सैकड़ों लोग मारे गए थे। लीचुबागान बस्ती के अवशेष देखने के बाद प्रिया अख़बारों को एक ओर हटा देती है, जहां तीन सौ मज़दूर जलकर मर गए थे। लेकिन कलकत्ता कम से कम अब सुरक्षित है, सोमनाथ कहते हैं। बंगाल में वायसरॉय का शासन लगा दिया गया है; ब्रिटिश और गोरखा सैनिकों की नौ बटालियनें शहर में गश्त कर रही हैं; अगर प्रिया और दीपा सावधान रहें और कर्फ़्यू का पालन करें तो उन्हें कोई समस्या नहीं होनी चाहिए। वो अमित को साथ भेजने का प्रस्ताव रखते हैं, लेकिन प्रिया उनसे कहती है कि वो और दीपा ये काम अपने दम पर करना चाहेंगी।

आख़िरकार, प्रिया बेदिली से उठ खड़ी होती है। उसे क्लिनिक जाना होगा।

सोमनाथ उसे देखते हैं। 'मैं वहां की स्थिति जानता हूं, प्रिया। मुझे

इसके लिए अफ़सोस है। लेकिन जब तक तुम्हारे पास मेडिकल डिग्री न हो, तुम्हारे पास कौन आएगा?'

उनकी आवाज़ कठोर नहीं है, लेकिन उनके स्पष्ट शब्द प्रिया को उस सच का सामना करने को मजबूर कर देते हैं जिससे वो बचती रही थी। वो आंसू रोकने के लिए संघर्ष करने लगती है।

'इसीलिए तुम डॉक्टर बनने के अपने सपने को छोड़ नहीं सकतीं,' सोमनाथ अपनी बात जारी रखते हैं। 'तुम्हारे अपने लिए—और तुम्हारे पिता की विरासत को जारी रखने के लिए। तुम्हें अपनी योजना के मुताबिक़ मेडिकल कॉलेज की प्रवेश परीक्षा के लिए पढ़ना चाहिए। अगर तुम्हारा दाख़िला हो गया, तो तुम्हारी फ़ीस मैं संभालूंगा। अगर बीना एतराज़ करें, तो उनसे कहना कि ये उधार है। जब तुम कमाने लगोगी, तब तुम मुझे पैसा वापस कर सकती हो। नहीं, नहीं, मुझे शुक्रिया मत कहो। मैं अपने सबसे प्यारे दोस्त के लिए इतना तो कर ही सकता हूं।'

प्रिया को अपना शरीर इतना हल्का महसूस होने लगता है जैसे वो अभी उड़ने लगेगी।

जब वो जाने के लिए मुड़ती है, तो सोमनाथ कहते हैं, 'तुम कुछ भूल तो नहीं रही हो? तुम यहां अपनी डॉक्टरी करने आई थीं ना?'

वो ख़ुश होकर नबकुमार का स्टेथोस्कोप निकालती है और उनकी जांच करने लगती है। सोमनाथ स्वस्थ लगते हैं, लेकिन उनकी हृदयगति में एक अनियमितता है जो उसे परेशान करती है। उनका रक्तचाप भी बढ़ा हुआ है। वो एक बार्बिचुरेट, सुबह को तेज़ टहल, कम तेल वाले खाने, कम नमक वाले आहार और करेले के रस की सलाह देती है।

'मुझे करेले का रस बहुत नापसंद है।'

वो उनसे कहती है कि वो नख़रे न दिखाएं। कि ऐसा करना उनकी उम्र के आदमी को शोभा नहीं देता। 'मेरे साथ नीचे चलिए। ये वर्जिश आपको फ़ायदा देगी।'

नीचे जाते हुए सोमनाथ अपनी तिजोरी पर रुकते हैं और एक मोटा सा लिफ़ाफ़ा निकालते हैं। 'तुम्हारी पहली डॉक्टर फ़ीस।'

लिफ़ाफ़े में बहुत से रुपए हैं, लेकिन जब वो उनकी आंखों में प्यार देखती है, तो मना नहीं कर पाती। वो उनके पैर छूती है। वो उसके सिर पर अपनी हथेली रखते हैं जैसे उसके पिता रखते।

8

दीपा

साथ में बहनों के एडवेंचर की शुरुआत अच्छी होती है। वो रानीपुर से जल्दी निकल जाती हैं, स्टेशन पहुंचती हैं, ट्रेन के महिला डिब्बे में खिड़की वाली सीटें लेती हैं जहां उनकी रज़ाइयों के बंडल के लिए पर्याप्त जगह है। वो एक-दूसरे को दिलचस्प दृश्य दिखाती हैं, साथ में रोटी और गुड़ खाती हैं जो उनके लिए जामिनी ने पैक किया था। उत्साहित प्रिया दीपा को एक रहस्य बताती है: वो उस मेडिकल प्रवेश परीक्षा के लिए किताबें लेगी जिसे देने का उसका इरादा है। जब प्रिया बीना को अपनी योजना के बारे में बताएगी, तब दीपा उसका साथ देने का वादा करती है। दीपा अपने कम मासूम रहस्य को साझा करने को प्रेरित हो जाती है: कल रज़ा उनसे मिलने घर आएगा और उनके साथ न्यू मार्केट जाएगा।

इससे पहले कि वो कुछ कह पाती, ट्रेन एक झटके से एक ख़ाली मैदान के पास रुक जाती है। किसी को नहीं पता कि समस्या क्या है, हालांकि उनके सामने बैठी तीन हिंदू औरतें बड़बड़ाती हैं कि ये शायद मुस्लिम गुंडों का काम है; दंगों के बाद से वो गायों को रेल की पटरियों पर बांधने लगे हैं। वो डिब्बे में दूसरी ओर बैठी मुस्लिम औरत को इल्ज़ाम भरी नज़रों से घूरने लगती हैं।

दीपा घबराने लगती है, हालांकि उसे इसका आदी होना चाहिए। इस

तरह की बातें रानीपुर में भी आम हो गई हैं। उनके अपने घर में भी बीना नबकुमार की मौत के लिए रोज़ाना मुसलमानों को गालियां देती हैं। स्थिर स्वभाव वाली प्रिया अपनी सबसे बड़ी बहन से कहती है कि इसी तरह के आरोपों की बातें मुस्लिम घरों में भी होती होंगी, लेकिन इससे दीपा को तसल्ली नहीं मिलती। एक बार वो ख़ुद को बीना से ये कहने से नहीं रोक पाई थी कि नबकुमार को लगी गोलियां किसी भी ओर से चली हो सकती थीं। बीना ने पूरे तीन दिन तक उससे बात नहीं की थी।

आरोप लगाने वालियों की आवाज़ें अब तेज़ हो गई हैं। मुस्लिम औरत अपने कोने में सिकुड़ जाती है। दीपा के चेहरे पर गर्मी आने लगती है लेकिन वो एक गहरी सांस लेती है और समझदारी से काम लेती है। उनकी अपनी स्थिति—अकेले सफ़र करती दो लड़कियां—ही इतनी अनिश्चित है कि वो अपनी ओर कोई और ध्यान नहीं खींच सकतीं। ख़ुशक़िस्मती से ट्रेन चल पड़ती है, बातचीत का रुख़ दूसरे विषयों की ओर मुड़ जाता है, अगले स्टेशन पर मुस्लिम महिला किसी दूसरे डिब्बे में चली जाती है।

सोमनाथ ने निर्देश भेजे होंगे; घर पर विचारशील शेफाली उनके लिए शानदार डिनर लगाती है, हालांकि उन दोनों में से कोई भी ज़्यादा नहीं खा पाती। कुछ सप्ताह पहले इसी टेबल पर नबकुमार बैठे थे। जब दीपा उनकी ख़ाली कुर्सी को देखती है, तो उसका गला रुंधने लगता है। वो ये कहते हुए माफ़ी मांगती है कि वो इतनी थकी हुई है कि खा नहीं सकती। शेफाली सहानुभूति में सिर हिलाती है। दीपा अपने बेडरूम में जाती है, तो वो शेफाली को सफ़ाई वाली औरत से कहते सुनती है, बेचारी अनाथ लड़कियां।

उसकी दया दीपा को चिढ़ा देती है। शेफाली हिंसक शोक के बारे में क्या जानती है?

जब घर में ख़ामोशी छा जाती है, तो दीपा पंजों के बल चलती हुई नीचे आती है, ऑपरेटर को कॉल करती है, और उसे रज़ा का नंबर देती है। कमाल हो गया—उसका नंबर तुरंत मिल जाता है। वो जल्दबाज़ी में बात करते हैं, फुसफुसाते हुए लड़खड़ाते शब्द, उनके बीच किसी तार की तरह कंपायमान इच्छा। कितनी भयानक रही है ये जुदाई, कितना अच्छा

लग रहा है अब बात करना, और कल देखना और स्पर्श करना, भले ही उंगलियों के पोरों से, भले ही एक मिनट को। वो उसे चौंधिया देने वाली, नशीली, चौदहवीं के चांद से भी ज़्यादा सुंदर कहता है, वो तारीफ़ें जो उसे ख़ुशी से थरथरा देती हैं। उसे उन शब्दों को बोलते शर्म आती है जो वो हर रात ख़ामोशी से बोलती है: जान, दिल, मेरे अपने। उन्हें बहुत देर तक बात नहीं करनी चाहिए, शेफाली रात की गश्त पर आ सकती है। जब वो फ़ोन काटते हैं, तो वो फ़ोन को चूम लेती है।

पीछे एक आवाज़। वो धड़कते दिल के साथ तेज़ी से पलटती है। ज़ीने पर प्रिया है, जिसका चेहरा आरोप से आगबबूला हो रहा है। दीपा आह भरती है। अब उसे सबकुछ समझाना होगा। इसमें बहुत समय लगेगा क्योंकि प्रिया के पास हमेशा सवाल होते हैं। वो माफ़ी के शब्द तैयार करती हुई उसकी ओर बढ़ती है।

नजदीक आने पर वो देखती है कि वो गलत थी। प्रिया नाराज़ नहीं है, वो डरी हुई है, उन सबमें सबसे बहादुर प्रिया।

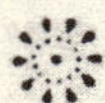

सुबह को प्रिया कहती है, 'रज़ा को हमारे साथ न्यू मार्केट नहीं जाना चाहिए।'

'वो शहर के रास्ते जानता है। वो दुकानदारों के साथ हमसे बेहतर मोलभाव कर सकता है।'

'मां बहुत नाराज़ होंगी।'

दीपा अपनी नज़रें उस पर टिका देती है। 'अगर उन्हें पता चला तो।'

वो जानती है कि वो कुछ ज़्यादा ही मांग रही है। फिर वो आगे कहती है, 'कल रात मैंने रज़ा को तुम्हारी मेडिकल कॉलेज की परीक्षा के बारे में बताया था। वो तुम्हारे लिए अपनी किताबें, पुराने प्रश्न पत्र, और अपने नोट्स भी लेकर आ रहा है। ये बहुत बड़ी मदद होगी, और सिर्फ़ आर्थिक रूप से नहीं। रज़ा अपनी क्लास के सबसे अच्छे छात्रों में से था। उसके नोट्स निश्चित रूप से बहुत अच्छे होंगे। उसने कहा है कि वो उन पर तुम्हारे साथ बात कर सकता है।'

लेकिन प्रिया आसानी से टूटने वाली नहीं है। 'मुझे रिश्वत देने की कोशिश मत करो,' वो कहती है।

नाश्ते पर शेफाली और ज़्यादा खिलाने और प्रोत्साहन देने के लिए आसपास मंडराती रहती है। 'तुम समझदार और कुशल लगती हो, तुम न्यू मार्केट में अच्छा करोगी, तुम्हारी मां को तुम पर गर्व—'

वाक्य के बीच में दरवाज़े पर दस्तक होने से उसकी त्योरियां चढ़ती हैं। 'इस समय कौन हो सकता है?'

दीपा दरवाज़े की ओर दौड़ती है। रज़ा, जैसा कि वो इतने सप्ताहों से सपने देखती आ रही थी, अपने कुर्ते-पाजामे और गोल टोपी में सुंदर और मुस्कुराता हुआ। उसकी आंखें सदमे की उस साझा रात की यादों के कारण तनावपूर्ण हैं। वो उन आंखों की गहराई में डूब जाती है।

प्रिया नोट्स और प्रश्न पत्रों के लिए रज़ा को बेरुख़ी से शुक्रिया कहती है। 'मैं तुम्हें किताबों के पैसे दूंगी।'

'प्लीज़,' वो जवाब देता है, 'ऐसा मत कहो। मैं तुम्हें बता नहीं सकता कि मुझे नबकुमार चाचा की मौत के लिए कितना बुरा लगता है। तुम्हारी ये छोटी सी मदद मेरी भी मदद करेगी।'

एक लंबी ख़ामोशी। फिर प्रिया सिर हिला देती है।

दीपा को राहत मिलती है और वो शेफाली को आवाज़ देकर कहती है कि इससे पहले कि वो न्यू मार्केट जाएं, वो थोड़ी चाय और ले आए।

शेफाली ट्रे में चाय के कप लिए आती है, उसे धम से टेबल पर रखती है, और रज़ा के शुक्रिये को स्वीकार किए बिना वापस किचन में चली जाती है।

दीपा अपना सिर हिलाती है। 'इसे क्या हो गया?'

रज़ा, उदासी से: 'शायद उसे लगता है कि मेरा ऐसी लड़कियों से मिलने आना अनुचित है जो किसी की देखरेख में नहीं हैं।'

दीपा कंधे उचका देती है। 'वो चाय बहुत अच्छी बनाती है, इसलिए हम उसके पुराने ख़्यालात के लिए उसे माफ़ कर देते हैं।'

रज़ा सहमत है और एक चुस्की लेता है, लेकिन प्रिया जिसकी त्योरियां चढ़ी हुई हैं, किचन के दरवाज़े को घूर रही है।

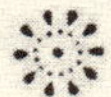

न्यू मार्केट के बाहर खड़ी दीपा को अचानक चक्कर आने लगता है। उसे उम्मीद नहीं थी कि पिछली बार उनके यहां आने की यादें उस पर इतना ज़बरदस्त हमला करेंगी। हर दिशा से नबकुमार का चेहरा उसे देखकर मुस्कुरा रहा है। वो विचलित सी हो जाती है, और उसे याद नहीं रहता कि अग्रवाल की दुकान कहां है। प्रिया भी उलझन में दिखाई दे रही है। अच्छा हुआ कि रज़ा उनके साथ है। वो रज़ाइयां ले जाने के लिए एक कुली ढूंढ़ता है, रास्ता पूछता है, और बाज़ार की भूलभुलैयों में कुशलता से चलने लगता है। क्या आज यहां गहमागहमी कम है, ग़ुर्राते, कानाफूसियां करते लोग झुंड बनाए खड़े हैं? लेकिन केवल यहीं नहीं; गलियों में, पुल पर और रेलवे स्टेशन पर भी दीपा ने पुलिसवालों की अधिक मौजूदगी और बंदूक़धारी गोरे सैनिकों को गश्त करते देखा था।

अग्रवाल का प्रवेश द्वार पहले की तुलना में संकरा है। बीच में धातु का एक सिमटवां गेट बना दिया गया है ताकि एक बार में कुछ ही लोग दुकान में प्रवेश कर सकें। रज़ा बाहर गली में कुली और रज़ाइयों के साथ इंतज़ार करता है जबकि बहनें अंदर चली जाती हैं। सौभाग्य से, नौकर उन्हें पहचान लेता है; जब दीपा उन्हें रसीद देती है, तो वो पीछे से बीना की रज़ाई निकालकर लाता है और कहता है कि अग्रवालजी को रज़ाई पसंद आई है। 'आप ख़ुशकिस्मत हैं—वो आज यहीं हैं। मैं उन्हें बुलाता हूं।'

गोलमटोल अग्रवाल, जिसके माथे पर तिलक है, गले में प्रार्थना की मालाएं हैं, विश्वसनीय विषय-वस्तु और सुरुचिपूर्ण टांकों की तारीफ़ करता है। बीना को जितना रानीपुर में मिलेगा वो उससे दोगुने की पेशकश करता है। दीपा अपनी ख़ुशी को दबाती है और पूछती है कि क्या वो कुछ और रज़ाइयां देखना चाहेंगे। वो सहमत हो जाता है और वो रज़ा को बंडल लाने का इशारा करती है।

'बच्चों की रज़ाइयों को छूकर देखिए,' वो अग्रवाल से कहती है। 'आप देखेंगे कि ये कितनी मुलायम हैं। मां धोने की एक ख़ास प्रक्रिया

से—'

लेकिन अग्रवाल रज़ाई के बजाय रज़ा की टोपी को देख रहा है। 'ये कौन है?'

दीपा, आश्चर्य से: 'डॉ. रज़ा ख़ान हमारे पारिवारिक मित्र हैं। ये इसलिए हमारी मदद कर रहे हैं कि—'

अग्रवाल सारी रज़ाइयों को उनकी ओर ठेल देता है। 'मैं तुम्हारे साथ बिज़नेस नहीं करूंगा। हड़ताल के दौरान मुसलमानों ने मेरे भाई की दुकान जला दी। वो बड़ी मुश्किल से अपनी जान बचा पाया। मैं तुम लोगों से—या तुम्हारे दोस्तों से—कोई संबंध नहीं रखना चाहता।'

लज्जित और घबराई हुई प्रिया बिना कुछ बोले रज़ाइयां समेट लेती है। लेकिन आकर्षक दीपा जिसे हंगामों से और हंगामे खड़े करने वाले लोगों से नफ़रत है, अग्रवाल पर चिल्लाने लगती है। 'दंगे की रात जब आप अपने घर में सुरक्षित पड़े हुए थे, तब डॉ. ख़ान ने अपने क्लिनिक में आने वाले हर घायल व्यक्ति की देखभाल करने के लिए अपनी जान जोखिम में डाली हुई थी। उन्होंने कोई भेदभाव नहीं किया हिंदुओं और—'

अग्रवाल उसकी बात काट देता है। 'हमारे हिंदू भाई घायल ही नहीं हुए होते, अगर उन मुस्लिम कुत्तों ने दंगे न भड़काए होते। चली जाओ इससे पहले कि मैं अपने कर्मचारियों से तुम्हें बाहर फिंकवाऊं!'

दीपा आगे बहस करना चाहती है, लेकिन प्रिया उसे खींच लेती है। अग्रवाल की आवाज़ उनका पीछा करती है। 'तुम जैसी अच्छी हिंदू लड़कियों को इन जैसे आदमियों के साथ कोई संबंध नहीं रखना चाहिए। क्या तुम्हारे पिता जानते हैं कि तुम क्या कर रही हो?'

क्या इसका कारण नबकुमार का संदर्भ है? क्या इसका कारण अपमान है? दीपा आंसुओं में डूब जाती है। वो रज़ा से माफ़ी मांगने की कोशिश करती है, लेकिन वो कहता है, 'ग़लती मेरी है। मुझे अंदाज़ा होना चाहिए था। डाइरेक्ट एक्शन डे के बाद से बहुत ज़्यादा डर और नफ़रत फैल गई है। दोनों तरफ़।' वो दीपा के आंसू पोंछने के लिए अपना हाथ उठाता है, फिर अपने आसपास जमा घूर रहे लोगों को देखता है और रुक जाता है।

दीपा वापस जाकर अग्रवाल को फटकारना चाहती है। आज उसे पहली बार समझ आया है कि नबकुमार ने स्वतंत्रता आंदोलन में शामिल होने के लिए परिवार क्यों छोड़ा था। कभी-कभी आपको अन्याय से लड़ना ही होता है चाहे आप जीतें या हारें। लेकिन रज़ा कहता है, 'वो इस लायक़ नहीं है कि उसके लिए परेशान हुआ जाए। चलो मैं तुम्हें दूसरी दुकान पर ले चलता हूं। वो इतनी बड़ी या शानदार तो नहीं है, लेकिन वो शायद तुम्हारी रज़ाइयां ख़रीद सकते हैं।'

लड़कियों को सबक़ मिल चुका है। अगली दुकान पर, जोकि बाज़ार के पिछले हिस्से में एक छोटी सी दुकान है, जहां दीवार पर देवी काली का चित्र लगा हुआ है, वो रज़ा को नुक्कड़ पर छोड़ देती हैं और पूरी तरह से विनीत हिंदू लड़कियों का अभिनय करती हैं। दुकानदार कुछ चीज़ें ख़रीद लेता है। वो अग्रवाल से कम मूल्य की पेशकश करता है, लेकिन फिर भी ये गांव की क़ीमत से अधिक है। वो उन्हें शादी की रज़ाई अपने पास छोड़ने के लिए कहता है। वो दो सप्ताह बाद पता कर सकती हैं कि रज़ाई बिक गई या नहीं।

उत्साहित दीपा रज़ा को घर पर लंच के लिए आमंत्रित कर लेती है।

प्रिया असहज दिख रही है। 'शेफाली इसे पसंद नहीं करेगी।'

लेकिन दीपा इतनी जल्दी उससे अलग होना बर्दाश्त नहीं कर सकती।

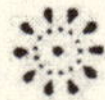

घर पर म्लान चेहरा लिए शेफाली टेबल पर एक अतिरिक्त प्लेट पटकती है और चली जाती है। खाना ठंडा है। दीपा रज़ा की प्लेट को भरती है और अटपटेपन को दूर करने के लिए ख़ुशी से बातें करती है। बाद में वो कहती है, 'मैं और रज़ा थोड़ी देर बग़ीचे में टहलेंगे। मौसम बहुत अच्छा है।'

शाम बुरी तरह से उमस भरी हो गई है, लेकिन रज़ा उत्साह भरी प्रतिक्रिया देता है। 'मौसम वाक़ई अच्छा है! तुम मुझे उन ख़ूबसूरत फूलों में से कुछ के नाम बता सकती हो?'

'बिल्कुल।' दीपा, जो किसी भी तरह के वनस्पति विज्ञान से बुरी तरह अनजान है, ध्यान रखती है कि वो प्रिया की व्यंग्यात्मक नज़रों से

नज़रें न मिलाए।

बग़ीचे में रज़ा और दीपा बड़ी शालीनता से क्यारियों के पास से गुज़रते हैं, लेकिन कोने से मुड़ते ही वो हाथ पकड़ लेते हैं। कदंब के एक ख़ुशबूदार पेड़ के नीचे वो अपना पहला चुंबन करते हैं। वो लगातार बातें करते जाते हैं और आने वाले शुष्क सप्ताहों के लिए प्रेम के शब्दों का संग्रह करते हैं। घंटे एक सांस की तरह बीत जाते हैं। बहुत जल्द रज़ा के क्लिनिक जाने का समय हो जाता है, जहां वो रात की शिफ़्ट संभालता है क्योंकि अब्दुल्लाह को अब अंधेरे के बाद बाहर रहना पसंद नहीं है। रज़ा अब क्लिनिक के ऊपर उस क्वार्टर में रहता है, जहां कभी नबकुमार रहते थे। 'मैंने तुम्हारे पिता की सारी चीज़ें ज्यों की त्यों छोड़ी हुई हैं,' वो दीपा से कहता है। 'तुम चाहो तो किसी दिन आकर उन्हें देख सकती हो।'

जब दीपा घर लौटती है, तो प्रिया, जैसे उसे दिखाने के लिए, घड़ी की ओर देखती है। दीपा उससे कहती है कि जब रज़ा अपने काम से निपट जाएगा, तो वो घर पर फ़ोन करेगा और उसे प्रिया के सारे सवालों के जवाब देने में ख़ुशी होगी।

'मेरे कोई सवाल नहीं हैं,' प्रिया कहती है। इसके बाद पूरी शाम वो अपनी बहन से केवल हां-हूं में बात करती है। वो और शेफाली एक बढ़िया, रुष्ट जोड़ा बन गई हैं। लेकिन वो दीपा की ख़ुशी को मंद नहीं कर सकतीं।

9

जामिनी

प्राचीन कहानियों के नायकों की तरह बहनें ख़ज़ाना बटोरे विजयी होकर लौटती हैं। दीपा बीना को पैसे से भरा पर्स थमाती है और अपने कारनामों का पूरे रंगीन विस्तार से वर्णन करती है। बीना दीपा को गले लगाती हैं—इतनी चतुर, इतनी साहसी—और फिर से पूछती है कि दुकानदार ने उनके काम में किस चीज़ की सबसे ज़्यादा तारीफ़ की। जामिनी ने नबकुमार की मृत्यु के बाद से उन्हें इतना ख़ुश नहीं देखा है। वो प्रिया के मेडिकल परीक्षा में बैठने के निर्णय से बहुत ख़ुश नहीं हैं। लेकिन उदारमना दिखने की कोशिश करते हुए वो कहती हैं कि अगर तुमने इसके लिए अपना मन बना ही लिया है, तो इसे ज़रूर दो, अगर तुम असफल भी रहीं तो तुम्हें कम से कम ये पता होगा कि तुमने कोशिश की। वो आगे कहती हैं कि पुरानी किताबें ढूंढ़कर प्रिया ने समझदारी दिखाई। जामिनी एक फटी-पुरानी सी किताब उठाती है। मुख्य पृष्ठ, जिस पर पिछले मालिक का नाम रहा होगा, फटा हुआ है। वो सोचती है कि क्या ये काम प्रिया ने किया है, और क्यों। प्रिया किताब छीन लेती है।

बीना ताली बजाती हैं। 'समय मत ख़राब करो, जामिनी। तुम्हारी बहनें भूखी हैं।'

जामिनी ईर्ष्या से झुलस जाती है। उसने पिछले तीन दिन में हर पल

अपनी मां की देखभाल के लिए समर्पित किया था। वो उनके पसंदीदा खाने बनाती—कद्दू के साथ काले चने, हरी मिर्च के साथ मसूर दाल—और चीज़ों के लिए पंसारी से बड़ी चालाकी से सौदेबाज़ी करती रही थी। वो बीना को अधिक मात्रा में देती, और जब उसकी मां कहतीं कि खाना अच्छा है, तो जामिनी इतना ख़ुश होती कि उसे इससे कोई फ़र्क़ नहीं पड़ता था कि वो भूखी रह गई है। वो बीना के बालों में नारियल के तेल की मालिश करती, उनके पैरों को पत्थर से साफ़ करती, उनके पसंदीदा टैगोर-गीत गाती। रात को वो हल्के से सोती जैसे बीना कोई नवजात शिशु हों। वो उनकी ज़रा सी हरकत पर, हल्की सी कराह पर भी जाग उठती। वो बीना की पीठ को तब तक सहलाती जब तक वो फिर से नींद में नहीं डूब जातीं। जब उसे विश्वास हो जाता कि उसकी मां सो चुकी हैं और वो उसे धकेलेंगी नहीं, तो जामिनी एक बांह से उन्हें गले लगाती और पीर से प्रार्थना करती। *ये भी मुझसे उतना ही प्यार करने लगें जितना मैं इनसे करती हूं।*

उसे यक़ीन था कि दुआ क़ुबूल हो रही है, कि आख़िरकार बीना सच्चाई जान गई हैं: जामिनी ही वो वफ़ादार बेटी है जो रुकी रही, जबकि बाक़ी दोनों मस्ती करने चली गईं; जिस पर वो भरोसा कर सकती हैं।

नादानी।

वो परिवार को खाना परोसती है: प्रिया द्वारा दिए गए रुपयों के बावजूद केवल चावल, दाल, शाक, क्योंकि वो अनिश्चित थी कि कलकत्ता में काम कैसा रहेगा। बीना उसे डांटती हैं। तुम अपनी मेहनती बहनों के लिए कुछ आलू तक नहीं तल सकती थीं? जामिनी अपनी आंखों की नाराज़गी को छिपाने के लिए नीचे देखने लगती है। लेकिन उसे चिंता करने की ज़रूरत नहीं है। उसकी ओर कोई ध्यान नहीं देता है।

दीपा बेबाक ढंग से कहती है, 'कोई बात नहीं। कल से हम बेहतर खाएंगे। और जब हम दो हफ़्ते बाद वापस जाएंगे, तब तक दुकानदार हमारी छोड़ी हुई रज़ाइयों को बेच चुका होगा और फिर और रज़ाइयों का ऑर्डर देगा।'

बीना उसके गाल चूम लेती हैं। 'कितनी बहादुर लड़की है, जो सिर्फ़ मेरी ख़ातिर उस राक्षसी शहर में वापस जा रही है।'

विनीत दीपा: 'मुझे आपके लिए ये छोटा सा काम करके ख़ुशी हो रही है।'

जामिनी देख लेती है कि प्रिया ने अपनी सबसे बड़ी बहन को अजीब ढंग से घूरा है। वो सोच में पड़ जाती है, इसका क्या मतलब हो सकता है?

❋

रात के खाने के बाद बीना ताली बजाती हैं। 'बहुत आलस हो गया, लड़कियो! चलो बर्तन उठाओ। फ़र्श को पोंछो। दीपा, प्रिया, अपनी बहन की मदद करो। चॉक लाओ, जामिनी बेटा। हमें अपनी अगली रज़ाई की योजना बनानी होगी। दीपा और प्रिया, तुम देख सकती हो, लेकिन परेशान मत करना। जामिनी, ऐसा कुछ सोचने में मेरी मदद करो जिससे कलकत्ता वाले अचंभित रह जाएं।'

जामिनी, जो ख़ुद अचंभित है, जल्दी से रंगीन चॉक ढूंढ़ती है। *शुक्रिया, पीर बाबा।* अब तक सारी डिज़ाइनिंग बीना ख़ुद ही करती आ रही हैं; जामिनी को उन्होंने सिर्फ़ अस्तर की नीरस सिलाई ही करने दी है। 'फ़सल कटाई का दृश्य कैसा रहेगा?' वो हिम्मत करके बोलती है। 'आपने ये दृश्य कभी नहीं बनाया है। ये ज़रूर शहर के लोगों को अनूठा लगेगा।'

'बहुत अच्छा विचार है।' बीना फ़र्श पर फ़सल काटने और ढोल बजाने वालों का रेखाचित्र बनाती हैं; जामिनी उनमें नाचने वाले, बकरियां और चावल की बालियां जोड़ती है। वो ग़ैरपरंपरागत रंगों का सुझाव देती है—नारंगी, बैंगनी, नीला, वो रंग जो उन्होंने शिवानी के लिए ख़रीदे थे। ये रंग सबको चौंका देंगे, रज़ाई अपने आप में अनोखी होगी। साथ ही, उनका पैसा भी बचेगा, क्योंकि उनके पास रेशमी धागे पहले ही से मौजूद हैं।

बीना मुंह सिकोड़ती हैं, सोचती हैं, सहमति में सिर हिला देती हैं।

वो तब तक रंग करती हैं जब तक प्रिया द्वारा जलाई लालटेन की रौशनी में ड्रॉइंग चमकने नहीं लगती है। दिन कहां निकल गया? बीना एक सादे से रात के खाने का फ़ैसला करती हैं, प्याज़ और हरी मिर्च के साथ मुरमुरे। 'इतना सारा काम करने के बाद जामिनी के लिए खाना बना पाना शायद कठिन होगा।'

प्रिया मिश्रण बनाती है; दीपा मिठाई का एक डिब्बा ले आती है जो उन्होंने कलकत्ता से लिया था। बीना उनसे जामिनी को अतिरिक्त मिठाई देने को कहती हैं। वो उनसे कहती हैं कि जामिनी में डिज़ाइनिंग का हुनर है। खाना निपट जाने के बाद वो कहती हैं, 'आओ, जामिनी। सो जाएं। कल हमें बहुत काम करना है।'

जामिनी का सीना विजयी भाव से फूल जाता है। वो चुपके से दीपा को देखती है कि उसे अपना गद्दी से उतारा जाना कैसा लग रहा है। लेकिन दीपा के चेहरे पर एक बेख़बर सी मुस्कान है। क्या वो राहत महसूस कर रही है? या उसका मन किसी ऐसी चीज़ में खोया हुआ है जिसे वो ज़्यादा अहम समझती है?

ये ध्यान रखते हुए कि ड्रॉइंग ख़राब न हो जाए, दीपा और प्रिया अपनी चटाइयां कमरे के किनारे पर बिछाती हैं। लालटेन बुझा दी गई है। बीना सो चुकी हैं। जामिनी जागी हुई है; वो आज के दिन की अपनी जीत को यूंही भुला देने को तैयार नहीं है। वो प्रिया और दीपा को फुसफुसाते हुए तीखी बहस करते सुनती है। उनके कलकत्ता दौरे में कुछ तो हुआ है। पुरानी जामिनी पता लगाए बिना चैन से नहीं बैठती। नई जामिनी अपना गाल अपनी सोई हुई मां की पीठ से लगाती है और सपने में खो जाती है। सपने में उसे रानीपुर की सबसे प्रतिभाशाली रज़ाई निर्माता के रूप में चुना गया है। इनाम एक ख़ुशबूदार हार है, और हार को उसके गले में डालने वाला शख़्स अमित है।

10

प्रिया

परीक्षाएं दो माह बाद हैं; प्रिया दिन-रात तैयारी कर रही है। उसने सोमनाथ के दिए हुए पैसे में से कुछ क्लिनिक के किराए के लिए इस्तेमाल किए हैं। ये पढ़ाई करने के लिए एकदम सही जगह है, वो अपने मन को समझाते हुए सोचती है। कोई मरीज़ तो कभी आता नहीं है।

लेकिन आज एक आश्चर्य। दरवाज़े पर मछुआरा हामिद है, जिसका बायां हाथ ख़ून से लथपथ एक चीथड़े में लिपटा है। नाव पर दुर्घटना। वो घाव को डेटॉल से साफ़ करती है, टांके लगाती है, उसे एंटीबायोटिक गोलियां देती है, और आराम करने का निर्देश देती है। 'अगले हफ़्ते फिर आना ताकि मैं इसकी जांच कर सकूं,' वो कहती है। 'पैसे की चिंता मत करना।' लेकिन वो उसे फ़ातिमा की उगाई सब्ज़ियों में से एक थैला भर लंबी फलियां देता है। फिर वो हकलाते हुए कहता है कि नबकुमार बाबू के साथ जो हुआ, उसे उसके लिए बहुत दुख है। अप्रत्याशित रूप से अपने पिता का नाम सुनना उसे हथौड़े की तरह चोट मारता है। वो बोल नहीं पाती, और अपना होंठ काट लेती है।

हामिद कहता है, 'वो अच्छे आदमी थे। उन्होंने—और तुमने—फ़ातिमा को बचाया था। अगर तुम दोनों नहीं होते, तो आज मेरा नन्हा बशीर नहीं होता। मैं तुम्हारे परिवार के लिए कुछ भी कर सकता होऊं, तो

मुझे बताना।'

परीक्षा में एक माह बाक़ी है। प्रिया के दिन और भी व्यस्त हो गए हैं। अब क्लिनिक में मरीज़ आने लगे हैं; केवल सबसे ग़रीब मरीज़ आ रहे हैं, लेकिन आ रहे हैं। उसे शक है कि हामिद ने बात फैलाई होगी। सौभाग्य से उनकी बीमारियां, जो हालांकि कभी-कभी देरी के कारण गंभीर होती हैं, इलाज के लिए अधिकतर आसान होती हैं। पैसा थोड़ा ही आता है; रोगी अगर दे सकते हैं, तो भुगतान में कोई चीज़ देते हैं। फिर भी, इससे उसका मनोबल बढ़ता है। अगर मृत लोग ऊपर से जीवितों को देखते हैं—और वो विश्वास करना चाहती है कि वो देखते हैं—तो नबकुमार भी ख़ुश हैं। दोपहर बाद दीपा आ जाती है। उसने फ़ैसला किया है कि रज़ा की चिट्ठियां, जो किसी महिला प्रेषक के नाम से होती हैं, क्लिनिक में प्रिया के नाम से आना सुरक्षित हैं। वो बहुत कुछ लिखता है, और नतीजतन हर दोपहर को डाकिया एक भारी-भरकम पैकेट छोड़ जाता है। दीपा अपना लंबा उत्तर लिखने के लिए प्रिया की डेस्क संभाल लेती है, जिसे वो आगे सड़क पर लाल रंग के चौखटे से पोस्टबॉक्स में डाल देती है। ये चीज़ प्रिया को सह-अपराधी बनने की बेचैनी से भर देती है, लेकिन वो जानती है कि ऐसा न हो पाने पर दीपा कोई ज़्यादा ख़तरनाक विकल्प चुन लेगी। जब सूरज डूबने लगता है, तो जायदाद की देखभाल से निपटने के बाद अमित आ जाता है। वो ख़ुशी और ग़म बांटते हैं, वो उससे रज़ा के नोट्स पर सवाल करता है, और हां, वो चुंबन करते हैं।

इस सबके बीच हर पल प्रिया पढ़ाई करती है। उसे चिंता है कि ये पर्याप्त नहीं है।

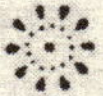

प्रिया को हर दो सप्ताह में दीपा के साथ कलकत्ता जाना होता है; इससे उसकी पढ़ाई के कम से कम तीन क़ीमती दिनों का नुकसान होता है। वो अब चार दुकानों को रज़ाइयों और कढ़ाईदार बेडकवर की सप्लाई करती हैं। प्रिया इस बात से हैरान है कि दीपा दुकानदारों को फुसलाकर उनसे अच्छे दाम लेने में कितनी निपुण है, वो कितनी कुशलता के साथ मुनाफ़ों

और ख़र्चों पर नज़र रखती है। उन्होंने गांव की सभी महिलाओं का एडवांस लौटा दिया है। दीपा ने उनसे रसीदों पर हस्ताक्षर ले लिए थे; जो लिख नहीं सकती थीं उन्हें अपने अंगूठे स्याही में डुबोने पड़े। उसने उनसे कहा कि ये अच्छा ही हुआ कि उन्होंने अपने ऑर्डर रद्द कर दिए, कलकत्ता के स्टोर बीना को इतना व्यस्त रखते हैं कि उनके पास गांव के काम के लिए समय ही नहीं है। उनके पछतावे को देखकर उसकी मुस्कान फ़ौलाद जैसी हो जाती थी। प्रिया को याद है कि दीपा कितनी चंचल हुआ करती थी, साड़ियां, ज्वेलरी, फ़ेशियल, हेयर स्टाइल। अब तीनों बहनों में परिवार की सबसे अधिक देखभाल वही कर रही है, और बाबा की आख़री ख़्वाहिश को पूरा कर रही है।

प्रिया के लिए कलकत्ता में सबसे तनावपूर्ण समय दोपहर का होता है जब रज़ा घर आ जाता है। वो अब उनके साथ नहीं खाता है; मगर फिर भी जब दीपा दरवाजे की ओर भागती है और फिर वो बग़ीचे के सबसे दूर वाले भाग में ग़ायब हो जाते हैं, तो शेफाली ग़ुर्राने लगती है। प्रिया ख़ुद भी अपनी मर्ज़ी के ख़िलाफ़ रज़ा को पसंद करती है। वो अपने हर दौरे का एक हिस्सा उसके साथ परीक्षा के कठिन भागों पर लगाता है, हालांकि इससे दीपा के साथ उसका समय कम हो जाता है। वो एक अच्छा इंसान है, जिसके अंदर वो स्थिरता है जो दीपा को चाहिए। फिर भी, जब वो उन्हें एक साथ देखती है, तो प्रिया का दिल डर से बुझ सा जाता है। उसने सीखा है कि इस दुनिया में सिर्फ़ अच्छाई काफ़ी नहीं होती।

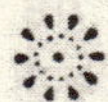

बीना और जामिनी ने फ़सल कटाई वाली चमकदार रंगों और बेहतरीन कारीगरी वाली रज़ाई पूरी कर ली है। ये उनकी सबसे अच्छी रज़ाई है, और इसकी यक़ीनन बहुत अच्छी क़ीमत मिलेगी। प्रिया के अलावा सभी उत्साहित हैं, जिसकी परीक्षा में दो सप्ताह बचे हैं। वो इतना समय कैसे निकाले जो इस दौरे में लगने वाला है?

दीपा उसे एक ओर खींच ले जाती है। 'क्यों न इस बार मैं अकेली ही कलकत्ता चली जाऊं? मैं मां को मना सकती हूं। मैं सोमनाथ काका के ड्राइवर को अपने साथ न्यू मार्केट ले जाऊंगी। इस तरह, तुम शांति से

पढ़ सकोगी, और मैं पूरे हफ़्ते रुककर गरियाहाट के दुकानदारों से भी मिल सकूंगी।'

ये सच है कि अतिरिक्त समय से प्रिया को मदद मिलेगी; ये भी सच है कि गरियाहाट के संपन्न बंगाली इलाक़े में अतिरिक्त अवसर ढूंढ़ना भी अच्छा रहेगा। लेकिन प्रिया को डर है कि असली कारण ये नहीं है। कलकत्ता में जब उसकी बहन की पैनी नज़र उस पर नहीं रहेगी, तब दीपा क्या करने का सोच रही है? जब प्रिया वो सारे अध्याय देखती है जिन पर उसे नज़र मारनी है, तो उस पर घबराहट सवार हो जाती है। वो सारी ग़लतफ़हमियों को भुलाकर हां बोल देती है।

मगर फिर भी दीपा को पैदल स्टेशन छोड़ने जाते हुए वो दुविधा में है। 'शेफाली को नाराज़ मत करना। उन्हें रज़ा का घर आना पसंद नहीं है। ख़ासकर अब जब तुम अकेली होगी, तो ये बहुत अनुचित होगा। शायद मुझे तुम्हारे साथ चलना ही चाहिए—'

दीपा उसका गाल थपथपाती है। 'ग़ुर्राओ मत, बुढ़िया मैया। अगर तुम्हें अच्छा लगे, तो मैं रज़ा को आने के लिए मना ही कर दूंगी।'

'वाक़ई? तुम मेरे लिए ऐसा कर सकती हो?'

'हां। अब तुम बिना चिंता के पढ़ाई कर सकती हो।'

बिंदास दीपा लेडीज़ डिब्बे से हाथ हिलाती है; कृतज्ञ प्रिया जवाब में हाथ हिलाती है। दीपा अच्छी बहन है जो उसने इस तरह का वादा किया। रज़ा से केवल इसलिए मिलना छोड़ देना कि प्रिया का मन चिंता के कारण भटके नहीं। मुझे बदले में उसके लिए कुछ ख़ास करना चाहिए, प्रिया सोचती है।

परीक्षा में तीन दिन बाक़ी हैं। क्लिनिक में प्रिया अपने नोट्स आख़री बार इकट्ठा करती है। वो एहतियातन कल ही कलकत्ता चली जाएगी। दीपा नैतिक समर्थन के लिए साथ जाएगी, हालांकि वो एक सप्ताह पहले ही वहां से वापस आई है। परीक्षा के बाद वो फ़सल कटाई वाली रज़ाई की ख़बर लेंगी। वो अभी तक बिकी नहीं है, लेकिन शायद इस बार भाग्य

उनका साथ दे जाए।

बाहर क़दमों की आहट। उत्तेजित जामिनी, उसकी सांस उखड़ी हुई है। 'मनोरमा पिशी आई थीं।'

प्रिया चौंक जाती है। मनोरमा से मिलने तो बहुत लोग जाते हैं लेकिन वो विरले ही किसी के घर जाने का कष्ट उठाती हैं। बीना के सोमनाथ से इतनी सख़्ती से बात करने के बाद वो गांगुली परिवार क्यों आएंगी। क्या अमित ने अपने जोश में उनका राज़ खोल दिया है? क्या मनोरमा रिश्ता लेकर आई होंगी? वो उत्साहित और बेचैन दोनों हो जाती है। वो अमित को प्यार तो करती है, लेकिन अभी पत्नीत्व की बेड़ियों में नहीं बंधना चाहती।

फिर जामिनी कहती है, 'दीपा भारी मुसीबत में है।'

प्रिया के दोषी सीने में उसका दिल धड़कने लगता है।

जामिनी उसे पहचान भरी, आरोप भरी निगाहों से देखती है। 'हमें उसे ढूंढ़कर उसे चेतावनी देनी होगी।'

वो उसे हर उस जगह ढूंढ़ती हैं जहां वो सोच सकती हैं: मालिनी का घर, बाज़ार, नदी किनारे जहां बैठकर वो कुछ समय से दिवास्वप्न देखने लगी थी। लेकिन वो कहीं नहीं है, और फिर बहुत देर हो जाती है।

आसमान पहले लाल, फिर बैंगनी, और फिर काला हो जाता है। प्रिया और जामिनी बरामदे में दीपा का इंतज़ार करती हैं। वो अभी तक बीना के पास जाने की हिम्मत नहीं जुटा सकी हैं, जो अंदर ग़ुस्से से बल खा रही हैं।

'उस मनोरमा को लगता है कि वो हमसे बहुत अच्छी है। उसकी हिम्मत कैसे हुई झूठ बोलने की, उसकी हिम्मत कैसे हुई मेरी दीपा पर ऐसी बेशर्मी की बातों का आरोप लगाने की!'

और ये आ गई मज़े से चलती हुई दीपा, चेहरा इन ख़्यालों से चमकता हुआ कि कल वो कलकत्ता में क्या करेगी, किससे मिलेगी। प्रिया उसे रोकने को दौड़ती है, लेकिन उसे देर हो जाती है। ज़ोर से खुले दरवाज़े पर एक ही साथ पुकारती और चिल्लाती बीना आगे बढ़कर दीपा की बांह

पकड़ लेती हैं। वो उसे घर के अंदर खींचती हैं, और दरवाज़ा अपनी छोटी बेटियों के मुंह पर बंद कर देती हैं। दरवाज़े में ताला लगा लेती हैं। वो प्रिया और जामिनी के अंदर आने देने के अनुरोधों को अनदेखा कर देती हैं। लेकिन वो उनकी आवाज़ सुन सकती हैं।

'कह दो ये सच नहीं है, मेरी सबसे प्यारी बच्ची। कह दो कि उस औरत ने तुम पर जो आरोप लगाया है वो झूठ है। मुझे तुम्हें बताते दुख हो रहा है, उसने अपनी नपी-तुली अमीर औरतों वाली आवाज़ में कहा था, लेकिन तुम्हें पता होना चाहिए कि तुम्हारी बेटी किन चक्करों में पड़ी हुई है। हमारी कलकत्ता की सेविका ने बताया है कि दीपा एक आदमी से मिलती है। एक मुस्लिम से। शुरू में घर में मिलती थी, लेकिन अब वो चुपके-चुपके न्यू मार्केट में मिलते हैं।'

प्रिया की बग़लों में पसीना चूने लगता है। तो जब दीपा ने प्रिया से वादा किया था कि रज़ा सोमनाथ के घर नहीं आएगा तो उसका ये मतलब था। ड्राइवर को पता चल गया होगा। शायद शेफाली ने उससे दीपा का पीछा करने को कहा हो, उस दीपा का जो ख़ुद को बहुत चालाक समझ रही थी।

'मैंने उस मनोरमा को उसकी औक़ात बता दी,' बीना बोलती जाती हैं। 'नामुमकिन, मैंने कहा, मेरी दीपा कभी ऐसा नहीं करेगी, ख़ासकर जबकि उसके पिता को मुसलमानों ने मारा है। वो मेरी सबसे ज़िम्मेदार, ईमानदार और शांत स्वभाव वाली बेटी है, वो मुझे कभी ऐसा दुख नहीं देगी।'

दीपा कुछ नहीं कहती है।

एक लंबी ख़ामोशी, फिर बीना की आवाज़ में हताशा। 'तो ये सच है? तुम मेरे पीठ पीछे एक मुस्लिम से मिलीं। एक मुस्लिम से! क्या तुम भूल गईं कि उन्होंने तुम्हारे बाबा के साथ क्या किया था? क्या तुम्हें उनकी कोई चिंता नहीं है? मेरी कोई चिंता नहीं है? जब मैं हमारे परिवार को बचा लेने के लिए तुम्हें आशीर्वाद दे रही थी, तब तुम हम सबको बर्बाद कर रही थीं।' वो ख़ुद को संभालती हैं। 'नहीं। ग़लती तुम्हारी नहीं है, मेरी मासूम बच्ची। उस दुष्ट फंदेबाज़ ने तुम्हारे लिए जाल बिछाया, और तुम उसके

सारे मीठे-मीठे झूठों पर विश्वास करके उसमें फंस गईं।'

प्रिया और जामिनी एक दूसरे को देखती हैं। बीना दीपा को निकलने का रास्ता दे रही हैं। उनकी बहन के लिए अभी भी मौक़ा है कि—

फिर दीपा की आवाज़, सहमी और अनुरोध भरी लेकिन साथ ही दृढ़ भी। 'ऐसी बात नहीं थी। रज़ा अच्छा आदमी है, मैं आज तक जितने आदमियों से मिली हूं उन सबसे बेहतर। वो बस मदद करना चाहता था। वो ऐसा ही है। बाबा भी ये देख सकते थे। वो रज़ा को पसंद करते थे। आपको याद है बाबा की मृत्यु वाली रात को किस तरह रज़ा अपनी जान जोखिम में डालकर हमें लेने आया था? उसकी मदद के बिना हम बाबा के अंतिम दर्शन नहीं कर पाते। प्लीज़ उसे आकर आपसे बात करने दीजिए। हम एक दूसरे से प्यार करते—'

बीना की एक विकृत सी चीख़। ग़ुस्से भरे शब्दों की अभिव्यक्ति। 'अपने बाप को बीच में लाने की जुर्रत मत करना, आस्तीन की सांप, तू इस लायक़ नहीं कि उनका नाम ले सके।' शरीर पर शरीर का प्रहार। क्या उनकी नर्मदिल मां जिन्होंने कभी उनमें से किसी पर हाथ नहीं उठाया था, आज अपनी प्यारी दीपा को मार रही है? बीना की सांस एक तेज़ सीटी जैसी हो रही है; दीपा की ओर से कोई आवाज़ नहीं। प्रिया दरवाज़ा खटखटाती है, जामिनी भी, वो रो रही हैं, मिन्नतें कर रही हैं। *दया करें, रुक जाएं, दया करें, उसकी जान न लें।*

दरवाज़ा इतनी ज़ोर से खुलता है कि दीवार से टकरा जाता है। बीना हांफते हुए दीपा को धक्का देकर बाहर निकालती हैं। 'निकल जा! अपना सामान बांध और जा। अभी। मैं नहीं चाहती कि तू एक पल भी और मेरी छत के नीचे रहे।'

दीपा के सुंदर चेहरे पर दाग़ उभर आए हैं, उसके गले पर खरोंचें हैं। वो ख़ाली-ख़ाली नज़रों से रात में घूरती है। शाल के पेड़ों की आकृतियां—काले पर काली—आगे को निकले पंजों जैसी हैं। प्रिया सोचती है कि उसकी बहन इस गहराते अंधेरे में कहां जाएगी?

उसे उसकी ख़ातिर फिर से कोशिश करनी चाहिए, हालांकि उसे उम्मीद कम ही है। 'प्लीज़, मां, बात वैसी नहीं है जैसा आप सोच रही हैं।

शेफाली ने चीज़ों को बढ़ा-चढ़ाकर बताया है, उन्हें गंदा दिखाया है। रज़ा दीपा के काम आता है। हम उसकी मदद के बिना कभी रज़ाइयां नहीं बेच पाते। मेहरबानी करके इसे माफ़ कर दीजिए।'

बीना प्रिया पर पलट पड़ती हैं। 'तुझे इतने समय से ये पता था? तूने इसे मुझसे छिपाए रखा? तू इस बर्बादी को रोक सकती थी, मगर तूने ऐसा नहीं किया? मूर्ख, दुष्ट लड़की। तुझसे तो मैं बाद में निपटूंगी।'

अब जामिनी झुककर बीना की साड़ी पकड़ लेती है। 'मैं जानती हूं अब आप दीपा को यहां नहीं रहने दे सकतीं। लेकिन इसे इस तरह मत निकालिए। इसे सुबह तक रहने दीजिए।'

'कभी नहीं।'

और चालाक जामिनी: 'अगर आप इसे अभी निकालेंगी, तो इसे मालिनी के घर जाकर पूछना पड़ेगा कि क्या ये वहां सो सकती है। सवाल पूछे जाएंगे, इसे सफ़ाई देनी पड़ेगी, कोई बात फैला देगा, और इस कांड के बारे में पूरा गांव जान जाएगा। इससे प्रिया और मेरी भी बदनामी होगी।'

आख़िरकार बीना न चाहते हुए भी सहमति दे देती हैं। 'लेकिन कोई भी न तो दीपा से बात करेगा न इसे खाना देगा। तुम दोनों बेडरूम में मेरे साथ सोओगी। ये अकेली सोएगी ताकि ये तुम दोनों को और न बिगाड़ सके, हालांकि मुझे डर है कि प्रिया के लिए बहुत देर हो चुकी है। दीपा मेरे जागने से पहले चली जाए। मैं इसकी शक्ल नहीं देखना चाहती। न कल, न आगे कभी।'

बेडरूम का दरवाज़ा धड़ाम से बंद। प्रिया सिसकियां सुनती है। ग़ुस्से के ख़ोल के नीचे उसकी मां का दिल टूट रहा है।

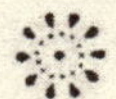

बाद में प्रिया पंजों के बल चलती हुई बाहरी कमरे में जाती है और दीपा के पास लेट जाती है। वो बेआवाज़ रोती अपनी बहन के सूजे चेहरे को छूती है। वो दुनिया में तन्हा दीपा की कल्पना करती है। दीपा की बांह प्रिया को अपने घेरे में ले लेती है। दीपा जिसकी आंखें सूखी हैं, जिसे कोई पश्चाताप नहीं है, जो अपने सारे आंसू ख़र्च कर चुकी है, वो प्रिया को परेशानी में

डालने के लिए, उसे उनकी मां के ग़ुस्से का भागी बनने के लिए छोड़ देने पर माफ़ी मांगती है। चांद की धुंधली सी रोशनी में वो रज़ा का नंबर लिखती है। 'जब तुम कलकत्ता आओ तो उसे कॉल करना। वो तुम्हें बता देगा कि मुझसे कैसे संपर्क करना है।'

प्रिया रुपयों की एक गड्डी दीपा की हथेली में दबा देती है। दीपा के हिचकिचाने पर वो कहती है, 'ये सोमनाथ काकू से मिली मेरी डॉक्टरी की फ़ीस है। इसे रख लो। पैसों के बिना लड़कियां ग़लत फ़ैसले लेने पर मजबूर हो जाती हैं। मैं नहीं चाहती कि तुम्हारे साथ ऐसा हो।' उसकी आवाज़ टूटने लगती है। 'क्या मैं तुम्हें फिर से देख पाऊंगी?'

'हां, मैं वादा करती हूं। अब मुझे भूल जाओ और उन परीक्षाओं में अच्छा करना। मैं शेख़ी बघारना चाहती हूं कि मेरी बहन डॉक्टर है।' दीपा ज़बरदस्ती हंसती है। प्रिया को लगता है कि ये दुनिया की सबसे उदास आवाज़ है।

जब वो उठी, तो दीपा जा चुकी थी। प्रिया बिस्तर को देखती है। दीपा हमेशा गृहस्थिनों की सुघड़ता की खिल्ली उड़ाती थी। आज चादरों का छोटा सा ढेर अच्छी तरह से तह किया हुआ है, चटाई कसकर लिपटी हुई है।

प्रिया की ट्रेन का समय लगभग हो चुका है। कल ट्रेन पर सवार होने के ख़्याल ने उसे घबराहट भरी उत्तेजना से भर दिया था। आज वो सोच रही है कि क्या दीपा अब भी स्टेशन पर होगी, क्या वो एक आख़री बार साथ में सफ़र कर सकेंगी। वो अपना सूटकेस उठा लेती है।

दरवाज़े पर आंखों के नीचे काले घेरे और फ़ौलादी मुंह के साथ बीना हैं। 'कहां जाने का इरादा है?'

प्रिया उलझन में पड़ जाती है। उन्होंने पहले भी ट्रेन के समय के बारे में बात की थी। बीना ने उसे शुभकामनाएं भी दी थीं। 'कलकत्ता। परसों मेरी परीक्षा है, याद है ना?'

'तुम परीक्षा नहीं दे रही हो। मुझे तुम पर भरोसा करके सबक़ मिल

चुका है। अब से तुम घर पर ही रहोगी।'

प्रिया के अंदर पहले अविश्वास और फिर हताशा पैदा होने लगती है। 'लेकिन मुझे परीक्षा देनी ही होगी। मैंने इतनी मेहनत की—'

बीना उसकी बात काट देती हैं। 'तुम्हें इस बारे में मुझे धोखा देने से पहले सोचना चाहिए था। इससे पहले कि तुम इससे भी बदतर कुछ करो, मैं तुम्हारी शादी करा दूंगी। मैं आज ही रिश्ते के लिए दुर्गा को बुलाऊंगी। हालांकि मुझे तुम्हारे लिए कोई ख़ास उम्मीदें नहीं हैं। बिना दहेज के... शायद कोई विधुर—'

लाचार प्रिया को अपने तरकश का इकलौता अनचाहा तीर निकालना पड़ेगा। 'आपको मेरे लिए पति ढूंढ़ने की फ़िक्र करने की ज़रूरत नहीं है। अमित ने मुझसे उससे शादी करने को कहा है।'

बीना का मुंह खुला रह जाता है; जामिनी हैरत की तस्वीर बनी खड़ी है। कड़वी संतुष्टि प्रिया को एक अर्ध-सत्य की ओर ले जाती है। 'और मैंने हां कह दिया है।'

ये कहते हुए वो पछतावे से भर जाती है। उसने सोचा था कि वो अमित के प्रस्ताव को तब स्वीकार करेगी जब वो डॉक्टर, संरक्षक, रक्षक, और किसी पति के समकक्ष बन जाएगी।

बीना जिन्हें अभी भी संदेह है अमित को बुलाने के लिए जामिनी को भेजती हैं। जामिनी सुस्त क़दमों से जाने लगती है लेकिन बीना उसे डांटकर जल्दी करने को कहती हैं। बरामदे में अबोलेपन का एक अंतहीन मुक़ाबला तब तक जारी रहता है जब तक प्रिया को घोड़े की जानी-पहचानी टापें सुनाई नहीं दे जातीं। सुल्तान पर सवार अमित घुमाव पर तेज़ी से मुड़ता है, और सफ़ेद चेहरा लिए लगाम को पकड़े जामिनी आगे बैठी है। अमित की बांह जामिनी को संभाले हुए है, प्रिया ये देखकर व्याकुल हो जाती है। लेकिन वो दोनों इतनी जल्दी और कैसे आ पाते?

अमित। उसका सबसे अच्छा, सबसे भरोसेमंद दोस्त। अगर वो दीपा की बदनामी के बारे में जानता भी है, तो जताता नहीं है। 'हां, मैंने पिया को शादी का प्रस्ताव दिया था और इसके हां कहने पर मैं बहुत ख़ुश था,' वो बीना को बताता है। अपने राज़ को सहेजे हुए उसकी आंखें प्रिया को

देखकर चमकने लगती हैं। 'हम आपकी अनुमति लेने के लिए शोक का समय ख़त्म होने की प्रतीक्षा कर रहे थे।'

उसके शब्दों ने बीना के ग़ुस्से पर पानी डाल दिया है। शायद उन्हें बस अपनी बेटियों के लिए अच्छे रिश्ते चाहिए थे। फिर भी वो अमित से पूछती हैं कि अगर उसके परिवार के दिमाग़ में उसके लिए कोई अलग तरह की पत्नी हो तो।

'ऐसा कोई डर नहीं है।' अमित हंसता है। 'बाबा मुझसे ज़्यादा प्रिया को प्यार करते हैं।' वो आगे कहता है कि सोमनाथ और वो दोनों चाहते हैं कि प्रिया अपनी परीक्षा दे। 'हम दोनों को अच्छा लगेगा कि ये अपने पिता की विरासत को आगे बढ़ाए—और यक़ीनन आप भी यही चाहती होंगी। मैं कल इसे शहर ले जा सकता हूं—'

प्रिया उसे टोक देती है। वो ये अकेले करना चाहेगी।

बीना कुछ देर विचार करती हैं। वो अनमने ढंग से स्वीकृति दे देती हैं—लेकिन सिर्फ़ इस शर्त पर कि प्रिया की कलकत्ता से वापसी के तुरंत बाद सगाई हो जाए। उसके बाद वो शादी तक शहर नहीं जाएगी। शादी हो जाने के बाद प्रिया चौधरी परिवार का सिरदर्द होगी, बीना का नहीं। वही फ़ैसला करेंगे कि वो क्या कर सकती है और क्या नहीं। प्रिया इस बात पर भिन्ना जाती है, लेकिन वो जानती है कि उसे ख़ामोश ही रहना चाहिए। बीना ये कहकर बात ख़त्म करती हैं कि अब से बिज़नेस का सारा काम जामिनी संभालेगी। *ये अकेली बेटी है जिस पर मुझे भरोसा है।*

दीपा के साथ-साथ प्रिया को निशाना बनाकर ग़ुस्से में बोले गए शब्द। फिर भी, उन्होंने आहत किया।

रात को, अंधेरे में जगी पड़ी प्रिया को जामिनी के क़दमों की सरसराहट सुनाई देती है। जामिनी अपनी बहन को चूमती है, फुसफुसाते हुए उसे बधाई देती है। वो प्रिया के लिए ख़ुश होने की पूरी कोशिश कर रही है, लेकिन प्रिया उसकी नाकामी को महसूस कर लेती है।

जामिनी उसे प्यार करती है, प्रिया ये जानती है—वैसे ही जैसे प्रिया जामिनी को प्यार करती है। समस्या बस ये है कि वो दोनों ही अमित से ज़्यादा प्यार करती हैं।

कलकत्ता में प्रिया अपनी परीक्षा डेस्क पर बैठी है और उसके चारों ओर लड़के हैं; कुछ उसे नज़रअंदाज़ करते हैं, कुछ दया भरी नज़रें डालते हैं, कुछ बदतमीज़ी से घूरते हैं और ज़ोर से हैरानी जताते हैं कि वो वहां क्या कर रही है। वो कलम और दवात निकालती है और उन लोगों के बारे में सोचती है जिन्हें उस पर विश्वास है: अमित, दीपा और सोमनाथ। फिर भी, जैसे ही परीक्षा का पेपर दिया जाता है, हॉल जैसे घुमेड़े खाने लगता है और उसे अपनी आंखें बंद करनी पड़ती हैं। तब उसे नबकुमार की याद आती है। *बाबा, आप किस तरह दंगों की रात बाहर निकल गए थे क्योंकि आपका मानना था कि एक डॉक्टर को यही करना चाहिए। मेरे साथ रहना।* अब शांत होने के बाद वो देखती है कि प्रश्न उतने कठिन नहीं हैं जितना उसे डर था; वो पेचीदा शब्दों को भेदकर समझ लेती है कि परीक्षक क्या जानना चाहता है। उसकी कल्पना में उन मामलों के रोगी आकार लेते हैं, और वो समझ जाती है कि उनका उपचार कैसे किया जा सकता है। कमरा खुला-खुला लगने लगता है, वो लिखने लगती है। जब घंटी बजती है तो वो संतुष्ट है।

अब उसे दीपा की चिंता घेरने लगती है। वापस सोमनाथ के घर पहुंचने के बाद वो टहलने लगती है, और शाम का इंतज़ार करने लगती है जब वो रज़ा को फ़ोन कर सकेगी। ग्लानि से भरी शेफाली उसे खाने के लिए बुलाती है; प्रिया उसे नज़रअंदाज़ कर देती है। वैसे भी वो इतनी नर्वस है कि कुछ खा ही नहीं सकती। अपना ध्यान भटकाने के लिए वो अख़बार उठा लेती है। मुखपृष्ठ पर ही सरोजिनी नायडू के बारे में एक लेख है। वो भारतीय राष्ट्रीय कांग्रेस की ओर से एक भाषण देने के लिए कलकत्ता आई हुई हैं, जिसकी वो 1925 में पहली महिला अध्यक्ष थीं। उनकी तस्वीर प्रिया को अपनी ओर खींच लेती है: दूरदृष्टा आंखें, समझौता न करने वाला मुंह, माथे पर साफ़ झलकती मेहनत। खादी की साधारण सी साड़ी जिसे वो गरिमा के साथ पहनती हैं। उन्हें देखने की लालसा—दूर से ही सही—प्रिया को अंदर तक हिला डालती है। लेकिन अभी दूसरे कामों को प्राथमिकता देनी होगी।

कई कोशिशों के बाद आख़िरकार रज़ा का फ़ोन लगता है। रज़ा इस तरह हांफ रहा है जैसे वो दौड़ता हुआ सीढ़ियां चढ़कर आया है। स्पष्ट रूप से विचलित सा वो अपनी बात को दोहराते हुए न्यू मार्केट के पीछे एक छोटे से ढाबे तक पहुंचने का रास्ता बताता है। दीपा कल सवेरे वहां उससे मिलेगी, एक छोटी सी मुलाक़ात ताकि प्रिया दोपहर तक रानीपुर लौट सके और कोई संदेह पैदा न हो। जब प्रिया दीपा के बारे में पूछती है कि वो कैसी है, कहां रह रही है, तो वो बस इतना कहता है कि 'वो ख़ुद तुम्हें सब कुछ बता देगी।'

उसे प्रिया से ये भी पूछना याद नहीं रहा कि उसकी परीक्षा कैसी रही। और तब प्रिया को अहसास होता है कि वो कितना तनाव में है।

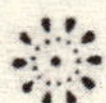

न्यू मार्केट में, प्रिया ड्राइवर को सख़्ती से आदेश देती है कि वो कार छोड़कर कहीं न जाए, और फिर वो रज़ा के जटिल निर्देशों पर चलते हुए गलियों की भूलभुलैया में घुस जाती है। दुकानें छोटी और ज़्यादा गंदी होती जाती हैं, ग्राहक ज़्यादा अशिष्ट होते जाते हैं। पुरुष तकते हैं। प्रिया को अपना सबसे सड़ा सा चेहरा बनाना होगा। ढाबे में वो दीपा को लगभग पहचान ही नहीं पाती है जो एक कोने में दुबकी बैठी है, सिर को सावधानी से ढके हुए, उसकी शिकन भरी साड़ी का पल्ला उसके सिर के ऊपर जाकर उसके कानों के पीछे अटका हुआ है, जैसी कि मुस्लिम महिलाओं में परंपरा है। दीपा जो हमेशा सुरुचिपूर्ण कपड़े पहनती थी, दीपा जिसने बाबा से अपने लिए लिपस्टिक ख़रीदने को कहा था। वो प्रिया को पीछे के एक पर्दे वाले बूथ में इतनी सहजता से खींच ले जाती है कि प्रिया को लगता है कि वो रज़ा से यहीं मिलती होगी। क्रोध भरे शब्द उसके होठों तक आते हैं—मूढ़, धोखेबाज़, लापरवाह—लेकिन वो अपना थोड़ा सा समय दोषारोपण में नहीं लगाएगी। वो दीपा का हाथ पकड़ लेती है।

जवाब में दीपा उसका हाथ पकड़ लेती है। सिकुड़न भरे कपड़े, ढीले से जूड़े में बंधे उलझे हुए बाल, चेहरे से वो चमक ग़ायब जो अजनबियों को पलटकर देखने पर मजबूर कर देती थी। वो जल्दी-जल्दी बोलती है, जैसे समय चलनी में भरा पानी हो।

'मैं क्लिनिक की नर्स सलीमा के साथ रह रही हूं। उसे रज़ा ने राज़ी किया। शायद पैसा भी दिया। वो अच्छी है, लेकिन वो छोटा सा फ़्लैट है, उसके दो बच्चे हैं। मैं हमेशा उनके रास्ते में आ जाती हूं। फिर भी, मैं शुक्रगुज़ार हूं कि मेरे पास कोई जगह तो है। रज़ा मेरे लिए नौकरी ढूंढ़ने की कोशिश कर रहा है। लेकिन मेरे पास किसी भी काम का प्रशिक्षण नहीं है।'

प्रिया झूठ बोलने में माहिर नहीं है। फिर भी, वो दीपा को प्रोत्साहित करने की कोशिश करती है। 'जल्दी ही कुछ न कुछ ज़रूर मिल जाएगा, तुम स्मार्ट हो, तुम्हें काम पर रखना लोगों की ख़ुशक़िस्मती होगी।'

दीपा के होठों पर एक फीकी, असंतुष्ट सी मुस्कान है। वो विषय बदल देती है। 'मेरे अंधेरे में रज़ा ही इकलौती रौशनी है। वो हर रात अपनी शिफ़्ट के बाद आता है और हम टहलने जाते हैं। हमें बस इतनी ही तन्हाई मिल पाती है।'

डर ने प्रिया के स्वर को तेज़ कर दिया। 'टहलने? खुलेआम? तुम दोनों अकेले?' दंगों के बाद से कलकत्ता अंतरधर्मीय प्रेम को अंगीकार करने के मूड में नहीं है।

दीपा नीचे देखने लगती है। 'सलीमा ने मुझे एक बुर्क़ा उधार दिया है। मैं जब भी बाहर जाती हूं, उसे पहन लेती हूं।' वो अपने बैग से एक पुराना सा, काला चोग़ा निकालती है। 'हमने सोचा कि अगर लोग ये समझें कि मैं मुस्लिम हूं, तो यही सबके लिए सुरक्षित होगा।'

धोखे पर धोखा। किसी न किसी बिंदु पर दीपा का ताश का महल निश्चित रूप से ढह जाएगा। तब वो क्या करेगी? और वो लोग उसके साथ क्या करेंगे जिन्हें वो धोखा दे रही है?

प्रिया के जाने का समय आ चुका है। वो दीपा का पता नोट करती है, वो चिट्ठियां लिखने का वादा करती हैं। फिर वो दीपा को वो ख़बर बताती है जिसे उसने बचाकर रखा हुआ था, अंत में आने वाले मीठे की तरह। दीपा ताली बजाती है, और एक पल के लिए उसकी आंखों में चमक वापस आ जाती है। 'सगाई! मुझे पता था अमित तुमसे प्यार करता है। तुम दोनों पूरी तरह एक दूसरे का जोड़ हो, मेढ़ों की तरह अड़ियल। काश मैं तुम्हारे झगड़े देखने के लिए वहां होती!'

लेकिन वो उन्हें नहीं देखेगी। न ही वो सगाई या बाद में शादी देख पाएगी, अगर बीना की मर्ज़ी चली तब तो नहीं।

दीपा झिझकती हुई: 'मां कैसी हैं?' उसका अनकहा सवाल: क्या वो मुझे याद करती हैं?

प्रिया जो झूठ नहीं बोल सकती, कहती है, 'कभी-कभी रात को रोती हैं।' उसका मूक जवाब: तुम वापस नहीं आ सकतीं, अभी तो नहीं।

वो एक साइड के दरवाज़े पर विदा लेती हैं, उस जगह से बहुत दूर जहां ड्राइवर मंडरा रहा है। सामने के फ़ुटपाथ से प्रिया पलटकर दीपा को देखती है, जो अपने काले बुर्क़े में निश्चल है, न मुस्कुरा रही है न हाथ हिला रही है।

बाबा, हमारा परिवार बिखर रहा है। आप, फिर दीपा। जल्द ही मैं भी घर छोड़ दूंगी।

एक लाल डबल डेकर भोंपू बजाती हुई मोड़ से घूमकर आती है, और प्रिया के सामने आकर रुकती है। जब तक वो अपने यात्रियों को उतारकर जाती है, दीपा जा चुकी होती है।

भाग तीन

अक्टूबर–दिसंबर 1946

देवियों के पर्वों का समय, सुहाने और फूलों भरे माह, हवा में तैरता संगीत। गर्मी और धूल पीछे रह गई हैं, नदियों में उफान आने लगा है।

लेकिन चिंगारियां दबी नहीं हैं। अब पागल हवा उन्हें पूरे देश में उड़ा देती है। शहर धधकने लगते हैं, पूरे-पूरे ज़िले जलने लगते हैं। अब ख़ून की नदी है। संगीत के बजाय, मौत की चीख़ें। मौत से भी बदतर। विधवाओं का विलाप, बलात्कार की शिकार लड़कियों के आंसू। एक आदमी प्रार्थना करता है और उपवास करता है, उपवास करता है और प्रार्थना करता है। बग़ावतें फूट पड़ती हैं। भारत के नेता अपने दांत निकाले एक-दूसरे को घेर रहे हैं। समंदर पार एक प्रधानमंत्री को महसूस होता है कि एक रत्न उसकी मुट्ठी से फिसल रहा है, वो ज़मीन पर गिरकर बिखरने वाला है। उसे कोई रणनीति ढूंढ़नी होगी, इसके बिखरने से पहले इससे छुटकारा पाना होगा, आरोप किसी और पर मढ़ना होगा।

देवियां हैं दुर्गा और लक्ष्मी; नदियां सरसी और फेनी; माह कार्तिक और अगहन। पागल हवा नोआखाली को जलाती है, मगध, पटना, गढ़मुक्तेश्वर को चिंगारी देती है। गांधी केवल प्रार्थना का अस्त्र लेकर सारे देश में घूमते हैं; जिन्ना और नेहरू एक-दूसरे के कवच में छेद खोजते हैं। इंग्लैंड में एटली सत्ता के हस्तांतरण की चिंता में है। वेवेल को याद किया जाता है। पेथिक्स-लॉरेंस भारत आने वाले एक कैबिनेट मिशन का नेतृत्व करता है; वो देश के तीन टुकड़े करने की सिफ़ारिश करता है। एक नाम सुनाई देता है: माउंटबेटन।

1946 ख़त्म होने के क़रीब है। बदलाव का चक्र और तेज़ी से घूम रहा है।

11

जामिनी

अमित और प्रिया की सगाई की तैयारियां पूरे शबाब पर हैं। जामिनी बीना और मनोरमा को आपस में तलवार की धार सरीखे तीखे शब्दों में लड़ते देखती है। बीना अड़ी हुई हैं कि समारोह का आयोजन नबकुमार की याद में गांगुली निवास में किया जाना चाहिए। मनोरमा ने इसे चौधरी हवेली के आंगन में रखने का मन बना लिया है। वो अपनी आंखें सिकोड़ती हैं। परिवार के क़रीबी लोग, पंडित, संगीतकार, सगाई के उपहार लिए नौकर कहां समाएंगे? और अपने सहायकों और उनके बर्तनों के साथ रसोइया केश्टो? उनकी बात में दम है, लेकिन मनोरमा की बात से सहमत होकर जामिनी बीना को कभी धोखा नहीं देगी।

ये कोई उत्सव नहीं है, बीना कहती हैं, ये केवल एक आवश्यकता है। कोई मेहमान नहीं, कोई उपहार नहीं, कोई रसोइया नहीं। 'मेरी जामिनी तुम्हारे केश्टो जितना ही अच्छा खाना बनाती है। वो हम छह लोगों के लिए सादा सा खाना बना लेगी।'

जामिनी निराशा से घूरती है। वो केश्टो का मुक़ाबला कभी नहीं कर सकती, जो उसके जन्म से पहले से खाना बना रहा है। वो कल्पना करती है कि जब प्रिया एक राजकुमारी जैसी दिख रही होगी, तब वो पसीने से लथपथ और मसालों की गंध से महक रही होगी।

कार्यक्रम के लिए कपड़े लिए प्रवेश कर रहा अमित एक चमकीले पीले रेशमी वस्त्र को पकड़े हुए बीच-बचाव करता है। 'ये सुंदर साड़ी देखिए जो मैं जामिनी के लिए लाया हूं, बीना काकी। ये इसे पहनकर खाना कैसे पका सकेगी? हम यहां समारोह करेंगे, कोई अतिथि नहीं होंगे, लेकिन केश्टो को दोपहर का खाना लाने दीजिए। आप मेन्यू को जितना चाहें सादा बना सकती हैं।' वो रुकता है। 'क्या किसी ने सबसे महत्वपूर्ण शख़्स पिया से भी पूछने के बारे में सोचा कि वो क्या चाहती है?'

प्रिया बेध्यानी से मुस्कुराती है और कहती है कि बड़े-बुज़ुर्ग जो भी तय करें वही ठीक है। जामिनी को ग़ुस्से की चोट लगती है। क्या ये लड़की अमित की चिंता की क़द्र भी करती है? फिर उसे शर्मिंदगी होती है। प्रिया, जो अपने लौटने के बाद से बेचैन सी है, दीपा के शहर में अकेले रहने को लेकर चिंतित होगी। घर में कोई दीपा का ज़िक्र नहीं करता लेकिन वो हमेशा सबके विचारों में रहती है। कल रात जामिनी ने बीना को नींद में रोते हुए दीपा का नाम लेते सुना था। उस पतली सी आवाज़ ने जामिनी को एक फंदे की तरह कस लिया, उस जामिनी को जो दीपा से बेहद नाराज़ भी है और उसके लिए भयभीत भी है। ख़ुद अपने बुरे सपनों में जामिनी न्यू मार्केट की काली अंधेरी गलियों में खो जाती है जहां जल्द ही उसे ख़ुद जाना होगा।

अमित जामिनी को पीली साड़ी देता है। उसके पास कभी कोई इतनी नर्म चीज़ नहीं रही, नारंगी व सुनहरी बॉर्डर पीले रंग पर एकदम सही ढंग से फब रहा था। वो बीना को मनुहार भरी नज़र से देखती है। शायद ये काम कर जाती है। या शायद ये अमित की मुस्कान है, खिली हुई, आकर्षक। बीना बुदबुदाते हुए अपनी सहमति दे देती हैं; मनोरमा ने भी घुटने टेक दिए हैं। लेकिन शादी चौधरी हवेली में ही होनी चाहिए, वो बीना को चेतावनी देती है। 'तब मुझे परेशान मत करना।'

बीना नाक सिकोड़ती हैं। 'अभी शादी में बहुत समय है।'

अब अमित प्रिया को उसकी साड़ी देता है, जिसे सुरक्षित रखने के लिए मलमल में लपेट दिया गया है। गुलाबी भोर के रंग की साड़ी जिस पर सोने के तारों की कशीदाकारी है, और जो एक रानी के लिए उपयुक्त है। इसके आगे जामिनी की साड़ी भड़कीली सी लगती है।

अमित के चेहरे का भाव, वो कोमल अनिश्चितता जिसके साथ वो प्रिया से पूछता है कि क्या साड़ी उसे पसंद आई, ख़ुशी की वो चमक जब वो कहती है कि साड़ी सुंदर है। जामिनी कितनी मूर्ख है जो उसकी दी हुई मुस्कुराहटों पर मुग्ध होती रही। वो तो बस शादी द्वारा बनने वाली एक रिश्तेदार के प्रति विनम्रता थी, एक लंगड़ाती लड़की के लिए दया। ईर्ष्या उसके हृदय को दोनों मुट्ठियों में जकड़ लेती है।

जब अमित जाने लगता है, तो जामिनी कहती है, 'मां चाहती हैं कि अब से न्यू मार्केट मैं जाऊं। मुझे ऐसा करने में ख़ुशी होगी लेकिन—' उसकी आवाज़ लड़खड़ाने लगती है, उसकी आंखें बुरी तरह फड़फड़ाने लगती हैं। 'शायद, सिर्फ़ पहली बार, क्या कोई मेरे साथ जा सकता है?'

और उसकी उम्मीद के अनुसार, हमेशा की तरह शिष्ट अमित: 'तुम्हें मैं ले जाऊंगा। अब जबकि मैं तुम्हारा होने वाला जीजा हूं, तो मुझे नहीं लगता कि कोई आपत्ति करेगा।'

बीना ने सिर हिलाकर हामी भरी। मनोरमा होंठ भींचे हुए और चुप हैं। जामिनी प्रिया की ओर नहीं देखती।

बाद में जब जामिनी अकेली है, तो वो उस अलमारी तक जाती है जहां प्रिया ने अपनी साड़ी रखी है। वो उसे बाहर निकालती है लेकिन ध्यान रखती है कि तहें ख़राब न हों। वो बीना की कशीदाकारी की क़ैंची को उस भाग में चुभोती है जो कमर पर पेटीकोट में उड़सा जाएगा। जिस दिन प्रिया इसे पहनेगी, उस दिन प्रिया का उस छोटे से छेद पर ध्यान नहीं जाएगा, लेकिन जामिनी को उसके बारे में पता होगा। उसे पता होगा कि साड़ी अब पहनने लायक़ नहीं है और इससे उसे एक कड़वा आनंद मिलेगा।

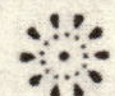

कलकत्ता जाने वाली ट्रेन में बंगाल के सुरम्य ग्रामीण इलाक़े जामिनी के सामने से व्यर्थ ही नाचते हुए गुज़रे जा रहे हैं। तमाल के गहरे भूरे पेड़, कद्दू की बेलों से पन्ने जैसी दिखती छप्पर की झोपड़ियां, बांसुरी बजाता एक चरवाहा, सिर पर मटके संभालती महिलाओं की क़तार। वो तो बस अमित को काग़ज़ों के उस पुलिंदे का अध्ययन करते देखती रहती है, जो सोमनाथ ने उसे मुंशी को देने के लिए दिया है। अमित की जल्द ही होने

वाली शादीशुदा स्थिति ने उसे नए सिरे से ज़िम्मेदार बना दिया है। एक पन्ने को दोबारा पढ़ते हुए उसके माथे पर शिकन पड़ जाती हैं। जामिनी की तीव्र इच्छा होती है कि उसके माथे को सहला दे।

तुम मूर्ख हो, जामिनी।

सगाई वाले दिन तूफ़ान आया था। छतरियों के बावजूद अपनी बग्घी से गांगुली निवास तक पहुंचते-पहुंचते चौधरी परिवार के लोग भीग गए थे। लेकिन मनोरमा ने अच्छी प्लानिंग की थी; उनके सगाई में पहनने के कपड़े उनके पीछे एक नौकर वाटरप्रूफ़ कैनवस बैग में लेकर आया था। मनोरमा ने बेडरूम मांगा ताकि वो तैयार हो सकें। अमित अपने सिल्क के क्रीम कलर के अंगरखे में राजसी दिखाई दे रहा था, और जैसा कि सबने कहा, उसके कपड़े प्रिया की गुलाबी साड़ी का बहुत प्यारा मेल थे। उसके गले में हीरे के बटन थे, बाल बारिश से घुंघराले हो गए थे। समारोह के दौरान उसने प्रिया के हाथों को पकड़ा, उसके हाथों में वो कंगन पहनाए जो जामिनी को स्टोर रूम में मिले थे। प्रिया ने उन्हें इस अवसर के लिए उसे वापस कर दिया होगा। अब वो जायज़ तौर पर उसके थे, और जामिनी की पकड़ से एक और रहस्य निकल चुका था।

ट्रेन शहर के नज़दीक पहुंचने लगती है, और धान के खेतों की लहराती हरियाली की जगह ईंट के गोदाम और धुआं उगलने वाली फ़ैक्ट्रियां ले लेती हैं। अचानक जामिनी को कलकत्ता की अपनी पिछली दुर्भाग्यपूर्ण यात्रा याद आ जाती है, जब वो कुछ भी न चूकने की कोशिश में एक खिड़की से दूसरी खिड़की पर जा रही थी और बाबा उस पर हंस रहे थे। प्रिया ने अमित को उसकी राशि के नग माणिक से जड़ी एक अंगूठी दी थी; उसने इसके लिए अपनी चेन गांव के सुनार को बेच दी थी। जामिनी इंतज़ार कर रही थी कि बीना उसे इस फ़िज़ूलख़र्ची के लिए डांटेंगी, लेकिन बीना ने कहा, अच्छा किया, चौधरी परिवार हमें घटिया ना समझे। अमित उपहारों के आदान-प्रदान के बाद कितनी देर तक प्रिया के हाथ पकड़े रहा, बुज़ुर्गों द्वारा उनके सिर पर पवित्र चावल फेंके जाने के बाद भी। मैं इस अंगूठी को अपने जीवन के अंत तक सहेजकर रखूंगा। आख़िरकार जामिनी इसे और सहन नहीं कर सकी और वो उनके लिए मिठाइयों की थालियां ले आई। *खाओ खाओ।* फिर उसे प्रथा के अनुसार उन्हें एक दूसरे को मिठाई

खिलाते देखना पड़ा था।

ड्राइवर प्लेटफ़ॉर्म पर है, हमेशा की तरह समय का पाबंद, विनम्र। घर पर शेफाली उन पर फ़िदा हो जाती है, और उनके लिए गर्म चाय और वही गुलाब संदेश लाती है जो पिछली बार जामिनी को बहुत पसंद आए थे। विश्वास करना मुश्किल है कि दोनों नौकरों ने दीपा के साथ इस तरह विश्वासघात किया। शायद उन्होंने इसे विश्वासघात नहीं बल्कि अपना कर्तव्य समझा था। जामिनी जानती है कि ऐसी चीज़ों में दुविधा में पड़ जाना आसान है। समारोह के बाद अमित ने जामिनी को पक्षियों के आकार की सोने की बालियां दीं। क्योंकि तुम इतना अच्छा गाती हो, उसने कहा। कितनी सुंदर हैं ना, प्रिया ने कहा। क्या तुम मेरे और पिया के लिए कुछ गाओगी, वो बोला। जामिनी का दिल चाहा था कि वो बालियों को आंगन की मिट्टी में पीस डाले, बाहर तूफ़ान में भाग जाए। उसने मुस्कुराकर धन्यवाद कहा और गाना गाया।

आमार पोरान जहा चाय, तुमी ताइ गो।

मेरे हृदय की इच्छा, तुम हो, तुम ही हो।
इस पूरी दुनिया में, मेरे लिए और कोई नहीं है।

सबने तालियां बजाईं; मनोरमा तक ने कहा कि उसकी आवाज़ शहद जैसी है।

न्यू मार्केट में अमित और जामिनी प्रिया की बताई दिशाओं पर चलते हैं; फिर भी वो दो बार खो जाते हैं। वो ख़ूब हंसती है, शायद किसी को लगे कि शर्मिंदगी से, लेकिन वास्तव में ये ख़ुशी है। एक बार वो लड़खड़ाती है और अमित उसकी कोहनी पकड़ लेता है। वो फिर से ठोकर खाना चाहती है लेकिन वो ये नहीं चाहती कि उसे शक हो जाए। उसने पक्षी वाली बालियां पहनी हुई हैं; अमित कहता है कि वो बहुत अच्छी लग रही हैं। *बहुत अच्छी* एक औसत सी तारीफ़ है लेकिन वो इसे स्वीकार करेगी; भिखारी अपनी मर्ज़ी नहीं चला सकते। समारोह ख़त्म होने के बाद प्रिया ने अपने गहने उतार दिए थे। मनोरमा ने उसे अपनी शादी के दहेज का

सतलड़ा हार दिया था, और सोमनाथ ने हीरे की बालियां और घुंघरुओं वाली सोने की पायल। उसने वो सभी चौधरी हवेली में रखने के लिए अमित को दे दिए थे, जहां वो अधिक सुरक्षित रहेंगे। लेकिन अमित ने कंगन नहीं लिए। इन्हें पहनना, पिया, जैसे मैं अपनी अंगूठी पहनूंगा, ताकि लोगों को पता चले कि हम एक दूसरे के हैं। प्रिया ने अपना हठी सिर एक ओर को झुका लिया। जामिनी अमित को बता सकती थी कि वो क्या सोच रही है। *लोग दूसरों के नहीं होते। हम बस अपने ही होते हैं।* लेकिन प्रिया ने कहा, ठीक है।

दुकान पर जामिनी अपनी चालाकी और मोहकता, और सौदेबाज़ी करने की अपनी क्षमता से ख़ुद भी चकित रह जाती है। उसे लगता था कि ये प्रतिभा केवल दीपा के पास ही है।

'आशा करता हूं कि अगली बार तुम्हारी दूसरी बहनों में से कोई आएगी,' दुकानदार मज़ाक़ करता है। 'तुम इसमें कुछ ज़्यादा ही अच्छी हो।' वो अमित को उत्सुकता से देखता है।

वो दोनों एक साथ बोलते हैं।

'ये मेरे मित्र हैं।'

'मैं इनका होने वाला जीजा हूं।'

दुकानदार की नज़रें उठती हैं। जामिनी के चेहरे पर शर्मिंदगी दिखाई देने लगती है।

बाद में अमित पूछता है कि घर वापस जाने से पहले क्या वो कुछ और करना चाहती है। जामिनी को इसी पल का तो इंतज़ार था। वो उसे बता देती है।

वो उसे बताता है कि मेट्रो में एक मज़ाक़िया फ़िल्म चल रही है और ग्लोब में एक डरावनी फ़िल्म। वो कौन सी देखना चाहेगी?

उसे हंसी चुनना चाहिए, ये उसकी ज़िंदगी से एक अच्छा बदलाव रहेगा।

'डरावनी,' वो बोल पड़ती है।

ग्लोब में एसी की हवा जामिनी को सहलाती है, मख़मली कुर्सी उसे प्यार से गोद में ले लेती है। ये एक कामकाजी दिन की दोपहर है, हॉल लगभग ख़ाली है, वो एक पूरे हिस्से में अकेले हैं। अमित पॉपकॉर्न ख़रीदता है, जिसे जामिनी ने कभी नहीं चखा है। वो बच्चों की तरह अपनी उंगलियों से मक्खन और नमक चाटती है और अमित को मुस्कुराते हुए देखती है। जब उसने कंगन वापस लेने से इंकार किया था, तब वो उन्हें प्रिया को ऐसे ही दे सकता था। क्या ज़रूरत थी कि वो उसके हाथों को फिर से पकड़ता और कंगनों को इतनी सावधानी से उसके हाथों में डालता जैसे वो कांच की बनी हो? बाद में उसने उसकी हथेलियों को चूमा था। जामिनी इंतज़ार करती रही थी कि बीना उसे डांटेंगी लेकिन वो कहीं और देख रही थीं।

फ़िल्म *लीव हर टू हैवेन* दो कज़िन्स की कहानी है जिन्हें एक ही आदमी से प्यार हो जाता है। हत् भाग्य! इतनी फ़िल्मों में से कलकत्ता में अभी यही क्यों चल रही है? विशाल आकृतियां अपने अनोखे अमेरिकी रीति-रिवाजों से स्क्रीन को भर देती हैं। शुरू में फ़िल्म रोमांस जैसी लगती है; लेकिन फिर ये गंभीर हो जाती है। हीरोइन, जो अब पत्नी बन चुकी है, अपने पति के किसी भी क़रीबी को लेकर बुरी तरह ईर्ष्यालु हो जाती है। वो उसके भाई को डूबने देती है, अपनी कज़िन पर उसके पति को छीनने की कोशिश करने का आरोप लगाती है, एक वकील मित्र को लिखती है कि उसकी कज़िन और पति उसे मारने की साज़िश रच रहे हैं। उसका आख़री काम ये है कि वो संखिया-मिली चीनी खा लेती है ताकि उसकी मौत का इल्ज़ाम उन पर आए। ये आता है। वो जेल चला जाता है; उसका बदला पूरा हो जाता है।

जामिनी ने सोचा हुआ था कि वो भयभीत होने का नाटक करेगी। शायद अमित की सीट से चिपक जाने का भी। वो यक़ीनन तब अपनी बांह उसके गले में डाल देगा। लेकिन जब तक हीरोइन मरती है तब तक वो सचमुच सिसकने लगी है। उसे लगता है कि उस औरत की नफ़रत और ईर्ष्या ही उसे मार डालने वाले असली ज़हर थे। वो अपनी आंखें बंद कर लेती है, वो अब आगे नहीं देखना चाहती।

अमित उसके कंधे को थपथपाता है। 'देखो, देखो, ये इतना भी बुरा नहीं है। पति जेल गया था, लेकिन अब वो रिहा हो गया है। कज़िन वफ़ादारी से उसका इंतज़ार कर रही थी, और अब वो दोनों एक साथ ख़ुश हैं।' लेकिन जामिनी रोना बंद नहीं कर पा रही है। वो उस तामसिक इच्छा को बहुत अच्छी तरह से जानती है, ये इच्छा कि प्रतिद्वंद्वी ग़ायब हो जाए ताकि वो उस चीज़ को पूरी तरह से हासिल कर सके जिसकी उसे लालसा है।

बाहर निकलने के बाद अमित कहता है, 'तुम बहुत भली इंसान हो, जामिनी। इस दुनिया के लिए बहुत मासूम। तुम्हें प्रिया की तरह मज़बूत बनना सीखना होगा। देखो, वो जो चाहती है उसके पीछे कैसे पूरी ताक़त झोंक देती है?'

ओह अमित, मासूम तो तुम हो। काश तुम्हें पता होता।

'चलो, मैं तुम्हारे लिए आइसक्रीम ख़रीदूं।'

उसने कभी आइसक्रीम नहीं खाई है, इसलिए वो उसके लिए अपना पसंदीदा फ़्लेवर चुनता है। वो उसे ये नहीं बताती कि ठंडी चीज़ों से उसके दांतों में दर्द हो जाता है। चॉकलेट की कड़वी मिठास उसके रानीपुर लौटने, बीना द्वारा तारीफ़ किए जाने, और चमचमाते कंगन पहनी प्रिया द्वारा माथे पर सिलवटें डालकर उसे देखे जाने के काफ़ी समय बाद तक भी उसकी जीभ पर बनी रहती है।

12

प्रिया

वो हर सुबह भागकर हवेली चली जाती है जहां मनोरमा उसे उचित ढंग से चौधरी घराने की बहू बनना सिखा रही हैं। उसने उम्मीद की थी कि उसकी सगाई—और ये तथ्य कि उसने बीना के कहने के अनुसार क्लिनिक छोड़ दिया है—उसकी मां को ख़ुश कर देगी। लेकिन बीना से एक अकथनीय ठंडापन फूटता रहता है, इसलिए प्रिया इस आश्रय के लिए आभारी है।

चौधरी निवास में उसका समय कठोर प्रशिक्षण से ज़्यादा लाड़-प्यार भरी छुट्टियों जैसा है। रसोई का एक छोटा सा दौरा जहां वो मनोरमा को केश्टो के साथ मेन्यू पर बात करते हुए देखती है, एक-दो सौंदर्य उपचार, नारियल के सुगंधित तेल से सिर की मालिश, फिर उत्सुकता से इंतज़ार कर रहे सोमनाथ के साथ शतरंज खेलने के लिए प्रस्थान। लंच तीनों एक साथ करते हैं। अधिकांश दिनों में अमित उनके साथ शामिल नहीं हो पाता है; वो जायदाद की देखरेख के अपने काम को बहुत गंभीरता से ले रहा है।

'ऐसा इसलिए है कि वो एक शादीशुदा आदमी बनने वाला है,' मनोरमा घोषणा करती हैं, 'और ईश्वर ने चाहा तो शायद जल्द ही बाप भी।'

प्रिया मुस्कुराती है। उसकी तब तक बच्चे पैदा करने की कोई योजना

नहीं है जब तक वो मेडिकल कॉलेज की पढ़ाई पूरी करके प्रैक्टिस शुरू नहीं कर लेती। लेकिन वो ये बात किसी को बताती नहीं है। जब तक बचना संभव ही न हो, क्यों बहस को दावत दी जाए?

बाबा, मेरे ख़्याल से आप सहमत होंगे कि आख़िरकार आपकी बेटी की अड़ियल खोपड़ी में थोड़ी समझदारी आने लगी है।

दोपहर में, जब बड़े लोग सो रहे होते हैं, तो प्रिया अख़बार पढ़ती है। नबकुमार की मृत्यु के बाद सोमनाथ नियमित रूप से कलकत्ता से अख़बार मंगवाने लगे थे। शायद वो अपराधबोध महसूस करते थे कि उन्होंने पहले ही ख़बरों पर ध्यान देना शुरू नहीं किया था, और उन्हें इतनी जानकारी नहीं थी कि अपने दोस्त को डाइरेक्ट एक्शन डे के दौरान कलकत्ता से दूर रहने की चेतावनी दे पाते। चाय पर वो और प्रिया घटनाओं पर चर्चा करते हैं, हालांकि कभी-कभी वो सहमत नहीं होते हैं। सोमनाथ नेहरू और वल्लभभाई पटेल पर, और सत्ता के प्रति उनके व्यावहारिक दृष्टिकोण में विश्वास करते हैं; प्रिया गांधी के एकीकृत भारत के सपने को छोड़ने को तैयार नहीं हैं, चाहे वो वास्तविकता से कितना भी दूर क्यों न हो। अख़बार उस संभावित अलगाव को लेकर सावधानीपूर्वक आशावादी हैं जो हिंदुओं और मुसलमानों दोनों को संतुष्ट करेगा और कांग्रेस और मुस्लिम लीग को स्वायत्तता देगा। नए राष्ट्र को पाकिस्तान कहा जाएगा, पवित्र भूमि।

लेकिन व्याकुल करने वाली गड़गड़ाहटें हो रही हैं। यहां दंगा, तो वहां आगज़नी। महिलाओं का अपहरण। पुरुषों को गोली मार दी जाना। हालात बिगड़ने की स्थिति के लिए लोग अभी से एहतियात बरत रहे हैं। अमीर और चतुर लोग ढाका या लाहौर के मकानों को कलकत्ता के उपनगरों में उद्यान संपत्तियों या दिल्ली में आलीशान आवासों से बदल रहे हैं। कम भाग्यशाली लोग पीढ़ियों पुराने मकानों को त्यागते हैं और सीमा पार—या उस स्थान के पार जिसे वो सीमा समझ रहे हैं क्योंकि अभी तक निश्चित कुछ नहीं है—जाने के लिए निकल जाते हैं; उनकी संपत्ति उनके सिर पर रखे बंडलों में सिमटकर रह गई है। बस मालिक और लॉरी चालक यात्रियों की आशाओं और भय का फ़ायदा उठाकर मोटे हो रहे हैं; लोग

जोखिमपूर्ण ढंग से तेज़ रफ़्तार ट्रेनों के ऊपर बैठे हैं।

एक असहज दौर। प्रिया सोच में है कि बेहतर होने से पहले ये और कितना ख़राब होगा।

जब सूरज की सिंदूरी गेंद पेड़ों की चोटियों को छूने लगती है, तो अमित घोड़ा दौड़ाता घर लौटता है, नेकदिल, पसीने से लथपथ। वो काफ़ी समय बाहर बिता रहा है; मनोरमा शिकायत करती हैं कि वो धूप से झुलसने लगा है। प्रिया को लगता है कि वो अपनी तांबई त्वचा और उस नई मूंछ के साथ आकर्षक दिखता है, जिसे उसने इसलिए बढ़ाने का फ़ैसला किया है कि वो मज़बूत और शादीशुदा सा दिखाई दे। चाय के बाद अमित और प्रिया नदी तक टहलने चले जाते हैं। वो उसके दिन के बारे में पूछता है, लेकिन उसके पास बताने के लिए बहुत कम है और वो उसके कारनामों को सुनना पसंद करती है: ये पता लगाना कि किसी खेत में सामान्य मात्रा में धान क्यों नहीं पैदा हो रहा है, ये निर्धारित करना कि क्या उसे कर कम करना चाहिए क्योंकि एक पट्टेदार बीमार है। ऐसे निर्णय लेना कठिन होता है जो ज़िंदगी को प्रभावित करते हैं, अमित कहता है। प्रिया सहमत है; जल्द ही उसे भी मरीज़ों के बारे में ज़िंदगी और मौत के फ़ैसले लेने होंगे। उसे सबसे अच्छा तब लगता है जब वो और अमित हाथ में हाथ डाले लहरों को सुनते हुए चुपचाप चलते हैं। उसकी इच्छा होती है कि उसे बीना की नाराज़गी और जामिनी की पैनी नज़रों का सामना करने घर वापस न लौटना पड़े।

ये रहा काशीराम डाकिया, जो हवारहित दोपहर में पसीना बहाता चला आ रहा है।

'दीदीमोनी, आपके लिए।' वो बड़े से लिफ़ाफ़े को सौंपने से पहले उत्सुकता से उसकी जांच करता है। वो दीपा की चिट्ठियां प्रिया तक पहुंचाने का आदी है, लेकिन ये कुछ भिन्न है। सरकारी।

उसे लेते हुए प्रिया के हाथ कांपने लगते हैं। वो सोमनाथ का दरवाज़ा खटखटाती है, क्योंकि पत्र को ख़ुद खोलते हुए उसे बहुत घबराहट हो रही

है। उसे यक़ीन है कि उसने परीक्षा में अच्छा प्रदर्शन किया था। पर फिर भी।

सोमनाथ पत्र को अपनी दीवार पर फ्रेम में लगी देवी दुर्गा की तस्वीर से छुआते हैं और उसे सावधानीपूर्वक खोलते हैं। फिर वो नज़र उठाते हैं, ख़ामोश और हैरान आंखों के साथ।

वो समझ जाती है। लेकिन ऐसा कैसे हो सकता है? उसने तो बाद में अपने उत्तरों को जांचा भी था। हर उत्तर सही था।

'उन्होंने अन्याय किया है,' वो धीमे, उग्र स्वर में बोलते हैं। 'हम इसका विरोध करेंगे। मैं कलकत्ता के सबसे अच्छे वकील की सेवाएं लूंगा। हम उनसे तुम्हारा पेपर निकलवाकर देखेंगे।'

वो उनके बेड पर धम से बैठ जाती है। 'इससे कोई फ़ायदा नहीं होगा, काकू। अगर उन्हें मुझे अगले चरण में जाने की अनुमति देने के लिए मजबूर किया जाएगा, तब भी वो निश्चित रूप से मौखिक परीक्षा में मुझे फ़ेल कर देंगे। इस बात से इंकार नहीं किया जा सकता। सब ख़त्म हो गया।'

वो न जाने कब तक रोती रहती है। वो उस सपने के टूटने को कैसे सहन करे जो उसके मन में तब से था जब से उसे याद है। वो कैसे स्वीकार कर ले कि वो अपने पिता से किया वादा नहीं निभा सकती: *मैं परिवार का ख़्याल रखूंगी।*

एक मज़बूत हाथ आकर उसे कसकर पकड़ लेता है। दुख में डूबी होने के कारण उसने अमित को अंदर आते सुना ही नहीं।

'चुप हो जाओ, प्रियतम। हम किसी न किसी तरह कोई हल निकाल ही लेंगे।'

वो उस तरह की स्त्री है जो अपनी समस्याएं ख़ुद सुलझाना पसंद करती है, लेकिन आज वो उसके सीने में सिमट जाती है।

वो गांव की गपशप की परवाह किए बिना उसे सुल्तान पर उसके घर ले जाता है। जब तक वो उसके परिवार को ख़बर दे, वो उसे बाहर इंतज़ार करने के लिए कहता है। सुल्तान हिनहिनाते हुए अपनी थूथन से उसके

चेहरे को सहलाता है। वो उसके गर्म, आरामदेह बदन पर टिक जाती है। वो बीना की सवाल पूछती तेज़ आवाज़ सुनती है, और अमित का धीमा, बिना हड़बड़ी वाला जवाब। जब अमित उसे अंदर बुलाता है, तो प्रिया बीना की डांट खाने के लिए ख़ुद को मज़बूत कर लेती है। लेकिन उसकी मां बस इतना कहती हैं कि उन्हें दुख है कि चीज़ें उस तरह नहीं हुईं जैसी प्रिया ने उम्मीद की थी। जामिनी भी तसल्ली देती हुई बड़बड़ाती है। इस अप्रत्याशित मेहरबानी पर प्रिया को फिर से रोना आ जाता है। बीना उसे गले लगा लेती हैं, पहले अटपटेपन से, फिर कसकर। ये ऐसा काम है जो उन्होंने नबकुमार के निधन के बाद से नहीं किया है। प्रिया कृतज्ञतापूर्वक उन पर ढह जाती है।

'ख़ुद को परेशान मत करो, बेटी,' बीना कहती हैं, जिनकी आवाज़ में आत्मविश्वास और मातृत्व है। 'सब ठीक हो जाएगा। जामिनी, अपनी बहन के लिए थोड़ी चाय बना लो।'

प्रिया सोच में पड़ जाती है कि अमित ने ऐसा क्या कहा होगा जो ये जादू हो गया?

दिन सुरमई और बारिश भरा है, एक अकेली मैना छत से आवाज़ दे रही है। सदमे और गठिया के हमले ने सोमनाथ को उनके बेडरूम तक सीमित कर दिया है, इसलिए अब जबकि प्रिया की योजनाएं बरसात में मिट्टी की दीवारों की तरह ढह गई हैं, तो सब लोग भविष्य की योजना बनाने के लिए वहीं मिलते हैं। बीना, मनोरमा और अमित को फ़ैसला करने में केवल कुछ मिनट लगते हैं: अमित और प्रिया की शादी जल्द से जल्द होनी चाहिए, एक साधारण समारोह, मुट्ठी भर मेहमान। वो इसे इतनी तत्परता से तय करते हैं कि प्रिया को संदेह होता है कि उन्होंने इस पर पहले ही आपस में चर्चा कर रखी है। क्या अमित ने कल बीना को शांत करने के लिए यही कहा था? ये संभावना प्रिया को परेशान करती है, ये उसे किसी बच्चे जैसा महसूस कराती है।

एक चीज़ और भी है जो उसे परेशान कर रही है। वो अमित से दिलो-जान से प्यार करती है। लेकिन उसका इरादा था कि वो अपनी

सुहाग-सेज पर सफलता को एक उपहार की तरह लेकर आएगी, किसी पुरानी परी कथा की भिखारी नौकरानी की तरह नहीं।

क्या इसे कोई नहीं समझ सकता?

वो अपनी बेचैनी को छिपाने की कोशिश करती है, लेकिन वो जामिनी नहीं है। अमित आगे बढ़कर उसका हाथ पकड़ता है। 'ये तुम्हारे सपनों का अंत नहीं है, पिया, बस एक स्थगन है। एक साल में—कुछ लोग कहते हैं कि इससे भी जल्दी—भारत आज़ाद हो जाएगा। मेडिकल कॉलेज के ब्रिटिश प्रशासक सब कुछ भारतीय डॉक्टरों के हाथों में छोड़कर अपने देश लौट जाएंगे। वो इस बात को समझेंगे कि इस क्षेत्र में महिलाओं को लाना कितना अहम है क्योंकि बहुत सी भारतीय महिलाएं अपना इलाज किसी पुरुष से नहीं कराना चाहती हैं। दो साल में तुम दोबारा परीक्षा दे सकती हो। तुम यक़ीनन कामयाब होगी।'

मनोरमा कहती हैं, 'तब तुम्हें एक और फ़ायदा होगा। चौधरी परिवार की बहू के रिज़ल्ट में हेरफेर करने से पहले परीक्षक दो बार सोचेंगे।'

प्रिया को घिन्न आ जाती है। मनोरमा की नीयत अच्छी है, लेकिन प्रिया चाहती है कि उसकी सफलता उसके अपने प्रयासों का नतीजा हो, न कि उसके ससुरालवालों के प्रभाव की।

'इस बीच,' अमित आगे कहता है, 'तुम अपने पिता के गांव के क्लिनिक को फिर से खोल सकती हो।'

बीना कहती हैं, 'तुम भाग्यशाली हो कि अमित इतना सहयोगी है।'

प्रिया इस बात से सहमत है। लेकिन घावों पर टांके लगाते और खांसी की दवाएं देते हुए एक गांव के क्लिनिक में दो साल बिताना एक पूरी ज़िंदगी के समान लगता है। और अगर बच्चा हो गया तो? वो कलकत्ता में रोज़ाना घंटों का प्रशिक्षण और रातभर की ड्यूटी कैसे निभाएगी? प्रिया को लगता है कि उसका सपना और दूर होता जा रहा है।

प्रिया की सहमति के विश्वास के साथ, अमित, मनोरमा और बीना सारी बारीकियों पर बात कर रहे हैं। शादी कब और कहां होनी चाहिए, किसे आमंत्रित किया जाना चाहिए और किसे नज़रअंदाज़ किया जा सकता

है, साल भर की शोक अवधि को कम करने के लिए कौन से शुद्धिकरण अनुष्ठान किए जाने चाहिएं। सपाट चेहरा लिए जामिनी अपने नाख़ूनों को घूरती है। केवल सोमनाथ प्रिया की ओर देख रहे हैं। फिर वो कहते हैं, 'मैं प्रिया का अपने परिवार में स्वागत करते हुए बहुत ख़ुश हूं, लेकिन मैं शादी में जल्दबाज़ी नहीं करना चाहता। मैं अभी भी अपने सबसे अच्छे दोस्त की भयानक मौत के शोक में हूं। मुझे महसूस हो रहा है कि प्रिया भी शोक में है, और शायद तुम सब लोग भी। मैं पूरी शोक अवधि का पालन करना चाहता हूं। फिर मैं उन सभी रीति-रिवाजों और समारोहों के साथ एक उचित शादी आयोजित करूंगा, जिसका मेरा इकलौता बेटा हक़दार है।'

हर कोई हैरान दिखता है, लेकिन सामान्यतः सौम्य स्वभाव वाले सोमनाथ ने अपनी बात इतने निर्णायक लहजे में कही है कि वो उनका विरोध करने से झिझकते हैं। प्रिया उन्हें गहरी कृतज्ञता के साथ देखती है। फ़िलहाल उन्होंने उसे बचा लिया है।

घर जाते समय, बीना पूरे रास्ते शादी टलने को लेकर शिकायत करती रहती हैं। जामिनी ख़ामोश ही रहती है। लेकिन प्रिया का दिल झूम रहा है। वो नहीं जानती कि भविष्य में क्या होने वाला है। लेकिन दरवाज़ा बंद होने की निश्चित आवाज़ से अनिश्चितता बेहतर है।

अगले दिन शतरंज के दौरान सोमनाथ कहते हैं, 'मुझे इससे ज़्यादा किसी चीज़ की इच्छा नहीं है कि मैं तुम्हें अपनी बहू के रूप में पा सकूं। तुम ये जानती हो। लेकिन मैं तुम्हारा सपना टूटते देखना सहन नहीं कर सकता। मैं चाहता हूं कि तुम कहीं और प्रवेश के लिए कोशिश करो। भारत के सारे मेडिकल कॉलेजों में महिला आवेदकों के प्रति एक जैसे पूर्वाग्रह होंगे। तुम्हें विदेश में आवेदन करना चाहिए। ऐसा जल्दी से जल्दी कर लो। अगर तुम्हें दाख़िला मिल गया, तो तुम्हारा ख़र्च मैं उठाऊंगा।'

विदेश? प्रिया ने ऐसा तो कभी सपने में भी नहीं सोचा था। उसे लगता है जैसे दुनिया उसके लिए फूल की तरह खुल रही है। लेकिन अमित का क्या?

'अमित तुमसे प्यार करता है,' सोमनाथ कहते हैं। 'मुझे यक़ीन है कि

वो बात को समझेगा। वैसे भी, तुम जाने से पहले शादी कर सकती हो।'

'आप तो सारे अनुष्ठानों और समारोहों के साथ एक पारंपरिक शादी चाहते थे ना?'

'मैंने ऐसा सिर्फ़ इसलिए कहा कि वो तुम पर दबाव डाल रहे थे। तुम मुझे जानती हो—मुझे उन भव्य समारोहों से चिढ़ है जहां मुझे भारी-भरकम, खुजली कर देने वाले कपड़े पहनने और ऐसे सैकड़ों लोगों का अभिवादन करने को मजबूर होना पड़ता है जिनके मुझे नाम तक याद नहीं होते।'

वो गेम को छोड़कर योजना बनाना शुरू कर देते हैं। वो इंग्लैंड के मेडिकल कॉलेजों में आवेदन नहीं करेगी; ये उसके पिता के साथ विश्वासघात होगा। भाषा भिन्नता के कारण यूरोप समस्या रहेगा; वैसे भी द्वितीय विश्व युद्ध के बाद वहां सब कुछ अस्त-व्यस्त है। सोमनाथ कहते हैं कि अमेरिका सही जगह हो सकता है। सामाजिक रूप से उन्नत, महिलाओं को अधिक स्वीकार करने वाला, और भारत के प्रति मित्रतापूर्ण।

प्रिया को नबकुमार के साथ बातचीत के अंश याद आ जाते हैं। 'क्या फ्रैंकलिन रूज़वेल्ट ने ये मांग नहीं की थी कि इंग्लैंड को भारत को उसकी आज़ादी दे देनी चाहिए? मैंने पढ़ा था कि इस बारे में उनके और चर्चिल के बीच एक बड़ी बहस हुई थी। और अमेरिका हमारे कई स्वतंत्रता सेनानियों के लिए शरण स्थल रहा है।'

'ये बिल्कुल सही लगता है,' सोमनाथ कहते हैं। 'इंतज़ार किस बात का कर रही हो?'

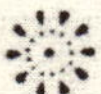

प्रिया बीना से जामिनी की अगली कलकत्ता यात्रा में उसके साथ जाने की अनुमति मांगती है। सोमनाथ और उसने एक विश्वसनीय बहाना गढ़ लिया है: सोमनाथ को एक महंगी कश्मीरी शॉल चाहिए, और वो उसे चुनने के लिए सिर्फ़ प्रिया पर भरोसा करते हैं। प्रिया ख़ुद को जिरह के लिए तैयार करती है, लेकिन सगाई के बाद से बीना उदार हो गई हैं। वो बस इतना कहती हैं, 'तुम्हें वही करना चाहिए जो तुम्हारे होने वाले ससुर चाहते हैं।' जामिनी को कुछ शक है, लेकिन प्रिया उसे देखकर बेजान सी मासूमियत

से मुस्कुरा देती है।

सोमनाथ के कलकत्ता वाले घर में प्रिया दीपा की खोजख़बर लेने के लिए रात को रज़ा को फ़ोन करती है। लेकिन कोई फ़ोन नहीं उठाता। आधी रात के आसपास वो हार मान लेती है; उसे कल के एडवेंचर के लिए आराम की ज़रूरत है, लेकिन उसे डर सा महसूस हो रहा है।

ड्राइवर द्वारा जामिनी को न्यू मार्केट ले जाए जाने के बाद मुंशीजी एक टैक्सी बुलाते हैं और प्रिया के साथ चौरंगी रोड पर एक ऊंची सफ़ेद इमारत पहुंचते हैं, जो अमेरिकन लाइब्रेरी का ठिकाना है। वो लॉबी में प्रतीक्षा करते हैं; सोमनाथ ने कहा है कि प्रिया को स्वतंत्र दिखाई देना चाहिए, अमेरिकी इसे पसंद करते हैं। पसीने से तर हथेलियों के साथ और हांफती हुई वो ऊपर जाती है ताकि लाइब्रेरियन मिसेज़ एवरी से मेडिकल कॉलेजों के बारे में पूछ सके। लेकिन उसका ध्यान भटककर किताबों पर चला जाता है, हज़ार से अधिक किताबें, एक के ऊपर एक शेल्फ़, और ये रहा मेडिकल अनुभाग, इतनी सारी चमकदार जिल्दों वाली किताबें, इतना सारा ज्ञान इंतज़ार करता हुआ। वो ईर्ष्या और ख़ुशी के साथ किताबों पर अपनी उंगलियां फिराती है और ऊपर आती हुई मिसेज़ एवरी उसके चेहरे को देखती हैं और मुस्कुराती हैं। वो बात करना शुरू करती हैं, प्रिया अपनी बौखलाहट भूल जाती है, वो अपने अंग्रेज़ी के शब्दों पर अटकती है लेकिन परवाह नहीं करती। मिसेज़ एवरी का लहजा अजीब है, लगता है जैसे वो बहुत बंगाली महिलाओं से नहीं मिली हैं, लेकिन वो समझ जाती हैं कि प्रिया क्या चाहती है। वो अलमारियों से किताबें निकालती हैं, पन्ने पलटती हैं, और अंत में एक लेख की ओर इशारा करती हैं।

'तुम्हें पेनसिल्वेनिया के विमेंस मेडिकल कॉलेज में आवेदन करना चाहिए। तुम उन सह-शिक्षा संस्थानों की तुलना में वहां अधिक सहज महसूस करोगी, जहां वैसे भी बस कुछ ही लड़कियों को दाख़िला दिया जाता है। विमेंस कॉलेज में तीन साल का कोर्स है, जो तुम्हारे लिए विदेश में पारंपरिक चार साल बिताने से ज़्यादा उपयुक्त हो सकता है। साथ ही, वो विदेशी छात्रों का स्वागत करते हैं। देखो, वहां से एक भारतीय महिला कोर्स पूरा कर चुकी हैं।'

प्रिया साड़ी और एक बड़ी सी नथनी पहने एक महिला की तस्वीर को घूरती है, जिनके बाल एक चोटी में बंधे हुए हैं। वो उम्र में प्रिया से बड़ी नहीं लगती थीं, आनंदीबाई जोशी जिन्होंने 1886 में पढ़ाई पूरी की थी। अगर वो आधी सदी पहले ऐसा कर सकती थीं, तो शायद प्रिया भी कर सकती है।

मिसेज़ एवरी कहती हैं कि अच्छी ख़बर ये है कि प्रिया को प्रवेश परीक्षा नहीं देनी होगी। इसके बजाय उसे एक आवेदन पत्र भेजना होगा जिसमें वो अपनी शिक्षा, मेडिकल अनुभव, पैसे का स्रोत और कारण बताए कि वो डॉक्टर क्यों बनना चाहती है। 'तुम्हें उन्हें विश्वास दिलाना होगा कि तुम एक अच्छी डॉक्टर बनोगी। तुम आधे रास्ते में हार नहीं मानोगी जैसा कि कभी-कभी महिलाएं करती हैं। क्या तुम ये कर सकती हो?'

प्रिया ने सहमति में सिर हिलाया लेकिन वो अनिश्चित है। वो प्रोफ़ेसर—कॉलेज की तस्वीरों में वो लंबी-लंबी ड्रेस और चश्मा पहने कठोर चेहरों वाले लोग हैं—बंगाल के एक छोटे से गांव की लड़की के सपनों की परवाह क्यों करेंगे?

मिसेज़ एवरी कहती हैं, 'तुम मुझसे बात कर सकती हो कि तुम क्या लिखना चाहती हो। चलो इससे शुरुआत करते हैं कि तुम डॉक्टर क्यों बनना चाहती हो।' वो प्रिया को कोने में एक मेज़ पर ले जाती हैं। उनके कछुए के ख़ोल वाले चश्मे के पीछे, उनकी आंखें तेज़ लेकिन दयालुतापूर्ण हैं।

प्रिया झिझकते हुए शुरुआत करती है, लेकिन फिर सब कुछ बाहर आ जाता है—उसकी इच्छा, उसका प्यार, उसके पिता, उसकी प्रेरणा, गांव का वो छोटा सा क्लिनिक जहां वो उनके साथ काम करती थी। कैसे वो एक साथ मिलकर जानें बचाते थे, कैसे वो इतने अचानक और इतने निरर्थक तरीक़े से मर गए, कैसे वो ये उन दोनों के लिए कर रही है। 'अगर मुझे सही प्रशिक्षण मिल जाए, तो मैं ऐसी हज़ारों अशिक्षित और ग़रीब महिलाओं की मदद कर सकती हूं, जो कभी पुरुष डॉक्टर के पास नहीं जाती हैं, उन महिलाओं की जो मर रही हैं—'

मिसेज़ एवरी अपनी आंखें पोंछती हैं। 'तुमने जो मुझसे कहा, उसे लिखो। दिल से लिखो। मुझे लगता है तुम्हारी कहानी उन्हें राज़ी कर लेगी।'

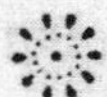

शाम को प्रिया रज़ा का नंबर फिर से आज़माती है। और फिर दोबारा। कल वो वापस रानीपुर चले जाएंगे। अगर वो आज रात उससे संपर्क नहीं कर सकी, तो उसे पता नहीं चलेगा कि दीपा किस हाल में है। जब वो लगभग निराश हो जाती है, तब रज़ा की आवाज़ सुनाई देती है, थकी हुई और परेशान; वो कारण पूछने से डरती है। वो उससे केवल इतना कहती है कि वो और जामिनी कल सुबह नौ बजे न्यू मार्केट के उस छोटे से ढाबे में दीपा से मिलना चाहते हैं। वो संदेश पहुंचाने के लिए सहमत हो जाता है।

अब प्रिया अपना पत्र लिखने के लिए अपने बेडरूम में चली जाती है। वो इसमें अपना दृढ़ संकल्प, अपनी चिंता, अपनी उम्मीद सब कुछ उंडेल देती है। अपने पिता के साथ काम करने के बारे में अपनी सारी कहानियां। वो पूरी तरह ईमानदार है। चिट्ठी पूरी हो जाने के बाद वो लिफ़ाफ़े को सील करती है। अब सब कुछ ब्रह्मांड के हाथों में है।

अचानक प्यास लगती है, तो वो पानी लाने का फ़ैसला करती है लेकिन जामिनी का दरवाज़ा खुला हुआ है। वो अपने बिस्तर पर बैठी प्रिया से बात करने का इंतज़ार कर रही है।

'तुम किस चक्कर में हो? तुम एक शॉल ख़रीदने के लिए तो इतनी दूर कलकत्ता नहीं आई हो। तुम इतने समय से अपने कमरे में क्या कर रही थीं?' उसकी आवाज़ नर्म पड़ जाती है। 'मुझे बताओ। मैं वादा करती हूं कि इसे अपने तक ही रखूंगी।' वो तब तक मनाती रहती है जब तक प्रिया हार नहीं मान लेती क्योंकि उसका एक हिस्सा अपने सपने को साझा करना चाहता है।

जामिनी नाराज़ नहीं लगती। 'अमित के बारे में क्या सोचा है?' वो पूछती है। 'अगर तुम्हें दाख़िला मिल गया तो वो क्या करेगा?'

प्रिया जामिनी से अमित के बारे में बात नहीं करना चाहती। लेकिन जामिनी उसे तब तक उम्मीद से देखती रहती है जब तक वो बोल नहीं देती, 'उस स्थिति में मेरे जाने से पहले हम शादी कर लेंगे। सोमनाथ काकू ने ऐसा कहा है।'

'ओ।' एक सपाट आवाज़। फिर जामिनी आगे को झुकती है और उसे एक चुंबन देती है। 'मैं तुम्हारी सफलता की कामना करती हूं, छोटी बहन। मैं जानती हूं कि ये तुम्हारे लिए कितने मायने रखता है। और चिंता मत करो, मैं तुम्हारा रहस्य अपने तक रखूंगी। पक्का—' वो अचानक पेशेवर ढंग से ख़ामोश होती है। 'देर हो चुकी है। हमें सो जाना चाहिए। हमें दीपा से मिलने के लिए जल्दी उठना होगा।'

क्या मैं अपनी इस बहन को कभी समझ पाऊंगी, प्रिया सोचने लगती है।

13

दीपा

उस गंदे से ढाबे में एक तंग, पर्दे वाले बूथ के अंधेरे कोने में एक साथ फंसी बैठी: प्रिया, जामिनी, दीपा। उसने इसे इसलिए चुना कि ये कैश रजिस्टर से सबसे दूर है, और उसे उम्मीद है कि आज ड्यूटी पर मौजूद युवक यहां से उनकी आवाज़ नहीं सुन सकेगा। वो पहले ही तीनों लड़कियों को कुछ ज़्यादा ही उत्सुकता से देख रहा है जो क़द-काठी में एक-दूसरे के इतने समान हैं लेकिन जिनके कपड़े इतने भिन्न हैं: दो साड़ियां, एक बुर्क़ा।

अंधेरे बूथ में दीपा अपना नक़ाब उठाती है लेकिन बुर्क़ा पहने रहती है। वो नहीं चाहती कि उसकी बहनें उसे सलीमा की ढीली-ढाली शलवार क़मीज़ में देखें, वो उन्हें ये नहीं बताना चाहती कि उसे अपनी प्यारी साड़ियां छोड़नी पड़ीं, क्योंकि जब वो उन्हें पहनती थी तो इमारत की महिलाएं उसे घूरकर देखती थीं।

चटके हुए कपों में गुनगुनी चाय। नाश्ते के लिए अतिरिक्त पैसे नहीं हैं। उसका पेट ग़ुर्राता है; समय पर यहां पहुंचने के लिए उसे नाश्ता तैयार होने से पहले ही सलीमा के फ़्लैट से निकलना पड़ा था। वो अपनी बहनों को दोष नहीं देती; उन्हें ट्रेन पकड़नी है। गर्वित, उत्साहित, रुष्ट, वो उसे अपनी ख़बर बता रही हैं। प्रिया को अनुचित तरीक़े से परीक्षा में फ़ेल कर दिया गया, वो अब अमेरिका के लिए कोशिश कर रही है, वो जल्द ही

शादी कर सकती है। जामिनी नए और अधिक लोकप्रिय डिज़ाइन बनाने में मां की मदद कर रही है, न्यू मार्केट के दुकानदार उसे पसंद करते हैं, वो उसके साथ मज़ाक़ करते हैं और उसे अच्छी क़ीमत देते हैं। दीपा उनके साथ हमदर्दी प्रकट करती है, बधाई देती है, शुभकामनाएं देती है। वो दिल से ऐसा कर रही है, कैसे नहीं करेगी, वो अपनी बहनों से प्यार करती है। लेकिन उनका जीवन आगे बढ़ चुका है। उनका दीपा के आकार का गड्ढा उस तरह ढक चुका है जिस तरह तालाब पर काई जमा हो जाती है और कुछ समय बाद सब भूल जाते हैं कि कभी इस काई के नीचे चमकता हुआ पानी हुआ करता था।

और उसकी ज़िंदगी—अपने घर में सुरक्षित सो रही वो दोनों कैसे इसकी कल्पना कर सकती हैं? वो प्यार से, स्वाभिमान से, इस डर से उनके सामने आधे सच बोलती है कि वो कहेंगी कि ये सब तुम्हारा अपना किया-धरा है। उसे रज़ा की बदौलत मुस्लिम लीग के ऑफ़िस में नौकरी मिल गई है। वो उन भाषणों को लिखती है जो नेता देते हैं, उन नारों को लिखती है जिन्हें कार्यकर्ता दीवारों पर पेंट करते हैं। वो कुशल है, वो कड़ी मेहनत करती है, ऑफ़िस के लोग उसे पसंद करते हैं, वो दयालु हैं। वो अपनी बहनों को ये नहीं बताती है कि सब समझते हैं कि वो सलीमा की कज़िन आलिया है जो बर्दवान से घूमने आई थी और उसे ये बड़ा शहर इतना पसंद आ गया कि वो यहीं रुक गई। कि ऑफ़िस में राजनीतिक मनोदशा दिन-ब-दिन और ज़्यादा उग्र होती जा रही है, कि उसे बहुत कम पैसा मिलता है, कि अभी भी उसके किराए का कुछ हिस्सा रज़ा को चुकाना पड़ता है। छोटे से फ़्लैट के स्टोर रूम में जिसे सलीमा ने उसके लिए ख़ाली कर दिया था, अपने तंग पलंग पर लेटकर कभी-कभी उसे लगता है कि उसका दम घुट रहा है।

सौभाग्य से, तब तक समय समाप्त हो जाता है जब तक जामिनी और प्रिया उसकी कहानी में कमियां निकालतीं, जब तक वो उससे वो सवाल पूछतीं जिसका उसके पास कोई जवाब नहीं है: *इसका भविष्य क्या है?* तीनों लड़कियां चिपचिपी मेज़ के आर-पार हाथ पकड़ती हैं और वादा करती हैं कि वो संपर्क में रहेंगी। क्या दीपा इसलिए पहले निकल जाती है कि उसे ऑफ़िस के लिए देर न हो? नहीं, ऐसा इसलिए है कि उसे अपनी

बहनों को जाते हुए न देखना पड़े, ताकि आख़िर में वो अकेली न रह जाए।

मुस्लिम लीग का कार्यालय, जो कि पार्क सर्कस गली में एक भीड़ भरा कमरा है, गपशप और मैत्रीपूर्ण गंधों से भरा हुआ है। भाप देती चाय, सड़क किनारे के पकौड़े। दावत वाले दिनों में अमीर सदस्य बिरयानी, कटलेट, और प्याज़ व हरी मिर्च से सजे सीख़-कबाब लाते हैं; मांस बेशक हलाल होता है। दीपा अपनी थाली अन्य चीज़ों से भरती है लेकिन सावधानी से ताकि किसी को पता न चले कि वो बीफ़ नहीं खा रही है।

लीग में ज़्यादातर पुरुष हैं, लेकिन दीपा की ख़ुशक़िस्मती से कुछ महिलाएं भी हैं क्योंकि स्वतंत्रता के मक़सद के लिए सभी को काम करना चाहिए। आज दयालु और वात्सल्य भरी ज़ाहिरा दीपा को उस कोठरी में बैठने के लिए अपने पास आने का इशारा करती हैं जहां महिलाएं काम करती हैं। दीपा दो पकौड़े उठा लेती है; उनसे लंच ब्रेक तक काम चलाना होगा, जब वो वापस भागकर फ़्लैट में जाएगी और वो नाश्ता खाएगी, जो कि उसे उम्मीद है कि सलीमा ने उसके लिए छोड़ दिया होगा। जल्द ही वो कल इस्लामिया कॉलेज में देने के लिए लीग के जुझारू सदस्य अमीनुल मियां का भाषण लिखने में व्यस्त हो जाती है।

जब रज़ा आता है, तो दीपा को दरवाज़े की ओर पीठ होने पर भी इसका अहसास हो जाता है; उसकी नज़र ठंडी हवा की तरह है। वो कमरा पार करने में अपना समय लेगा। उसने संगठन में तरक़्क़ी कर ली है और उसे सभी से सलाम-दुआ करना होगा। इससे पहले कि वो अस्सलाम अलैकुम कहता हुआ महिलाओं के क्षेत्र में जाए, उसे महत्वपूर्ण पत्राचार और ज़रूरी काम देखने और सवालों के जवाब देने होंगे। उन्होंने ऑफ़िस में अपने रिश्ते को गुप्त रखा है। दीपा के सहकर्मी बस इतना जानते हैं कि रज़ा के क्लिनिक की सलीमा ने उससे कहा कि क्या वो उसकी कज़िन को कोई नौकरी दिला सकता है और रज़ा ने मदद कर दी। लोग दीपा को पसंद करते हैं क्योंकि वो शांत और उपयोगी है और पेचीदा काम करती है। वो अपने बुर्क़े—यहां तक कि दुपट्टे को भी—छोटे शहर की आकर्षक शालीनता के साथ पहने रखती है। सबसे अच्छी बात ये है कि वो कोई

राय व्यक्त नहीं करती और एक औरत में ये बात किसे पसंद नहीं होती।

लेकिन आज दीपा कुछ परेशान सी है। एक आदमी लेट है, वो मूर्ख हिंदुओं को कोसता हुआ आता है जिन्होंने उसकी सड़क को ब्लॉक किया हुआ था। वो आगामी दुर्गा पूजा के लिए पंडाल बनाने का सामान ले जा रहे थे कि तभी लॉरी का पिछला हिस्सा खुल गया, सारी सड़क पर खंभे और तंबू के कैनवस बिखर गए, और उन घोंचुओं को चीज़ें हटाने में इतना समय लग गया। कोई और कहता है कि उत्सव ख़त्म होने तक ये बदतर ही होता जाएगा, सारे शहर में विधर्मी छवियों को देखने के लिए भीड़ घूमती रहेगी। दूसरे लोग भी अपनी-अपनी टिप्पणियां और शिकायतें जोड़ते हैं। कुछ लोग दुर्गा की प्रतिमा का मज़ाक़ उड़ाते हैं। एक भैंसा-राक्षस से लड़ने के लिए शेर पर खड़ी एक औरत? बकवास।

'इसीलिए,' अमीनुल फुफकारता है, 'हमारे पास अपना देश होना चाहिए जहां ऐसी हराम प्रथाओं पर पाबंदी हो। नोआखाली में मेरे दोस्त इसके लिए पूरा ज़ोर लगा रहे हैं। उनके पास सही सोच है। यहां कलकत्ता में हम पक्के डरपोक हैं।'

उसकी आवाज़ में भरी नफ़रत से दीपा तनाव में आ जाती है। उसे हमेशा से ही दुर्गा से प्यार रहा है, एक व्यावहारिक देवी जो अपनी समस्याओं के समाधान के लिए किसी पुरुष का इंतज़ार नहीं करतीं। रानीपुर में लोग अब दुर्गा मंदिर की सफ़ाई कर रहे होंगे, मंदिर की सीढ़ियों को अल्पना, फूलों, पक्षियों, हाथियों और तितलियों से सजा रहे होंगे, जबकि पुजारी पीतल की थालियों और घंटियों, और सौ बत्ती वाले दीपदानों को चमका रहे होंगे। प्रार्थनाएं, नाटक, गीत, सोमनाथ काका द्वारा प्रायोजित भोज, केले के पत्तों पर परोसी गई खिचड़ी और तले हुए बैंगन। लोग ऐसे ख़ुशी के जश्न से नफ़रत क्यों करेंगे?

तन्हाई से उसका गला दुखने लगता है। क्या कोई आदमी—यहां तक कि रज़ा भी जिसे वो दिल की गहराइयों से प्यार करती है—संस्कृति, परिवार, समुदाय, उसके अस्तित्व में बुनी हुई पीढ़ियों की परंपराओं को खोने की भरपाई कर सकता है? शायद अभी भी देर नहीं हुई है, शायद वो वापस जाकर बीना से माफ़ी मांग सकती है।

'तुम शाम की नमाज़ में आ रही हो, आलिया?' ज़ाहिरा पूछती हैं। आज शुक्रवार है, जब पूरा ऑफ़िस सूर्यास्त के समय मग़रिब में भाग लेने के लिए पास की मस्जिद-ए-मुहम्मदी में जाता है। दीपा हमेशा अपनी सहकर्मियों के साथ महिला खंड में शामिल होती है। शुरू में तो वो बुरी तरह डरती थी कि कहीं कोई ग़लती न हो जाए, लेकिन सलीमा ने उसे बार-बार अभ्यास कराया और अब उसे सोचना भी नहीं पड़ता है। खड़ी होना, घुटनों के बल झुकना, माथे को ज़मीन पर लाना, दुनिया को दुआ देते हुए सिर को दोनों और घुमाना। शब्दों की चिंता मत करना, बस अपने होंठ हिलाना, भली औरतें ख़ामोशी से नमाज़ पढ़ती हैं। अब तो उसे मस्जिद में प्रवेश करने से पहले बाथरूम में जमा होना, फुसफुसाना और खिलखिलाना पसंद भी आने लगा है। लेकिन आज उसमें इतना धोखा देने की ताक़त नहीं है।

'तबीयत ठीक नहीं लग रही है,' वो कहती है।

'आह, महीने का समय, है ना? पेट में दर्द है? तुम्हें एस्प्रिन चाहिए? क्या मैं रज़ा से कहूं कि तुम्हें जल्दी जाने दें?'

वो सिर हिलाती हैं। 'प्लीज़ आप पूछ सकती हैं कि क्या मैं अमीनुल साहब का भाषण पूरा करने के बाद चली जाऊं?'

'ज़रूर। मुझे पता है वो हां कहेंगे—और वो तुम्हारे लिए परेशान भी होंगे।'

दीपा चौंक जाती है और ज़ाहिरा हंसने लगती हैं। 'क्या? तुम्हें लगता है कि लोगों ने देखा नहीं है कि वो तुम्हें किस तरह देखते हैं? आह, जवान मुहब्बत!' वो खिलखिलाती हुई भाग जाती हैं।

दीपा भाषण को—हमेशा की तरह वही आग्रह कि अच्छे मुसलमान अपने भाइयों की सेवा में एकजुट हों, अपने देश की मांग करें और चंदे के ज़रिए लीग का समर्थन करें—अमीनुल की मेज़ पर रख देती है। वो भौंहें सिकोड़ता है, लेकिन वो जल्दी से अपना हाथ माथे तक उठाकर आदाब करती है और इससे पहले कि वो उससे थोड़े और कड़े शब्दों का इस्तेमाल करने को कहे, वो वहां से निकल जाती है।

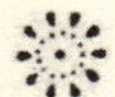

घंटी बजती है। नहाई-धोई, कंघा की हुई, अपनी सबसे अच्छी साड़ी पहने दीपा फ़्लैट के दरवाज़े की ओर दौड़ती है, लेकिन रज़ा अकेला नहीं है। उसके साथ उसके मामा हैं।

कलकत्ता आने के बाद दीपा ने अब्दुल्लाह को केवल एक बार देखा है। वो उसे नोटों की एक पतली सी गड्डी देने के लिए फ़्लैट पर आए थे और उससे कहा था कि अगर उसे और पैसों की ज़रूरत हो तो वो उन्हें बता दे। वो देख सकती थी कि वो अपने दोस्त की बेटी की मदद करने की इच्छा और इस चाह के बीच दुविधा में फंसे थे कि उनके भानजे के गले ये मुसीबत न पड़ती। दीपा ने उनकी मदद के लिए आभार जताया—रज़ा ने उसे बताया था कि अब्दुल्लाह ने ही सलीमा को उसे अपने साथ रखने के लिए राज़ी किया था। लेकिन वो उनके लहजे की तेज़ी, उनकी स्पष्ट अस्वीकृति से आहत थी। उसने उनसे दोबारा कभी संपर्क करने की कोशिश नहीं की है, हालांकि कभी-कभी वो उनसे सलाह लेना चाहती है। रज़ा अद्भुत, समझदार और जोशीला है, वो अपने दिन बिताने में उसकी मदद करता है, लेकिन धोखे की कला में वो भी दीपा की तरह अनुभवहीन है।

लगता है दीपा की चाहत पूरी होने वाली है।

अब्दुल्लाह सलीमा के नाश्ते के प्रस्ताव को ठुकरा देते हैं और उससे बच्चों को बेडरूम में रखने को कहते हैं। वो नहीं चाहते कि बच्चे वो बातें सुनें जो वो अभी करने वाले हैं। वो दीपा से कहते हैं कि मुसलमानों और हिंदुओं के बीच हालात ख़राब होते जा रहे हैं। फिर से डाइरेक्ट एक्शन डे बस होने को है—शायद कलकत्ता में न हो, जहां सेना सतर्क है, लेकिन निश्चित रूप से बड़ी मुस्लिम आबादी वाले अन्य शहरों में हो सकता है।

रज़ा ने इक़रार में सिर हिलाया; उसका चेहरा काला पड़ा हुआ है। 'गुप्त संदेशों का आदान-प्रदान चल रहा है।'

अब्दुल्लाह कहते हैं, 'अगर लीग ऑफ़िस में या यहां इमारत में किसी को ये अंदाज़ा हो गया कि तुम मुस्लिम नहीं हो, सिर्फ़ मुस्लिम होने का दिखावा कर रही हो, तो उन्हें फ़ौरन यही लगेगा कि तुम जासूस हो,

और रज़ा और सलीमा तुम्हारे सहयोगी हैं। मुझे सोचते हुए भी डर लगता है कि वो तुम सबके साथ क्या करेंगे।'

तीखी आवाज़ में डरी हुई सलीमा: 'मैं ये ख़तरा मोल नहीं ले सकती, डॉक्टर साहब। अगर मुझे कुछ हो गया तो मेरे बच्चों को कौन संभालेगा?'

दीपा के हाथ कांपने लगते हैं। वो जानती है कि क्या होने वाला है।

'मुझे अफ़सोस है।' अब्दुल्ला का स्वर निर्दयी नहीं है, लेकिन दृढ़ है। 'तुम्हारे सामने सिर्फ़ दो विकल्प हैं। एक है रानीपुर में अपने परिवार के पास वापस जाना—'

उसके मन में बीना का ग़ुस्से से भरा चेहरा उभर आता है; वो जानती है कि वो ऐसा नहीं कर सकती।

'—और दूसरा है तुरंत धर्म परिवर्तन करना।'

रज़ा उसका हाथ पकड़ लेता है। वो भी जानता है कि दीपा के लिए घर लौटना असंभव है। 'एक बार तुम धर्म परिवर्तन कर लोगी, जान, तो हम शादी कर सकते हैं। इससे मुझे बहुत ख़ुशी होगी।'

अब्दुल्लाह कहते हैं, 'मुझे उत्तरी कलकत्ता में एक छोटी सी मस्जिद पता है। मुल्ला बहुत समझदार हैं और मेरे दोस्त हैं। रज़ा तुम्हें धर्म परिवर्तन के लिए वहां ले जाएगा। वास्तविक निकाह पार्क सर्कस की मस्जिद में होना चाहिए। रज़ा लीग के सदस्यों को जश्न के लिए आमंत्रित कर लेगा। लीग दिन-ब-दिन ज़्यादा शक्तिशाली, ज़्यादा ख़तरनाक होती जा रही है। लेकिन जब तुम उनमें से एक हो जाओगी, जब वो तुम्हारा नमक खा लेंगे, तो तुम सुरक्षित रहोगी।' वो विनाशकारी ढंग से आगे कहते हैं, 'अगर तुम्हारे पिता को उस समस्या का पता होता जो तुमने पैदा की है, तो वो भी यही सलाह देते।'

दीपा, जिसके होंठ सुन्न पड़ चुके हैं: 'मुझे सोचने के लिए कुछ समय चाहिए, प्लीज़।'

रज़ा की आंखें सहानुभूति से भरी हैं। उसने कई बार दीपा के ये बताने पर उसके आंसू सुखाए हैं कि उससे प्यार करने के लिए बीना ने किस तरह दीपा को बाहर निकाल दिया था। वो जानता है कि इसके बावजूद दीपा ने

अपनी मां से प्यार करना नहीं छोड़ा है।

अब्दुल्लाह कहते हैं, 'तुम्हारे पास कल तक का वक़्त है। मैं इससे ज़्यादा वक़्त तक तुम्हें रज़ा को ख़तरे में नहीं डालने दे सकता।'

वो चले जाते हैं, सलीमा खाना परोसती है, दीपा खा नहीं पाती। वो सिरदर्द की शिकायत करती है और अपने कमरे में चली जाती है, लेकिन वो आराम भी नहीं कर पाती। जब सलीमा बच्चों को सुलाने के लिए ले जाती है, तो वो बाहर आकर फ़र्श पर बैठ जाती है। उसे लगता है कि वो कुर्सी के लायक़ भी नहीं है, वो जिसने अपनी ज़िंदगी में हर किसी को परेशानी के अलावा कुछ नहीं दिया है। सलीमा आती है और दीपा के पास बैठ जाती है, वो उसकी पीठ सहलाती है। उसका गीला चेहरा खिड़की से आ रही टूटी सी रौशनी में चमक रहा है।

दीपा ने सोच लिया है कि उसे क्या करना चाहिए।

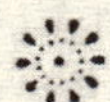

अगली रात अपनी टहल के दौरान दीपा रज़ा से कहती है कि वो धर्म परिवर्तन नहीं कर सकती। 'मैं धार्मिक नहीं हूं, लेकिन हिंदू होना मेरी ख़ून में बसा हुआ है। साथ ही, अगर मैं मुसलमान बन गई तो मां से कभी मेरी सुलह नहीं होगी। वो इसे अपने प्रति, बाबा के प्रति सबसे बड़े विश्वासघात के रूप में देखेंगी। मैं ये सहन नहीं कर सकती।'

बुर्क़ा उसकी पीड़ा को छिपा लेता है, लेकिन रज़ा की पीड़ा से नहीं बचा सकता। रज़ा का चेहरा बुझे हुए दीपक जैसा लग रहा है।

'तो क्या ये अंत है? क्या तुम अलविदा कह रही हो? क्या तुम इतने समय से बस मेरे साथ खेल रही थीं जबकि मैंने तुम्हारे लिए अपनी जान जोखिम में डाल दी थी?' वो ग़ुस्से में है, और फिर चिंतित है क्योंकि वो एक अच्छा आदमी है। 'मगर तुम करोगी क्या? तुम गांव वापस जा नहीं सकतीं—'

'मुझे कहीं नहीं जाना है। मैं तुमसे प्यार करती हूं।' दीपा कभी इतनी भयभीत नहीं हुई है, तब भी नहीं जब बीना ने उसे घर से निकाला था। वो प्रार्थना करती है कि वो उसकी योजना में तर्क को समझेगा, जो एक ही

साथ सरल भी है और पेचीदा भी।

जब वो योजना को सुनता है, तो ग़ुस्से से बहस करता है। मूर्खतापूर्ण, अव्यावहारिक, ख़तरनाक, जैसे किसी उपन्यास से ली गई हो, जिसे पूरा करना असंभव है, ज़रा सी भी जांच के सामने ये बिखर जाएगी...

जब तक उसके सारे एतराज़ ख़त्म नहीं हो जाते, वो ख़ामोश रहती है। जब तक—क्योंकि वो उसे प्यार करता है—वो ये नहीं सोचना शुरू कर देता कि इसे कारगर कैसे बनाया जाए।

सोमवार को रज़ा और दीपा दोनों बीमारी की छुट्टी ले लेते हैं। वो जानते हैं कि इस पर बातें बनाई जाएंगी; वो यही चाहते हैं। वो बर्दवान के लिए ट्रेन लेते हैं जहां वो एक जीर्ण-शीर्ण मस्जिद में जाते हैं जिसे रज़ा ने अपनी राजनीतिक यात्राओं के दौरान देखा था। वो अलग-अलग प्रवेश करते हैं, और अपने-अपने खंडों में चले जाते हैं। अभी नमाज़ का निर्धारित समय नहीं है; मस्जिद लगभग ख़ाली है। नमाज़ के बाद रज़ा इमाम को सलाम करता है और कुछ मिनट बातें करता है। वो चले जाते हैं—फिर से अलग-अलग। बाद में एक ढाबे के पर्दे वाले बूथ में वो निकाह के क़रारनामे पर दस्तख़त करते हैं जो रज़ा ने पहले ही कलकत्ता से ले लिया था। वो पहले ही अलग-अलग पेनों से दो अन्य ज़रूरी फ़र्ज़ी दस्तख़त कर चुका है। अब वो इमाम का नाम जोड़ता है। अपनी आत्मा को दग़ा दे रहा हूं, वो किसी हद तक मज़ाक़ में कहता है। क़रारनामा उर्दू में है; दीपा को पता नहीं कि वो किस बात के लिए सहमति दे रही है। रज़ा कहता है, अब बहुत देर हो चुकी है। वो उसे चपत लगाती है, वो उसे पकड़ लेता है और उसकी बांह पर चुंबन करता है। दीपा इतनी व्याकुल है कि उसे कुछ भी खाने की इच्छा नहीं है, लेकिन जब चिकन बिरयानी आती है तो उसे पता चलता है कि उसे भूख लगी है। वो अपनी बिरयानी और रज़ा के हिस्से की भी कुछ बिरयानी ख़त्म कर देती है।

अगली सुबह वो एक साथ ऑफ़िस पहुंचते हैं। रज़ा अपने साथियों के सामने क़ुबूल करता है कि उन्होंने बर्दवान में एक छोटे से निजी समारोह में शादी कर ली है क्योंकि आलिया चाहती थी कि शादी उसके गृहनगर में

हो। दीपा की भूमिका आसान है; वो बुर्क़े में चेहरा छिपाए सिर झुकाए खड़ी है। रज़ा बताता है: हाल ही में उनके परिवार में हुई एक मौत की वजह से वो बहुत धूमधाम नहीं चाहते थे। कमरे में शोर मच जाता है, हर कोई एक साथ बात कर रहा है, मुबारकबाद दे रहा है, शिकायत कर रहा है, देर से ही सही कोई जश्न मनाने को कह रहा है। हां बिल्कुल, रज़ा कहता है। उसके लीग परिवार की दावत होगी।

वलीमे की दावत छोटी लेकिन उत्सवपूर्ण है। एक रेशमी बुर्क़ा पहने दीपा रज़ा की बग़ल में एक सजावटी सोफ़े पर है। वो चुपके-चुपके अपनी घबराई हुई हथेलियों को अपने लबादे पर पोंछती है। अगर किसी ने उनके धोखे को देख लिया तो क्या होगा? हो सकता है कि यहां कोई बर्दवान से हो और वो उससे ऐसे सवाल पूछ ले जिनका जवाब देने में वो पूरी तरह नाकाम रहे। अगर कोई उस छोटी सी मस्जिद को, उन बूढ़े इमाम को जानता हो तो? लेकिन शाम आसानी से बीत जाती है। लीग के सदस्य उसे भाभी कहकर बुलाते हैं और उसे तोहफ़े में रुपयों के लिफ़ाफ़े देते हैं, महिलाएं उसे घर भर बच्चों की शुभकामनाएं देती हैं, हर किसी का मानना है कि खाना लज़ीज़ है।

फिर अब्दुल्लाह उन्हें आशीर्वाद देने के लिए आगे आते हैं। रज़ा अपने घर गया था और उसने समझाया था कि दीपा का धर्मांतरण किसी दूसरे शहर में करना अधिक सुरक्षित लगता है, क्योंकि इस तरह लीग के सदस्यों के इमाम के पास जाने की संभावना कम होगी। 'चूंकि हम वहां गए ही थे, इसलिए हमें लगा कि शादी को भी निपटा ही लिया जाए। हम दोनों में से कोई भी बड़ा समारोह नहीं चाहता था।'

अब्दुल्लाह ने इस कहानी को कोई चुनौती नहीं दी थी, लेकिन रज़ा देख सकता था कि उन्हें शक है और वो नाख़ुश हैं। 'ग़लत किया,' उन्होंने कहा। 'कलकत्ता में सार्वजनिक निकाह बेहतर रहता।' और फिर, 'अब कभी उसे दीपा मत बुलाना, अकेले में भी नहीं। तुम दोनों को मान लेना चाहिए कि दीपा का कभी वजूद ही नहीं था।'

अच्छी सलाह, लेकिन जब रज़ा ने उसे बताया तो उसका पूरा वजूद सिहर उठा। *दीपा का कभी वजूद ही नहीं था।* उसने रज़ा के मुंह को शब्दों

का आकार लेते हुए देखा और ख़ुद को थोड़ा सा मरते हुए महसूस किया।

अब्दुल्लाह दुआ के रिवायती शब्द बोलते हैं और उन्हें एक मोटा सा ख़ूबसूरत लिफ़ाफ़ा देते हैं। वो दीपा के धन्यवाद का विनम्रता से उत्तर देते हैं, लेकिन उनकी आंखें ठंडी हैं।

वो कह रही हैं *मुझे पता है तुमने क्या किया है—बल्कि, तुमने क्या करने से इंकार किया है।*

वो कह रही हैं *तुम मेरे भानजे की बर्बादी बनोगी।*

14

प्रिया

आज हफ़्तों के इंतज़ार के बाद वो काशीराम को आवाज़ देते सुनती है। 'आपके लिए चिट्ठी है, दीदीमोनी। अमरीका से। अगर अच्छी ख़बर हुई, तो मैं बड़ी बख़्शीश लूंगा!'

काग़ज़ चिकना और महंगा, क्षितिज की तरह नीला। साफ़ काले बड़े अक्षरों में टाइप किया हुआ उसका नाम। उसे कभी टाइप की हुई चिट्ठी नहीं मिली। या किसी दूसरे देश से आई चिट्ठी। शीर्ष पर रंगीन टिकटों की क़तार, हेलमेट पहने सैनिक, बंदूक़ें तैयार। गुआडलकैनाल, तरावा, कोरल सागर। उभरे हुए अक्षरों में प्रेषक का नाम लिखा हुआ है: विमेंस मेडिकल कॉलेज ऑफ़ पेनसिल्वेनिया। उसकी सांसें उसके गले में अटक जाती हैं। वो आधी सीढ़ियां चढ़ चुकी है कि वो उसे फिर से आवाज़ देता है। 'मैं भूल गया। आपका एक और पत्र भी है। इस पर भेजने वाले का नाम नहीं है।'

प्रिया लिखावट पहचान लेती है। दीपा। उसकी सांस फिर से अटक जाती है। एक महीने पहले कलकत्ता में मिलने के बाद प्रिया ने अपनी बहन को दो बार चिट्ठी लिखी है, लेकिन दीपा ने उसे ये पहला पत्र भेजा है। प्रिया उसे लेकर चिंतित है; उसने उसे बहुत याद किया है, ख़ासकर दुर्गा पूजा के दौरान। तीनों बहनों का एक साथ मंदिर जाना उनका रिवाज था। इस साल जामिनी के साथ अकेले जाते हुए प्रिया को ऐसा लग रहा था जैसे

उसके शरीर का एक अंग काट दिया गया हो। वो पत्र को अपने बटुए में सरका देती है ताकि जब अकेली हो तब उसे पढ़े।

उसे एक बार फिर सोमनाथ को उनकी झपकी से जगाना पड़ेगा। जब उन्हें अहसास होता है कि वो उन्हें क्या पकड़ा रही है तो उनकी जम्हाई बीच में ही टूट जाती है। लिफ़ाफ़े को फाड़कर खोलते हुए उनकी उंगलियां कांप रही हैं; इन पिछले कुछ महीनों में वो बूढ़े हो गए हैं। फिर वो जीत की ख़ुशी से चिल्ला पड़ते हैं। 'तुमने कर दिखाया, मेरी बच्ची!'

प्रवेश समिति का पत्र संक्षिप्त और पेशेवर है। प्रिया को अहसास होता है कि वो समय बर्बाद करना पसंद नहीं करते। वो भी समय बर्बाद करना पसंद नहीं करती; उनकी आपस में अच्छी बनेगी। वो लिखते हैं कि विमेंस कॉलेज उसके निजी वर्णन से प्रभावित है। यदि वो यात्रा, ट्यूशन और बोर्डिंग का ख़र्च वहन कर सकती हो तो वो उसे परिवीक्षाधीन प्रवेश देंगे। अगला शैक्षणिक सत्र जनवरी में शुरू होगा, उसे उससे पहले पेनसिल्वेनिया पहुंचना होगा। यदि वो उन अन्य छात्राओं की बराबरी पर आ सके, जो कुछ महीने पहले से ही कोर्स में शामिल हैं, तो उसे जारी रखने और अपनी डिग्री प्राप्त करने की अनुमति दे दी जाएगी। चिट्ठी इस तरह पूरी हुई: *आपके मामले को कलकत्ता में अमेरिकन लाइब्रेरी की मिसेज़ एवरी द्वारा हमें भेजे गए एक पत्र से बहुत मदद मिली। उन्होंने ये कहते हुए आपके लिए गर्मजोशी से वकालत की कि वो शायद ही कभी आपसे अधिक ईमानदार और दृढ़निश्चयी लड़की से मिली हैं! शायद आप हमारे लिए दूसरी आनंदीबाई साबित होंगी!*

प्रिया के मन में कृतज्ञता उमड़ पड़ती है। उसे मिसेज़ एवरी को धन्यवाद देने के लिए ख़ासतौर से कलकत्ता की एक यात्रा करनी चाहिए।

सोमनाथ, जो स्वयं भी इतने ही उत्साहित हैं, अपनी उंगलियों पर ज़रूरी चीज़ों को गिनते हैं। 'सफ़र में तुम्हें लगभग तीन सप्ताह लगेंगे। तुम कलकत्ता से बम्बई का जहाज़ लोगी और स्वेज़ नहर से होती हुई जाओगी; मैंने सुना है कि युद्ध ख़त्म होने के बाद अब वो फिर से खुल गई है। तुम यूरोप में कहीं जहाज़ बदलोगी और फिर अटलांटिक पार करोगी। देरी होने से बचने के लिए तुम्हें नवंबर तक चले जाना होगा। इस तरह हमारे

पास कुल तीन सप्ताह बचे हैं। मुझे मुंशीजी से कहना होगा कि वो इंतज़ाम करना शुरू कर दें, तुम्हारी यात्रा के काग़ज़ात प्राप्त कर लें, पैसा इकट्ठा कर लें। तुम्हें सही कपड़े चाहिए होंगे, ये झीनी साड़ियां काम नहीं आएंगी; अमेरिका में कई जगहों पर मार्च या अप्रैल तक सड़कें बर्फ़ से ढकी रहती हैं। हमें कलकत्ता में कोई अच्छा दर्ज़ी ढूंढ़ना होगा। मुंशीजी को न्यूयॉर्क में कोई भरोसेमंद भारतीय तलाश करना होगा जो तुमसे जहाज़ पर मिल सके, और—'

उसका दिल सीने में ढेरों बल खा रहा है, उसे अपना गला रेगमाल जैसा महसूस हो रहा है। 'काकू, ये सब कुछ करने से पहले हमें लोगों को बताना होगा।'

शांत हो रहे सोमनाथ जानते हैं कि वो किसके बारे में सोच रही है।

'शायद कुछ लोग इसे लेकर बहुत ख़ुश नहीं होंगे,' वो आगे कहती है।

वो उसका हाथ पकड़ लेते हैं। वो जानते हैं उन्हें भी अपने हिस्से की अस्वीकृति का सामना करना पड़ेगा क्योंकि उन्होंने ही इस पागलपन भरे काम के लिए उसे उकसाया है, जो एक ऐसी महिला के लिए अनुचित है जिसकी शादी होने वाली है। फिर वो शरारत से मुस्कुराते हैं; उनके चेहरे से बुढ़ापा ग़ायब हो जाता है। 'हम उनसे मिलकर निपटेंगे—लेकिन कल। आज रात हम तुम्हारी इस सफलता का जश्न मनाएंगे जिसकी तुम पूरी तरह से हक़दार हो।'

सातवें आसमान पर सवार प्रिया को आधे रास्ते में दीपा के पत्र की याद आती है और वो अपने पर्स में हाथ डालती है। उसे इस पत्र को बीना से गुप्त रखना है। उसे इसे यहीं, इमली के पेड़ों के नीचे पढ़ लेना चाहिए। पत्र पर न तो किसी के हस्ताक्षर हैं और न ये किसी को संबोधित है। पहले ही वाक्य में लिखा है, *इसे पढ़ते ही जला देना।*

हाय भयावह छल! उसकी आंखें धुंधला जाती हैं, उसके हाथ कांपने लगते हैं, उसे सहारे के लिए पेड़ का तना पकड़ना पड़ता है। दीपा ने सोच

कैसे लिया कि ऐसी कमज़ोर योजना काम कर जाएगी? समझदार रज़ा इसमें उसका साथ कैसे दे सकता था? क्या प्यार इसी तरह पागल कर देता है? प्रिया उम्मीद करती है कि उसे कभी इस सवाल का जवाब ढूंढ़ने की ज़रूरत नहीं पड़ेगी।

दीपा का आंसुओं भरा पत्र इस तरह समाप्त होता है:

दुनिया मुझे एक पक्का मुसलमान मानती है... आर की बीवी। मैं इनमें से कुछ नहीं हूं। प्लीज़ मां को बताना कि मैंने उनकी ख़ातिर ही धर्म परिवर्तन नहीं किया—क्योंकि मैं जानती थी कि और किसी भी चीज़ से ज़्यादा उन्हें इससे तकलीफ़ होगी। इस तरह मैं आर से शादी नहीं कर सकी, हालांकि मैं उसके साथ उस छोटे से फ़्लैट में रह रही हूं जो बाबा का हुआ करता था। दुनिया इसे पाप कहेगी, हालांकि मैं बहुत पापी महसूस नहीं करती, बस हताश हूं। मैं उससे बहुत प्यार करती हूं और मैंने उसे ख़तरे में डाल दिया है। ये धोखा हम दोनों के दिलों में धंसे तीर की तरह है।

मां से कहो कि मुझसे बस एक बार मिल लें—जहां भी वो चाहें। मुझे उन्हें देखना है, भले ही आख़री बार। उनकी आंखों में देखने और उन्हें ये बताने के लिए कि वो मेरे लिए कितना मायने रखती हैं। इसके लिए मैंने आर और ख़ुद दोनों को गंभीर ख़तरे में डाल दिया है। उन्हें मनाओ, प्यारी बहन। इससे भी बेहतर, जे से कहो कि वो तुम्हारी मदद करे। आजकल मां पर सबसे ज़्यादा प्रभाव उसी का है।

इसे अभी जला दो।

घर तक का बाक़ी रास्ता प्रिया दौड़ते हुए तय करती है। वो जामिनी को खींचकर बाहर शाल के कुंज में ले जाती है, उसे गोपनीयता की शपथ दिलाती है, और उसे पत्र दिखाती है। जामिनी का मुंह चिंता से सिकुड़ जाता है। वो दोनों हाथ पकड़े घर में प्रवेश करती हैं, मानो वो फिर से बच्ची हो गई हों। वो बार-बार गिड़गिड़ाती हैं, लेकिन कोई फ़ायदा नहीं होता। उनकी मां अपनी खिड़की पर खड़ी रहती हैं, तीखी, सख़्त, अड़ियल, चेहरा रात की ओर किए हुए। अब शायद वो चाहें भी, तो वो नहीं जानती होंगी कि कैसे वापस पलटें।

'इतना बड़ा फ़ैसला, और तुमने इसे मुझसे छिपाया?'

अमित की आवाज़ ऊंची नहीं है लेकिन उसका लहजा प्रिया को झकझोर देता है। वो उसके चेहरे के भावों को पढ़ने की कोशिश करती है लेकिन नदी किनारे बग़ीचे में शाम ढल चुकी है, और उसके चेहरे पर अंधेरा उतर आया है।

शायद उसे सोमनाथ की बात मान लेनी चाहिए थी। अमित को मुझे बताने दो, उन्होंने कहा था। उसे अपना ग़ुस्सा मुझ पर निकालने दो। जब वो शांत हो जाए, तब तुम उससे बात कर लेना।

लेकिन उसने मना कर दिया। ये कायरों का तरीक़ा है, काकू। अमित इससे बेहतर का हक़दार है।

सोमनाथ ने आह भरी थी। उन्होंने उससे कहा कि वो भी अपने बाबा की तरह बहुत आदर्शवादी है। उन्होंने उसे चेतावनी दी थी कि दुनिया उन लोगों के प्रति दयालु नहीं होती जो सिद्धांतों को व्यावहारिकता से ऊपर रखते हैं।

अब वो अमित से कहती है, 'मुझे उम्मीद नहीं थी कि विमेंस कॉलेज मुझे स्वीकार कर लेगा। मुझे तुम्हें बेवजह परेशान करने का कोई मतलब नहीं दिखा था।' उसे ये बहुत बुरा लग रहा है कि उसकी आवाज़ में माफ़ी मांगने का पुट है।

'तो तुम जानती थीं कि मुझे इससे परेशानी होगी, लेकिन तुमने फिर भी ऐसा किया? जबकि मैंने वादा किया था कि तुम कलकत्ता मेडिकल कॉलेज में अपनी पढ़ाई जारी रख सकती हो? तुम दो साल इंतज़ार नहीं कर सकीं? या तुम्हें ऐसा लगा कि मुझसे शादी करना अमेरिका में रहने, गोरों के साथ कंधे से कंधा मिलाने से कम महत्वपूर्ण है, कम ग्लैमरस है?'

प्रिया, भड़कते हुए: 'मैं कभी भी विदेशियों पर लट्टू नहीं हुई हूं, तुम ये जानते हो। और मुझे विदेश में रहने की कोई परवाह नहीं है। लेकिन मुझे कलकत्ता मेडिकल कॉलेज ने पहले ही अस्वीकार कर दिया है। मैं इस उम्मीद में दो साल तक इंतज़ार नहीं कर सकती कि उनकी प्रवेश नीति

न्यायसंगत हो जाएगी। मेरे लिए डॉक्टर बनना इतना अहम है कि मैं ये जोखिम नहीं ले सकती।'

'लेकिन मुझ पर जोखिम उठाना ठीक है—क्योंकि तुम्हें लगता है कि मैं हमेशा यहां तुम्हारे पीछे हांफता हुआ मौजूद रहूंगा।'

ये कठोर शब्द, जो अमित के मिज़ाज के विपरीत हैं, उसकी बोलती बंद कर देते हैं। जब वो बोलने लायक़ होती है, तो कहती है, 'मुझे ये करना होगा। मैंने बाबा से वादा किया था कि मैं परिवार को संभालूंगी। तुम वहीं थे। तुमने सुना था।'

'मैंने ये सुना था कि नबकुमार काका *मुझसे* कह रहे थे—और मैंने हां कहा था। और जब तुम मुझसे शादी कर लेतीं, तो वो मदद तुम्हारी मां और बहनों तक एकदम स्वाभाविक तरीक़े से पहुंचती। लेकिन तुमने जो किया है. उसके बावजूद भी मैं उनसे किए अपने वादे को पूरा करूंगा। चाहे तुम यहां हो या न हो, मैं उनका ख़्याल रखूंगा। लेकिन तुमने—तुमने बातों को अपने हिसाब से तोड़-मरोड़ लिया है। तुम्हारे पिता कभी नहीं चाहते थे कि तुम डॉक्टर बनो। उन्होंने बहुत बार ऐसा कहा था। क्या तुम इससे इंकार कर सकती हो?'

अमित ग़लत है। सावधानी के साथ बोले गए नबकुमार के शब्द उनका वास्तविक सच नहीं थे। प्रिया ने उनकी आंखों में गर्व देखा था जब उसने एक कठिन केस का सही निदान किया था, एक भद्दे घाव को कुशलतापूर्वक सिल दिया था, एक नवजात शिशु को उसकी मां के पेट में खुले छेद से बाहर निकाला था...

फिर भी, अमित का आरोप उसके कानों में गूंजता है।

वो एक गहरी सांस लेती है, और मीठी आवाज़ के साथ उसकी बांह पर याचना भरा हाथ रखती है। 'तुमसे शादी करना मेरे लिए सब कुछ है। मैं तुमसे प्यार करती हूं। उसके बारे में कुछ नहीं बदला है। हम मेरे जाने से पहले शादी कर लेंगे।' उसे अचानक एक नया विचार आता है। 'तुम मेरे साथ अमेरिका चल सकते हो—'

वो उसका हाथ झटक देता है, उसके होंठों पर ग़ुस्से की रेखा पसर जाती है। 'तुम ज़रा सा भी समझौता करने को तैयार नहीं हो, लेकिन अब

तुम चाहती हो कि मैं अपना सारी ज़िंदगी तुम्हारे लिए बदल डालूं? अपनी ज़िम्मेदारियों से मुंह मोड़ लूं और अपने परिवार को छोड़ दूं, जैसे तुम ऐसा करने के लिए तैयार हो? तुम्हारे पीछे-पीछे उस पालतू कुत्ते की तरह चलता आऊं जो तुम मुझे समझती हो? और अमेरिका में जब तुम ख़ुद को लेडी-डॉक्टर बनाने में व्यस्त होगी, तब मैं वहां क्या करूंगा? घर बैठा उस थोड़े से समय की कामना करता रहूं जो तुम मेरे लिए निकाल सकोगी, जबकि यहां मेरे बूढ़े पिता अपने कामकाज को संभालने के लिए संघर्ष करते रहें?'

प्रिया का चेहरा तमतमाने लगता है। शायद वो वाक़ई उतनी ही नासमझ है जितना अमित बता रहा है।

फिर भी वो कहती है, क्योंकि उसका दिल टूट रहा है, 'तुम बस एक महीने के लिए तो चल सकते हो? प्लीज़? अगर तुम शुरू में मेरे साथ होगे, तो ये बहुत कम डरावना होगा—'

अमित जवाब देने का कष्ट नहीं उठाता है।

'हम फिर भी मेरे जाने से पहले शादी कर सकते हैं, है ना?' उसकी आवाज़ कांपती हुई डोर जैसी है।

'मुझे ऐसी पत्नी नहीं चाहिए जो मुझे उन सारी चीज़ों के बाद सबसे आख़िर में रखती हो जिन्हें वो महत्वपूर्ण मानती है। और मुझे लगता है कि तुम्हें ऐसा पति नहीं चाहिए जो तुम्हें अपने दिल के क़रीब रखे; तुम्हें ये ऐसा लगेगा जैसे वो तुम्हें तुम्हारी ज़िंदगी का मक़सद पूरा करने से रोक रहा है। बेहतर होगा कि हम अपनी सगाई तोड़ दें।' अमित एक झटके से अपनी उंगली से रूबी की वो अंगूठी खींचता है जो प्रिया ने उसे दी थी और उसे कीचड़ भरे तट पर फेंक देता है। प्रिया को अंधेरे में उसे ढूंढ़ने के बजाय ख़ुद को शांत रखने के लिए मजबूर करना पड़ता है।

हवेली में लाइटें जल गई हैं। टिमटिमाते धब्बे अमित की आंखों में और पानी पर खेल रहे हैं। अब उसका स्वर ग़ुस्से वाला नहीं है, और ये प्रिया को और भी डरा देता है।

'मैं तुम्हें मुक्त कर रहा हूं, प्रिया। अब तुम अपनी नियति पर ध्यान केंद्रित कर सकती हो, जबकि मैं चौधरी परिवार के वारिस के रूप में अपनी ज़िम्मेदारियां निभाऊंगा।'

उसकी दुनिया टुकड़ों में बंट रही है। अमित मेरा प्यार, बचपन का साथी, मेरा सबसे प्यारा दोस्त।

वो तेज़ी से पलटता है, और हवेली की ओर वापस चल देता है। उसके पास बची है काली लहराती घास, उसकी साड़ी के किनारे को भिगोती कीचड़, विलाप करते रात के अदृश्य पंछी।

15

जामिनी

जब प्रिया ने अपने जीवन का सबसे मूर्खतापूर्ण निर्णय लिया, तो जामिनी डर गई थी कि निराशा का सदमा बीना को बीमार कर देगा। दीपा के पाला बदलने ने पहले ही उनकी मां को अंदर तक हिला डाला था। लेकिन प्रिया की मूर्खता पर उसे बुरी तरह फटकारने और ये घोषणा करने के बाद कि उससे उनका कोई लेना-देना नहीं है, बीना एक नई चादर में व्यस्त हो जाती हैं। जब जामिनी पूछती है कि क्या वो परेशान हैं, तो वो कंधे उचका देती हैं। 'वो रिश्ता वैसे भी इतना अच्छा था कि सच हो ही नहीं सकता था।' फिर वो जामिनी से सलाह लेती हैं कि चादर पर सूरज लाल होना चाहिए या नारंगी या पीला।

जामिनी को बीना के बर्ताव पर भरोसा नहीं है। ये देखते हुए कि परिवार की स्थिति को भारी नुकसान हुआ है और इसके बाद निश्चित रूप से गांव में अफ़वाहों की चिंगारियां भड़कने वाली हैं, वो बहुत शांत हैं। वो निश्चय करती है कि उन पर नज़र रखेगी, सतर्क रहेगी, उनकी रक्षा करेगी—ज़रूरत पड़ी, तो ख़ुद उनसे।

जहां तक जामिनी का सवाल है, तो उसके शरीर के पोर-पोर में उत्तेजना भरी हुई है, हालांकि वो सावधानी बरत रही है कि इसे छिपाए रखे। अब जबकि अमित ने सगाई तोड़ने का फ़ैसला कर लिया है, तो शायद

उसे आख़िरकार अपना प्यार हासिल करने का मौक़ा मिल जाए? बोनस के तौर पर: वो घर में इकलौती बेटी होगी, बीना के सारे स्नेह की एकमात्र हक़दार, वो जो पागल हवा के खिंचाव को नज़रअंदाज़ करते हुए समर्पित होकर वहीं रुकी रही।

मगर ये भी सच है: उसे ख़ुशी है कि उसकी बहन, जो बचपन में रात के शोर से डरकर रेंगती हुई जामिनी की रज़ाई में आ जाती थी, अपने ज़िंदगी भर के सपने को पूरा कर रही है। जब जामिनी प्रिया को अमेरिका में सफल होने के लिए शुभकामनाएं देती है, तो वो ऐसा दिल से करती है। लेकिन तब वो इतनी निष्कपट नहीं है जब कहती है कि उसे उम्मीद है प्रिया जल्द ही वापस आ जाएगी। वो प्रिया से प्यार करती है, लेकिन उसकी छाया में वो हमेशा ठूंठा पौधा रहेगी। अगर प्रिया अमेरिका में अपना घर बसा लेती है—बेशक, एक सुखी घर—तो क्या ये उन दोनों के लिए ही बहुत अच्छा नहीं रहेगा?

घर में भयावह ख़बर प्रिया लेकर आती है। अमित के साथ अपना संबंध टूटने के बावजूद, वो अब भी रोज़ाना सोमनाथ से मिलने जाती है, हालांकि वो अमित के वापस आने से काफ़ी पहले हवेली से निकल जाती है। आज शाम वो *आनंदबाजार पत्रिका* लेकर आई है। ये अपने आपमें कोई आश्चर्य की बात नहीं है। वो अक्सर जामिनी के साथ साझा करने के लिए समाचार पत्र ले आती है, हालांकि जामिनी उनका इस्तेमाल ज़्यादातर चूल्हे की आग जलाने के लिए करती है। लेकिन आज प्रिया ने जामिनी की बांह पकड़ ही ली और वो उसे छोड़ने को तैयार नहीं है।

'तुम्हें ये जानना होगा कि क्या हुआ है, और तुम्हें ये मां को बताना होगा।' उसका चेहरा उतरा हुआ है, उसकी आवाज़ भीगी हुई है। ये बड़ी ही नौटंकी है, जामिनी सोचती है, हमेशा उन चीज़ों को लेकर ग़ुस्सा होती रहती है जिनसे हमारा कोई वास्ता नहीं होता।

लेकिन *पत्रिका* को देखकर जामिनी भी हिल गई है। एक महीना पहले—उसे प्रिया के ज़रिए ही ये पता चला था—राज्यपाल ने अख़बारों में सांप्रदायिक हिंसा की ख़बरें छापने से रोक लगाने वाला एक क़ानून पारित

किया था, संभवत: और विद्रोहों के डर से। लेकिन इस अख़बार के मालिक ने उसका उल्लंघन किया है, और लेख पढ़ने के बाद जामिनी को इसका कारण भी समझ आ जाता है।

ये इतनी भयानक मुसीबत है, ऐसी आपदा है कि इसे छिपाया नहीं जा सकता।

नोआखाली, पूर्वी बंगाल, दस दिन पहले। मुस्लिम लीग के दो नेताओं ग़ुलाम सरवर और क़ासिम के नेतृत्व में सशस्त्र उग्रवादी मुसलमान एकजुट हुए। उन्होंने अपना नाम सरवर की सेना, क़ासिम की फ़ौज रखा। वो हिंदुओं के त्योहार का दिन था, लक्ष्मी पूजा। कोई तैयार नहीं था। उग्रवादियों ने दुकानें, स्कूल, सरकारी इमारतें, निजी घर, यहां तक कि प्रमुख हिंदू नेताओं की हवेलियां भी जला दीं। उन्होंने हिंदू पुरुषों के सिर काटे, महिलाओं के साथ बलात्कार किया। मरने वालों की संख्या हज़ारों में थी और बढ़ती जा रही थी। हज़ारों लोगों का जबरन धर्म परिवर्तन कराया गया। इससे भी अधिक लोग सब कुछ छोड़कर उस इलाक़े से भाग गए। बहुत से लोग कलकत्ता आ गए, और हर दिन और भी लोग आ रहे थे। गवर्नर बरोज़ और प्रधानमंत्री सुहरवर्दी विमान से नोआखाली गए थे, लेकिन जो रिपोर्ट वो लेकर आए, जिसमें कहा गया था कि हिंसा अब नियंत्रण में है, अस्पष्ट और संदिग्ध लग रही थी। उनमें से एक ने टिप्पणी की थी—हालांकि बाद में दोनों ने इसका खंडन किया था—कि इसमें हैरानी की बात नहीं है कि इतनी सारी हिंदू महिलाओं के साथ बलात्कार किया गया क्योंकि वो मुस्लिम महिलाओं की तुलना में अधिक ख़ूबसूरत थीं।

अख़बार में छपी तस्वीरें, लाशों और इमारतों के जले हुए अवशेष, जामिनी के मन में कलकत्ता दंगों की भयावह यादें ताज़ा कर देती हैं। वो उसे तोड़मरोड़कर एक गेंद बना देती है, वो और आगे नहीं पढ़ पाती। वो प्रिया से कहती है कि वो इस बारे में मां को कुछ भी बताकर उन्हें और परेशान नहीं करेगी। यहां इस छोटे से पिछड़े रानीपुर में उनकी ज़िंदगी का इस सबसे कोई ताल्लुक़ नहीं है। प्रिया का तर्क है कि इससे बीना को अहसास हो सकता है कि दीपा किस ख़तरे में है और वो शायद उसे घर लौटने की अनुमति दे दें। लेकिन जामिनी कहती है, 'दीपा स्मार्ट है। उसने अपने लिए एक अच्छा बचाव बना लिया है। अगर हम हस्तक्षेप करेंगे, तो

शायद उसे ज़्यादा जोखिम में डाल देंगे।'

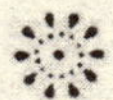

अगली सुबह जामिनी ने दुर्गा मंदिर में कुछ महिलाओं को एक दंपती के बारे में बात करते हुए सुना, जो दो रात पहले उसकी सहेली बेला के घर आए थे। उन लोगों के दूर के रिश्तेदार जो नोआखाली से बड़ी मुश्किल से भागकर आए थे। बेला के पिता महेंद्र ने आज प्रमुख हिंदू परिवारों के मुखियाओं को इस दंपती की कहानी सुनने और ये फ़ैसला करने के लिए अपने घर बुलाया है कि क्या किया जाना चाहिए।

जामिनी अपने कामकाज छोड़कर बेला के घर की ओर दौड़ती है। उसे अपनी टांग से चिढ़ हो रही है कि जब तेज़ी की ज़रूरत होती है तो वो हमेशा उसे धीमा कर देती है। बेला और वो अब उतनी क़रीबी नहीं रही हैं जितना नबकुमार की मृत्यु से पहले थीं। कुछ समय के लिए बेला ने जामिनी से बात करना बंद कर दिया था; शायद वो भी यही मानती थी कि गांगुली महिलाएं दुर्भाग्यशाली हैं। लेकिन जब बीना का काम कलकत्ता में अच्छी तरह बिकने लगा और प्रिया की अमित से सगाई हो गई, तो उसने जामिनी को फिर से अपने घर बुलाना शुरू कर दिया। जामिनी निमंत्रण स्वीकार कर लेती थी। हालांकि वो फिर कभी बेला के प्रति स्नेह महसूस नहीं करेगी, लेकिन उसने उसे इस बात का अहसास नहीं होने दिया।

उत्साहित बेला जामिनी को घर में खींच ले जाती है। भीतरी आंगन आदमियों से भरा हुआ है; पत्नियां और माएं औरतों के क्षेत्र के दरवाज़ों पर भीड़ लगाए हुए हैं। जामिनी ये जानने की कोशिश करती हुई बेला के पीछे-पीछे जाती है कि क्या चल रहा है। प्रतिष्ठित पुरुष बान की बुनी खाटों पर बैठे हैं; दूसरों ने अपने लिए फ़र्श पर जगह बना ली है। जामिनी दो मोटी चाचियों की बग़ल से झांककर देखती है कि एक आदमी और औरत बान की खाट पर श्रोताओं की ओर मुंह किए बैठे हैं। बेला के पिता महेंद्र उस आदमी की बग़ल में बैठे हैं, और तसल्ली देते हुए उसकी बांह को थपथपा रहे हैं।

जामिनी उस औरत को सभा के बीच में देखकर चकित है। रानीपुर की सभाओं में महिलाएं सख़्ती से अपने क्षेत्र में रहती हैं, पुरुष अपने क्षेत्र

में। इस औरत ने घूंघट भी नहीं डाला हुआ है; उसने बच्चों की तरह आदमी के फ़तुआ के एक कोने को पकड़ा हुआ है। लगता है जैसे वो इस बात से भी बेख़बर है कि हर कोई उसे घूर रहा है। बेला फुसफुसाती है कि वो जब से आए हैं तभी से वो ऐसी ही है।

अचानक आदमी बोलना शुरू कर देता है। उसकी आवाज़ सपाट लेकिन साफ़ है। 'जब मुसलमानों ने दरवाज़े को लात मारकर गिराया तब हम पूजा कर रहे थे। वो चाक़ू, दरांतियां, तलवारें और बंदूक़ें लेकर आए थे। हमारे घर में तोड़फोड़ की और आग लगा दी। हम भागकर बाहर निकले, हमारे पड़ोस की हर झोंपड़ी जल रही थी। हमारे कुछ आदमियों ने जवाबी कार्रवाई करने की कोशिश की, उन्हें मार गिराया गया। हम हमलावरों में से कई को जानते थे, वो हमारी दुकानों से किराने का सामान ख़रीदते थे, हमारे खेतों में काम करते थे। हमने गोलियों की आवाज़ सुनी। हमें उम्मीद थी कि हमारा ज़मींदार राय मोशाई हमें बचाने आ रहा है, लेकिन थोड़ी देर बाद गोलियां चलना बंद हो गईं। बाद में उन लोगों ने शेख़ी बघारी कि उन्होंने उसके घर पर हमला किया था और उसका सिर काट दिया था।

'वो हमें बाज़ार के बीच मवेशियों के बाड़े में ले गए, जिसे उन्होंने लूट लिया था। उन्होंने हमारी बेटियों, उमा और हेमा, समेत लड़कियों और युवा महिलाओं को चुना और उन्हें ले गए। मैं अब भी उनकी चीख़ें सुन सकता हूं...'

जामिनी ने उस आदमी के कंधों को हिलते हुए देखा। फिर वो उसी नीरस आवाज़ में बोलता रहा जो दुख से भी बदतर थी। 'मुसलमान हर उस आदमी की पिटाई कर रहे थे जो विरोध करने की कोशिश कर रहा था—मेरे सिर पर भी तभी चोट लगी थी। उन्होंने काफ़ी लोगों को मार डाला और शवों को वहीं बाड़े में पड़ा छोड़ दिया। कभी-कभी वो किसी आदमी को घायल कर देते थे लेकिन उसे मारते नहीं थे और हमें उसके मर जाने तक उसकी चीख़ें सहन करनी पड़ती थीं। उनके नेता ने हमसे कहा कि उसे हम सभी काफ़िरों को मारने में ख़ुशी होती, लेकिन उनके मुल्ला ने कहा था कि इसके बजाय हमारा इस्लाम में धर्म परिवर्तन करना चाहिए। उसने हमें ताने मारे, कहा कि वो ढेर सारा गौमांस पका रहे हैं जो वो कल ज़बरदस्ती

हमें खिलाएंगे। मैं उन पर झपट पड़ा—मैं चाहता था कि वो मुझे भी मार डालें—फिर मैंने सोचा कि अगर मैं चला गया तो मेरी पत्नी का क्या होगा? इस विचार ने मुझे रोक दिया।

'देर रात को कुछ मित्र बाड़े के कुछ खूंटे खोलने में कामयाब हो गए। गार्ड सो रहे थे, उन्हें विश्वास था कि उन्होंने हमारे हौसले तोड़ दिए हैं। हम जानते थे कि हमें तुरंत निकलना होगा। बाद में भाग पाना नामुमकिन होगा। कुछ लोग बहुत डरे हुए थे, लेकिन मैं अपनी पत्नी को बाहर खींच ले गया—इसका हाल तभी ऐसा हो चुका था जैसा अब है। शायद ये हमारा सौभाग्य ही था। वर्ना ये हमारी बेटियों को छोड़कर कभी मेरे साथ नहीं आती।

'हमें रास्ता नहीं पता था, लेकिन कुछ लोगों ने हमें पश्चिम की ओर जाने का निर्देश दिया। हम रात में भी जंगलों में ही रहते थे, हालांकि वहां बाघों का डर था। हमें जिन नदियों को तैरकर पार करना पड़ा उनमें मगरमच्छ थे; उन्होंने हममें से कुछ को शिकार बना लिया। कई दिनों के बाद, मैं विश्वास से नहीं कह सकता कि कितने दिन बाद, हम इछामती नदी तक पहुंच गए। वहां कुछ नाविक थे। सौभाग्य से उन्होंने नोआखाली में हुए नरसंहार के बारे में नहीं सुना था। हमने उन्हें बताया कि हमारा गांव जंगल की आग में नष्ट हो गया। वो हमें उस पार ले गए। मैंने अपने नाविक का भुगतान अपनी पत्नी की बालियां देकर किया। इस किनारे पर आने के बाद हम अलग-अलग दिशाओं में बिखर गए। कई लोग राजधानी चले गए। कुछ लोग कहेंगे कि ईश्वर की कृपा से, हालांकि मैं अब ईश्वर पर विश्वास नहीं कर सकता, मुझे और मेरी पत्नी को एक अच्छा आदमी मिल गया जिसके पास बैलगाड़ी थी। जब उसने हमारी दुर्दशा देखी'—यहां उसने अपने पैरों की ओर इशारा किया, जिन पर अभी भी सूखे ख़ून की पपड़ियां जमी हुई थीं—'तो उसे हम पर दया आ गई और वो हमें रानीपुर ले आया, जहां महेन दा ने हमें शरण दी।'

महेंद्र अपनी बीवी को इशारे से कुछ कहता है, जो इस दंपती को वहां से ले जाती है। आंगन में एक शोर सा उठता है। *साले मुसलमानों को सबक़ सिखाना पड़ेगा। बेहतर होगा कि ये काम तुरंत कर लिया जाए, इससे पहले कि रानीपुर के मुसलमानों को कुछ करने की सूझे।* इन सबको

बाहर निकाल देते हैं। हमें गांव में कोई मुसलमान नहीं चाहिए। इनके यहां होते हुए हमारे परिवार सुरक्षित नहीं हैं। इनकी झोंपड़ियां जला देते हैं और फिर देखते हैं कि इन्हें कैसा लगता है। इससे भी बेहतर ये होगा कि हम झोंपड़ियों के अंदर ही उन्हें भी जला दें। नोआखाली के पास कुछ गांवों में उन्होंने हमारे कुछ हिंदू भाइयों के साथ ऐसा ही किया। इसे टाला क्यों जाए? कल अच्छी रात है, अमावस की रात।

जामिनी को पसीना आने लगता है। क्या वो वाक़ई ये मार-काट करेंगे? उन लोगों का नरसंहार करेंगे जिन्हें वो वर्षों से जानते हैं, जिन्होंने ऐसा कुछ भी नहीं किया है कि उनके साथ ऐसा किया जाए? फिर वो सोचती है, शायद वो सही हैं। शायद पीड़ित होने की तुलना में हमलावर होना बेहतर है।

लोग हथियार इकट्ठा करने और खेतों पर काम करने वाले अपने हिंदू सहायकों और नौकरों को अपने साथ जोड़ने की बात कर रहे हैं। कोई कहता है कि वो पड़ोस के गांव से अपने नाते-रिश्तेदारों को बुला सकता है, उनके पास बंदूक़ें और प्रशिक्षित गार्ड हैं।

तभी कोलाहल के बीच से एक परिचित आवाज़ फूटती है। 'आदरणीय मित्रो, आप क्या कह रहे हैं?' जामिनी गर्दन घुमाती है लेकिन बोलने वाले को नहीं देख पाती। 'नोआखाली के मुसलमानों ने क्रूर काम किए हैं, लेकिन रानीपुर के मुसलमानों ने तो नहीं किए। हम इन्हें कैसे सज़ा दे सकते हैं? क्या इस तरह हम भी उन लोगों जितने ही बुरे नहीं बन जाएंगे जिन्होंने पूर्वी बंगाल में हमारे भाइयों और बहनों पर हमला किया था?'

अमित। जामिनी सामने वाली चाची को धक्का देती हुई आगे निकल जाती है, और जब वो डांटती हैं तो परवाह नहीं करती। वो एक साधारण कुर्ता-पाजामा पहने तना हुआ खड़ा है, जो उसके सामान्य स्टाइलिश ब्रिटिश कपड़ों से बहुत भिन्न है। जबसे उसने और प्रिया ने अपनी सगाई तोड़ी है, जामिनी ने उसे नहीं देखा है, हालांकि वो ये इच्छा करते हुए कई बार उसके बारे में सोच चुकी है कि काश उसमें उससे मिलने जाने का साहस होता।

महेंद्र, जो सबसे ज़ोर से चिल्ला रहा है, ग़ुस्से से भरी लाल आंखों से अमित को घूरता है। 'क्या तुमने नहीं देखा कि उन्होंने मेरे भाई के साथ

क्या किया? क्या तुमने उसे उन लोगों के बारे में बात करते नहीं सुना, जिन्हें उसने अपनी आंखों के सामने टुकड़े-टुकड़े होते देखा था? और मेरी भतीजियां—क्या तुमने नहीं सुना कि उन बेचारी, मासूम लड़कियों और उनके जैसी सैकड़ों लड़कियों के साथ क्या हुआ? इस सबके बाद तुम हमें शांत बैठने के लिए कैसे कह सकते हो? हम मर्द हैं या हिजड़े?' कई आदमी चिल्लाकर अपनी सहमति व्यक्त करते हैं।

'ये बड़ा हताशा भरा समय है, अमित,' महेंद्र आगे बोलता है। 'तुम मुझे जानते हो—मैं हमेशा से एक शांतिप्रिय व्यक्ति रहा हूं। लेकिन इन अत्याचारों के बारे में सुनने के बाद तुम मुझसे कुछ न करने के लिए कैसे कह सकते हो?'

लोग सहमति में शोर करते हैं। पुरुषों का एक समूह दरवाज़े की ओर बढ़ने लगता है। उनके चेहरों पर गहरे रोष से जामिनी को डर लगने लगता है। उनमें से कुछ लोग अमित के पास से ज़ोर से धक्का-मुक्की करते हुए आगे निकल जाते हैं। जिस अमित को जामिनी जानती है वो ग़ुस्से से प्रतिक्रिया करता; आज वो शांत रहता है।

'महेंद्र काका, मैं मानता हूं कि आपके रिश्तेदारों की भयावह दुर्दशा किसी भी सभ्य आदमी का ख़ून खौलाने के लिए काफ़ी है। उन्हें जो कुछ झेलना पड़ा मुझे उसके लिए दिल से अफ़सोस है। मैं बस इतना चाहता हूं कि हम कोई भी क़दम उठाने से पहले अच्छी तरह सोच लें। हमें ग़ुस्से में ऐसा कुछ नहीं करना चाहिए जिसके लिए बाद में पछताना पड़े। अलाव जलाना आसान है, उसे बुझाना कठिन है। कृपया कुछ दिन प्रतीक्षा कर लें। मेरे पिता का भी यही विचार है। उन्होंने ही मुझे आपसे बात करने के लिए यहां भेजा है।'

कुछ फुसफुसाहटें होती हैं। लोग एक-दूसरे से सलाह करते हैं, कुछ सहमति में सिर हिलाते हैं, कुछ अन्य मुंह बिसूरते हैं। आख़िर में, महेंद्र एक गहरी सांस लेता है। 'सोमनाथ बाबू के प्रति सम्मान के कारण, हम फ़ैसला लेने के लिए कुछ दिन प्रतीक्षा करेंगे। लेकिन हम हथियार जमा करना और दोस्तों को सचेत करना शुरू कर देंगे। इस तरह, हम नोआखाली के हिंदुओं की तरह अचानक हमले का शिकार नहीं होंगे। और अगर हम उन

हज़ारों निर्दोषों का बदला लेने का फ़ैसला करेंगे—जिनमें मेरी भतीजियां भी शामिल हैं—जिनकी ज़िंदगियां इन मुस्लिम हरामज़ादों ने नष्ट कर दीं, तो हम तैयार होंगे।'

बैठक बर्ख़ास्त हो जाती है, लोग बिखरने लगते हैं। उत्साह से भरी बेला अभी जो कुछ हुआ उस पर चर्चा करना चाहती है। वो लड़की बहुत बातूनी है; अगर उसका बस चले तो वो जामिनी को सारा दिन यहीं रखे। लेकिन जामिनी बहाना बनाकर घर के पीछे वाली गली में निकल जाती है। वो नोआखाली की दुर्भाग्यपूर्ण घटनाओं पर बाद में विचार करेगी; फ़िलहाल, उसे कुछ और करना है।

जैसा कि उसने उम्मीद की थी, सुल्तान पास में ही एक खूंटे से बंधा हुआ है। वो अपने और उस ग़ुस्सेनाक जानवर के बीच एक स्वस्थ दूरी रखते हुए इंतज़ार करने लगती है। वो पहले भी उस पर नाराज़गी दिखा चुका है, हालांकि जब प्रिया उसे थपथपाती है तो वो बड़ी ख़ुशी से हिनहिनाता है।

जब अमित आख़िरकार सामने आता है, तो जामिनी उसे बताती है कि उसने जिस तरह क्रोधित भीड़ को संभाला वो क़ाबिले-तारीफ़ था। 'तुमने कुछ भयानक चीज़ों को होने से रोक दिया, तुमने बहुत सी जानें बचा लीं। और इस सबके दौरान तुम शांत रहे।' वो हर शब्द दिल से बोल रही है; उसे उम्मीद है कि वो इसे उसकी आवाज़ में सुन सकता है।

वो समझ सकती है कि वो ख़ुश है। एक लम्हे के बाद वो उससे उसके स्वास्थ्य के बारे में पूछता है; वो प्रिया का ज़िक्र नहीं करता। उफ़, ये दोहरी ख़ुशी! जामिनी उससे और भी बातचीत करना चाहती है, लेकिन ये सही समय नहीं है। वो अपनी पूरी इच्छाशक्ति के साथ ख़ुद को रोकती है। जब वो विदा लेता है, तो बड़े शानदार ढंग से बेपरवाह विदाई में अपना हाथ उठाती है।

अमित उस विशाल और दुर्भावनापूर्ण जानवर पर तनकर बैठता है, और अपनी जीभ की हल्की सी क्लिक से उसे नियंत्रित करते हुए चला जाता है। जामिनी उसे ग़ौर से देखती है। आज की सुबह अमित के लिए ये एक महत्वपूर्ण क्षण था: जब उसने गांव की सभा में पहली बार बात की

थी—वो भी एक हंगामे के बीच—और उसे गंभीरता से लिया गया। एक ऐसा दिन जब उसने निर्दोष लोगों पर भड़कने वाली भयानक हिंसा को रोक दिया है। जामिनी का ख़्याल है कि अमित को आज का दिन याद रहेगा। और वो उस स्त्री को याद करेगा जो वहां उसके साथ थी, वो स्त्री जिसने उसके साहस और बुद्धिमानी की सराहना की और उसकी जीत की दाद दी।

वो इस बारे में प्रिया को कुछ नहीं बताती है। जब वो अपनी यात्रा की तैयारी में लगी हुई है तो उसका ध्यान क्यों भटकाया जाए? इससे बस एक ऐसा ज़ख़्म फिर से उघड़ जाएगा जो अभी तक भरा भी नहीं था। जामिनी ये जानती है क्योंकि कभी-कभी रात में जब वो बीना की बग़ल में लेटी होती है तो उसे दूसरे कमरे से अपनी बहन के रोने की आवाज़ सुनाई देती है।

16

प्रिया

चूंकि प्रिया दुखी है हालांकि उसे ऐसा महसूस करने का कोई हक़ नहीं है, इसलिए वो अपने दिन पैकिंग करने में बिताती है। ये उसे व्यस्त और कृतज्ञ रखता है कि वो सोमनाथ के बेडरूम के एक कोने में रखे अपने स्टीमर ट्रंक में सोमनाथ द्वारा बनाई गई सूची की वस्तुओं को जमाते हुए उन्हें सूची में टिक करती रहे। सोमनाथ ने सूची की ज़्यादातर चीज़ें ख़रीद ली हैं, और अक्सर जब वो सामान पैक करती है तो वो पास में बैठकर चुपचाप उसे देखते रहते हैं। सगाई टूटने से उन्हें गहरा सदमा लगा है। उन्होंने अमित से फिर से सोचने की चिरौरी की, उसे चेतावनी दी कि वो अपनी ज़िंदगी की सबसे बड़ी ग़लती कर रहा है। बाप-बेटे के बीच लंबी और कड़वी बहस हुई, जिसकी तफ़्सील सोमनाथ ने प्रिया के साथ नहीं बांटी। उनमें कई दिन तक अबोला रहा, और अब भी उनकी बातचीत रुखाई भरी होती है, और इस बात से प्रिया को बहुत पीड़ा होती है।

ट्रंक भारी लकड़ी का बना हुआ है और उसे चमड़े के पट्टों से मज़बूत किया गया है जैसे प्रिया जंग पर जा रही हो—और शायद वो जंग पर ही जा रही है। इसमें तीन ताले हैं, तीन अलग-अलग चाबियां हैं जिनके खो जाने का उसे निरंतर डर बना रहता है। वो इसे सूखे फल-मेवों, समुद्री बीमारी की गोलियों—और आम और इमली के अचार—से भरती है

क्योंकि अमेरिकियों का भोजन अंग्रेज़ों की तरह ही बेस्वाद माना जाता है। सुमंगल के लिए नबकुमार की दो मेडिकल पुस्तकें। चांदी की कंघी-ब्रश और साथ में चांदी के ही आईने का सेट। कोट, स्वेटर, स्कार्फ़, दस्ताने, गर्मियों के हल्के जूते, जाड़ों के मज़बूत जूते। वो बर्फ़ की कल्पना करने की कोशिश करती है मगर नाकाम रहती है। उसके लिए मिसेज़ एवरी की दर्ज़िन से गहरे भूरे और गहरे नीले रंग की टख़नों तक की लंबाई की ड्रेसें सिलवाई गई हैं। प्रिया की ख़बर से ख़ुश मिसेज़ एवरी ने उसे लैवेंडर की महक वाले नोटपेपर का एक बॉक्स तोहफ़े में दिया है। प्रिया ने सोच रखा है कि वो उन पर अमित को लिखा करेगी क्योंकि वो निश्चित रूप से उसके जाने के बाद उससे नाराज़ नहीं रह सकता।

सबसे आख़िर में, वो अपनी ड्रेसों के नीचे एक पेटेंट-लैदर का हैंडबैग छिपाती है जिसके अंदर डॉलरों की एक गड्डी है। सोमनाथ के लिए ये पैसा जुटाना बेहद मुश्किल रहा होगा, उन्होंने महंगे अवैध तरीक़ों का सहारा लिया होगा। ये बात भी प्रिया को अपराधबोध से भर देती है। पिछले हफ़्ते जब प्रिया सामान पैक कर रही थी तो मनोरमा कमरे में आई थीं और उन्होंने ऊंची आवाज़ में नाराज़गी से कहा था कि सोमनाथ का कलकत्ता का एक बिज़नेस अच्छा नहीं चल रहा है। मनोरमा और भी कुछ कहतीं, लेकिन सोमनाथ ने उनसे ऐसे कड़े स्वर में चुप रहने के लिए कहा जैसा प्रिया ने पहले कभी नहीं सुना था। मनोरमा के ग़ुस्से के लिए प्रिया उन्हें दोषी नहीं ठहराती। वो प्रिया को उस इंसान के रूप में देखती हैं जिसने अमित को धोखा दिया है, उनका वो बेटा जिसे उन्होंने पैदा नहीं किया। कभी-कभी जब नींद प्रिया की आंखों से दूर होती है तो वो सोचती है कि क्या मनोरमा का ऐसा मानना सही है।

कलकत्ता के लिए रवाना होने से एक रात पहले प्रिया हवेली में इंतज़ार करती है। वो अमित से आख़री बार मिले बिना दुनिया के दूसरे छोर तक नहीं जा सकती। अमित बहुत देर से घर आता है—प्रिया को विश्वास है कि उससे बचने के लिए ही। जब वो अपने बेडरूम में जाता है और उसे देखता है, तो वापस जाने के लिए मुड़ जाता है। वो उसकी बांह पकड़ने के लिए दौड़ती है—उसमें कोई आत्मसम्मान नहीं बचा है, अगर वो उसे धकेल दे, तो यही सही। लेकिन वो बिल्कुल शांत खड़ा पलटकर घूर रहा

है। वो सिर्फ़ अपनी कनपटी पर तड़क रही नस से पकड़ में आ जाता है।

'मैं पढ़ाई पूरी करते ही वापस आ जाऊंगी,' वो कहती है। 'प्लीज़, प्लीज़, मेरा इंतज़ार करना।'

'तुम मुझे कब तक इंतज़ार करवाना चाहोगी?' उसका लहजा उसकी उम्मीद से अधिक सहनीय है। शायद सोमनाथ की मध्यस्थता का असर हुआ हो? आशा उसके दिल में हथौड़े की तरह बजने लगती है।

'कोर्स तीन साल का है।'

अमित के होंठ ऐंठ जाते हैं। 'तुम मुझसे उम्मीद करती हो कि मैं तीन साल तक तुम्हें याद करते और तड़पते हुए तुम्हारा इंतज़ार करूं?'

जब वो बात को इस तरह रखता है, तो प्रिया को अपने अनुरोध की अनुचितता दिखाई देती है। 'मैं जानती हूं कि ये मांग करना बहुत ज़्यादा है—लेकिन प्लीज़, मैं तुम्हें प्यार करती हूं।'

अपने ज़िद्दी घमंड पर क़ाबू पाओ, वो मन ही मन उससे विनती करती है, बस एक बार मुझे अपनी बाहों में ले लो।

उसकी आवाज़ सर्द और बेपरवाह है, वैसी जिसमें आप उन अजनबियों से बात करते हैं जो मायने नहीं रखते। ये तो उसके उस पर चिल्लाने से भी बदतर है। 'मुझे कोई शक नहीं है कि तुम मुझसे प्यार करती हो—जिस हद तक तुम प्यार कर सकती हो। लेकिन तुम्हें तो दूसरी चीज़ें ज़्यादा चाहिएं। मेरी कोई इच्छा नहीं है कि किसी भिखारी की तरह बचाखुचा खाने पाने के लिए क़तार में खड़ा होकर अपनी बारी का इंतज़ार करूं।'

वो जवाब के लिए अपने दिमाग़ को खंगालती है मगर कुछ नहीं सूझता। दूर कहीं मनोरमा अमित को खाने के लिए बुला रही हैं।

'इतने समय से मैं पिशी को नाराज़ करता आ रहा हूं,' वो कहता है, 'जब भी उन्होंने किसी बिचौलिये से रिश्ते मंगवाने चाहे, मैंने मना कर दिया, इस उम्मीद में कि शायद तुम अपना इरादा बदल लोगी। मुझे ये दिखाने के लिए शुक्रिया कि मैं कितना बेवक़ूफ़ था। अब मैं बिना किसी अफ़सोस के उन्हें हां कह सकता हूं।' वो ठंडेपन से भरी औपचारिकता

से दरवाज़ा खोले रखता है। 'अब अगर इजाज़त दो, तो मेरे परिवार वाले इंतज़ार कर रहे हैं।'

उसके चेहरे की थकान उसकी उम्र कई साल बढ़ा रही है। प्रिया ने उसके साथ ये किया है—और एक बार और करना होगा। वो अपने बटुए से सोने के वो कंगन निकालती है जो उसने उसे दिए थे। वो भरसक जतन करती है कि उसकी आवाज़ कांपे नहीं। 'ये देखते हुए कि हमारे बीच चीज़ें किस तरह बदल गई हैं, मैं इन्हें नहीं रख सकती।'

वो भावहीन लहजे में बोलता है। 'उस दोस्ती का अपमान मत करो जो कभी हमारे बीच थी।' उसके जाने तक वो ख़ामोशी से इंतज़ार करता रहता है।

भारी क़दमों से अंधेरे में बढ़ते हुए प्रिया बस एक ही बात के लिए शुक्रगुज़ार है: चौधरी हवेली— अमित का घर, जो अब कभी उसका नहीं हो पाएगा—के गेट से बाहर आने तक वो किसी तरह अपने आंसुओं को रोके रख पाई।

जाने की सुबह। प्रिया जानती है कि अपनी मां से विदा लेना मुश्किल होगा। वो अपनी पूरी हिम्मत बटोरती है और बीना के दरवाज़े पर दस्तक देती है। कोई जवाब नहीं। उसे यही उम्मीद थी। फिर भी पीड़ा उसे झिंझोड़ देती है। मानव दिल की तर्कहीनता ऐसी ही है। डरकर वो सोचती है, जब मैं वापस आऊंगी तब अगर मां यहां नहीं हुईं तो? जब तक मैं उनकी देखरेख करने के लायक़ होऊंगी, तब तक अगर बहुत देर हो गई तो? मां, वो आवाज़ देती है। मां। कोई जवाब नहीं। मन मारकर वो फ़र्श पर झुककर प्रणाम करती है और जाने के लिए मुड़ जाती है।

लेकिन जामिनी उसे रोक देती है और दरवाज़े को पीटती है। 'प्रिया को अपना आशीर्वाद दें, मां—अपनी ख़ातिर। कहीं इस यात्रा में इसे कुछ हो गया, तो आप हमेशा पछताती रहेंगी।' वो उनकी मां को सबसे अच्छे से समझती होगी, क्योंकि लोहे के खुरचने, कुंडी हटने की आवाज़ आती है और फिर देहरी पर बीना खड़ी हैं, पतली-दुबली और सर्दियों की तरह कठोर। प्रिया व्यर्थ ही उनके अंदर उस लजीली पत्नी को, स्नेही, हंसती-

मुस्कुराती मां को ढूंढ़ने की कोशिश करती है जो वो कभी हुआ करती थीं।

प्रिया उनके पैर छूती है और अपने सिर पर चिड़िया के पंख जैसे हल्के हाथ को महसूस करती है। उसे इसी से संतोष करना होगा।

अब अंतिम विदा लेनी है। हवेली में मनोरमा और अमित नदारद रहते हैं लेकिन सोमनाथ अपने उत्साह और जोश से इसकी भरपाई करते हैं। उन्होंने प्रिया के कल्याण के लिए लंबी-चौड़ी पूजा करने के लिए पारिवारिक पंडित को बुलाया है, धूप-अगरबत्ती, फूल, घंटे, दीये, शंख बजाती नौकरानियां, देवताओं को प्रसन्न करने के लिए मिठाइयों के ढेर। पूजा के बाद वो प्रिया के माथे पर लाल चंदन का टीका लगाते हैं। 'विजयी भव।' वो दो बार उसे आशीर्वाद देते हैं, उनकी आंखें नम हैं। 'तुम्हारे बाबा की ओर से भी।'

सोमनाथ ने प्रिया को छोड़ने के लिए कलकत्ता जाने की योजना बनाई थी, इतने सालों में ये उनकी पहली यात्रा होती। लेकिन दो दिन पहले ही उनका गठिया का दर्द ज़ोर पकड़ गया था और प्रिया ने उन्हें सख़्ती से मना कर दिया था। तो अब बस जामिनी और प्रिया ही उस कार में सवार होती हैं जो मुंशीजी ने शहर से भेजी है। जब ऊबड़-खाबड़ सड़क पर कार आगे बढ़ती है, तो प्रिया अचानक ही हैरानी भरे दुख से भर जाती है। उसके जीवन भर की कामना, जिसके लिए उसने इतना संघर्ष किया है, इतना कुछ क़ुर्बान किया है, पूरी होने जा रही है। उसे ख़ुश, या कम से कम संतुष्ट तो होना चाहिए।

फिर ये आंसू क्यों?

वो न्यू मार्केट के छोटे से होटल के हमेशा वाले टूटे-फूटे बूथ में बैठी हैं, तीनों बहनें जो एक लंबे समय तक नहीं मिल पाएंगी, अगर कभी मिल पाईं तो। उदारमना होते हुए प्रिया अंडे के परांठे मंगवाती है। जब वो खा चुकती हैं, तो वो पुराने अख़बार में लिपटे दो पैकेट निकालती है और अपनी बहनों की ओर बढ़ा देती है।

'सोने के कंगन!' जामिनी ख़ुशी से कहती है। 'हमारे लिए? पक्का?

क्या ये—?'

वो बहुत अच्छी तरह से जानती है कि ये वही हैं। वो सगाई में मौजूद थी जब अमित ने उन्हें प्रिया की कलाइयों में पहनाया था। प्रिया झांसे में आने को तैयार नहीं होती। 'मैं चाहती हूं तुम दोनों ये रख लो। यादगार के तौर पर—या सुरक्षा के लिए अगर कभी तुम्हें पैसे की ज़रूरत पड़ जाए तो।'

दीपा के चेहरे पर हैरानी भरी ख़ुशी अफ़सोस के साथ जद्दोजहद करती है। आख़िरकार वो कहती है, 'शुक्रिया, प्यारी बहन, लेकिन मैं ये नहीं ले सकती। मैं सहेलियों को इसके बारे में क्या बताऊंगी? काम पर हमारे सहकर्मियों को? सब जानते हैं कि रज़ा और मैं मुश्किल से ख़र्च चला पाते हैं।' वो अपना बुर्क़ा खोल देती है। 'देखो मुझे, अभी भी सलीमा के पुराने कपड़े पहने हूं।'

'क्या तुम ये नहीं कह सकतीं कि ये शादी का उपहार है?'

दीपा अपना सिर हिलाती है। 'इससे तो और सवाल खड़े हो जाएंगे। मुझे इतना महंगा उपहार कौन देगा? अगर ये परिवार ने दिया है, तो वो हमारे वलीमे में क्यों नहीं आए थे? मुझे झूठ पर झूठ बोलने होंगे और मैं उनमें उलझ जाऊंगी।' वो प्रिया को कंगन लौटा देती है। 'तुम इसे रखो। अमेरिका में कोई संकट आ खड़ा हुआ तो ये काम आएगा। तुम भी ये मानती हो ना, जामिनी?'

ख़ामोश जामिनी दीपा के कंगन को तकती रहती है।

दीपा भी ये देख लेती है। 'तुम्हें दोनों कंगन जामिनी को दे देने चाहिए। ये इसके दहेज का हिस्सा बन सकते हैं, मां की एक फ़िक्र तो कम होगी।'

जामिनी की आंखों में बहुत महीन सी चमक आती है।

'नहीं,' प्रिया कहती है। 'मैं चाहती हूं एक तुम रखो, दीपा। तुम इसे छिपाकर रख सकती हो। जामिनी, तुम्हारे लिए भी यही अच्छा होगा कि अपने वाले को छिपाकर रखो।'

जामिनी विरोध में ठोड़ी उठाती है।

प्रिया सोचती है, जिन चीज़ों को हम दे देते हैं वो फिर हमारे बस में नहीं रहतीं। कम से कम मैं इन्हें देखने की पीड़ा से तो बच जाऊंगी।

दीपा आगे को झुकती है। 'अब मुझे तुम दोनों को कुछ बताना है।'

'तुम मां बनने वाली हो!' जामिनी कहती है।

दीपा शरमा जाती है। 'नहीं, हालांकि मुझे ये अच्छा लगेगा। लेकिन रज़ा कहता है कि हमें राष्ट्र को पहले रखना होगा। मेरे ख़्याल से वो सही कहता है। मेरी ख़बर बिल्कुल अलग है। हम पूर्वी बंगाल जा रहे हैं, जो कि जल्दी ही नए देश—पाकिस्तान—का हिस्सा बन जाएगा। रज़ा इसके लिए बहुत उत्सुक है।'

प्रिया भौचक्की और नाराज़ है। नोआखाली का नरसंहार अभी भी उसके दिमाग़ में ताज़ा है, अख़बारों में मरने वालों की तस्वीरें भरी पड़ी थीं। निश्चय ही दीपा ने भी उन्हें देखा होगा।

'ये तो बहुत ख़तरनाक है, दीपा।' जामिनी अपनी बहन का हाथ पकड़ लेती है। 'तुम्हें ऐसा नहीं करना चाहिए।'

प्रिया कहती है, 'क्या रज़ा ये नहीं समझ रहा कि तुम्हारे लिए ये कितना जोखिम भरा होगा?'

'रज़ा बताता है कि हालात शांत हो गए हैं। पूर्वी बंगाल में मुस्लिम लीग के मेंबरों ने उसकी शोहरत सुनी है। वो चाहते हैं कि वो राजधानी में आए। एक अच्छी सरकार बनाने में उनकी मदद करे। वो भी बहुत उत्साहित है। वो नए देश को आकार देने में हाथ बंटाना चाहता है। इसके अलावा, वहां मुसलमानों के लिए कोई ख़तरा नहीं होगा। ढाका की जगह कलकत्ता में हमारे मारे जाने का ख़तरा ज़्यादा है।'

'क्या मतलब है तुम्हारा, *हमारे*?' जामिनी अपनी आवाज़ धीमी करती है। 'तुम मुसलमान नहीं हो, दीपा! क्या तुम भूल गईं?'

प्रिया भी ख़ुद को फुसफुसाते हुए पाती है। 'अगर किसी को पता चल गया कि तुम नाटक कर रही हो, तो तुम भारी ख़तरे में पड़ जाओगी। रज़ा भी। अगर तुम लोगों को जाना ही है, तो शायद तुम्हें वास्तव में धर्म बदलने के बारे में सोचना चाहिए।'

'किसी को पता नहीं चलेगा,' दीपा ग़ुस्से से कहती है। वो प्रिया के सुझाव को नज़रअंदाज़ कर देती है और जामिनी की ओर मुड़ती है। 'तुम मां को बता दोगी? हम कुछ महीनों में, शायद जल्दी ही चले जाएंगे। शायद हम कभी भारत वापस न आ पाएं। जाने से पहले मुझे उनसे मिलना है। मैं रानीपुर नहीं जा सकती। वो मुझे वहां नहीं बुलाना चाहेंगी। साथ ही, अगर गांव में कोई खुसुर-पुसुर करने लगा, अगर लीग को पता चल गया, तो ये बहुत ख़तरनाक हो सकता है। क्या तुम उन्हें कलकत्ता आने के लिए मना सकती हो? प्लीज़? हम इसी चाय की दुकान पर मिल सकते हैं—बस एक घंटे के लिए, बस विदा लेने के लिए।'

'कोशिश करूंगी।' लेकिन जामिनी नीचे देख रही है। अगर वो दीपा से इतना नाराज़ नहीं होतीं, तो भी बीना उस शहर में आने को कभी तैयार नहीं होंगी जिसने उनके पति की जान ली थी। शायद मन में कहीं दीपा भी ये जानती है। बहनें चुप बैठी रहती हैं, उन बदलावों और चुनौतियों के बारे में सोचते हुए जो मुंह बाए खड़ी हैं, जब तक कि दीपा गहरी सांस लेकर ये नहीं कहती कि उसे काम पर वापस लौटना होगा।

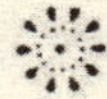

ये प्रिया की आख़री रात है, तो दुखी शेफाली दावत का खाना बनाती है, पुलाव, बैंगन, फूलगोभी, कढ़ी, माछेर कलिया, टमाटर की चटनी, पायेश। शायद वो प्रिया के लिए भी दुखी हो रही है कि वो सारे बंगाल के सबसे योग्य लड़के से शादी करने की बजाय इतनी दूर डॉक्टर बनने, रोज़ाना अजनबियों के कीटाणुओं, बदबुओं और शारीरिक द्रव्यों से जूझने जा रही है। प्रिया इसलिए थोड़ा सा खा लेती है कि शेफाली ने इतनी मेहनत की है। लेकिन अपनी यात्रा को लेकर वो इतनी ज़्यादा नर्वस है, दीपा को लेकर इतनी ज़्यादा चिंतित है, अमित को लेकर उसके दिल में इतनी गहरी कसक है कि वो किसी चीज़ का मज़ा नहीं ले पाती। डिनर के बाद वो लिविंग रूम में चक्कर लगाती रहती है जब तक कि उसका ध्यान भटकाने के लिए जामिनी रेडियो नहीं चला देती। ख़बरें आ रही हैं, ज़्यादातर अच्छी नहीं हैं। विभिन्न पार्टियां झगड़ रही हैं कि अंग्रेज़ों के जाने पर देश का कौन सा हिस्सा पाकिस्तान में जाएगा और कौन सा भारत में रहेगा।

क्या आप किसी देश को ऐसे काट सकते हैं जैसे कि वो कोई केक हो?

प्रिया जामिनी से रेडियो बंद करने के लिए कहने ही वाली है कि उद्घोषक कहता है कि आज सरोजिनी नायडू कलकत्ता में हैं। कल वो गांधी जी का साथ देने के लिए नोआखाली की यात्रा करेंगी और जीवित बची महिलाओं के लिए एक पुनर्वास कार्यक्रम की योजना बनाएंगी। प्रिया को अपने मन में हलचल सी महसूस होती है, इस महिला से मिलने की पुरानी और गहरी दबी इच्छा सिर उठाती है जिसने उसके पिता को प्रेरित किया था। सरोजिनी मुझे बताएंगी कि मैं सही राह पर हूं या नहीं। लेकिन ये अविवेकपूर्ण, असंभव है, इतना समय नहीं है। होता भी तो प्रिया उन्हें ढूंढ़ने कहां जाती?

रेडियो उस भाषण का एक अंश सुनवा रहा है जो सरोजिनी ने आज बेथुन कॉलेज की छात्राओं के सामने दिया था। प्रिया एकाग्रता से सुनती है। सरोजिनी पूरे आत्मविश्वास से भारतीय लहजे में अंग्रेज़ी बोलती हैं जो उस भाषा को उनकी अपनी बना देता है। 'शिक्षा एक अथाह, सुंदर, अनिवार्य माहौल है जिसमें हम रहते हैं, घूमते हैं और अपना अस्तित्व बनाते हैं। क्या कोई पुरुष दूसरे पुरुष को भगवान द्वारा प्रदत्त, शरीर को पोषण देने वाली शुद्ध हवा पाने के उसके जन्मसिद्ध अधिकार से वंचित करने का साहस करता है? तो फिर, कोई पुरुष किसी मानव आत्मा को स्वतंत्रता और जीवन की उसकी पुरातन विरासत से वंचित करने का साहस क्योंकर करे? मगर फिर भी, मेरी मित्रो, भारतीय महिलाओं के मामले में पुरुष ने ये हिम्मत की है। इसलिए, मैं आपसे आग्रह करती हूं, अपनी महिलाओं को उनका प्राचीन अधिकार लौटाएं, क्योंकि वास्तविक राष्ट्र-निर्माता हम हैं, आप नहीं।'

उत्तेजित और प्रेरित होकर वो जामिनी को झिंझोड़ देती है, जो न्यू मार्केट के नवीनतम लेन-देन को अपनी नोटबुक में लिखने में व्यस्त है।

'तुमने ये सुना? सरोजिनी मेरे अमेरिका जाने का साथ देतीं। वो कहतीं कि मैं सही काम कर रही हूं। आख़िरकार, वो ख़ुद भी तो विदेश में पढ़ी हैं।'

जामिनी एक भौंह उठाती है। 'मैं भी तुम्हारा साथ देती हूं। इसीलिए तो मैं यहां आई हूं। तुम किसे यक़ीन दिलाने की कोशिश कर रही हो? ख़ुद को?'

चिढ़ी हुई प्रिया बहस करना चाहती है, लेकिन सरोजिनी आगे कह रही हैं: 'औरतें घरों में चूल्हे की आग को और राष्ट्र के जीवन की मशाल की लौ को जलाए रखती हैं। आनंदप्रद आत्मसमर्पण की ताक़त भारतीय स्त्रियों का विशिष्ट गुण है।'

'सरोजिनी असल में महिलाओं के बाहर निकलने और अपने दिल की बात मानने की वकालत नहीं कर रही हैं, है ना?' जामिनी शुष्कता से कहती है। 'वो संतुलन और समझौते की बात कर रही हैं। क्या बाबा ने नहीं कहा था कि उन्होंने इंग्लैंड जाने से पहले शादी की थी।'

इस दंश से तड़पकर प्रिया उस दर्द भरे राज़ को खोल देती है जो उसने अपने मन में छिपा रखा है। 'मैं भी ऐसा करना चाहती थी, मगर अमित ने इंकार कर दिया।' वो जामिनी के तानों के लिए ख़ुद को तैयार कर लेती है, मगर उसकी बहन ख़ामोशी से वापस अपनी नोटबुक में व्यस्त हो जाती है।

उस रात नींद उससे कोसों दूर है। प्रिया पानी पीती है, बाथरूम जाती है, बाग़ को देखती है जहां कभी अमित ने उसके लिए संसार का सबसे सुंदर गुलाब तोड़ा था। उसकी व्याकुलता से दबा बेचैन पलंग चरमरा उठता है।

दरवाज़े पर जामिनी है। प्रिया शिकायतों के लिए तैयार हो जाती है, मगर जामिनी साथ लेटकर प्रिया के सिर को सूंघते हुए उसे बांहों में ले लेती है। जब प्रिया सपनों में डर जाने वाली बच्ची थी, तब भी वो यही किया करती थी, लेकिन प्रिया ये भूल चुकी थी। जामिनी हौले-हौले गाती है:

जोदी तोर डाक शुने केउ ना आशे, तोबे एकला चोलो रे।
एकला चोलो, एकला चोलो, एकला चोलो, एकला चोलो रे।

हालांकि इसे भिन्न मक़सद से लिखा गया था, मगर ये गाना प्रिया

पर एकदम सटीक बैठता है: *अकेले चलो, अकले चलो, अकेले चलो।*

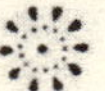

प्रिया एसएस मॉरिटानिया के भीड़ भरे डेक पर सैकड़ों मुसाफ़िरों के साथ खड़ी है, जो घाट पर अपने मित्रों और परिवार की ओर हाथ हिला रहे हैं। उसके लिए हाथ हिलाने को कोई नहीं है। जब वो गैंगवे पर पहुंची तो उसने मुंशीजी और जामिनी को वापस भेज दिया था। घाट पर भीड़ बढ़ती जा रही थी, कुली धक्का-मुक्की कर रहे थे, जामिनी दो बार ठोकर खा चुकी थी। लेकिन अब प्रिया बेताबी से चाह रही है कि काश वो इतनी दयावान न हुई होती। अपने ख़ूबसूरत छोटे से केबिन का ख़्याल भी उसे दिलासा नहीं दे पाता। वो हाथ हिला रहे परिवारों की ओर से पीठ फेर लेती है और अपनी धुंधलाई आंखें जहाज़ की विशाल चिमनियों पर टिका देती है। ओह अमित।

एक गोरा व्यक्ति उसकी बांह छूता है, वो चौंक जाती है। उसे इस तरह के बर्ताव का आदी होना होगा, जो मिसेज़ एवरी ने उसे चेतावनी दी थी कि अमेरिका में सामान्य है। 'मेरे ख़्याल से कोई आपका ध्यान खींचने की कोशिश कर रहा है।'

नीचे अस्त-व्यस्त सी जामिनी इशारा करते हुए प्रिया का नाम पुकार रही है। ये वापस आ गई! प्रिया के आसपास लोग सफ़ेद रूमाल लहरा रहे हैं, सैकड़ों फड़फड़ाते फ़ाख़्ता, एक ऐसी परंपरा जिसकी तैयारी करने का उसे पता नहीं था। कोई बात नहीं। वो अपनी साड़ी के छोर को बैनर की तरह हिलाती है। शुभकामनाएं, अच्छे से रहना, मुझे भूलना मत। उसके शब्द जहाज़ के भौंपू की आवाज़ में डूब जाते हैं। निर्बाध और शक्तिशाली मॉरिटानिया गति पकड़ लेता है, और हुगली से अथाह समंदर की ओर बढ़ जाता है।

अब दुख पीछे छूट जाता है, अब दिल की धड़कनें तेज़ हो जाती हैं, अब कोई वापसी नहीं है।

मुझे आशीर्वाद दें, बाबा। मैं अपनी ज़िंदगी का सबसे बड़ा एडवेंचर शुरू कर रही हूं।

भाग चार

मार्च–नवंबर 1947

यहां एक देश है जो स्वतंत्रता पाने की कगार पर है। यहां बेहद जल्दबाज़ी में एक आदमी है जिसे बिना किसी तैयारी के उस देश को मुक्ति दिलाने की हड़बड़ी है। यहां एक अजनबी है जो धरती के टुकड़े कर रहा है। यहां सुनहरी रेशमी जैकेट के लेपल में गुलाब लगाए एक नेता है जो नियति के साथ प्रयास करने का दावा कर रहा है। यहां जश्न मन रहा है, पहली बार तिरंगे झंडे फहराए जा रहे हैं। यहां लोग भाग रहे हैं। यहां लोगों का क़त्लेआम हो रहा है। यहां परिवार बिखर रहे हैं और बिछुड़ रहे हैं। यहां ऐसी औरतें हैं जिनके स्तन कटे हुए हैं। यहां सींख़ों पर बच्चे भूने जा रहे हैं। यहां मौतों के ऐसे आंकड़े हैं जो पत्थरदिल इंसान को भी झकझोर दें। यहां वो शख़्स है जिसने सबसे घातक राज़ छिपा रखा है।

ये देश भारत है। ये आदमी जो इंग्लैंड लौटकर नेवी के अपने कैरियर को आगे बढ़ाने की जल्दबाज़ी में है, वायसरॉय माउंटबेटन है; उसने भारत की आज़ादी को दस अशांत माह पहले खिसका दिया है। टुकड़े करने वाला बैरिस्टर सीरिल रैडक्लिफ़ है; उसने पहले कभी इस महाद्वीप पर पांव भी नहीं रखा है। पांच हफ़्ते में वो 175,000 वर्ग मीलों को तीन टुकड़ों में बांट देगा। नियति के साथ प्रयास करने की बात करने वाले नेता नेहरू हैं; दहला देने वाली ख़ामोशी में अपनी मंज़िलों की ओर जाती ख़ूनी रेलगाड़ियों को रोकने में वो असहाय हैं। ख़ुशी में लहराए जाते तिरंगे झंडे केसरिया-सफ़ेद-हरे हैं; उनके केंद्र में अशोक चक्र है, न्याय का अनंत चक्र। राज़ छिपाने वाले व्यक्ति जिन्ना हैं; उन्हें ट्यूबरकुलोसिस और कैंसर है; डॉक्टरों ने कहा है कि उनके पास बस एक साल है। अगर उन्होंने ये बात बता दी होती, तो दस लाख जानें बच सकती थीं।

साल 1947 है। ये सर्वश्रेष्ठ काल है; ये सर्वनाश का काल है।

17

दीपा

कभी उसके पिता की रही क्लिनिक के ऊपर बने फ़्लैट के पतले से बेड पर वो रज़ा की नींद में डूबी सांसों, सपने देखती बांहों में आराम करने के लोभ को दबा देती है। उसे एक बहुत ज़रूरी काम करना है, उसके जागने से पहले उसे ये पूरा करना होगा। कल बहुत देर हो जाएगी, कल वो ढाका जा रहे हैं। वहां से वो अपनी बहनों को पत्र नहीं लिख पाएगी।

मोमबत्ती, स्याही, पेपर, पैन। दीपा किताबों के स्टैक के पीछे छिपा एक पैकेट निकालती है—उसकी बहनों के पत्र। वो इन्हें एक आख़री बार पढ़ेगी। कल जब वो खाना बनाएगी तो इन्हें जला देगी। वो फिर कभी उनके पत्र नहीं पा सकेगी क्योंकि पूर्वी बंगाल के एक मुस्लिम सरकारी अधिकारी की बीवी क्यों दूसरे देशों की हिंदू लड़कियों से ख़तो-किताबत करेगी? अभी ही ये बहुत जोखिम भरा है।

वो पहले प्रिया के पत्रों को फिर से पढ़ती है। वो कम दुख पहुंचाते हैं।

पहले में अमेरिका की यात्रा का वर्णन है। लड़की के अंदर वर्णन करने की क्या प्रतिभा है। दीपा उसके साथ *मॉरिटानिया* में पहुंच जाती है: कहानियों की किताबों का कमरा, आरामदेह पर्दे लगे बंकबेड, छोटे-छोटे

सिल्वर के हुकों पर लटकी तौलिए, गुदगुदे तकियों के नीचे कलात्मक ढंग से रखा डिनर का मेन्यु। ये शिप है या कोई कार्निवल? किताबें, फ़िल्में, डांस, संगीत-कार्यक्रम, यहां तक कि जब वो स्वेज़ पर रुके थे तब गीज़ा के शानदार पिरामिडों का दौरा तक। इस तरह की चीजें भी दुनिया में हैं! दीपा इच्छा करती है कि वो भी किसी अनजान देश जा पाती। फिर सोचती है, कल मैं जा तो रही हूं।

प्रिया के साथ केबिन में तीन औरतें हैं। दो तो अपने आप में मग्न रहती हैं, लेकिन तीसरी, मैरियेन, मिलनसार है। ये ख़ुशक़िस्मती ही साबित होता है क्योंकि जब वो न्यूयॉर्क में उतरे, तो प्रिया ने पाया कि मुंशीजी का आदमी, जिसे बंदरगाह पर उससे मिलना था, वहां नहीं था। दीपा की तो डर के मारे जान ही निकल जाती; कल पूर्वी बंगाल जाने के ख़्याल से ही, हालांकि हर पल वो रज़ा के साथ होगी, उसका जी मिचला जाता है। मैरियेन के माता-पिता प्रिया को अपनी कार से ग्रैंड सैंट्रल स्टेशन ले जाते हैं, उसकी बौखला देने वाली गहमागहमी में वो उसे सही ट्रेन में बिठा देते हैं। वो उसे दुनिया की सबसे ऊंची इमारत तक दिखाते हैं, उसका शिखर किसी दैत्य की सूई जैसा दिखता है। ख़ुशनसीब है प्रिया, अलावा तब के जब वो अपने अड़ियलपन से मामले बिगाड़ लेती है। मगर फिर, क्या मैंने भी ख़ुद अपने रिश्तों को तबाह नहीं कर दिया है?

प्रिया ने लिखा था कि उसे विमेंस मेडिकल कॉलेज की ऊंची, ईंटों की बनी इमारतें और शानदार स्तंभ रोमांचक और आतंकित कर देने वाले लगे। उसे कक्षाएं पसंद थीं, प्रोसीजर लुभावने थे, वो बहुत कुछ सीख रही थी। लेकिन वो बहुत अकेली थी। कभी-कभी वो ख़ुद को किसी अनूठे जानवर की तरह महसूस करती थी। सहपाठी उसके पुराने चलन के कपड़ों को तकती थीं और उसके लहजे का मज़ाक़ उड़ाती थीं। कुछेक ने उससे बात करने की कोशिश की लेकिन जल्दी ही उनके पास बात करने को कुछ नहीं बचा। उसका ख़्याल था कि उन्होंने बस ईसाई होने के फ़र्ज़ के नाते ये कोशिश की थी।

दीपा सोच में पड़ जाती है क्या पूर्वी बंगाल के लोगों को उसे समझने में मुश्किल होगी। ज़ाहिरा जिनकी ढाका में एक कज़िन है कहती हैं कि उनका सुर अजीब सा होता है। समान शब्दों का वहां कुछ और अर्थ होता

है। अपना मुंह बंद और आंखें खुली रखना, ज़ाहिरा ने उसे सलाह दी है।

दीपा की आंखें अंतिम पंक्ति पर ठहर जाती हैं। *तुम्हें मेरा प्यार, पता नहीं कब मैं तुमसे फिर मिल पाऊंगी।* प्रिया का असल में मतलब है: *क्या मैं फिर कभी तुमसे मिलूंगी?*

दीपा को इसका जवाब नहीं पता।

जामिनी के ख़त छोटे, नश्तर की तरह तीखे हैं; उनमें हमेशा एक सी बातें होती हैं। *हम कुशल-मंगल से हैं। रज़ाइयां अच्छी बिक रही हैं। हमने अपनी मदद के लिए एक और औरत को रख लिया है। जब मैं कलकत्ता आती हूं तो तुमसे नहीं मिल सकती क्योंकि वो हमेशा मेरे साथ होती है। मां आजकल मेरा अकेले आना-जाना पसंद नहीं करती हैं, शहर में बहुत ज़्यादा अशांति है। मैं मां को कलकत्ता आने के लिए मना नहीं पाई। मुझे अफ़सोस है। मैंने सच में कोशिश की थी।*

दीपा सावधानी से रोती है। रज़ा हालांकि उसे प्यार करता है लेकिन जब उसे बीना के लिए रोते देखता है तो ग़ुस्सा हो जाता है।

अब उसे अपना पत्र लिखना होगा। अपनी मां और मातृभूमि को छोड़ने के दर्द को छिपाना होगा। ये ज़ाहिर नहीं करना होगा कि वो कौन है, और न ही ऐसा कुछ कि वो क्या हुआ करती थी। इस तरह अगर खोज की भी गई, तो पत्र रज़ा को नुकसान नहीं पहुंचा सकेगा।

मैं कल जा रही हूं। तुम्हारे बहनोई बहुत ख़ुश हैं, और वहां के हमारे मित्र भी। उनकी बहुत सारी योजनाएं हैं; तुम्हें तो पता है वो कितने मेहनती हैं। चुनौतियां तो होंगी—किस सार्थक कोशिश में नहीं होतीं?—मगर मैं तैयार हूं। प्यार मुझे ताक़त देगा। मेरी चिंता मत करना। ये अच्छा एडवेंचर रहेगा।

वो पत्र की नक़ल बनाती है। दोनों काग़ज़ों को सावधानी से तह करती है। कल वो इन्हें अब्दुल्लाह को दे देगी। वो भेजने वाले के किसी नक़ली नाम से उन्हें पोस्ट कर देंगे।

इस जोड़-तोड़ से थककर वो बेड पर सरक जाती है। सोते-सोते रज़ा ने उसकी गर्दन की साइड पर अपना गर्म चेहरा सटा दिया है। ओह,

वो इसे कितना प्यार करती है!

फिर ये हौल, ये दर्द क्यों उठ रहा है मानो वो दो भागों में चिरी जा रही हो।

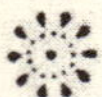

वो स्टेशन को जाने वाली सुनसान सड़कों से गुज़रते हैं। कभी कलकत्ता ऐसा शहर था जो कभी नहीं सोता था: पार्टियां, नाटक, शानदार बारातें, संगीत की महफ़िलें जो सुबह होने तक चलती थीं। लेकिन दंगों के बाद से लोग अंधेरा होने के बाद बाहर निकलने से बचने लगे हैं। उनकी ट्रेन रात भर चलेगी, कल ढाका पहुंचेगी। दीपा ने कभी इतना लंबा सफ़र नहीं किया है।

कुली उनका सामान तीसरे दर्जे के एक ख़ाली डिब्बे में रख देता है। लीग ने उन्हें बेहतर टिकट देने की पेशकश की थी, लेकिन रज़ा ने कहा ये ग़ैरमुनासिब है, देश को कहीं ज़्यादा ज़रूरी कामों के लिए पैसों की ज़रूरत है। दीपा एतराज़ नहीं करती। वो खिड़की की सीट ले लेती है और बच्चों जैसे उत्साह से ट्रेन के चलने का इंतज़ार करती है।

ट्रेन चलने से ठीक पहले, दो लंबे, बलिष्ठ आदमी डिब्बे में आते हैं। रज़ा उन्हें हतप्रभ दीपा से मिलवाता है। कुछ कम उम्र का शरीफ़ हाल ही में लीग में शामिल हुआ है। कठोर चेहरे वाला मामून ढाका से उन्हें ले जाने आया है। कोट से ढके जाने से पहले दीपा उसकी कमर में लगी पिस्तौल को देख लेती है। अपने बुर्क़े के पीछे से वो ख़ामोशी से उन्हें आदाब करती है; इसका एक फ़ायदा ये भी है कि उससे बात करने की उम्मीद नहीं की जाती।

दो और मुसाफ़िर डिब्बे के दरवाज़े पर आते हैं। 'यहां जगह नहीं है,' मामून उनका रास्ता रोकते हुए कहता है। मुसाफ़िर ख़ाली सीटों की ओर इशारा करते हुए विरोध करते हैं। मामून अपना कोट खोल देता है। वो धातु की चमक देखते हैं और जल्दी से पीछे हट जाते हैं। वो दरवाज़ा बंद कर देता है, उसकी क्लिक रात में गूंज उठती है। अपनी बेचैनी को छिपाने के लिए दीपा खिड़की से बाहर स्याह आकारों को, झोपड़ियों, पेड़ों, भूसे के ढेरों को तेज़ी से गुज़रते देखने लगती है। जब आदमी धीमी आवाज़ों में

बात कर रहे होते हैं, तो वो समझने की कोशिश करती है कि कहां पश्चिम बंगाल ख़त्म हो रहा है और पूर्वी बंगाल शुरू, मगर समझ नहीं पाती। आख़िर ये एक ही तो देश है, हालांकि आदमियों ने कुछ और फ़ैसला लिया है। ट्रेन की लय उसे शांत कर देती है, उसका सिर रज़ा के कंधे पर ढुलक जाता है, वो सो जाती है।

सुबह भोर में उसकी आंख खुलती है तो पाती है कि उसके चेहरे से नक़ाब खिसक गई है। ट्रेन ने रज़ा को भी सुला दिया है; शरीफ़ को भी। केवल मामून सुलगती हसरतों के साथ एकदम सतर बैठा है। डिब्बे की मद्धम रौशनी में वो उसे तक रहा है। उसकी आंखों में ऐसा क्या है कि वो असहजता से लाल पड़ जाती है? अपनी नक़ाब को ठीक करते हुए वो खिड़की की ओर मुड़ जाती है।

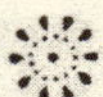

लीग ने उन्हें घर ले जाने के लिए एक शानदार बड़ी कार भेजी है, मिलिट्री यूनिफ़ॉर्म पहने शोफ़र के साथ। जब मामून और शरीफ़ भी अंदर ड्राइवर के पास ठसकर बैठ जाते हैं, तो दीपा को अच्छा नहीं लगता। वो प्राइवेसी की, रज़ा से सवाल पूछने का मौक़ा पाने की उम्मीद कर रही थी। लंबे सफ़र से हैरान-परेशान वो ढाका की पहली झलक देखकर प्रभावित नहीं है। कलकत्ता के मुक़ाबले सड़कें संकरी और इमारतें भद्दी लग रही हैं। बेसाख़्ता उसकी आंखों में आंसू झलक आते हैं। हाल में ऐसा लगता है जैसे वो हमेशा रोती ही रहती है।

उनका मुहल्ला उसकी अपेक्षा से कहीं अधिक समृद्ध है। एक गार्ड चुस्ती से सलाम करता है; कार फूलों भरी लताओं वाले ड्राइववे में उतर जाती है। नारियल के पेड़ों से घिरी दोमंज़िला हवेली अपनी पूरी धज के साथ खड़ी है। लेकिन रज़ा ख़ुश नहीं है। 'ये घर कुछ ज़्यादा ही आलीशान है। लीग को किसी छोटे घर का इंतज़ाम करना चाहिए था।'

मामून की मुस्कुराहट पाशविक है। 'फ़िक्र न करें, रज़ा भाई। इसमें हमारा एक पैसा भी नहीं लगा है। यहां जो परिवार रहता था—वो हिंदू थे—उसने अक़्लमंदी से कलकत्ता जाने का फ़ैसला किया। वो बहुत हड़बड़ी में गए थे, साथ में लगभग कुछ नहीं ले गए, इसलिए घर पूरा फ़र्निश्ड है।'

वो दीपा की ओर मुड़ता है। 'लेकिन अगर आपको और कुछ चाहिए हो, आलिया बेगम, तो मुझे बता दीजिएगा। मैं देखूंगा कि आपको वो मिल जाए।'

दीपा ने सिर हिला दिया। लेकिन अगर उसे कोई बहुत ज़रूरी चीज़ चाहिए भी होगी, तो वो मामून से नहीं कहेगी। वो उसे असहज करता है—और फिर, उसके पास रज़ा है। उसे जो भी चाहिए होगा, वो लाकर देगा। पल भर के लिए उसका मन उस परिवार की ओर चला जाता है जो उस ख़ूबसूरत घर में रहता था, इसे छोड़ते वक़्त वो कितने दुखी हुए होंगे। फिर वो इस ख़्याल को दरकिनार कर देती है। दुखी होने के लिए उसके अपने पास ही बहुत बातें हैं। इसके बजाय उस हवादार बेडरूम पर ध्यान दो जिसमें एक नौकरानी उसे ले जाती है। खिड़की के पास एक इमली के पेड़ पर पंछी एक दूसरे को पुकार रहे हैं। दीपा देर तक नहाती है, साफ़ कपड़े पहनती है। डाइनिंग रूम की ओर जाते हुए वो तीन और बेडरूमों के पास से निकलती है, परिवार के मिलने आने वाले सदस्यों के लिए परफ़ेक्ट—अलावा इसके कि उसके परिवार से कभी कोई उससे मिलने नहीं आएगा।

डाइनिंग रूम में घुसते ही वो ये पाकर सन्न रह जाती है कि वो दोनों आदमी अभी भी यहीं हैं। वो अपनी साड़ी के छोर को अपने चेहरे पर खींचती है और अपना बुर्क़ा लाने के लिए मुड़ जाती है।

रज़ा उसे रोकने की कोशिश करता है। 'मैं मामून और शरीफ़ के साथ काम करूंगा। इन्हें परिवार की तरह ही मानो। इतना औपचारिक होने की कोई ज़रूरत नहीं—'

मगर वो नहीं सुनेगी; वो चली जाती है।

उसके जाने के बाद रज़ा माफ़ी मांग रहा है: छोटे शहर की सख़्त परवरिश है, पर्दे को लेकर बहुत संजीदा है।

और मामून जोश के साथ अपनी सहमति जताता है: 'औरतों को शर्मो-हया के पर्दों में रहते देखना अच्छा लगता है।'

जब अपने बुर्क़े के कवच के साथ दीपा वापस आती है तो पाती है कि नादिया नाम की बुज़ुर्ग बावर्चन ने बड़ी ज़हमत उठाकर शानदार लंच तैयार किया है, बिरयानी, दाल, तले बैंगन, गोभी और मटर करी, मस्टर्ड

फ़िश। भूख से व्याकुल होकर, वो भर-भरकर हर व्यंजन लेती है। मस्टर्ड फ़िश तो बिल्कुल बीना की तरह बनी है; उसे पलकें झपकाकर आंसू पीने पड़ते हैं।

मामून रज़ा को शहर की हालत के बारे में बता रहा है। 'काफ़ी हिंदू कलकत्ता जाने का फ़ैसला कर रहे हैं। पीछा छूटेगा, मैं तो कहता हूं। इससे लीग के हमारे मैम्बरान के लिए घर हासिल हो जाएंगे। मुझ जैसे छोटे कार्यकर्ता को भी मेरा अपना एक बढ़िया, छोटा सा दोमंज़िला घर दिया गया है। कभी-कभार कोई हिंदू अड़ियल निकलता है। ऐसे मामलों में, हम उसे जाने के लिए कुछ ख़ास उकसावे देते हैं—अनधिकृत तौर पर, बेशक।' उसकी क्रूर हंसी दीपा के पेट में खलबली मचा देती है; उसकी भूख मर जाती है। इस घर में जो लोग रहते थे, उन्हें किस क़िस्म के उकसावे दिए गए होंगे? अपनी जान बचाकर भागते हुए उन्हें कैसा लगा होगा? क्या अब वो कलकत्ता में होंगे? क्या वो मर गए होंगे?

नादिया फिर से आ गई हैं, ख़ुशी से अपना मास्टरपीस लेकर जिसे वो खुले हाथ से उनकी प्लेटों में परोस रही हैं। दीपा परेशान हो जाती है क्योंकि ये बीफ़ करी है। वो नादिया से कहती है कि उसका पेट बहुत भर गया है, लेकिन बावर्चन अड़ी हुई हैं। 'जब तक मेरा बनाया सालन नहीं खाया, आपने बड़ा गोश्त ही नहीं खाया,' वो अपने घोर पूर्वी बंगाली लहजे में ज़िद करती हैं। वो दीपा की प्लेट में गोश्त का बड़ा सा टुकड़ा डाल देती हैं। दीपा देखती है कि चिकनाई से चमकती ब्राउन ग्रेवी सारी प्लेट में फैल गई है। उसके गले से मितली उठती है। उसे बाथरूम भागना होगा—ख़ुशक़िस्मती से एक क़रीब ही है। वो बमुश्किल वहां तक पहुंचती है और जो कुछ उसने खाया था, सब उलट देती है। वो वहीं खड़ी रहती है, उसे बाहर आने में बहुत शर्मिंदगी हो रही है। रज़ा बाथरूम के दरवाज़े पर दस्तक देता है और पूछता है कि वो ठीक तो है। मैं ठीक हूं, वो कहती है, सब लोग प्लीज़ अपना काम करें।

लेकिन वो खटखटाता रहता है, आख़िरकार उसे दरवाज़ा खोलना—वो और क्या कर सकती है?—और बाहर आना ही होगा। हाय शर्मिंदगी। सब वहां खड़े उसे घूर रहे हैं। वो बाक़ियों के भाव तो नहीं पढ़ पाती, मगर ये देख सकती है कि रज़ा हक्का-बक्का है।

नादिया मीठे नीबू-पानी का गिलास लेकर दौड़ी आती हैं, उनकी निगाह में सब समझने का भाव है। 'कुछ घूंट पी लें कम से कम, इससे मितली कम हो जाएगी। मेरी प्यारी बीबीजान, आपको मुझे बताना चाहिए था। इन मामलों में पहली बार अक्सर बहुत बुरा हाल रहता है। फ़िक्र न करें, कल से मैं आपके लिए ख़ासतौर से खाना बनाऊंगी, बस वही जो आप खाना पसंद करेंगी।'

इस तरह दीपा को पता लगा कि वो गर्भ से है।

18

प्रिया

सारी सर्दियां, सस्तों में भी सबसे सस्ते बोर्डिंग हाउस में जहां वो रहती थी, दुछत्ती का उसका छोटा सा कमरा बर्फ़ीला ठंडा रहा था; फ़िलाडेल्फ़िया में जून की इस सुबह को अभी से ये बहुत गर्म हो गया है। जब वो अपने कॉलेज से वापस आएगी, तब ये तप रहा होगा। अपनी मोटी कॉलरवाली ड्रेस के बटन बंद करते हुए वो तय करती है कि पसीने में तरबतर नहीं होगी। उसकी सहपाठिनें अपने हल्के प्रिंट्स में ख़ूब हवादार रहती हैं, लेकिन उसके पास सर्दी-गर्मी दोनों के लिए एक से ही कपड़े हैं। प्रिया छोटी पफ़ बांहों वाली ड्रेस या शायद वैसी कोई फ़्लेयर्ड स्कर्ट पसंद करेगी जिसकी सारी लड़कियां दीवानी हैं, लेकिन यहां सब कुछ उससे कहीं ज़्यादा महंगा है जितना सोमनाथ और उसने हिसाब लगाया था।

ये ज़रूरी नहीं है, वो ख़ुद से कहती है। कॉलेज, क्लिनिक, हॉस्पिटल के अलावा वो कहीं नहीं जाती है। पहले तो उसकी सहपाठिनों ने उसे सिनेमा, डांस हॉल, आइसक्रीम पार्लर चलने के लिए कहा था। चर्च भी; उनमें से कुछ के अंदर उसकी आत्मा को बचाने की धारणा थी। उन्होंने उसे पास के कॉलेजों के लड़कों से भी मिलवाने की कोशिश की ताकि वो ग्रुप डेट पर जा सके। लेकिन प्रिया ने इंकार कर दिया। वो जानती है कि वो कठोर और किताबी कीड़ा होने के लिए मशहूर है। कोई ये नहीं देखता

कि वो अकेली है, उसे घर की याद आती है और कभी-कभी उसे डर भी लगता है। न्यूयॉर्क में उसकी दोस्त मैरियेन का शुक्र है, जो हर शनिवार सुबह को नियम से बोर्डिंग हाउस के फ़ोन पर उसे कॉल करती है, अपनी नवीनतम शरारतों से प्रिया को गुदगुदाती है, इतनी मेहनत करने के लिए उसे झिड़कती है, उससे कहती है कि थोड़ा जिया करे। अगर मैरियेन न होती, तो प्रिया तो हंसना ही भूल जाती।

विमेंस मेडिकल कॉलेज में उसके आने के शीघ्र बाद, डीन ने उसे आनंदीबेन जोशी के बारे में एक लैमिनेटेड लेख दिया था। वो उनकी पहली अंतरराष्ट्रीय छात्राओं में से थीं; उनकी कामयाबी को गढ़ने का उन्हें गर्व था। *हमें उम्मीद है डॉ. जोशी का जीवन आपको प्रेरित करेगा।* लेकिन इसने प्रिया को बस दुखी ही किया था। आनंदीबेन ने लंबी बीमारियों समेत अनेक चुनौतियों का सामना किया था, लेकिन उनके पास एक बहुत बड़ा लाभ था: उनके पति, गोपालराव, चाहते थे कि वो सफल हों। उन्होंने हर क़दम पर आनंदीबेन का साथ दिया और बड़े धीरज से उनके भारत लौटने का इंतज़ार किया।

और मैं? मैंने यहां आकर उस आदमी को भी खो दिया जिसे मैं प्यार करती हूं।

प्रिया को भरोसा था कि शांत होने के बाद अमित उसे माफ़ कर देगा। कि वो समझेगा। हालांकि पोस्टेज बहुत महंगी थी, लेकिन हर हफ़्ते वो उसे लंबे-लंबे पत्र लिखती थी कि कैसे उसके व्यस्त शैड्यूल के बीच भी वो हमेशा उसके दिलो-दिमाग़ में रहता है। वो विस्तार से अपने दिनों के बारे में लिखती, इस उम्मीद में कि ये उन्हें जोड़े रखेगा। छह महीने बीत गए, हल्के बैंगनी काग़ज़ कबके ख़त्म हो गए; मगर उसे एक भी जवाब नहीं मिला। क्या वो उसके ख़त पढ़ता भी है? वो याद करती है कि उसने कितने ग़ुस्से से अपनी सगाई की अंगूठी नदी किनारे कीचड़ में फेंक दी थी। उसे लिखना बंद कर देना चाहिए, साफ़ है कि ये बेकार है, वो कम से कम अपने आत्मसम्मान के बचेखुचे चीथड़े ही बचा ले। फिर उसे उसकी आंखें याद आती हैं जब उसने उसे बताया था कि वो अमेरिका जा रही है। वो धोखा खाया भाव। प्यार और अपराधबोध अपनी तीखी चोंच लिए उसके ऊपर उतर आते हैं और वो फिर से पत्र लिख देती है।

प्रिया जल्दी-जल्दी किचन की ओर जाती है जहां नाश्ता कर रही बोर्डिंग हाउस की दूसरी लड़कियां उसे गुड मॉर्निंग कहती हैं। यहां औरतें अच्छे स्वभाव की और व्यावहारिक हैं। वो दफ़्तरों, दुकानों, पोस्टऑफ़िस में काम करती हैं। शामों को वो उसे पार्लर में अपने साथ *एमॉस एंड एंडी* को सुनने के लिए आमंत्रित करती हैं। लेकिन वो मज़ाक़ उसे हतप्रभ कर देते हैं। श्वेत अभिनेता अश्वेत होने का नाटक क्यों कर रहे हैं? उसे तेज़ गति वाला *शैडो* और उसके रहस्यमय हीरो-हीरोइन पसंद हैं जो बेहद पुराने अपराध सुलझाते हैं। लेकिन अब वो ऐसे फ़ालतू शौक़ों का ख़र्चा नहीं उठा सकती। परीक्षाएं आ रही हैं और उसे अभी भी उस सेमेस्टर की भरपाई करनी है जो उसने मिस कर दिया था।

फिर से नाश्ते में नमकीन दलिया। मकान मालकिन मिसेज़ कैली, आयरलैंड की कंजूस विधवा, को दलिया बहुत पसंद है क्योंकि वो सस्ता और पेटभराऊ होता है। प्रिया को वो लेई जैसा लगता है, लेकिन फिर या तो ये खाओ वर्ना भूखे रहो। डिनर में स्ट्यू है। प्रिया इसकी सामग्री के बारे में बारीकी से दरयाफ़्त नहीं करती। लेकिन मिसेज़ कैली बेरहम नहीं हैं: इतवारों को वो उन सबको एक-एक उबला अंडा देती हैं, और बड़े त्योहारों पर पैनकेक बनाती हैं, चीनी और बटर की सप्लाई कम होने के चलते ये भी दावत ही है। शायद वो प्रिया के लिए दुख महसूस करती हैं क्योंकि उससे मिलने कोई भला बंदा नहीं आता है। थोड़े से अतिरिक्त पैसे के बदले, वो उसके लिए एक सैंडविच और एक सेब पैक कर देती हैं जिससे उसे लंच नहीं ख़रीदना होगा।

दिन भर प्रिया एक लैक्चर से दूसरे लैक्चर पर भागती रहती है, बीच-बीच में क्लिनिक और लैब का काम भी था। शुरू में उसे एनाटमी लैब से घबराहट होती थी, नंगा और काटकर खोला हुआ मुर्दा, फ़ॉर्मलडिहाइड की जी मिचला देने वाली गंध। पहली बार तो गंध बहुत ज़्यादा ही लगी थी। वो टायलेट की ओर भागी थी और सारा नाश्ता उलट दिया था। उसकी सहपाठिनें, जो तब तक आदी हो गई थीं, उसे हमदर्दी और दया से देखती रहीं। लेकिन डॉ. मैनचैस्टर, इन्चार्ज युवा प्रोफ़ेसर, ने उसे कोलोन में भीगी रूई दी कि उसे अपने नथुनों में लगा ले और कहा कि जब उन्होंने शुरू किया था तो उन्हें भी ये समस्या हुई थी। वो हमेशा एक हमदर्द शिक्षक बने

रहे हैं, एकमात्र प्रोफ़ेसर जो उससे उसके परिवार के बारे में पूछते हैं। प्रिया अपने सारे प्रोफ़ेसरों, ख़ासकर महिला प्रोफ़ेसरों को सराहती है, मगर डॉ. मैनचैस्टर, जो अब प्रसूति विज्ञान पढ़ाते हैं, उसके फ़ेवरिट हैं।

आज उनका एक ग्रुप डॉ. मैनचैस्टर को डिलीवरी करवाते देखने विमेंस हॉस्पिटल गया है। प्रिया सोचती है, शिशुओं को अपनी पहली सांस लेने में मदद करने, उन्हें उनकी मां की गोद में देने में एक विशेष ही आनंद है। वो महसूस करती है कि डॉ. मैनचैस्टर अभी भी ऐसा ही महसूस करते हैं हालांकि अब तक वो हज़ार बार ये कर चुके हैं। जब प्रिया डॉक्टर बन जाएगी, तो वो जानती है कि वो बहुत तरह के मरीज़ों का उपचार करेगी, लेकिन शिशु को जन्म दिलवाना वो सबसे ज़्यादा पसंद करेगी।

पहला केस तो आसान था, दूसरा ज़रा टेढ़ा है। घंटों से प्रसव पीड़ा में पड़ी मां छोटी और कुपोषण की शिकार है, और अस्पताल के चैरिटी मरीज़ों में से एक है। वो नीम-बेहोशी में आंखें बंद किए पड़ी है। डॉ. मैनचैस्टर उसकी जांच करते हैं और ऐलान करते हैं कि उन्हें सीज़ेरियन करना होगा। क्या कोई छात्रा उन्हें असिस्ट करना चाहेगी? ये तो साफ़ है कि उनका रोल छोटा सा होगा; वो बस उन्हें थोड़ा प्रेक्टीकल अनुभव देने के लिए ये कर रहे हैं। जटिलता होने की सूरत में वहां मौजूद नर्स मदद करेगी। फिर भी छात्राएं नर्वस हैं; प्रिया की सीनियर भी पीछे ही रहती हैं।

प्रिया को नहीं पता कि उसे क्या सूझा। क्या ये लालटेन की रौशनी वाली झोपड़ी की याद है जहां एक बार उसने एक औरत की जान बचाने में मदद की थी? वो कहती है कि वो कोशिश करेगी। डॉ. मैनचैस्टर हैरान हैं—वो बस फ़र्स्ट ईयर में है, और ख़ामोश रहने वालों में है—लेकिन वो उत्साह बढ़ाते हुए हामी भरते हैं। जब वो हाथ धोते हैं और अपने मास्क पहनते हैं तो वो थोड़ा घबराती है, फिर उसके अंदर शांतभाव उठता है, वो निर्देशों का सही-सही पालन करती है। वो उन्हें औज़ार थमाती है, जब वो पूछते हैं तो प्रोसीजर के चरण दोहराती है, चीरे को सीने में उनकी मदद करती है। काम ख़त्म होने पर, वो बख़ूबी काम पूरा होने के लिए उसकी प्रशंसा करते हैं, और उसकी सहपाठिनें उसे एक नए, अनचाहे से सम्मान से देखती हैं।

बाद में हाथ धोते हुए वो पूछते हैं कि उसे कैसे पता था कि क्या करना था। क्या उनकी आवाज़ में कुछ अतिरिक्त गर्माहट है? वो ख़ुद को गांव में अपने पिता के साथ काम करने के बारे में उन्हें बताते पाती है, और ये भी कि कैसे उनकी असमय मृत्यु ने उसकी ट्रेनिंग पर विराम लगा दिया था। अगर डॉ. मैनचैस्टर ने उसकी आंखों को भर आते देख लिया है, तो भी वो ज़ाहिर नहीं करते। वो ग्रुप को अगली मरीज़ के पास ले जाते हैं, उसे उबरने का मौक़ा देते हुए उसकी सहपाठिनों पर सवाल दाग़ते हैं। वो उनकी उदारता के लिए शुक्रगुज़ार है।

अगले शनिवार की अपनी कॉल पर वो मैरियेन को डॉ. मैनचैस्टर के बारे में बताती है। उत्सुक मैरियेन कहती है कि वो बहुत ख़ूबसूरत सुनाई दे रहे हैं। वो सैकड़ों सवाल पूछती है। आख़िरकार वो कहती है, मुझे लगता है कि वो तुममें रुचि ले रहे हैं। प्रिया हंसती है। मुझे लगता है तुम्हारी अक़्ल के घोड़े कुछ ज़्यादा ही दौड़ रहे हैं, वो कहती है।

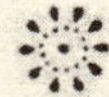

मेज़ पर जहां मिसेज़ कैली डाक रखती हैं, सोमनाथ की प्यारी लिखाई में, भारतीय टिकट लगा एक मोटा सा पैकेट रखा है। प्रिया को बेसब्री हो रही है लेकिन मिसेज़ कैली बहुत अनुशासनप्रिय हैं, जैसा कि वो अक्सर अपनी किराएदारिनों को याद दिलाना पसंद करती हैं। प्रिया को पहले डिनर करना होगा और बर्तन धुलवाने में मदद करनी होगी, फिर नहाना होगा क्योंकि आज उसके नहाने की रात है, वो हफ़्ते में बस दो बार नहा सकती है। आख़िरकार वो अपने दमघोंटू कमरे में पहुंचती है और अपनी गैरेट विंडो खोलती है। आह, रात की ख़ुशगवार हवा। वो पैकेट को फाड़कर खोलती है। वो जानती है उसे पहले कल की क्विज़ के लिए पढ़ना चाहिए। ख़त पढ़ने के बाद उसका मन बहुत ज़्यादा भटक जाएगा। लेकिन घर के हालचाल जानने के लिए अब वो और इंतज़ार नहीं कर सकती।

पैकेट के अंदर उसे सोमनाथ और जामिनी के लिफ़ाफ़े मिलते हैं जो सोमनाथ के ज़रिए ही पत्र भेजती है क्योंकि विदेश की डाक बहुत महंगी है। अख़बारों का एक गट्ठर भी है क्योंकि प्रिया ने शिकायत की थी कि अमेरिकी अख़बार भारत पर बहुत कम ध्यान देते हैं। अब आज़ादी के तेज़ी

से पास आते जाने से, प्रिया सोमनाथ की विचारशील उदारता को पहले से कहीं ज़्यादा सराहती है—ख़ासकर जब से जामिनी के ख़तों से उसे पता चला है कि एस्टेट बहुत अच्छी नहीं चल रही है। सोमनाथ के सबसे अच्छे मुस्लिम किराएदार-किसान पूर्वी बंगाल चले गए हैं; ज़मीन के बड़े-बड़े टुकड़े बिन जोते पड़े हैं।

पत्रों पर जाने से पहले प्रिया पैकेट को उल्टा करके हिलाती है। एक बार फिर अमित की ओर से कुछ नहीं है।

मेरी प्यारी बच्ची,

आशा है तुम सकुशल और सुरक्षित होगी और भयंकर सर्दी का मौसम चला गया होगा। अपनी सहपाठिनों और बोर्डिंग हाउस का तुम्हारा मज़ेदार वर्णन पढ़कर मुझे बहुत आनंद आया। मुझे अफ़सोस है कि तुम्हें बेस्वाद अमेरिकी खाना खाना पड़ रहा है। मैंने मुंशीजी से कहा है कि तुम्हें थोड़े अचार और भिजवा दें। क्लिनिक और अस्पताल में तुम्हारी गतिविधियां शानदार हैं। मुझे ख़ुशी है कि तुम इतना कुछ सीख रही हो, डिनर पर मैं ज़ोर-ज़ोर से तुम्हारे पत्र पढ़ता हूं और हालांकि मनोरमा और अमित उदासीन रहने का दिखावा करते हैं, मगर मैं देखता हूं कि वो बहुत ध्यान से सुनते हैं।

मेरा स्वास्थ्य ठीक है, हालांकि गठिया उससे ज़्यादा वफ़ादार साथी बन गया है जितना मैं पसंद करता। मनोरमा ने मेरे खाने में से मिठाइयों को पूरी तरह दरकिनार कर दिया है। मुझे लगता है वो अपनी हताशा मुझ पर निकाल रही है क्योंकि अमित ने उसके लाए हर अत्यंत योग्य रिश्ते को ठुकरा दिया है। इसे लेकर मेरे अपने संदेह हैं कि वो इतना अनिच्छुक क्यों है!

मैंने अपनी एस्टेट और कलकत्ता का कारोबार अमित को सौंप दिया है, जो मेरा बहुत अच्छा संबल और मेहनती कर्मचारी साबित हो रहा है। वो लड़का कितना बदल गया है और परिपक्व हो गया है! मगर मुझे ये देखकर दुख होता है

कि वो शायद ही कभी मुस्कुराता है। स्थानीय राजनीति में भी वो बहुत गहरे उतर गया है और हिंदुओं को शांत रखने की कोशिश करता है, जो कि गांव में शरणार्थियों के आते रहने से लगातार मुश्किल होता जा रहा है। वो मुस्लिम समुदाय को भी शामिल करने की कोशिश करता है, लेकिन कामयाबी न के बराबर मिलती है। दुर्भाग्य से, अब जबकि ये स्पष्ट है कि देश का बटवारा होना है तो तनाव बढ़ता जा रहा है। पंजाब के साथ ही बंगाल को भी इसका दंश झेलना होगा। हमने और गार्ड रख लिए हैं और अमित एक पिस्तौल लेकर राउंड पर जाता है।

मुझे तुम्हारे पिता अक्सर याद आते हैं। नबो ये देखकर बहुत ख़ुश होते कि स्वतंत्र मातृभूमि का उनके जीवन का सपना पूरा होने जा रहा है। मैं प्रार्थना करता हूं कि ये संक्रमण शांति से हो जाए, कि हमने कलकत्ता के भयंकर दंगों से सीख ली हो जिन्होंने दुखद रूप से उनकी जान ले ली थी।

ये पढ़ते हुए प्रिया के अंदर भावनाओं का ज्वार उमड़ता है: घर की याद, आनंद, स्नेह, फ़िक्र। वो अपनी नई गंभीरता, बंदूक़ों, शादी करने से इंकार करने वाले अमित के बारे में सोचती है। उफ़, वो आदमी इतना ज़िद्दी क्यों है, वो पत्र क्यों नहीं लिखता?

पत्र जारी रहता है।

जामिनी लगभग रोज़ाना ही मनोरमा की मदद करने आ जाती है क्योंकि हमारी दो नौकरानियों में से एक चली गई है। पहले तो मनोरमा अनिच्छुक थी लेकिन तुम्हारी बहन ने उसका दिल जीत लिया है। जामिनी अक्सर देर तक रुकी रहती है। हम किसी गार्ड के साथ उसे घर भिजवाते हैं—इससे तुम्हें पता चल जाना चाहिए कि गांव कितना बदल गया है। अगर गार्ड उपलब्ध नहीं होता, तो अमित उसे छोड़ने जाता है।

मुझे ये लिखना नहीं चाहिए—

मैं जानता हूं तुम्हें अमेरिका में रहना होगा और मुझे

मज़बूत बने रहने, अपना सपना पूरा करने में सफल होने में तुम्हारी मदद करनी चाहिए। लेकिन मैं तुम्हें बहुत याद करता हूं और चाहता हूं कि काश तुम यहां होतीं।

उन्होंने एक लाइन काट दी थी, लेकिन पत्र को बल्ब की रौशनी के सामने रखकर प्रिया उसे पढ़ लेती है। *मुझे अशुभ सा महसूस हो रहा है—*

प्रिया का सीना भिंच सा जाता है। सोमनाथ का क्या मतलब है? क्या उन्हें गांव की चिंता है? देश की? या जामिनी और अमित की? वो सुल्तान पर जामिनी की कल्पना करती है, उसे संभाले रखने के लिए उसके गिर्द पड़ी अमित की बांह। उसे कलकत्ता की वो रात याद आती है जब उसकी बहन ने नींद में अमित का नाम पुकारा था। अब वो रोज़ाना उसके साथ है और प्रिया आधी दुनिया दूर।

प्रिया को जामिनी को दोष नहीं देना चाहिए। वो ये जानती है। उसके और अमित के बीच ये दरार उसकी अपनी करनी है। लेकिन ग़ुस्से पर अक़्ल का बस कब चला है?

प्रिया इतनी अशांत हो गई है कि जामिनी का पत्र नहीं पढ़ पाती, वो अख़बार खोल लेती है। लेकिन उनके अंतर्विरोध परेशान कर देने वाले हैं। *अमृत बाज़ार पत्रिका* नेहरू और वल्लभभाई पटेल की सराहना करता है; *स्टार ऑफ़ इंडिया* मुस्लिम लीग की मांगों का समर्थन करता है; *स्टेट्समैन* स्वतंत्रता को सुगम बनाने के ब्रिटिश प्रयासों की तारीफ़ करता है। परिस्थितियां बहुत तेज़ी से आकार ले रही हैं; प्रधानमंत्री एटली और नए वायसरॉय माउंटबेटन ने सत्ता-हस्तांतरण को जून 1948 की जगह अगस्त 1947 कर दिया है। उन्हें किस बात का डर है? विभाजन की ब्रिटिश योजना के लिए नेहरू की स्वीकृति का कांग्रेस ने समर्थन किया है: बंगाल और पंजाब दो देशों के बीच बंट जाएंगे। बंगाल ने मतदान कर दिया है: पश्चिमी बंगाल भारत के साथ रहेगा; पूर्वी बंगाल नए बने पाकिस्तान में चला जाएगा। हर तरफ़ अस्तव्यस्तता है क्योंकि लोग सीमा की 'अपनी ओर' भाग रहे हैं, हालांकि सीमाएं अभी निर्धारित नहीं की गई हैं। हैरान-परेशान प्रिया इस उथल-पुथल की कल्पना करती है, नोआखाली के आतंक को याद करती है। अगर धर्म न होते तो इंसान कहीं बेहतर हाल

में होता, वो सोचती है।

जब वो अख़बार समेटती है तो बिना कुछ लिखा एक लिफ़ाफ़ा फ़र्श पर गिरता है। वो तकती है, उसकी सांसें ठहर जाती हैं। लेकिन पत्र अब्दुल्लाह का है, जिन्होंने वो सोमनाथ को पोस्ट किया होगा। जैसा दीपा के पत्रों के साथ होता है, जिन्होंने अब आना बंद कर दिया है, उनमें न कोई अभिवादन है, न नाम। अब्दुल्लाह की सावधानी की ज़्यादती पर प्रिया खीझ जाती थी; अब सोचती है क्या वो सही ही हैं। नोट संक्षिप्त सा है: रज़ा और आलिया ढाका में सैटल हो गए हैं; वो अच्छा कर रहे हैं; रज़ा की मेडिकल योग्यता की वजह से नई सरकार ने उसे ढाका म्युनिसिपल कॉरपोरेशन का इन्चार्ज बना दिया है; आलिया उम्मीद से है।

प्रिया आख़री आधी लाइन को बार-बार पढ़ती है। कितना दिलकश है कि उसकी भानजी या भानजा होगा, भले ही वो दुनिया के दूसरे हिस्से में हो। वो दीपा के लिए भी ख़ुश है; पिछली बार जब वो मिली थीं, तो उसे महसूस हुआ था कि उसकी बहन बच्चे के लिए तैयार है। और बीना को कैसा लग रहा होगा—यक़ीनन किसी न किसी ने तो उन्हें उनके नाती के आने की ख़बर कर दी होगी? शायद ये ख़बर ही मां-बेटी के बीच की खाई को पाट दे।

फिर अशुभ ख़्याल आते हैं: अगर जटिलताएं हो गईं तो? अगर प्रसव के दौरान दीपा न रही तो, जैसे भारत में हज़ारों औरतें गुज़र जाती हैं? शिशु स्वस्थ होने पर भी दीपा, जो न तो शादीशुदा है, न मुस्लिम, मगर उस धर्म में अपने बच्चे को पालने के लिए मजबूर है, इस कपट में और ज़्यादा उलझ जाएगी।

दूर कहीं किसी घंटे ने एक बजाया है। प्रिया के पास कल की क्विज़ के लिए पढ़ने का समय नहीं बचा है। अगर उसे बुरी तरह फ़ेल नहीं होना है, तो उसे आराम करना चाहिए।

लेकिन जामिनी का पत्र पढ़े बिना वो कैसे सो पाएगी?

प्यारी बहन,

हालांकि मुझे हमेशा तुम्हारी कमी अखरती है, लेकिन

शायद ये अच्छा ही है कि तुम दूर हो। यहां हालात बहुत तनावपूर्ण हैं। आज हमें पता नहीं होता कि कल क्या हो सकता है।

ट्रेन पर हुई कुछेक हिंसक घटनाओं के बाद मैंने न्यू मार्केट जाना बंद कर दिया है। मां बहुत घबराने लगी हैं और मुझे नज़रों से दूर जाने ही नहीं देतीं। लगभग दो महीने से हम अपनी बचत पर बसर कर रहे हैं। गांव में फ़िलहाल कोई भी कढ़ाईदार रज़ाइयां ख़रीदना नहीं चाहता। जिसके पास जो थोड़ा-बहुत पैसा है, वो उसे बचाकर रख रहा है।

उम्मीद है अमेरिका में तुम ठीक होगी और अपनी सफलता का आनंद ले रही होगी। तुम इसकी हक़दार हो।

किसी और समय प्रिया को मां और जामिनी की फ़िक्र होती; आज वो ग़ुस्से से भर गई है। जामिनी हमेशा यही करती है, दूसरे लोगों की हमदर्दी हासिल करने के लिए अपनी परेशानियों को बढ़ा-चढ़ाकर बताती है। मगर, प्रिया से उसे अब और हमदर्दी नहीं मिलने वाली। और अमित के घर जाने की बात जामिनी ने उससे छिपाई क्यों है? यक़ीनन ये किसी ग़लत इरादे की ओर इशारा करता है।

प्रिया पत्र को मुट्ठी में भींचकर डस्टबिन में फेंक देती है। वो लेट जाती है हालांकि वो टहलना पसंद करती। उसे शांत होकर सो पाने में बहुत समय लग जाता है।

19

जामिनी

चौदह अगस्त। सारे रानीपुर में जोश का ज्वार चढ़ा हुआ है। घोर शक्कीमिज़ाज जामिनी भी इस लहर में बह गई है, वो कैसे ख़ुद को रोक सकती है? आज की रात उस पल को लाएगी जिसके लिए बहुतों ने, उसके पिता समेत, इंतज़ार किया था, इसके लिए जान दी थी। सोमनाथ ने कलकत्ता से लाउडस्पीकर, ज़मीनी पंखे, अधिक शक्तिशाली रेडियो मंगवाया है—और भीम चंद्र नाग की मशहूर रूप से महंगी दुकान से मिठाइयां भी, जीवन में एक बार कभी आने वाले इस मौक़े पर ये विलासिता यक़ीनन जायज़ है। सदियों से चले आ रहे ब्रिटिश दमन से मुक्ति का जश्न मनाने और देश के नए-नवेले प्रधानमंत्री को सुनने के लिए आज शाम कई महत्वपूर्ण परिवार उनके यहां आएंगे। नेहरू वाक्पटु हैं, उन्होंने हैरो और ट्रिनिटी कॉलेज में शिक्षा पाई है। देखते हैं पंडित जी कैसे उपनिवेशियों की भाषा को उन्हीं के ख़िलाफ़ इस्तेमाल करते हैं, सोमनाथ कहते हैं।

जामिनी भी वहां होगी। उसे आमंत्रित किया गया है—

नहीं। जामिनी में बहुत कमियां हैं, लेकिन वो ख़ुद से ही झूठ बोलने में विश्वास नहीं करती है। उसे तब मदद करने के लिए कहा गया था जब उसने चतुराई से मनोरमा को जताया कि वो शाम कितनी पेचीदा होगी: मेहमानों का स्वागत करना, उन्हें उनके महत्व के क्रम से बिठाना, देखना

कि नौकर वक़्त से और सही क्रम में, बिना चोरी-चकारी किए जलपान पेश करें, सफ़ाई पर निगाह रखना। लेकिन क्या आप उसे दोष दे सकते हैं? उसके जैसी लड़की को—जो न दीपा जैसी सुंदर है, न प्रिया की तरह तेज़-तर्रार है—अपना ध्यान ख़ुद ही रखना होगा।

जैसा कि जामिनी को उम्मीद थी, जब सोमनाथ ने ये सुना तो उन्होंने कहा कि उसके घर वापस जाने के लिए बहुत देर हो जाएगी। लड़की को रात को यहीं रुकने देना। हमेशा उदार और आत्मीय, उन्होंने आगे कहा, 'हम बीना को भी आमंत्रित कर लेते हैं।' लेकिन जामिनी जानती थी कि उसकी मां नहीं आएंगी। मनोरमा ने जामिनी को सबसे छोटे कमरे में ठहरा दिया हालांकि बड़े बेडरूम भी ख़ाली पड़े थे। जामिनी ने अपने ग़ुस्से को दरकिनार कर दिया और आनंद पर फ़ोकस किया। वो अमित के साथ शाम बिताएगी। वो उसके साथ एक ही छत के नीचे सोएगी, जो प्रिया कभी नहीं कर पाई थी।

सुबह-सुबह वो बीना से विदा लेती है। रात भर के लिए अपनी मां को छोड़कर जाने को लेकर वो असहज है लेकिन इतना भी नहीं कि ये ख़ास मौक़ा छोड़ देती। जामिनी के जाने से बीना ख़ुश नहीं हैं लेकिन वो उसे मना नहीं करतीं। जामिनी लड़ने को तैयार थी, मगर बीना बस उससे नबकुमार के फ्रेम में जड़े फ़ोटो को दीवार से उतारने और अपने पलंग के पास रखने को कहती हैं। वो काफ़ी शांत लगती हैं। या शायद जामिनी ही जानबूझकर बहुत क़रीब से नहीं देखती। वो बीना को याद दिलाती है कि वो डिनर कर लें जो उसने उनके लिए बनाया है, उस ट्रांजिस्टर पर शाम की कार्रवाई सुनें जो वो अमित से उधार मांगकर लाई है। वो निश्चित नहीं है कि बीना कुछ भी करेंगी। वो उनसे कहती है कि दरवाज़ा बंद रखें। जब वो कुंडी लगाने की आवाज़ सुनती है, तो तेज़ी से चौधरी हवेली की ओर बढ़ जाती है।

मेहमान लैंपों से सुसज्जित, क़ालीन बिछे ऊपर के बरामदे में जमा हैं, महिलाएं एक तरफ़, और पुरुष दूसरी तरफ़। शुक्र है अमित ने कुछ महीने पहले बिजली लगवा ली थी; ज़मीनी पंखे पूरी ताक़त से उमस और मच्छरों से लड़ रहे हैं। उनकी सनसनाहट बातों के, चमकते नए रेडियो पर

बजते देशभक्ति के गानों के जोश को बढ़ा रही है। बालकनी की कगार पर लाउडस्पीकर लगा दिए गए हैं; सोमनाथ चाहते हैं कि बाहर रुकने वाला हर गांववाला महसूस करे कि वो भी इस गौरवपूर्ण अवसर का हिस्सा है।

जामिनी देखती है शाम के सभी मेहमान हिंदू हैं हालांकि सोमनाथ ने अनेक प्रतिष्ठित मुस्लिमों को भी निमंत्रण भेजा था। ठीक भी है। रानीपुर में हिंदू-मुसलमान शायद ही कभी मेलजोल रखते हों। तो आज रात भी क्योंकर भिन्न हो?

जामिनी अमित को तलाशने के लिए बरामदे में नज़र दौड़ाती है, मगर वो दिखाई नहीं देता। मनोरमा मेहमानों की आवभगत में व्यस्त हैं लेकिन इतना भी नहीं कि उसे तीखी नज़रों से न देखें, तो जामिनी नौकरानी से चाय लाने को कहकर ख़ुद को उपयोगी बनाती है। वो गुलाबजल के फ़्लेवर वाले संदेश की प्लेट मेहमानों के बीच घुमाती है। महिलाएं, जो ऐसे तैयार हुई हैं मानो किसी शादी में आई हों, उसके साथ बहुत मिलनसार नहीं हैं, मगर बेरुख़ी भी नहीं हैं। सब जानते हैं कि प्रिया और अमित ने रिश्ता तोड़ दिया है, कि बीना का रज़ाई का काम अच्छा नहीं चल रहा है। जामिनी ख़ुश है कि उसने अपनी सबसे अच्छी साड़ी पहनने का फ़ैसला किया था, पीली रेशमी साड़ी जो अमित ने उसे सगाई पर भेंट की थी। उसके दाहिने हाथ में सोने का वो कंगन है जिसे उसने उसकी ख़ुफ़िया जगह से निकाल लिया था; उसे ये पाकर चिढ़ उठती है कि वो अभी भी उसे प्रिया का ही समझती है। मिठाइयां पेश करते वक़्त वो चतुराई से उसे दिखाती है और जब लोग पूछते कि इतना सुंदर आभूषण उसने कहां से लिया तो वो बिना कुछ बताए बस मुस्कुरा देती है। वो सोच रही है कि अगर अमित उससे इसके बारे में पूछेगा तो वो क्या कहेगी।

मानो इस ख़्याल भर से उसने उसका आह्वान कर लिया हो, इस तरह अमित अंदर आ गया है। पिछले महीनों में वो कितना बदल गया है, अब उसका चेहरा मर्दाना, ज़्यादा कठोर, ज़्यादा दृढ़ हो गया है। जामिनी उसकी ओर जाती है, मगर वो सोमनाथ को ये बताने में व्यस्त है कि हवेली के बाहर सड़क पर बहुत सारे गांववाले जमा हो गए हैं।

'अच्छा है, अच्छा है,' सोमनाथ कहते हैं। 'मैं ये देखकर ख़ुश हूं

कि वो इन बातों की परवाह करते हैं। नबो को ये अच्छा लगता।' वो अपनी आंखें पोछते हैं, दिन भर वो जज़्बाती रहे हैं। अमित दिलासा देने के लिए उनके कंधे पर हाथ रखता है। जामिनी की आंखें भी भर आई हैं कुछ तो अपने पिता के लिए और कुछ अमित की कोमलता के लिए। *पीर बाबा, एक दिन अमित को मेरे प्रति भी इतना सहृदय बना देना।*

लेकिन ये सपने देखने का समय नहीं है। सोमनाथ आतिशबाज़ी लाने के लिए अमित की तारीफ़ करते हैं जिससे बाद में जश्न की शुरुआत होगी। वो जामिनी से बाहर खड़ी भीड़ को ये बताने के लिए कहते हैं कि आधी रात में मिठाई बंटेगी। उसके बजाय अमित नीचे जाने की पेशकश करता है, मगर वो उसे मना करने के लिए अपना हाथ उठा देती है। ये सच है कि समय के साथ चिकनी हो गई सीढ़ियां उसकी टांग के लिए मुश्किल खड़ी करती हैं, मगर वो नहीं चाहती कि अमित उसके साथ अपाहिज का सा बर्ताव करे।

अमित ने कंगन को देख लिया है। फिर से भावहीनता ओढ़ लेने से पहले अमित के चेहरे पर उभरी हैरानी को, ग़ुस्से की झलक को जामिनी देख लेती है। डर के मारे कलेजा उसके मुंह को आ जाता है। क्या उसने हद पार कर दी है?

'मैं सब बता दूंगी,' वो धीरे से कहती है। 'मेहमानों के जाने के बाद।' वो एक सुलगती हुई सांस खींचती है। *आर या पार, जामिनी।* 'मैं नीचे किचन के पास वाले बेडरूम में होऊंगी।'

अमित पलट जाता है। वो कह नहीं सकती कि वो क्या सोच रहा है।

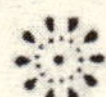

आधी रात के कुछ पहले रेडियो वंदे मातरम् बजाता है। उद्घोषक श्रोताओं को याद दिलाता है कि बंकिम चंद्र द्वारा लिखे और भारतीय कांग्रेस के 1896 के सत्र में टैगोर द्वारा गाए गए इस देशभक्ति के गीत पर अंग्रेज़ों ने तुरंत प्रतिबंध लगा दिया था। लेकिन सबने इसे सीख लिया था; स्वतंत्रता सेनानियों ने इसे अपना ख़ास गीत चुना था। जामिनी याद करती है कि नबकुमार अपने कामकाज निपटाते हुए इसे गुनगुनाया करते थे। उन्होंने नमक यात्रा में भी इसे गाया होगा, शायद तब भी जब उन्हें पीटा जा रहा

था। अब आख़िरकार ये रेडियो पर आ रहा है। लोग अपने आंसू पोंछ रहे हैं—जामिनी भी, जो क़तई भावुक नहीं है। वो भी कोरस में शामिल हो जाती है। शब्द हवेली में गूंज रहे हैं और सड़क पर बह निकले हैं जहां भीड़ भी वंदे मातरम्, वंदे मातरम् गा रही है। वो बस तब रुकते हैं जब उद्‌घोषक उन शहीदों के लिए दो मिनट का मौन रखने के लिए कहता है जिन्होंने इस अनमोल भेंट को उन तक लाने में अपनी आहूति दी थी।

नेहरू की आवाज़ आती है, गहरी और संयत, उस पल के आशावाद और गांभीर्य से ओतप्रोत। जामिनी की अंग्रेज़ी प्रिया की तरह तो अच्छी नहीं है, लेकिन वो इतना समझ लेती है कि उसके बदन में सिहरन दौड़ जाती है।

> *बहुत वर्ष पहले हमने नियति से एक वादा किया था और अब उस वादे को पूरा करने का समय आ गया है... जब एक राष्ट्र की लंबे समय से दमित आत्मा आवाज़ पाती है... भारत के लोगों से हम अपील करते हैं कि वो विश्वास और निश्चय के साथ इस महान कार्य में हमारा साथ दें। ये क्षुद्र और विनाशकारी आलोचनाओं में पड़ने का समय नहीं है, न ही असद्‌भवाना या दूसरों पर दोष लगाने का समय है। हमें स्वतंत्र भारत की विशाल इमारत का निर्माण करना है जिसमें उसकी सारी संतान रह सकें।*

एक अनुवादक भाषण को बांग्ला में दोहराता है; नीचे सड़क पर हर्षोल्लास फूट पड़ता है। उद्‌घोषक कहता है कि गांधी जी ने जश्न मनाती दिल्ली में न रहकर बंगाल के लोगों के साथ कलकत्ता में रहने, सत्ता के अहिंसक हस्तांतरण के लिए उपवास और प्रार्थना करने का निर्णय लिया है, काश उनकी आशा पूरी हो। और हर्षध्वनि होती है, आतिशबाज़ी छोड़ी जाती है, खाना और ड्रिंक परोसे जाते हैं। रेडियो पर गांधी जी का पसंदीदा टैगोर का गीत, *एकला चोलो रे*, आता है। नीचे ये पक्का करने के लिए जाते हुए जामिनी इसे गुनगुनाती है कि दोनों गार्डों ने गेट खोल दिए हैं और समोसे और जलेबी बांट रहे हैं। हां, सब कुछ उसी तरह हो रहा है जैसे सोचा गया था। अमित भले ही उससे नाराज़ हो मगर उसकी एक और

झलक पाने के लिए आतुर होकर वो सीढ़ियों की ओर बढ़ती है।

लेकिन कुछ हंगामा हो रहा है। बाहर लगाई गई मशालों की धुंधली रौशनी में वो धक्का-मुक्की देखती है। जश्न मनाते राहगीरों के एक गुट का गेट पर खड़े गांववालों से झगड़ा हो गया है। उनकी लुंगियों और टोपियों से ज़ाहिर होता है कि वो मुस्लिम हैं। आवाज़ें तेज़ होती हैं और हाथ उठ रहे हैं, लोगों को धकेला जा रहा है, कोई चिल्लाता है *तुम अपने देश क्यों नहीं जाते।* अचानक भरपूर लड़ाई छिड़ जाती है, लोगों को कंपाउंड में और ज़मीन पर गिराया जा रहा है, चेहरों पर घूंसे मारे जा रहे हैं। जामिनी चिल्लाकर दरबानों से गेट बंद करने को कहती है, मगर भीड़ का दबाव बहुत ज़्यादा है। वो दूसरे गार्डों को पुकारती है, लेकिन वो उसकी आवाज़ नहीं सुनते; वो छत पर आतिशबाज़ी छोड़ रहे हैं। अपनी टांग को धीमी गति के लिए कोसते हुए वो जल्दी-जल्दी सीढ़ियां चढ़ती है कि चौधरी परिवार को सावधान कर दे।

तभी वो एक भयानक धमाका सुनती है। उसे समझने में एक पल लगता है। गोली की आवाज़। हाथ में पिस्तौल लिए अमित बालकनी की कगार पर है। जामिनी के देखते-देखते वो फिर से गोली चलाता है। वो उनके सिरों से काफ़ी ऊपर निशाना लेता है, लेकिन ये भीड़ को दहलाकर रोकने के लिए काफ़ी है। वो चिल्लाकर उपद्रवियों से कहता है कि इससे पहले कि वो किसी को घायल करने के लिए मजबूर हो जाए, वो अपने घरों को चले जाएं। छत पर मौजूद गार्ड तेज़ी से नीचे आते हैं और गेट बंद करने में दरबानों की मदद करते हैं। भुनभुनाते हुए भीड़ छंट जाती है, मगर उत्सवी माहौल बर्बाद हो गया है। मेहमान अप्रसन्नता से नीचे गेट को देख रहे हैं—कुचले हुए फूल, ज़मीन पर बिखरा खाना, चाय का लौट दिया गया पतीला।

'बेवक़ूफ़, जाहिल गांववाले!' बेला के पिता महेंद्र बड़बड़ाते हैं। 'ऐसे मौक़े पर भी अपने झगड़े छोड़ नहीं सकते।'

एक नौजवान कहता है, 'इसमें सोमनाथ बाबू के किराएदारों की कोई ग़लती नहीं है। वो तो शांति से सुन रहे थे जब तक कि उन मुसलमान गुंडों ने आकर झगड़ा शुरू नहीं किया।'

'वो यहां हैं ही क्यों?' कोई कहता है। 'क्या जिन्ना ने उन जैसे लोगों के लिए ही हमारी मातृभूमि के दो बड़े हिस्से छीन नहीं लिए हैं? वो पाकिस्तान क्यों नहीं चले जाते?'

'शायद हमें उन्हें जाने के लिए उकसाना चाहिए,' एक और मेहमान ने जोड़ा। कई लोगों ने जोशीली हामी भरी।

अमित की त्योरियां चढ़ जाती हैं। 'आप जैसे शिक्षित लोगों को तो इस तरह की बातें नहीं करनी चाहिए। क्या आपने अभी सुना नहीं कि प्रधानमंत्री ने साथ रहने का आह्वान किया है? क्या उन्होंने हमसे अनुरोध नहीं किया है कि हम अपने विचारों में सांप्रदायिक न हों?'

आदमी आपस में बड़बड़ाते रहते हैं, वो आश्वस्त नहीं लग रहे। जामिनी हालात को शांत करने की कोशिश करती है; वो और मिठाइयां, और चाय मंगवाती है; लेकिन भीम नाग भी ख़ुशी के माहौल को वापस नहीं ला पाता। लोग जाने लगते हैं।

बाद में सोमनाथ कहते हैं, 'शाम का कैसा दुर्भाग्यपूर्ण अंत हुआ।'

मनोरमा हताशा से चच्च की आवाज़ करती हैं। 'हमने कितनी मेहनत से सारी योजना बनाई थी, इतना खाना ख़रीदा गया था। सब बर्बाद गया।' जामिनी जानती है वो क्या सोच रही हैं: ये ख़र्च जो हम उठा भी नहीं सकते थे। 'मेरी समझ में नहीं आता कि ये सब झगड़ा किसलिए है। रानीपुर में पीढ़ियों से हिंदू-मुसलमान मिलजुलकर नहीं रह रहे हैं क्या? सारा बखेड़ा नेताओं ने खड़ा किया है—उन्होंने ही इन्हें भड़काया है।'

'उम्मीद है ये जल्दी ही ख़त्म हो जाएगा,' सोमनाथ कहते हैं। वो पुष्टि के लिए अमित को देखते हैं, लेकिन अमित अंधेरे में डूबे खेतों की ओर देख रहा है।

स्पीकर और पंखे हटा दिए गए हैं, क़ालीन लपेट दिए गए हैं, फ़र्श झाड़ दिया गया है, ड्राइववे से कचरा साफ़ कर दिया गया है, रेडियो को उसके डिब्बे में फिर से पैक कर दिया गया है क्योंकि अमित कहता है कि इसे दुकान को लौटाना होगा। नौकरों को अच्छे से लताड़ते हुए जामिनी सारी देखरेख करती है। उसे उम्मीद है कि मनोरमा ये देख रही होंगी, लेकिन वो तो जम्हाई भरती और अपर्याप्त रूप से सराहते हुए सोने चली गई

हैं। छोड़ो। जामिनी भी ज़ोर से गुडनाइट कहते हुए चली जाती है। उसका बेडरूम हालांकि सबसे छोटा है, सबसे कम सजा-धजा है, मगर प्यारा है। इसकी खिड़कियां केले के एक झुरमुट की ओर खुलती हैं। अगस्त की अंधियारी हवा में पत्ते हौले से एक राज़ कहते हैं, आमंत्रण देते हैं।

जामिनी दरवाज़े को अंदर से बंद नहीं करती। वो अपने महोगनी के पलंग पर बैठ जाती है—हां, आज रात ये उसका है—और कमलों की आकार की नक़्क़ाशी पर हाथ फेरती है। वो अपनी रेशमी साड़ी बदलती नहीं है। वो अपने बाल खोल देती है और उन्हें अपनी पीठ पर खुला छोड़ देती है। बीना उन्हें उसका सबसे सुंदर गुण कहती हैं। वो अमित को सच बता देगी कि प्रिया कैसे कंगन को छोड़ गई थी, वो इसे अपने साथ क्यों नहीं ले जाना चाहती थी। जब किसी के पास बेहतर विकल्पों का अभाव हो, तो जो असल में हुआ था, उसी पर टिके रहने में समझदारी है।

जामिनी इंतज़ार करती है। बड़ा घंटा दो, तीन, चार बजाता है। किसी बिंदु पर वो पलंग के किनारे पर सिर टिकाए-टिकाए सो जाती है, सुबह वो मुचड़ी साड़ी, अकड़ी गर्दन और अपनी नादानी पर अपमानित सी उठती है। वो किसी से विदा लिए बिना ही चली जाती है।

निराशा और शर्मिंदगी जामिनी के लिए अजनबी नहीं हैं। वो तभी से इनसे जूझती आई है जब से इतनी बड़ी हुई थी कि उसकी लंगड़ाती चाल को देखते हुए लोगों की आंखों में आने वाले भावों को समझ सके; तरस में घुली-मिली राहत कि वो इस दुर्भाग्य से बच गए। लेकिन बीती रात तो उसने एक बिल्कुल ही अलग तरीक़े से ख़ुद को अपमानित किया है। वो बेवक़ूफ़ थी कि ये मान बैठी कि वो अमित को लुभाकर अपने बेडरूम में बुला सकती है। बेवक़ूफ़ थी कि ये सोच बैठी कि वो अमित के अंदर पनपे उस ख़ालीपन को भर सकेगी जो उसकी प्रतिभाशाली बहन छोड़ गई थी। अमित ने हमेशा जामिनी को स्नेह और सम्मान दिया है। उसे डर है कि अब उसने इसे गंवा दिया है।

घर पहुंचकर वो सोने के कंगन को उसकी गुप्त जगह पर वापस रख देती है, साड़ी को एक संदूक़ में ठूंस देती है। *मैं इन्हें फिर कभी नहीं*

पहनूंगी। वो बीना से कहती है कि उसकी तबीयत ठीक नहीं है और पूछताछ को दरकिनार करते हुए सिर से पांव तक चादर ओढ़कर बिस्तर पर पड़ जाती है।

दो दिन बाद बीना फ़िक्रमंद हो जाती हैं। जामिनी तो बीमार होने पर भी लेटने वालों में कभी नहीं रही। बीना उसका माथा छूती हैं; बुख़ार तो नहीं है। उन्हें कुछ अंदेशा हुआ होगा, लेकिन वो कोई सवाल नहीं करतीं। नबकुमार की मृत्यु के बाद पहली बार वो जामिनी के मनपसंद व्यंजनों—तले कद्दू, नारियल के दूध में बनी झींगा—के लिए सामान ख़रीदने बाज़ार जाती हैं, वो खाना जिसके लिए उनके पास संसाधन नहीं हैं। खा ले, खा ले। जामिनी कहना मानते हुए खाती है, मगर उसे कोई स्वाद नहीं आता। बीना उधार के ट्रांजिस्टर को चलाती हैं जिससे वो स्वतंत्रता दिवस के जश्नों का आनंद ले सकें। हज़ारों लोगों की भीड़ के सामने लालक़िले पर भारतीय तिरंगा फहराया गया है। गांधी जी ने हिंदू और मुस्लिम नेताओं से वचन लिया है कि वो शांति के लिए मिलजुलकर काम करेंगे। नेहरू जी के नए मंत्रीमंडल में अनेक धर्मों के लोग हैं। इस नए भारत में, जामिनी सोच में पड़ जाती है, उसके जैसी लंगड़ाहट और दिलो-दिमाग़ में भरी रोमांटिक मूर्खताओं वाली लड़की के लिए क्या जगह है?

शाम को दस्तक होती है। हमेशा की तरह अल्हड़ उसका दिल किसी फंसे पंछी की तरह फड़फड़ा उठता है। कल सोमनाथ ने ये पता करने के लिए एक नौकर को भेजा था कि जामिनी ठीक तो है। आज उन्होंने किसे भेजा हो सकता है? लेकिन ये तो उनके पड़ोसी हैं, लीला की मां और उनकी बेटी। लीला की मां डरी हुई है क्योंकि उसके पति पिछले हफ़्ते कलकत्ता गए थे और वापस नहीं आए हैं। क्या बीना और जामिनी को पता है कि आज मेन बाज़ार में कुछ गड़बड़ हुई थी? मुस्लिम मछुआरों का बॉयकॉट हो रहा था, उनके साजो-सामान सड़ रहे हैं। मुस्लिम औरतों को हिंदुओं की दुकानों में नहीं जाने दिया जा रहा था, लोग उन्हें खाना नहीं बेच रहे थे।

'कौन जाने आगे क्या होगा?' वो लीला को सीने से चिपका लेती है। 'जैसे ही लीला के बाबा वापस आएंगे, मैं उनसे कहूंगी कि मुझे मेरे मायके ले जाएं। वहां बड़ा संयुक्त परिवार है, मेरे भाई और उनकी पत्नियां सब

एक ही अहाते में रहते हैं। मुझे वहां कहीं ज़्यादा सुरक्षित महसूस होगा। अगर तुम चाहो, तो तुम भी हमारे साथ चलना।'

लीला की मां के घर जाने के बाद माथे पर बल लिए बीना चुप बैठ जाती हैं। वो कभी इस घर से नहीं जाएंगी जहां नबकुमार की यादें बसी हैं, लेकिन जामिनी देख रही है कि वो डरी हुई हैं। जामिनी को भी डरना चाहिए, लेकिन वो बस सुन्न है। उस रात बिस्तर में बीना जामिनी के गिर्द बांह डाल देती हैं, एक दुर्लभ चेष्टा। सुरक्षा के लिए? सुकून के लिए? कभी जामिनी पलटकर उनसे लिपट जाती थी। मगर अब काठ की तरह पड़ी रहती है।

आधी रात के बाद जामिनी की आंख दरवाज़े पर दस्तक और एक पुरुष की हड़बड़ाई सी आवाज़ से खुलती है। आंखें मलते हुए उसे दूसरी आवाज़ें भी सुनाई देती हैं: कड़कड़ाहट, चीख़ें, औरतों का चिल्लाना। उनकी खिड़की से दिखता आसमान का टुकड़ा लाल हो रहा है। *जामिनी आपा, जल्दी उठिए। मैं हामिद हूं, दरवाज़ा खोलिए, देर करने का वक़्त नहीं है।* उस पर ध्यान मत दो, बीना धीरे से कहती हैं, लेकिन उसकी आवाज़ में कुछ ऐसा है कि जामिनी दरवाज़ा खोल देती है। बीना बड़बड़ाते हुए उसके पीछे आती हैं। एक पल को तो जामिनी वहां खड़े आदमी को पहचान ही नहीं पाती, बाल बिखरे हुए, चेहरा कालिख में लिपटा, दहशत भरी आंखें।

'आप जल्दी से अपने घर से चली जाएं, आपा,' हामिद कहता है। 'छिपने की कोई जगह ढूंढ़ लें।' हड़बड़ाहट में शब्द लटपटा रहे हैं, वो उन्हें बताता है कि उस शाम को हिंदू उसके मुहल्ले में आए थे और उन्होंने झोपड़ियों को जला दिया था। लोग बमुश्किल बाहर निकल पाए थे। हामिद का ज़्यादातर सामान नष्ट हो गया था, उसके कई दोस्त बुरी तरह जल गए थे। एक बच्चा कुचलकर मारा गया। हमलावरों ने पीर की दरगाह को भी तोड़ डाला—पीर जो सबसे प्यार करते थे, सब पर कृपा करते थे। कुछ मछुआरे दक्षिण के गांव में भाग गए थे, जहां काफ़ी मुस्लिम आबादी है। वो हथियारबंद भीड़ के साथ रानीपुर लौटे थे, और अब हिंदुओं के घर जल रहे थे। भीड़ इसी दिशा में आ रही थी।

'मुझे जाना होगा,' हामिद कहता है। 'अगर उन्हें पता लग गया कि मैं यहां आया था, तो वो मुझे मार डालेंगे। लेकिन मुझे तो आना ही था। डाक्टर बाबू ने मेरी बीवी और बच्चे को बचाया था। मैं नहीं—' बीच वाक्य में वो अंधेरे में गुम हो जाता है।

हवा में चीख़ें गूंज रही हैं, मशालें आग की चादरों में धुंधला रही हैं। जामिनी का दिमाग़ घूम रहा है, उसे पड़ोसियों को चेतावनी देनी चाहिए, लेकिन समय ही कहां है? बीना, जो उसकी पहली ज़िम्मेदारी हैं, जामिनी को धकेल रही हैं, उसे घर में वापस ले जाना चाह रही हैं। *बाबा का फ़ोटो, मेरी रज़ाइयां, मेरे रेशमी धागे।* जामिनी को उन्हें शाल के पेड़ों से घसीटते हुए घास से भरे छोटे से तालाब की ओर ले जाना होगा। सड़क के आख़िर में मौजूद घर जलने लगे हैं। बीना संघर्ष करती हैं, उनका कमज़ोर घूंसा जामिनी की आंख पर पड़ता है। पल भर के लिए दुनिया घूम जाती है और फिर अंधेरा छा जाता है। जामिनी सिर को झटककर उसे दूर करती है और बीना को ज़बर्दस्ती गंदले पानी में ले जाती है जब तक कि वो ठोड़ी तक डूब नहीं जातीं। वो बीना के चेहरे को घरों की ओर से घुमा देती है—इस तरह वो ये नहीं देख पाएंगी कि आगे क्या होगा—और अपने सिरों के ऊपर घास छितरा लेती है। वो उन्हें हिदायत देती है कि अगर भीड़ इस दिशा में आती दिखे तो और गहराई में चली जाएं। पेड़ और तालाब सड़क से थोड़ा दूर हैं, लेकिन जामिनी जान रही है कि आज रात किसी चीज़ के भरोसे नहीं रहा जा सकता।

और ज़्यादा औरतें चीख़ रही हैं। वो आवाज़ें पहचान लेती है हालांकि पहचानना नहीं चाहती। चीख़ना-चिल्लाना, गलों से निकलती ग़ुर्राहटें, लोहे से टकराते लोहे की टंकार। आदमी मोर्चा ले रहे हैं। बीना बुरी तरह कांप रही हैं, ठंड से, भीगने से या सदमे से। जामिनी अपनी मां की उंगलियां पकड़कर उनके कान बंद कर देती है।

वो जानती है उसे ऐसा नहीं करना चाहिए, इसका कोई फ़ायदा नहीं होगा, लेकिन नुकसान की लहर में तर्क डूब गया है। उसे आख़री बार अपने घर को देखना होगा।

दो आकृतियां, एक औरत और एक बच्चा, पोर्च में हैं। किसी भी पल

भीड़ उन्हें देख लेगी। भयभीत औरत दरवाज़ा पीट रही है, जब तक कि ये खुल नहीं जाता। लीला की मां है, उनके नाम पुकारती। *बचाओ, बचाओ, कहां हो तुम?* वो ख़ुद को कीचड़ से निकलने की जद्दोजहद करते और लंगड़ाते हुए उनकी ओर बढ़ने, इशारा करते, आवाज़ देते पाती है। व्यर्थ, लेकिन वो जैसे ख़ुद को रोक नहीं पा रही है। वो कभी भी समय रहते लीला और उसकी मां के पास पहुंचकर उन्हें तालाब पर वापस नहीं ला पाएगी। बस वो यही उम्मीद कर सकती है कि उन्हें शाल के पेड़ों के पीछे खींच ले जाए। उसके पीछे बीना चिल्ला रही हैं। *वापस आ जा, बेटी।*

पागल लड़की, जामिनी सोचती है। अब तूने सबको ख़तरे में डाल दिया है।

लीला की मां जामिनी को इशारे करते देख लेती है। वो लीला को उठाती हैं और शाल के कुंज की ओर दौड़ने लगती है। चीख़ती-चिल्लाती भीड़ सड़क पर उतर आई है। जामिनी को यक़ीन है कि उन्हें देख लिया गया है, लेकिन हंसियों और कुल्हाड़ों से लैस आदमियों की पंक्ति भीड़ को भटका देती है। वो तीनों नज़रों में आए बिना कुंज में पहुंच जाती हैं। लीला रो रही है। उसकी मां अपने हाथ से बच्ची का मुंह बंद कर देती है। भीड़ पास आ रही है। हंसियों वाले आदमी पीछे रह जाते हैं, वो बहुत कम हैं। जामिनी के घर को आग लगा दी जाती है, वो घर जिसे बनाने के लिए नबकुमार ने इतनी मेहनत की थी। छत जल रही है। चौख़टें जल रही हैं। एक औरत अपने जलते हुए घर से लड़खड़ाती हुई बाहर आती है, उसके बालों में आग लग गई है। एक पड़ोसी एक हमलावर पर हंसिया घुमाता है। सहमी हुई लीला ख़ून की धार फूटते देखती है, फिर उसकी मां उसकी आंखें ढक देती है। एक युवती शाल के पेड़ों की ओर दौड़ती है। भीड़ से छिटककर दो आदमी चिल्लाते, मशालें लहराते उसका पीछा करते हैं। वो जामिनी की तिकड़ी को देख लेते हैं, और ज़ोर से चिल्लाते हैं। जामिनी लीला की मां से भागने को कहती है, जल्दी करो; वो उसे तालाब की ओर भेजती है जहां उसे उम्मीद है कि बीना ने रुकने की अक़्लमंदी की होगी। जामिनी भी भागती है, लेकिन वो पहले ही पीछे छूट रही है। कांटेदार शाखाएं उसकी बांहों को छील देती हैं, उसकी साड़ी को फंसा देती हैं। ख़ौफ़ उसके सीने में धाड़-धाड़ बज रहा है। एक आदमी बहुत नज़दीक है।

पीछे देखने पर—ये ग़लती थी—वो मशाल की रौशनी में चमकती उसकी आंखें देखती है जिसे उसने ज़मीन में गाड़ दिया है। उसके खुले दांत मुस्कुराहट में फैल गए हैं। जामिनी का पैर एक पेड़ की जड़ से टकराता है, वो गिर जाती है। वो उसके ऊपर है।

वो चिल्लाते हुए उसकी आंखें नोचती है, लेकिन वो बहुत ताक़तवर है। उसके घूंसे से जामिनी को चक्कर आ जाता है। अपने घुटनों से उसकी बांहों को दबाते हुए वो टांगें फैलाकर उस पर बैठ गया है, उसके ब्लाउज़ को खींच रहा है जब तक कि वो पुराना कपड़ा फट नहीं जाता। उसकी पैंट नीचे है, उसका लिंग फूला हुआ और दानवी है। उसके पीछे एक आकृति उभरती है। हे भगवान, क्या ये एक और आदमी है? आकृति आदमी के सिर की ओर एक ईंट लाती है। लेकिन आख़री पल में वो घूम जाता है—क्या जामिनी की फटी-फटी आंखों ने उसे चेतावनी दे दी थी?—और बीना के हाथ की ईंट उसके कंधे पर पड़ती है। गरियाते हुए वो बीना के सिर को एक पेड़ पर दे मारता है। बार-बार। वो ज़मीन पर गिर जाती हैं। वो वापस जामिनी की ओर मुड़ता है, लेकिन वो खड़ी हो चुकी है और उसने मशाल उठा ली है। वो पूरी ताक़त से उसे घुमाती है, लेकिन वो आदमी बहुत तेज़ है। वो चूक जाती है; वो उसकी ओर लपकता है; वो फिर से घुमाती है, हांफती हुई, और इस बार इसे उसके सीने में घुसा देती है। वो ग़ुस्से से चीख़ता है, और हत्था पकड़ लेता है। वो अपनी पूरी ताक़त से उसे पकड़े रहती है, लेकिन वो घुमाकर उसे छीन लेता है। अब वो उसे उसकी ओर घुमा रहा है, उसे पेड़ की ओर धकेल रहा है। अब वो उसका बलात्कार नहीं करना चाहता; उसकी योजना उसे ज़िंदा जला देने की है।

मशाल उसके पेट से टकराती है। तेज़, झुलसाने वाला दर्द, कीचड़ में भीगी उसकी साड़ी के पार भी। मशाल उसके माथे को झुलसाती है। उसके बाल गीले हैं वर्ना वो भी आग पकड़ लेते। उसकी चीख़ों पर वो हंसता है, उत्तेजित हांफती सी आवाज़ में। जामिनी ने कभी सोचा भी नहीं था कि किसी की पीड़ा लोगों को इतना आनंद दे सकती है। वो फिर से मशाल घुमाने वाला है कि तभी वो गोली चलने की आवाज़ सुनते हैं।

जामिनी का हमलावर उसके पार देखता है, गाली देता है, फिर मशाल फेंककर पेड़ों के बीच गुम हो जाता है। पीछे मुड़कर वो घुड़सवारों

को देखती है। भीड़ को तितर-बितर करने के लिए वो हवा में गोलियां चला रहे हैं, लड़ बस तब रहे हैं जब ख़तरा होता है। जामिनी एक घोड़े को पहचान लेती है, आग की रौशनी में आगे बढ़ते हुए उसकी काली त्वचा चमक रही है। सुल्तान, अपनी पीठ पर अमित को लिए। चिल्लाकर निर्देश देता, राइफ़ल उठाए अमित सरपट दंगे के बीच घुस जाता है। जामिनी सांस रोककर प्रार्थना करने लगती है। घोड़ों को डराने के लिए भीड़ अपनी मशालों का इस्तेमाल करने की कोशिश करती है, मगर जब एक को गोली लगती है तो बाक़ी लोग भाग खड़े होते हैं।

जामिनी बीना को होश में लाने की कोशिश करती है, मगर वो हिलतीं भी नहीं। बीना के घायल शरीर को ज़मीन पर खींचकर ले जाने में उसे डर लग रहा है। बेमन से वो उन्हें छोड़ती है और मदद लेने जाती है। घुड़सवारों ने गांववालों को जमा कर लिया है। वो मिलकर तालाबों से बाल्टियां भर-भरकर आग बुझा रहे हैं। ज़्यादातर झोपड़ियों के लिए बहुत देर हो चुकी है, मगर ईंटों का बना जामिनी का घर अभी भी खड़ा है। आदमी उसके जलते हुए खिड़की-दरवाज़ों पर पानी फेंकते हैं। आग बुझ जाती है तो अमित जामिनी और बीना को आवाज़ देते हुए अंदर झांकता है। क्या उसकी आवाज़ में वो पछतावा है? जामिनी पेड़ों के साये में खड़ी है, उसके शब्द हलक़ में अटक गए हैं। कोई बात अमित को पलटकर देखने को मजबूर करती है। उसके चेहरे का सदमा एक तमाचे की तरह है। *उफ़, जामिनी, उन्होंने तुम्हारे साथ क्या किया?*

वो पीछे हट जाती है, बांहों से वो अपने सीने को, अपनी शर्म को ढांपती है। लेकिन वो अपनी शर्ट उतारता है और उसके कंधों पर डाल देता है। उसकी उंगलियों का तरस उसे मशाल से ज़्यादा झुलसा देता है। वो पलट जाती है और उस तरफ़ इशारा करती है जहां उसने बीना को छोड़ा था। अचानक हरकत करने से उसका सिर चकरा जाता है। वो ढेर हो जाती है और अंधेरे में डूबते हुए वो उसकी बांहों को अपने गिर्द महसूस करती है।

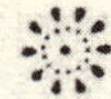

खड़खड़ाती गति उसके सारे बदन को दुखा रही है; उसकी त्वचा पीड़ा से चीत्कार कर रही है। उसे अहसास होता है कि वो चौधरी परिवार की

बग्घी में लेटी है। बीना उसके सामने लेटी हैं। वो हाथ बढ़ाकर अपनी मां का हाथ छूती है। जब बीना कराहती हैं, तो जामिनी शुक्र मनाती है क्योंकि इसका मतलब है कि वो जीवित हैं। वो बैठने की कोशिश करती है लेकिन उसका शरीर साथ नहीं देता। शांत लेटी रहो, एक आवाज़ कहती है—क्या ये लीला की मां है? जल्दी ही हम बड़े घर पहुंच जाएंगे, वहां उनके पास डॉक्टर होगा। जामिनी कहती है, या दर्द में वापस डूबने से पहले ये कहने की बस कल्पना करती है, मुझे कोई भी डॉक्टर नहीं चाहिए। मुझे मेरी बहन चाहिए। प्रिया को पता होगा मेरा ध्यान कैसे रखना है।

कोई बग्घी का दरवाज़ा खोलता है। वो हवेली पहुंच गए हैं, अहाता उन लोगों से भरा है जिन्होंने अपने घर गंवा दिए हैं। कुछ रो रहे हैं, कुछ अपने हाथों में सिर लिए चुप बैठे हैं, कुछ ने एक कोने में ग़ुस्से में भरा एक झुंड बना रखा है। अमित निर्देश दे रहा है; दो सेवक बीना को ऊपर ले जाते हैं। जामिनी बैठने की कोशिश करती है, लेकिन उसके चेहरे पर ऐंठन आ जाती है।

'रुको,' अमित कहता है। 'जब तक डॉक्टर तुम्हारे ज़ख़्म न देख लें तब तक ख़ुद पर ज़ोर मत डालो।' वो उसे उठा लेता है जैसे वो कोई बच्ची हो, सावधानी बरतते हुए कि उसके जले हिस्सों को न छुए। 'तुम और बीना काकी मेरे पास वाले कमरे में रहोगी।' सेवकों ने बीना को बड़े पलंग पर लिटा दिया है। खिड़की के पास एक छोटा पलंग लगाया गया है। अमित जामिनी को इस पर लिटा देता है और उसके कीचड़ सने बालों को ठीक करता है। 'मुझे बहुत अफ़सोस है कि तुम्हारे और काकी के साथ ये सब न होने देने के लिए मैं समय से नहीं पहुंच पाया। मैं नबकुमार काका को दिए वचन को पूरा नहीं कर पाया।'

जामिनी उससे कहना चाहती है, तुम नाकाम नहीं हुए, तुमने तो हम दोनों को बचा लिया। वो कहना चाहती है, इसके लिए, साथ ही अपने आप में रहने के लिए मैं हमेशा तुमसे प्रेम करूंगी। कुछ मिनट मेरे साथ रहो। मेरा हाथ पकड़ लो। लेकिन शब्दों को आकार देने में बहुत कोशिश लगती है। एक पल बाद अमित उसे एक चादर उढ़ाता है, बीना की सांसों को चैक करता है, एक नौकरानी को बुलाकर उनका ध्यान रखने के लिए कहता है, और वापस नीचे चला जाता है।

जब जामिनी सात साल की थी, तब उसका पैर कांच के एक टुकड़े से कट गया था। उसमें बहुत दर्द था, और टांके लगाए जाने की आशंका से वो त्रस्त थी। लेकिन बाबा ने उसे सुन्न करने का इंजेक्शन दिया, और जब तक वो पैर में टांके लगाते, वो शांत हो गई थी और अपनी सारी मुश्किलों से दूर चली गई थी। उसके बाद कई बार उसे वैसी ही शांति पाने की हसरत हुई थी। अब, अजीब ढंग से, वो वापस आ गई है। हालांकि जले के घावों में अभी भी तीखा दर्द होता है और वो उसके पेट पर धब्बे छोड़ देंगे, मगर ये विचार अब उसे परेशान नहीं करता है। आग की रात की घटनाएं—उस पर हुए हमले समेत—किसी फ़िल्मी दृश्य जैसी लगती हैं, ऐसा कुछ जो किसी और के साथ हुआ हो। कपड़े बदलते हुए जामिनी बिना किसी शर्म या दुख के अपने शरीर का निरीक्षण करती है। शुरू में वो शर्मिंदा थी कि उसे उसकी मर्ज़ी के बिना कैसे छुआ गया। अब वो देखती है कि इसमें उसकी कोई ग़लती नहीं थी—उसकी लंगड़ाहट की तरह ही। उसे अब दोनों में से किसी के लिए भी शर्मिंदा होने की ज़रूरत नहीं लगती है।

ताक़त हासिल करने के बाद, जामिनी डॉक्टर से कहती है कि उसे घावों की मरहमपट्टी करना सिखा दें, और जब वो सिखा देते हैं, तो वो अपने जले के और बीना की पीठ के घावों की देखभाल करने लगती है। वो दूसरे मरीज़ों के साथ भी उनकी मदद करती है, वो घायल जो दोबारा अपने घर बनने तक नीचे रह रहे हैं। पहली बार उसे डॉक्टरी के लिए प्रिया का जुनून समझ में आता है। तकलीफ़ कम करने, बुख़ारों को दूर करने, किसी को फिर से खड़ा होने और चलने में मदद करने में ईश्वरीय संतोष मिलता है।

अपने सारे कामों के बीच जामिनी बीना पर भी सतर्कता भरी नज़र रखती है, जो ठीक होने में चिंताजनक रूप से बहुत समय ले रही हैं। वो अपनी मां को—और ख़ुद को भी—ख़बरों से, रेडियो के टिप्पणीकारों की कठोर आवाज़ों और बलात्कार, हत्याओं और यंत्रणाओं की सुर्ख़ियों से बचाती है जो देशभर में किसी संक्रमण की तरह फैलते जा रहे हैं, जबकि नेता भारी-भरकम भाषण दे रहे हैं और नए-नए क़ानून बना रहे हैं। वो उस

पल पर फ़ोकस करती है। बीना की भूख मर गई है, वो पीठ में दर्द और माइग्रेन की शिकायत करती हैं, वो अपने बिस्तर से नहीं निकलतीं। जामिनी को उन्हें मनाना और डांटना भी पड़ता है जब तक कि वो बैठती और सुपाच्य सूजी की खीर के कुछ निवाले नहीं खातीं, जब तक कि वो गलियारे में चलकर टॉयलेट नहीं जातीं। डॉक्टर को डर है कि शायद एक किडनी को नुकसान पहुंचा है, लेकिन जामिनी को संदेह है कि चोटें कहीं ज़्यादा सूक्ष्म हैं। बीना की नींद अस्थिर है; अक्सर वो अपनी चीख़ों से जामिनी को जगा देती हैं। जामिनी कोशिश करती है कि आग की रात के बारे में उनसे बात करवाए, मगर वो इंकार कर देती हैं। अगर जामिनी ज़िद करती है, तो बीना सिर पर चादर तान लेती हैं और ऐसे दिखाती हैं जैसे वो कुछ सुन ही नहीं रही हैं। इससे जामिनी को डर लगता है। नबकुमार की मृत्यु के बाद भी बीना ऐसी ही हो गई थीं। जामिनी को नहीं लगता कि मां का फिर से उसी हालत में जाना वो बर्दाश्त कर पाएगी।

बस एक ही बात पर बीना प्रतिक्रिया करती हैं। जब जामिनी उनसे कहती है कि *आपने मेरी जान बचाई थी,* तो उनके होंठों पर बहुत ही बारीक सी मुस्कान उभर आती है।

मनोरमा और सोमनाथ तो बीना के साथ और भी कम सफल हो पाते हैं। जब मनोरमा पूछती हैं कि बीना को बेहतर लग रहा है तो वो ख़ाली-ख़ाली नज़रों से तकती रहती हैं। जब सोमनाथ उनसे कहते हैं कि *आप अब हमारे साथ यहीं रहेंगी, ये आपका ही घर है,* तो वो न हां कहती हैं न ना। लेकिन जब अमित आता है, तो वो खिल उठती हैं, और इसलिए वो अपनी व्यस्तताओं में से भी उनके लिए समय निकालता है—वो रानीपुर में हिंदुओं और मुसलमानों दोनों के नष्ट हुए घर फिर से बनवाने में मदद कर रहा है। वो उनके पलंग पर बैठता है, उनके हाथ पकड़ता है; वो एक दूसरे से धीमे, राज़दारी भरे लहजे में बात करते हैं। जामिनी को जानना अच्छा लगता कि वो क्या बात कर रहे हैं, लेकिन अगर वो कमरे में आती है तो बीना उसे जाने का इशारा कर देती हैं।

इस नाइंसाफ़ी से दुखी होकर जामिनी छत पर चली जाती है। यहां बस नौकरानियां ही आती हैं कपड़े फैलाने, इसलिए वो सुरक्षित है। विधवाओं की फड़फड़ाती सफ़ेद साड़ियों और चादरों के बीच वो उन गानों को गाती

है जो उसके पिता को पसंद हुआ करते थे। *ओ आमार देशेर माटी, तोमार पारे थेकाई माथा। ओ मेरी जन्मभूमि की माटी, मैं तेरे आगे नतमस्तक हूं। ओठो गो भारत लक्खी। उठो, भारत माता।* और अंत में हमेशा वो गाना जो उसने आख़री बार उनके लिए गाया था, *आजी बांग्लादेशेर हृदोय होते।*

ओ मां, तू कब बंगाल के हृदय से निकल गई,
ओ सुंदर, ओ भव्य
मैं अपनी नज़रें तुझसे नहीं हटा सकता, ओ मां...

बस यही एक वक़्त है जब वो अपने पिता के लिए रोती है, यही एक वक़्त है जब वो ख़ुद को ये सोचने देती है कि अगर वो जीवित होते तो उसकी ज़िंदगी कितनी भिन्न होती।

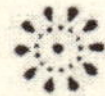

जामिनी में जब और ताक़त आती है तो वो धीरे-धीरे गांगुली आवास की ओर जाती है ये देखने के लिए कि क्या वहां लाने लायक़ कुछ बचा है। उनके कपड़े जलकर ढेर हो गए हैं, और वो रज़ाइयां भी जिन्हें बनाने में बीना और उसने कितने आनंद भरे दिन बिताए थे। अमित का ट्रांजिस्टर मुड़ा-तुड़ा लोहे और पिघले प्लास्टिक का टुकड़ा हो गया है। नबकुमार का फ़ोटो राख हो गया है; जब उनका चेहरा उसकी यादों में धुंधला जाएगा तो उसे वापस गढ़ने के लिए उसके पास कुछ नहीं होगा। स्टोररूम की ईंट के पीछे सोने का कंगन सुरक्षित है, और पलंग के नीचे लोहे के एक छोटे से संदूक़ में छिपाकर रखी सोने की दो मालाएं भी। आश्चर्यजनक ढंग से, एक लोहे के ट्रंक में रखे बीना के रेशमी धागे भी एकदम सही-सलामत हैं। जामिनी उन्हें वापस ले आती है और धुएं की गंध निकालने के लिए बालकनी में फैला देती है। वो बीना को नई रज़ाई पर काम करने के लिए उकसाती है, लेकिन सिलाई में उसकी मां की सारी दिलचस्पी ख़त्म हो गई है।

मौत भले ही हमें सहराती हुई निकल जाए, मगर बदल देती है। जामिनी को लगता है इसने उसे ये सच स्वीकार करवा दिया है कि अमित उसे कभी प्यार नहीं करेगा। वो भले ही प्रिया से कितना भी नाराज़ हो, मगर

उसका दिल हमेशा प्रिया का ही रहेगा। इसके बावजूद, जामिनी उससे प्यार करती है क्योंकि वो नहीं जानती कि ख़ुद को कैसे रोके। वो अपनी उदारता बनाए रखता है, उसकी तबीयत पूछता है, डॉक्टर की मदद करने के लिए उसे सराहता है, उसके लिए रात में खिलने वाले चमेली के फूलों का गुच्छा ले आता है। पहले के दौर में, वो इन तौर-तरीक़ों में वो पढ़ती जिसकी उसे हसरत थी; अब वो अहसानमंद और संतुष्ट है।

अपने थोड़े से ख़ाली समय में जामिनी कुछ ऐसा करने की कोशिश करती है जो उसने पहले कभी नहीं किया है। वो लिखती है, एक बार में थोड़ी सी पंक्तियां, आग वाली रात की दहला देने वाली घटनाएं। किसी को भी संबोधित करके नहीं, ये कोई पत्र नहीं है—जब तक कि शायद ये पत्र उसके अपने लिए ही न हो। वो बेहतरीन और शक्तिशाली रूपक लिखती है हालांकि उसके अंदर वो कलात्मक प्रतिभा नहीं है जिसका ये विषय हक़दार है। वो दोषारोपण या आत्मदया के बिना लिखती है, हालांकि कभी-कभी उसका शरीर कांपने लगता है और उसे अपनी आंखें बंद करके गहरी सांसें लेनी पड़ जाती हैं। फिर वो इसे प्रिया को भेज देती है—उसे अपराधबोध महसूस करवाने के लिए नहीं बल्कि इसलिए कि वो चाहती है कि इतने सालों की लुकाछुपी के बाद वो जाने कि असली जामिनी कौन है।

वो सब कुछ भेज देती है अलावा अमित वाले हिस्से के। जैसा वो उसके लिए महसूस करती है। जो वो जानती है कि वो कभी उसके लिए महसूस नहीं करेगा, और क्यों भेजे। वो हिस्सा जामिनी का है, केवल उसका।

20

दीपा

पिछले कुछ महीनों पर पलटकर नज़र डालने पर दीपा को हैरानी होती है कि उसे पूर्वी बंगाल की अपनी ज़िंदगी कितनी अच्छी लगने लगी है। उसका घर आरामदेह है, लेकिन विलासितापूर्ण नहीं है, उससे उसे उलझन होती; उसका बेडरूम पंछियों के कलरव से भरे आम के पेड़ों के कुंज की ओर है; उसके चाकर उससे प्यार करते हैं क्योंकि वो उदार है। साथ ही वो अक्सर उनकी तारीफ़ करती रहती है, उन्हें बख़्शीश देती है, और घर-गृहस्थी चलाने के उनके कामों में शायद ही कभी टांग अड़ाती है। आने वाले बच्चे को लेकर सभी उत्साहित हैं। उसकी निजी नौकरानी परी पीठ और पैरों की मालिश करके उसकी आदत ख़राब कर रही है। वो जो भी खाना चाहती है, स्नेही नादिया बना देती हैं, घंटों करेलों और नीम के पत्तों की तलाश में बाज़ारों की खाक छानती हैं क्योंकि दीपा को कड़वी चीज़ें भाने लगी हैं। ये आसान नहीं है, सप्लाई अक्सर बाधित रहती है, नौकरानियां कानाफूसी करती हैं कि बेहतरीन चीज़ों को पाकिस्तान भेजा जा रहा है।

जब सरकारी कामों के लिए कार की ज़रूरत नहीं होती, तो रज़ा उसे घर भेज देता है। अरशद, खिचड़ी बालों वाले बूढ़े ड्राइवर जिन्हें चाचा कहकर दीपा ने उनका दिल जीत लिया था, झिझकते हुए कहते हैं

कि आलिया बेगम को ड्राइव पर जाना शायद पसंद आएगा, इन दिनों में ताज़ा हवा अच्छी रहती है। नौकरानियां उसके साथ चलने को उत्सुक हैं; कार औरतों और हंसी-ठठ्टे से भर जाती है। दीपा को ढाका ख़ूबसूरत शहर लगता है; दिल से गांव की लड़की होने की वजह से वो पाती है कि कलकत्ता की हबड़धबड़ के मुक़ाबले उसे इसकी धीमी गति पसंद है। वो आलीशान इमारतों और गुंबदों वाले बुर्जों वाली ढाका यूनिवर्सिटी में घूमती है; भव्य हुसैनी दालान की झील के पास कबूतरों को दाना डालती है। एक बार वो विक्टोरिया पार्क के वॉर मेमोरियल भी गई है, जहां पहले स्वतंत्रता आंदोलन में भाग लेने वाले सिपाहियों को फांसी पर लटकाया गया था, लेकिन वो उसे दुखी कर देता है। वो वापस नहीं जाती। उदासी बच्चे के लिए अच्छी नहीं है; उसे लगता है इससे बचना उसका फ़र्ज़ है।

इसीलिए वो पूरी कोशिश करती है कि अपनी बहनों, अपनी मां की चिंता न करे। जब समाचारवाचक दोनों देशों की सीमाओं पर हो रहे रक्तपात के बारे में नवीनतम जानकारी बताता है, तो वो ख़ुद से कहती है कि छोटा सा उनींदा रानीपुर यक़ीनन सुरक्षित है, और वो कोई और स्टेशन लगा देती है जहां गाने आ रहे होते हैं। वो काज़ी नज़रूल के देशभक्ति के जोशीले गाने पसंद करने लगी है जो यहां टैगोर से ज़्यादा लोकप्रिय हैं। उसने कई सीख भी लिए हैं। अब जब वो जामिनी की रोकटोक से दूर है तो वो हर वक़्त गाती रहती है।

रज़ा, जो एक दोपहर अकस्मात घर आ जाने पर उसे सुनता है, हैरान है। 'मुझे नहीं पता था तुम इतना सुंदर गाती हो,' वो कहता है। 'तुम्हें तो रेडियो पर गाने के बारे में सोचना चाहिए। मैंने सुना है कि वो कलाकार तलाश रहे हैं।' आने वाले बच्चे के साथ सवाल ही नहीं उठता, दीपा उससे कहती है। फिर भी तारीफ़ उसे ख़ुश कर देती है।

जब रज़ा थका और मायूस होता है, जो कि आजकल इतना अक्सर होता है कि दीपा को अच्छा नहीं लगता, तो वो उससे नज़रूल गीति का अपना मनपसंद गाना, *चाल चाल चाल* गाने को कहता है। उसकी मांग पूरी करके, उसके चेहरे पर मुस्कान लाकर उसे ख़ुशी होती है। उसे चिंता है कि वो बहुत ज़्यादा मेहनत करता है, बहुत ज़्यादा फ़िक्र करता है। वो गाती है:

चाल चाल चाल
ऊर्ध गगने बजे मदोल
निम्ने उत्ताल धरणी ताल
अरुण प्रातेर तरुण दल
चाल रे चाल रे चाल।
आगे बढ़, रात को चूर कर दे
नई सुबह के नौजवान, आगे बढ़।

वो महसूस करती है कि उसकी आवाज़ ऊंचे सुर पर भी सटीकता से जा रही है। वो हैरानी से ख़ुद से कहती है, वाह, मैं तो सच में अच्छी गायिका बन गई हूं।

रज़ा के साथ दीपा का वक़्त लगातार सिकुड़ता जा रहा है। अब वो ईस्ट बंगाल लैजिस्लेटिव असेंबली से भी जुड़ गया है और नियमित रूप से कैबिनेट से मिलता है। मुख्यमंत्री ख़्वाजा नाज़िमुद्दीन उसकी बहुत क़द्र करते हैं और उन्होने उसे स्वास्थ्य मंत्रालय में ऊंचा ओहदा दे दिया है। रज़ा के काम का एक हिस्सा पूर्वी बंगाल के अस्पतालों में जाना और ये पक्का करना है कि वो स्वास्थ्य के नियम-क़ायदों का पालन कर रहे हों—जो कि अक्सर वो नहीं कर रहे होते हैं। ये हताशाजनक है क्योंकि डाइरेक्टर, जो कि सब उम्र में उससे बड़े हैं, उसके आदेशों को गंभीरता से नहीं लेते जब तक कि वो उनकी रिपोर्ट करने की धमकी नहीं देता। दीपा उसे सावधानी बरतने की चेतावनी देती है। उसे डर है कि वो, तीर की तरह सतर उसका ये पति, अपने दुश्मन बना रहा है।

'काश तुम्हें उन दूरदराज़ की जगहों पर न जाना पड़ता,' वो कहती है।

'फ़िक्र मत करो,' वो कहता है। 'मैं गार्डों के साथ, हथियारों से लैस ट्रक में चलता हूं।'

लेकिन ये भी परेशानी की बात है—कि लीग का मानना है कि उसे इस तरह की सुरक्षा की ज़रूरत है।

एक चीज़ दीपा को सुकून देती है: शरीफ़ रज़ा का असिस्टेंट बन गया है। वो दिन भर ऑफ़िस में उसके साथ रहता है; जब रज़ा शहर से बाहर जाता है, तो वो उसके साथ जाता है। शरीफ़ में एक भोलापन है। वो ऐसी श्रद्धा के साथ रज़ा के पीछे चलता है जो दीपा को बहुत प्यारी लगती है। रज़ा की तरह ही, वो भी अपने देशवासियों के लिए हालात बेहतर बनाना चाहता है और इसके लिए कड़ी मेहनत करने को तैयार है। वो अक्सर रज़ा के साथ घर आ जाता है और देर रात तक उसके साथ काम करता है। ऐसे मौक़ों पर दीपा शरीफ़ को भी अपने साथ खाने के लिए बुला लेती है। वो उसे आपा कहता है। बेशक, उसके साथ वो बड़ी बहन जैसा ही महसूस करती है। उसकी पसंदगी का क्या ये एक और कारण है? टेबल पर, उसे और खाने के लिए मनाते हुए, वो अपने बुर्क़े को छोड़ देती है।

ख़ुशक़िस्मती से पिछले कुछ महीनों में मामून से उसका आमना-सामना नहीं हुआ है। उसने रज़ा से कहा था कि उस आदमी में कुछ ऐसा है जो उसे असहज करता है। रज़ा ने अपनी गर्भवती बीवी की कल्पनाओं को सिर हिलाकर दरकिनार कर दिया था; लेकिन तब से उसने उसे तभी बुलाया है, जब वो केवल पुरुषों के लिए ऑफ़िशियल डिनर आयोजित करता है जिनमें दीपा से शामिल होने की अपेक्षा नहीं की जाती।

मगर दीपा मामून की जानकारी रखती है, उसी तरह जैसे कोई किसी ख़तरनाक जानवर के बारे में मालूमात रखता है। कलकत्ता से आने के बाद, लोग कहते हैं, वो बदल गया है, जुनूनी इंसान बन गया है। वो तेज़ी से सेना में ऊपर उठा है, और कैप्टन के रैंक में उसकी तरक़्क़ी हो गई है। उसे लैजिस्लेटिव असेंबली में उग्रवादियों पर एक विशेष रिपोर्ट देने के लिए भी आमंत्रित किया गया था। उसने उपद्रवियों से निपटने के लिए ख्याति अर्जित कर ली है; अक्सर जब कॉलेज के छात्र किसी प्रदर्शन के लिए जमा होते हैं, या जब मुसलमानों और उन हिंदुओं के छोटे से गुट के बीच झड़प हो जाती है जो अड़ियलपन से अपने पुरखों की संपत्ति पर डटे हुए हैं, तो उसकी यूनिट को बुलाया जाता है।

रज़ा कहता है, 'तुम्हें उस बंदे को उसका श्रेय तो देना होगा। वो किसी चीज़ से नहीं डरता है। मिशन पर वो हमेशा आगे रहता है। उसके जवान उसके मुरीद हैं। वो ज़बर्दस्त निशानेबाज़ भी है। ये कौशल बहुत

लोगों में नहीं होते। कोई हैरानी नहीं है कि मुख्यमंत्री जब भी पब्लिक में आते हैं, तो सुरक्षा प्रदान करने के लिए मामून की यूनिट को ही चुनते हैं।'

वो बेड में हैं, जहां वो बिना किसी के सुने बात कर सकते हैं, इसलिए दीपा कहती है, 'असली वजह ये है कि मामून जानता है कि कैसे सही लोगों की चापलूसी की जाए।' वो कहती है, 'ये ऐसा हुनर है जिसे सीखना तुम्हारे लिए अच्छा होगा।' वो मज़ाक़ के हल्के से पुट के साथ कहती है। जिस तरह से रज़ा भ्रष्टाचार के बारे में बोलता है, उससे उसे डर लगता है। शरीफ़ ने उसे बताया था कि हाल ही में, असेंबली में, रज़ा ने मामून की रिपोर्ट के अंशों पर सवाल उठाए थे। मामून ने नर्मी से जवाब दिया था, लेकिन शरीफ़ को पता था कि वो सुलग गया था।

रज़ा अपने नर्म अंदाज़ में कहता है, 'बस, बस, दीपा'—जब वो अकेले होते हैं तो वो अभी भी उसे दीपा बुलाता है क्योंकि वो जानता है कि उसे ये अच्छा लगता है—'सो जाओ, जान, बहुत देर हो गई है।' वो उसके माथे को चूमता है और लाइट बंद कर देता है। लेकिन दीपा को आभास होता है कि मामून को लेकर कोई बात उसे भी असहज कर देती है।

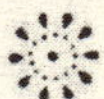

आज रज़ा ने दुर्लभ छुट्टी ली है, इसलिए नादिया लूची, आलू की सब्ज़ी और मीठे दही का पिकनिक लंच पैक कर देती हैं और वो शहर को पीछे छोड़ देते हैं। अरशद एक नदी के किनारे उनके लिए एक निर्जन सा टुकड़ा खोज लेता है और उन्हें अपने अकेलेपन का आनंद लेने के लिए छोड़ जाता है। वो खाते-पीते और किंगफ़िशर्स को नदी में झपट्टा मारते देखते हुए एक अलसाई सी दोपहर बिताते हैं। वो उसके कंधे पर सिर टिका लेती है और रज़ा उसे इस नए देश से अपनी उम्मीदों के बारे में बताता है कि वो उनके बच्चे को क्या देगा। नाम तो वो पहले ही तय कर चुके हैं, उन नामों में से चुनकर जो हिंदू-मुसलमानों में समान होते हैं: लड़के के लिए कमाल, और लड़की हुई तो समीरा।

बाद में रज़ा एक भाषण में उसकी मदद मांगता है। उसके काम का एक नया हिस्सा उन विभिन्न शहरों के, जहां वो दौरा करता है, ग़रीबों और अशिक्षितों को अस्पताल जाने और वैक्सीन लगवाने के लिए राज़ी करना

है, लेकिन उसे कोई ख़ास कामयाबी नहीं मिली है। दीपा ख़ुश हो जाती है; उसे अपनी आरामदेह ज़िंदगी पसंद है, लेकिन कभी-कभी उसे लगता है जैसे बेकार पड़े रहने से उसका दिमाग़ सड़ रहा है। वो सुझाव देती है कि वो अपने भाषण मैदानों या सरकारी हॉलों में देने की जगह फ़ैक्ट्रियों, बंदरगाहों, बाज़ारों, मस्जिदों और झोपड़पट्टियों में दे। 'बारीक तफ़्सील देकर समझाओ कि जिन लोगों को टायफ़ायड या हैज़ा होता है, उनके साथ क्या होता है। अपने साथ डॉक्टरों और नर्सों को ले जाओ जो वहीं के वहीं लोगों को वैक्सीन लगा सकें। कुछ डॉक्टरों को बच्चों को टीका लगाने के लिए स्कूलों में भी भेजो।'

अच्छे विचार हैं, रज़ा मानता है। 'लेकिन सबसे ग़रीब बच्चे, जिन्हें डॉक्टरी मदद की सबसे ज़्यादा ज़रूरत है, वो तो स्कूल ही नहीं जाते हैं।'

दीपा को एक विचार सूझता है। 'अगर मैं तुम्हारे साथ झोपडपट्टियों में चलूं और औरतों से बात करूं तो? शायद मैं उन्हें ख़ुद को और अपने बच्चों को वैक्सीन लगवाने के लिए राज़ी कर सकती हूं।'

रज़ा मना कर देता है। 'मैं तुम्हें सड़क पर नहीं ले जाऊंगा। अगर कोई परेशानी आ खड़ी हुई तो? तुम बीमार हो गईं तो?'

लेकिन आख़िरकार अपनी मीठी-मीठी बातों से वो रज़ा को इस पर राज़ी कर लेती है कि ढाका के एक सबसे दरिद्र इलाक़े में उसे अपने साथ चलने दे।

रज़ा एक बहुत ख़ास डिनर दे रहा है। नियमित मेहमानों के साथ ही वो एक युवा छात्र नेता मुजीबुर्रहमान को शामिल करके बहुत जोश में है जो ढाका यूनिवर्सिटी में लॉ पढ़ रहा है। रज़ा मुजीब को पसंद करता है क्योंकि वो दोनों ही ग़रीबों का जीवनस्तर बेहतर बनाने के लिए बेचैन हैं। उसे लगता है कि मुजीब का भविष्य उज्ज्वल है, वो अभी से ही एक मुस्लिम स्टूडेंट लीग को संगठित कर रहा है। रज़ा का दीपा से एक अनुरोध है। मुजीब हाल ही में कलकत्ता से आया है और उसे टैगोर के गीत बहुत पसंद हैं, लेकिन रेडियो स्टेशन उन्हें बहुत कम ही से बजाते हैं। मुजीब ने पूछा है क्या दीपा उस शाम रवींद्र संगीत के एक-दो गाने सुनाने की मेहरबानी करेगी।

दीपा अनमनी है, लेकिन आख़िर में रज़ा उसे राज़ी कर लेता है। बस एक गाना, पर्दे के पीछे से।

'मुजीब को कैसे पता लगा कि मैं गाती हूं?' दीपा संदेह से भरकर पूछती है। 'उसे ये किसने बताया होगा?'

रज़ा कंधे उचका देता है। उसे पता नहीं है, उसे नहीं लगता कि ये अहम है। लेकिन दीपा को ये बात परेशान करती है।

डिनर की रात, लिविंग रूम में एक झीना पर्दा टांग दिया जाता है; जिसके पीछे से दीपा अपने बुर्क़े की नक़ाब उलटकर गाती है। वो अपने चुनाव से ख़ुश है, ये गाना उसके पिता को पसंद था; ये देशभक्ति का और काव्यात्मक है लेकिन टैगोर के बहुत से गीतों के विपरीत इसमें ईश्वर का ज़िक्र नहीं है, जो इस महफ़िल के लिए थोड़ी समस्या पैदा कर सकता था।

आमार शोनार बांग्ला, अमि तोमाय भालोमाशी
चिरोदिन तोमार आकाश तोमार बाताश
आमार प्राणे बजाए बंशी
आमार शोनार बांग्ला
ओ मेरे सुनहरे बंगाल, मैं तुझसे प्रेम करता हूं।
तेरा आकाश, तेरी हवाएं हमेशा
मेरी आत्मा के लिए संगीत हैं।
मेरे सुनहरे बंगाल...

मेहमान वाहवाही करते हैं। *क्या बात है, सुनहरी आवाज़ में एक सुनहरा गीत।* झीने पर्दे से वो मुजीब को देखती है, लंबा, पतला, चश्माधारी, मूंछे रखे हुए जिससे वो थोड़ा बड़ा दिखे और लोग उसके विचारों को थोड़ी गंभीरता से ले पाएं। उसका चेहरा आंसुओं से भीग गया है, आंखें धुंधला गई हैं; वो कुछ नहीं बोलता। गाना उसे कहीं और ले गया है। सच्ची प्रशंसा, दीपा सोचती है। दूसरा सम्मोहित शख़्स मामून है। वो इतना निश्चल बैठा है, जैसे किसी जिन्न ने उसे पत्थर का बना दिया हो। वो आंखें सिकोड़े पर्दे को तक रहा है मानो उसके पार देख सकता हो, मानो वो दीपा के वजूद में झांक सकता हो। क्या वही था जिसने मुजीब को उसके टेलेंट के बारे में

बताया था? जिसने आज की शाम को गढ़ा था? अशांत होकर दीपा जल्दी से सबसे विदा लेती है और कमरे से चली जाती है। उस रात बहुत देर तक वो सो नहीं पाती।

दीपा की पहली कोशिश के लिए वो ढाका की सबसे बड़ी झोपड़पट्टी कोरेल बस्ती को चुनते हैं। परी की चाची वहां रहती हैं और उनकी बहुत सारी सहेलियां हैं। परी कहती है कि वो उन्हें लेकर आएंगी कि आलिया बेगम को सुनें। हालांकि रज़ा ने उसे चेता दिया है, फिर भी बस्ती दीपा को सन्न कर देती है। मीलों तक आपस में गुत्थम-गुत्था झोपड़ियां, छतें ताड़ के पत्तों या टीन की हैं। संकरी गलियां जिनमें कचरा बिखरा है, किनारों पर मल है, सड़ैंध है। फूले पेटों वाले नंगे बच्चे एक पैसा मांगते हुए उनके पीछे भागते हैं। फटी-पुरानी लुंगियों में आदमी त्योरियां चढ़ाए, थूकते हुए आगे की सीढ़ियों पर उकड़ू बैठे हैं। दीपा को सड़ैंध और पेशाब की बदबू घेर लेती है। उसे लगता है उसे उल्टी हो जाएगी। वो कसकर परी का हाथ पकड़ लेती है, और ख़ुद को खींचे जाने देती है। वो पीछे नहीं हट सकती, सब लोग उसके भरोसे हैं, उसके पीछे एक पूरा हुजूम आ रहा है: रज़ा, शरीफ़, मिटफ़ोर्ड हॉस्पिटल से मांगी हुई दो नर्सें, मेडिकल सप्लाई, मिठाइयां और बेंत लिए चार गार्ड।

वो बस्ती के एक अपेक्षाकृत समृद्ध खंड में दाख़िल होते हैं, ईंट-गारे के बने घर, रंग-रौग़न किए दरवाज़े। परी एक नीले दरवाज़े पर दस्तक देती है; एक अधेड़ उम्र की औरत पुरानी मगर साफ़ साड़ी में उनका स्वागत करती है। अंदर, औरतों का एक समूह सतर्क भाव से उन्हें देखता है। कुछ अपनी कमर पर बच्चों को लटकाए हैं। कई तो भाग खड़ी होने को तैयार लगती हैं। दीपा आदमियों से बाहर ही रुकने को कहती है; वो अपना बुर्क़ा उतार देती है, मुट्ठी भर मुरमुरे खाती है जो उसकी मेज़बान उसे पेश करती है।

औरतें सहज हो जाती हैं। वो उससे सवाल पूछने लगती हैं: क्या ये उसका पहला बच्चा है, बच्चा कब होगा? वहां से वो सेहत से जुड़ी बातों पर आ पाती है। वो चेचक, टायफ़ायड और हैज़े के ख़तरों को समझाती है,

वो कहती है कि वो तो अपने बच्चे को जितनी जल्दी मुमकिन होगा, टीका लगवाएगी, वो उन्हें अपनी बांह पर टीके के छोटे से निशान को दिखाती है। इसमें एक पल की तकलीफ़ तो होती है, मगर हमेशा के लिए सुरक्षा हो जाती है। परी और उसकी चाची सबसे पहले टीका लगवाने के लिए पहल करती हैं; उनके पीछे बाक़ी लगवाती हैं। फिर वो अपनी सहेलियों, अपने बड़े बच्चों को लाने जाती हैं। जब वो वापस आती हैं, तो उनके कुछ मर्द भी साथ आ जाते हैं; बाहर सड़क पर रज़ा उन्हें वैक्सीन लगाता है। लोग देखने को जमा हो जाते हैं। और लोग भी टीका लगवाने को राज़ी हो जाते हैं। इसके बाद मिठाई बांटी जाती है। जब वो बच्चों को हंसते-मुस्कुराते हुए मिठाई खाते देखती है तो उसके दिल में मसोस उठती है।

'मेहरबानी करके इन्हें स्कूल भेजें,' वो मांओं से कहती है। 'सरकार मुफ़्त तालीम दे रही है। ये पढ़ना-लिखना सीखेंगे, अच्छी नौकरियां पाएंगे। क्या आप ये नहीं चाहतीं?'

कुछ औरतें हामी भरती हैं, लेकिन बाक़ी कहती हैं कि वो ये वहन नहीं कर सकतीं। बड़े बच्चे तो पहले ही काम करके पैसा कमा रहे हैं, और एक-एक पैसे से मदद मिलती है। जो बच्चे इतने छोटे हैं कि मज़दूरी नहीं कर सकते, वो और छोटे बच्चों की देखभाल करते हैं जिससे मांएं काम पर जा पाती हैं। दीपा उस सच को देखती है जो रज़ा कहता है: आसान हल कोई नहीं है। बदलाव लाने के लिए नेताओं को लंबे समय तक निस्वार्थ भाव से अथक काम करना होगा।

ख़बर फैलती है तो और लोग परी की चाची की गली में आ गए हैं। दीपा थक गई है। परी उसके लिए एक स्टूल ढूंढ़ लाती है और पूछती है कि क्या वो वापस चलें। लेकिन दीपा इस वेग को बिगाड़ना नहीं चाहती। वो लोगों को तब तक टीके लगाते रहते हैं जब तक उनके पास सामान ख़त्म नहीं हो जाता। रज़ा धीरे से कहता है कि ये उसकी कल्पना से परे है। दीपा औरतों से वादा करती है कि वो वापस आएंगे। *हम सारे कोरेल को टीके लगाएंगे! जो भी बच्चा आएगा हम उसके लिए मिठाई लाएंगे, संदेश, जलेबी, रोशोगोल्ला!* कामयाबी के सुरूर में घर जाते हुए पहली बार उसे समझ आता है कि प्रिया डॉक्टर बनने पर इतना क्यों तुली थी।

मगर दीपा ने जैसा सोचा था वैसा नहीं हो पाता है। टीकाकरण दल के बाक़ी सदस्य कोरेल वापस जाते हैं, मगर दीपा को दर्द उठने लगते हैं और उसके डॉक्टर ने उसे कड़ाई से बेड रेस्ट करने को कहा है। रज़ा हर कुछ घंटे बाद ऑफ़िस से फ़ोन करके उसका हालचाल पूछता है; घर पर वो अपना काम बेडरूम में ले आता है ताकि उसके साथ बैठ सके। वो ख़ुद को लानत देता है कि उसे कोरेल ले गया, कि उसे इतना ज़्यादा थकने दिया। वो उसके हाथों को चूमता है और कहता है कि वो उसकी सबसे अच्छी साथी है।

नन्ही समीरा चार हफ़्ते पहले आ जाती है, लेकिन वो काफ़ी ताक़तवर है, उसके फेफड़े बहुत मज़बूत हैं जिन्हें वो बख़ूबी इस्तेमाल करती है। दीपा का पहला विचार कृतज्ञता का है। केवल इसलिए नहीं कि वो सेहतमंद है, बल्कि इसलिए भी कि वो लड़का नहीं है। वर्ना उसके बच्चे पर हमेशा के लिए अपने पिता के मज़हब का चीरा लग जाता। उसने रेडियो पर सुना है कैसे पश्चिम बंगाल में हिंदुओं की भीड़ ने ज़बर्दस्ती आदमियों की पैंट उतरवाई ताकि वो फ़ैसला कर सकें कि किसे छोड़ना है और किसकी बोटी-बोटी करनी है। उसे शक है कि पूर्वी बंगाल में मुसलमानों की भीड़ ने भी यही किया होगा।

अब सारा घर समीरा के चारों ओर घूमता है। नौकरानियों में उसे गोद में लेने की होड़ रहती है। अरशद दिन में कई-कई बार बच्चे की ज़रूरत का सामान लाने के लिए दुकान के चक्कर लगाता है। सख़्त नादिया, उनकी निष्ठा पूरी तरह से बदल गई है, दीपा को डरा-धमकाकर उससे जौ के पानी के अंतहीन गिलास और कुचले पपीते के कटोरे पर कटोरे निगलवाती हैं ताकि उसका दूध बेहतरीन बन सके। रज़ा पूरे तीन दिन की छुट्टी लेता है—वो काम जो उसने पहले कभी नहीं किया है—और उन्हें प्यार से अपनी बेटी को निहारने में बिता देता है। रात में नए-नवेले माता-पिता सावधानी से समीरा को अपने बीच सुलाकर उसके भविष्य के बारे में सपने बुनते हैं। उन्होंने अपनी ख़ुशख़बरी देते हुए डॉ. अब्दुल्लाह को दो ख़त भेजे हैं, और सावधानी भरे शब्दों में अनुरोध किया है कि दीपा के परिवार को भी ख़बर कर दें। रज़ा उत्सुकता से अपने मामा के दुआओं भरे ख़त का इंतज़ार करता है, मगर कोई जवाब नहीं आता। भारत और पूर्वी बंगाल के बीच

डाकसेवा में बहुत सारी मुश्किलें चल रही हैं। रज़ा को लगता है कि ख़त शायद खो गए होंगे। 'हम फिर से लिखेंगे।' वो समीरा को चूमता है। 'तब तक, इस नन्ही परी के साथ हमारे पास बहुत काम हैं।'

क्या इतनी बड़ी ख़ुशी के बीच भी दर्द हमारे दिलों को इस तरह मरोड़ सकता है? दीपा का यही हाल है। जब वो अपने पति और बेटी को देखकर मुस्कुराती है, तो सोचती है कि मां अपनी पहली नातिन को गोद में लेकर कितना ख़ुश होतीं। कैसे—मेरे लिए हुए फ़ैसलों की वजह से—वो कभी ये नहीं कर पाएंगी।

21

प्रिया

जब से नया सेमेस्टर शुरू हुआ है, दिन तो उड़ जाते हैं; मगर शामें बीतने को तैयार नहीं होतीं। प्रिया की पढ़ाई आसान हो गई है, जिससे उसे परेशान होने के लिए और ज़्यादा समय मिल गया है। पूरे अगस्त, बोर्डिंग हाउस वापस आने पर वो अपने कमरे में टहलती रही है जब तक कि नीचे वाली किराएदार शिकायत नहीं करती। इस शहर में अपनी उत्तेजना, बेचैनी, अपराधबोध, अकेलापन वो किसके साथ बांटे? मैरियेन हमदर्द है, लेकिन वो हमेशा से एक आज़ाद मुल्क़ में रही है। वो समझ नहीं सकती।

हफ़्तों भारत स्वतंत्रता की कगार पर संतुलन बनाए रखता है, लेकिन फिर 15 अगस्त आता है, और सब बिगड़ जाता है। प्रिया कॉलेज की लाइब्रेरी में अख़बारों को खंगालती है और उसे बस जुए के क़ानूनों, बढ़ती खाद्य क़ीमतों की सरकारी जांचों, और अप्रत्याशित ग्रीष्म लहर की ख़बरों के बीच दबे कुछेक असंतोषजनक पैराग्राफ़ ही मिल पाते हैं। *न्यूयॉर्क टाइम्स* कहता है, *नई दिल्ली और कराची ने 40 करोड़ लोगों के लिए स्वतंत्रता हासिल की, सांप्रदायिक दंगों में मरने वालों की तादाद 153 हुई।* दुख की बात है, वो सोचती है, कि एक सपना पूरा होने जैसे इस वक़्त पर भी लोग मारे गए हैं। फिर भी, 153 बहुत बुरी संख्या नहीं है।

भारत की स्वतंत्रता उसकी अपनी स्वतंत्रता को भी प्रेरित करेगी,

प्रिया ख़ुद से कहती है। जब उसके देशवासी अपना सिर आत्मसम्मान से ऊंचा करेंगे, तो वो भी करेगी। अब वो उस दरवाज़े पर और दस्तक नहीं देगी जो उसके मुंह पर बंद कर दिया गया है। वो अमित को पत्र लिखना बंद कर देती है। इस तरह के निर्णयात्मक क़दम से उसे बेहतर महसूस होना चाहिए। इसके बजाय सारा दिन उसके दिल में कसक सी उठती रहती है।

इस सेमेस्टर में डॉ. मैनचैस्टर प्रिया की किसी क्लास को नहीं पढ़ा रहे हैं। वो ख़ुद को उस परवाह की कमी महसूस करते पाती है जिसके साथ वो किसी बीमारी की बारीकियों, उन अनेक तरीक़ों के बारे में बताते थे जिनसे वो बीमारी शरीर में ख़ुद को छिपाए रहती है। वो उसे प्रत्यक्ष से परे सोचने के लिए चुनौती देते थे, बेहतर करने के लिए उस पर दबाव डालते थे। विभाग के ऑफ़िस में पूछने पर उसे पता लगता है कि वो उच्चस्तर के कोर्स नहीं पढ़ाते; उनकी बढ़िया चल रही प्रेक्टिस ही उन्हें बहुत व्यस्त रखती है। अपनी निराशा का तीखापन उसे चौंका देता है। लेकिन फिर वो दिन के अपने आख़री लेक्चर के बाद जब बाल-रोग विभाग से बाहर आती है, तो गलियारे में वो मौजूद हैं, कहते हुए, 'किसी ने मुझे बताया कि तुम मुझे ढूंढ़ रही थीं, तुम्हें कुछ पूछना था?' वो खाते हुए बात करने का सुझाव देते हैं क्योंकि वो भूख से बेहाल हैं। अब जब वो उनकी छात्रा नहीं है, तो इस तरह की चीज़ों की इजाज़त है। वो उनकी कार की ओर जाते हैं, पतली और चॉकलेटी रंग की, हल्की होती धूप में चमकती। आश्चर्यजनक ढंग से उसकी छत फ़ोल्ड हो जाती है। उसने कभी कल्पना भी नहीं की थी कि अपने सादे काले कपड़ों, सीधी-सादी मूंछों, मौजूदा काम पर पूरी लगन से फ़ोकस करने वाले इस आदमी के पास इस तरह की कार होगी। उसे हैरान करके ख़ुश होते हुए वो बच्चों की तरह मुस्कुराते हैं। जब वो ड्राइव करते हैं तो मीठी नम हवा खिलंदड़ेपन से उसके बालों को बिखरा देती है।

वो डरती है कि वो उसे किसी अच्छे रेस्तरां में ले जाएंगे जहां अपने साधारण कपड़ों और मोटे-मोटे जूतों में वो ख़ुद को बेढब महसूस करेगी। इसके अलावा जब वो अपने हिस्से का आधा भुगतान करने की पेशकश करेगी जो कि उसे करनी होगी क्योंकि ये डेट नहीं है, तो वो बहुत ज़्यादा महंगा निकलेगा; वो डेट पर कभी नहीं जाती क्योंकि—यहां उसकी सोच को विराम लग जाता है।

क्या उन्होंने उसकी झिझक को भांप लिया है। वो ये कहते हुए एक सादा से खुले डाइनर के बाहर रोकते हैं जिसकी पार्किंग में बहुत भीड़ है, 'चार्ली बेहतरीन फ़िली चीज़स्टेक और चिकन पास्ता बनाता है।' वो इंतज़ार करते ग्राहकों की लंबी लाइन में लग जाते हैं। लेकिन फिर एप्रन पहने एक गोल-मटोल, मूंछोंवाला आदमी—ख़ुद चार्ली—डॉ. मैनचैस्टर को देखता है और ये कहते हुए उन्हें अंदर के एक कमरे में ले जाता है, नहीं डॉक्टर, मेरे डाइनर में आप लाइन में नहीं खड़े होंगे, फिर प्रिया को बताया कि कैसे उन्होंने चार्ली की बेटी को जन्म दिलाया था और उसकी जान भी बचाई थी, क्योंकि जब वो इस दुनिया में आई तो नीली पड़ी हुई थी और सांस भी नहीं ले रही थी। बस करो, चार्ली, डॉ. मैनचैस्टर झेंपते हुए कहते हैं, जो प्रिया को बहुत प्यारा सा लगता है।

प्रिया को समझ नहीं आता कि मेन्यु की ज़्यादातर चीज़ों का मतलब क्या है, तो डॉ. मैनचैस्टर पूछते हैं कि क्या वो दोनों के लिए चुन लें। उन्हें भारतीयों के बारे में पता होगा; वो बीफ़ और पोर्क को छोड़ देते हैं और चिकन और मशरूम भरी कैनेलोनी मंगा लेते हैं। अमेरिका आने के बाद प्रिया ने पहली बार इतना अच्छा खाना खाया है। क्रीमी सॉस में लिपटा पास्ता उस लौंदे जैसी स्पैगेटी से मीलों दूर है जो मिसेज़ कैली हफ़्ते में दो बार परोसती हैं। चिकन के टुकड़े उसके मुंह में घुल जाते हैं। हिम्मत दिखाते हुए वो व्हाइट वाइन भी पी लेती है जिसे डॉ. मैनचैस्टर ने दोनों के लिए मंगाया है और उसे लगता है जैसे वो तैर रही है। डॉ. मैनचैस्टर उससे कहते हैं कि वो उन्हें आर्थर बुलाए। वो सारी ज़िंदगी इसी शहर में रहे हैं, हालांकि युद्ध से पहले उन्होंने यूरोप की यात्रा की थी। उन्हें ये बहुत बहादुरी का काम लगता है कि वो अपने दम पर दुनिया पार करके आई है। उनके पिता, प्रिया के पिता की तरह ही, डॉक्टर थे और वो उन्हें भी डॉक्टर बनने के लिए प्रेरित करते थे। प्रिया पाती है कि वो उन्हें अपने परिवार के, गांव के, डॉक्टर बनने के अपने बचपन के सपने और अंत में, हालांकि वो ऐसा चाहती नहीं थी, अपने पिता की मृत्यु की भयानक रात के बारे में बता रही है। पहली बार उसने इस बारे में बात की है। एक से ज़्यादा बार वो रो पड़ती है, लेकिन आर्थर ने उसे नैपकिन का एक बंडल दे दिया है और शांति से उसके आगे बताने का इंतज़ार करते हैं। जब वो कह चुकती है,

तो उसे लगता है जैसे उसके ऊपर से मनों बोझ उतर गया हो जो उसे पता भी नहीं था कि वो ढो रही है। वो बिना विरोध के उन्हें खाने के पैसे देने देती है; अब ये अहम नहीं लगता है। क्या वो पहले ही उनसे कहीं ज़्यादा क़ीमती भेंट नहीं ले चुकी है?

लेकिन अब देर हो गई है और उन्हें जल्दी करनी होगी क्योंकि जब समय की पाबंदी की बात आती है तो मिसेज़ कैली कठोर अनुशासक हैं; अगर कोई आवासी समय से वापस न आए तो वो उसे बाहर ही छोड़ देने के लिए मशहूर हैं। ये नहीं चलेगा, आर्थर कहते हैं, ये तो इस परफ़ेक्ट शाम को बर्बाद कर देगा। वो रुकने के साइन और एक बार तो रेड लाइट को भी अनदेखा करते हुए ख़ाली सड़कों पर बहुत तेज़ ड्राइव करते हैं, दोनों स्कूल से भागे बच्चों की तरह हंसते हैं। वो दावा करते हैं कि अपनी ज़िंदगी में उन्होंने कभी ऐसी कोई ग़ैरक़ानूनी हरकत नहीं की है, ये ज़रूर प्रिया का जादुई असर होगा। जब वो उसे छोड़ते हैं तो बस इतना ही समय होता है कि वो उन्हें कह पाती, थैंक्यू और गुडनाइट और हां, ये बहुत ख़ूबसूरत था, मैं ये फिर करना चाहूंगी।

लोगों से बचने की उम्मीद करते हुए वो बोर्डिंग हाउस में घुसती है, लेकिन यहां तो दरवाज़े पर ही मिसेज़ कैली खड़ी हैं, बांहें बग़ल में बांधे, दरवाज़ा बंद करने को अधीर। वो प्रिया को सब समझने वाली नज़र से देखती हैं, हालांकि उसमें नागवारी नहीं है। मिसेज़ कैली को ये पसंद है कि उनके यहां की लड़कियां अमीर रिश्ते बनाएं, इससे उनकी साख बढ़ती है, और चमकती चॉकलेटी कंवर्टिबिल उनकी नज़रों से चूकी नहीं है। वो बस इतना कहती हैं कि डाक मेज़ पर प्रिया के लिए ख़तों का एक पैकेट रखा है।

प्रिया अजीब अनमनेपन से पार्सल को उठाती है, जो कि हमेशा से ज़्यादा मोटा है। पहली बार वो घर से आए समाचारों में डूबने का इंतज़ार नहीं करती। किसी न किसी रूप में ये हमेशा ही यातनादायक होता है, और क्या वो कुछ घंटे ज़िम्मेदारी, चिंता, कसक और अपराधबोध से मुक्त रहने की हक़दार नहीं है? *मैं इन्हें कल पढ़ूंगी। आज रात तो मैं खिड़की के किनारे पर बैठूंगी और आसमान को देखूंगी और अपनी शाम के बारे में सोचूंगी, आंसुओं-और-हंसी-से-भरी मुक़म्मल शाम जो मैंने इस देश में*

आने के बाद पहली बार जी है।

मगर फिर, क्योंकि वो जो है वो है, वो पैकेट खोल लेती है।

वो सोमनाथ के पत्र से शुरू करती है। वो सबसे सुरक्षित हैं।

मेरी प्यारी बच्ची,

सबसे पहले तो मैं तुम्हें आश्वस्त कर दूं कि तुम्हारी मां और बहन मेरे घर पर सुरक्षित हैं, और अब से वो यहीं रहेंगी। मैं कैसा अंधा था कि समझ ही नहीं पाया क्या होने जा रहा था। मैंने तुम्हारे पिता को निराश किया, और तुम्हें भी। क्या मैंने उनकी देखभाल करने का वादा नहीं किया था, क्या मैंने तुमसे वादा नहीं किया था कि तुम्हें कोई चिंता करने की ज़रूरत नहीं है? शुक्र है कि अमित वक़्त पर पहुंच गया था—

पत्र अटकते-अटकते से बढ़ते हैं, वो शब्दों को जोड़ नहीं पाती। *आग की रात हिंदू मुस्लिम घरों पर हमला करते हैं बहुत से राख हो गए बहुत बेघर हो गए अमित बंदूक़ बचाव जामिनी जल जाती है बीना चोटिल डिप्रेशन।* क्या वाक़ई ये सबकुछ शांतिपूर्ण रानीपुर में हो सकता है? उसकी मां और बहन के साथ? वो पत्र छोड़ देती है, डबल-चैक करने के लिए अख़बार फैला लेती है। कलकत्ता, बंबई, दिल्ली। सोमनाथ ने ज़रूर मुंशीजी से अख़बारों का स्पेशल ऑर्डर करवाया होगा। हैडलाइन एक-दूसरे का विरोध कर रही हैं। *भारत के लाखों लोग आनंदमग्न। राजधानी में धूमधाम के दृश्य। बंगाल और पंजाब के सीमा निर्णय की घोषणा। सीमा निर्णय की निंदा। मानवजाति के पांचवें हिस्से को मिली राजनीतिक स्वतंत्रता। क्या आप पाकिस्तान जा रहे हैं? स्वतंत्र भारत औपनिवेशिक साम्राज्यवाद का ख़ात्मा करेगा। लाहौर में नरसंहार जारी। एशिया में विदेशी ताक़तों के लिए कोई जगह नहीं। दिल्ली और लाहौर के बीच रेल यात्रा 'ख़तरनाक।' दिल्ली में जश्न के दृश्य। विभाजन की भयावहता। दिन भर आग लगती रहीं। यात्रियों को चेतावनी। यात्री रेलगाड़ियों पर घातक हमला। मृत्यु दर बढ़*

रही है। क़त्लेआम और आगज़नी नए चरम पर पहुंचे। गांधी जी अनशन शुरू कर देते हैं जबकि कलकत्ता जल रहा है।

नहीं, वो कहती है। नहीं! मगर न मानने से सच झुठला थोड़े ही सकता है। *बाबा, क्या आप इसी के लिए लड़े थे, इसी की हसरत करते थे, इसके गीत गाते थे?*

अंत में, बस जामिनी का पत्र ही बचा है। वो अब उसे टाल नहीं सकती है। अलावा इसके कि ये कोई पत्र नहीं है, वो पक्का नहीं कह सकती कि ये क्या है, कविता है या क़ुबूलनामा, नियमपुस्तिका, नुकसान की विवरणिका। ये अपनी बहन के बारे में उसकी धारणा को बदल देगा, उसे सारी रात जगाएगा। आने वाले हफ़्तों में, ये माइग्रेन के अटैक की तरह उसके दिमाग़ में कौंधता रहेगा।

> *...किसी आदमी की आंखों में, उसके हंसते दांतों में इतनी नफ़रत कभी नहीं देखी। ये मुझसे कैसे गुज़री, मां के सिर को पेड़ के तने पर मारना। मैंने अपनी पूरी ताक़त से जलती हुई मशाल घुमाई। मैं ख़ुशी-ख़ुशी उसे मार डालती। आसमान कैसे धू-धू जलते गांव को आंखें तरेरे देखता है। हम अपने ही देश में शरणार्थी हो गए हैं। लोग मुझे तरस और आतंक भरी निगाहों से देखते हैं और शुक्र मनाते हैं कि मेरी जगह वो नहीं थे। घर: गया। मां की रज़ाइयां: गईं। बाबा का फ़ोटो: गया। दीपा: गई। प्रिया: गई। प्यार की बचकाना उम्मीदें: गईं। इंसान की अक़्लमंदी, संसार की उदारता, भारत के उज्जवल भविष्य में विश्वास: सब गया। बस अपने पर भरोसा करो। ऐसी किसी भी चीज़ पर शर्मिंदा मत हो जो कोई तुम्हारे साथ कर सकता है।*

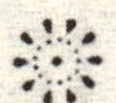

अगले कुछ हफ़्ते वो अपने काम में गहरे डूबी रहती है, कक्षाओं के बाद अतिरिक्त ड्यूटी लेती है, लेक्चर्स के नोट्स लिखती है, लैब को तैयार करने में मदद करती है, क्लिनिक में सहायता करती है। अपनी आख़री क्लास के ख़त्म होते ही वो बाहर भागती है और लाइब्रेरी के सुदूर कोने में घुस

जाती है; वो मिलना नहीं चाहती। वो अपने कमरे में रहना बर्दाश्त नहीं कर पाती, वहां रौशनी बहुत तेज़ है, छुपने की कोई जगह नहीं है। वो किताबों को लिए बैठी रहती है जब तक कि बिल्डिंग बंद नहीं होने लगती और लाइब्रेरियन उसे भगा नहीं देतीं। वो जो पढ़ती है, कुछ भी उस धुंध के पार नहीं जाता जो उसकी खोपड़ी में भरी हुई है। रात में वो छटपटाती रहती है, उसकी भयावह कल्पनाएं उसे सोने नहीं देतीं। सोमनाथ और जामिनी ने उसके घबराहट में लिखे पत्रों का जवाब नहीं दिया है जो उसने उसी दिन और फिर अगले हफ़्ते एक्सप्रेस डिलीवरी के लिए अतिरिक्त भुगतान करके भेजे थे। जामिनी को लिखा था: *मैं बेहद परेशान और चिंतित हूं, मुझे बताओ तुम और मां कैसे हो।* सोमनाथ को लिखा था: *मैं घर आना चाहती हूं, शायद मैं वहां मददगार हो सकूं, लेकिन ये बहुत महंगा पड़ेगा, और मेरी कई कक्षाएं छूट जाएंगी, मुझे बताएं मैं क्या करूं।* क्या उसकी मां की हालत और बिगड़ गई है? जामिनी ने अमित के बारे में कुछ भी क्यों नहीं लिखा, उसने उसकी जान कैसे बचाई? अमित क्यों नहीं लिख रहा है? क्या इतनी बड़ी आपदा उसे माफ़ करने के लिए पर्याप्त कारण नहीं है? वो उस आदमी को नहीं पहचान पा रही है जिसके बारे में सोमनाथ ने लिखा था, वो आदमी जो भीड़ को डराकर भगाता है, औरतों को बचाता है, गांवों का पुनर्निर्माण करता है, अपने पिता के कामकाज को संभालता है। वो अच्छा है, सराहनीय है, लेकिन वो उसका अमित नहीं है। प्रिया का वज़न कम हो रहा है, आंखों के नीचे काले गड्ढे बनने लगे हैं। बोर्डिंग हाउस में वो डिनर की प्लेट खिसकाती रहती है जब तक कि मिसेज़ कैली उसे हिसप की ख़ुराक नहीं देतीं, ये पक्का करने के लिए कि उसे कोई अजीब सी विदेशी बीमारी न हो रही हो।

फिर, इससे पहले कि वो भाग पाती, आर्थर उसे लैक्चर हॉल के बाहर पकड़ लेते हैं और ड्राइव पर चलने का आग्रह करते हैं। विसहाइकन के एक सूने मोड़ के पास, सफ़ेद ओक के पेड़ के साये में वो एक हैंपर खोलते हैं: ब्रेड, फल, चीज़ का एक बड़ा सा पीस, उनकी हाउसकीपर द्वारा बोतलबंद ब्लैकबैरी प्रिज़र्व। *मैं जानता हूं तुम्हारे लिए ये मुश्किल समय है।* उन्होंने अख़बार पढ़े हैं, उसके देश में मची उथल-पुथल के बारे में जाना है। जब तक वो खाती है, वो सब्र से इंतज़ार करते रहते हैं। एक

निवाला, दो, तीन। प्रिज़र्व स्वादिष्ट है। वो रुक नहीं पाती, वो चीज़ का सारा टुकड़ा खा लेती है। फिर वो बताना शुरू करती है।

जब उसके अंदर से सारे शब्द, और आंसू बाहर आ चुकते हैं, तो आर्थर कहते हैं कि उसे इतने अचानक में भारत वापस नहीं जाना चाहिए। उसका परिवार जिस आपदा से गुज़रा है, वो भयावह है, लेकिन अभी वो सुरक्षित हैं। अभी तुरंत प्रिया उनके लिए क्या कर सकती है? दूसरी ओर, अगर वो बीच सेमेस्टर में चली जाएगी, तो उसे काम की भरपाई करनी होगी। वो परीक्षाओं में फ़ेल हो सकती है, उसे कोर्स फिर से करने पड़ सकते हैं। वो यहां एक उद्देश्य लेकर आई है; उसके अंकल ने बहुत पैसा ख़र्च किया है; एडमीशन कमेटी ने उस पर भरोसा करके, किसी दूसरी उम्मीदवार से छीनकर उसे एक अनमोल सीट दी है। कम से कम उसे इंतज़ार करना और परीक्षाओं के बाद ही कोई फ़ैसला करना चाहिए। वो यहां रुक जाते हैं, लेकिन बाक़ी वो उनकी आंखों में पढ़ लेती है। *तुम्हारे लिए यहां मैं हूं, मुझे अपना हाथ थामने दो, तुम अकेली नहीं हो।*

वो ख़ुद को राज़ी होने देती है। उनकी सलाह में दम है। अभी घर वापस जाने से वो सपना बिखर सकता है जिसके लिए उसने अपने प्यार को छोड़ा था। वो ख़ुद को आर्थर के साथ एक ख़ूबसूरत लय में बंधने देती है। वो कक्षाओं के बाद उसे लेते हैं और अपने घर ले आते हैं जहां हाउसकीपर मिसेज थाकरे उनका बहुत अच्छे से ध्यान रखती हैं जो आर्थर के जन्म के वक़्त से ही मैनचैस्टर परिवार में काम कर रही हैं। मेपलवुड की डाइनिंग टेबल के एक सिरे पर प्रिया पढ़ाई करती है, जबकि दूसरे पर आर्थर अपने मेडिकल जरनल पढ़ते हैं। थाकरे उन्हें डिनर सर्व करती है: हार्टी कॉर्न चाउडर सूप, रोस्ट चिकन। एक रात डेज़र्ट में वो स्वादिष्ट लैटिस्ड एपल पाइ लाती हैं। जब वो किचन में चली जाती हैं, तो आर्थर धीरे से कहते हैं कि हाउसकीपर इसे केवल उन लोगों के लिए बेक करती हैं जो उन्हें कुछ ख़ास ही भा जाते हैं। प्रिया के चेहरे पर शर्मीली मुस्कुराहट आ जाती है।

उस शाम बोर्डिंग हाउस पर उसे छोड़ने से पहले आर्थर उसे किस करते हैं। ये बहुत सम्मानजनक सा किस है, लेकिन उसमें आवेग की लहर बस इसलिए दबी हुई थी कि वो उसे डराकर दूर नहीं करना चाहते थे।

आगे देख, प्रिया। जब वो वापस उन्हें किस करती है तो उसका दिल ज़ोरों से धड़कने लगता है।

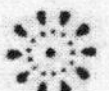

प्रिया के लिए एक और पत्र आया है, असामान्य रूप से पतला सा लिफ़ाफ़ा। उस पर लिखावट सोमनाथ की है, लेकिन जब वो उसे फाड़कर खोलती है, तो लरज़ते दिल से देखती है कि लिखने वाली उसकी मां हैं। ये पहला पत्र है जो उन्होंने कभी प्रिया को लिखा है।

प्रिय बेटी प्रिया,

मैं जानती हूं सोमनाथ से तुम्हें हमारी भयानक ख़बरें मिल चुकी हैं, इसलिए मैं उन्हें दोहराऊंगी नहीं। मैं अभी तक भी अपनी चोटों से पूरी तरह उबरी नहीं हूं और पता नहीं कभी उबर पाऊंगी या नहीं।

लेकिन इस सब भयावहता के बीच एक अच्छी ख़बर है: जामिनी की अमित से शादी हो रही है। एक महीने के अंदर ये बहुत छोटे से समारोह में हो जाएगी।

मैं जानती हूं अपनी पढ़ाई की वजह से तुम नहीं आ पाओगी, और बेशक तुम्हें उसमें बाधा डालनी भी नहीं चाहिए। मैं बस तुम्हें बताना चाहती थी।

अपनी बहन को शुभेच्छाएं भेजना; उसने बहुत कुछ भोगा है। वो न होती तो आज मैं मर चुकी होती।

मैं तुम्हारे लिए सफलता और प्रसन्नता की कामना करती हूं।

काग़ज़ के दूसरी ओर, सोमनाथ ने हड़बड़ी में लिखा था:

मुझे नहीं पता ये सब कैसे हो गया। अमित इस बारे में बात करने को तैयार नहीं होता। मुझे डर है कि वो बहुत बड़ी ग़लती कर रहा है।

लेकिन पहली ग़लती तो मेरी थी कि तुम्हें इतनी दूर जाने के लिए बढ़ावा दिया, कि तुम दोनों के बीच दरार आने दी। मैं भला चाहता था, मैं चाहता था तुम अपना सपना पूरा करो। तुम्हारे ज़रिए मैं सोचता था कि नबकुमार का जुनून जीवित रहेगा। अब मैं देखता हूं कि भला चाहने के कोई मायने नहीं होते, अंत में जो होता है, बस वही मायने रखता है।

मैं इस मामले में तुम्हें सलाह नहीं दे सकता, न ही तुमसे वापस आने की इल्तेजा कर सकता हूं। तुम्हें जो करना मुनासिब लगे, वो करो। ये जान लो कि तुम जो भी फ़ैसला करोगी, तुम हमेशा मेरी प्यारी बेटी रहोगी, और मैं हमेशा तुम्हारा साथ दूंगा।

अगले दिन, और फिर अगले दिन वो अपनी कक्षाएं मिस करते हुए घर पर ही रहती है, वो काम जो उसने बीमार होने पर भी नहीं किया था। वो मिसेज़ कैली से कहती है कि उसे भयानक माइग्रेन हो रहा है। वो सोचती है और चहलक़दमी करती है, चहलक़दमी करती है और सोचती है। एक ओर उसका अतीत है, दूसरी ओर भविष्य है। दोनों अपने लोलुप पंजों से उसे जकड़ रहे हैं, वो उसे भिन्न दिशाओं में खींच रहे हैं, वो उसे दो फाड़ में चीर रहे हैं। शाम को हांफते हुए मिसेज़ कैली सीढ़ियां चढ़कर ऊपर आती हैं और दरवाज़े पर दस्तक देती हैं। किसी डॉ. मैनचैस्टर ने दोनों दिन दो-दो बार फ़ोन किया है; इस आख़री बार उन्होंने कहा है कि अगर प्रिया कल तक बेहतर नहीं होगी तो वो आकर उसे देखेंगे।

मिसेज़ कैली को अपने साफ़गो होने पर बहुत नाज़ है। क्या तुम मुश्किल में हो, वो पूछती हैं। तुम पेट से हो?

अगर प्रिया इतनी परेशान न होती तो हंस पड़ती। वो किसी तरह मिसेज़ कैली को बताती है कि उन्हें अपने बोर्डिंग हाउस की साख के लिए घबराने की ज़रूरत नहीं है। मिसेज़ कैली के जाने के बाद ही वो ख़ुद से क़ुबूल करती है कि वो कितनी गहरी मुश्किल में है, हालांकि ये भिन्न क़िस्म की है। वो आर्थर के स्नेह का प्रतिदान करती है, हां, लेकिन अपने दिल की गहराइयों में वो अभी भी अमित से प्यार करती है। उसे उससे एक आख़री बार मिलना होगा, इससे पहले कि वो किसी और का हो जाए।

नहीं, *किसी और* का नहीं। जामिनी का।

अगर अमित अपनी पिशी के लाए किसी रिश्ते के लिए राज़ी हुआ होता, तो प्रिया रो ली होती, उसका दिल टूट गया होता, लेकिन उसने इसे क़ुबूल कर लिया होता। मगर, जामिनी? अमित का जामिनी से, जिसने हमेशा उस पर डोरे डाले हैं, शादी करने का ख़्याल सिरे से ही ग़लत महसूस होता है।

इसीलिए उसे भारत लौटना होगा, अमित की आंखों में देखना होगा, पक्का करना होगा कि वो सही वजहों से ऐसा कर रहा है।

अगली सुबह-सुबह, वो आर्थर के घर जाती है। उनसे इस मामले में मदद मांगना नाइंसाफ़ी है, लेकिन उसके पास और कौन है? जब वो उसका चेहरा देखते हैं, तो उसका हाथ पकड़कर उसे अपनी स्टडी में ले जाते हैं। वो कॉलेज में फ़ोन करके उस दिन की अपनी सारी कक्षाएं कैंसल कर देते हैं: प्रिया ने उन्हें ऐसा करते तो कभी नहीं देखा है। वो अंतर तक शुक्रगुज़ार, बेतहाशा अपराधी महसूस करती है।

सारी रात प्रिया ने अपने शब्दों की प्रेक्टिस की है, लेकिन अब जब वो बोलती है तो उसके आंसू नहीं रुकते। उसे यक़ीन है कि उसकी टूटी-फूटी कहानी आर्थर को ज़रा भी समझ नहीं आएगी: एक बहन की अचानक शादी, मां की गंभीर बीमारी, एक अंकल का गहरा संताप, एक बैस्ट फ्रेंड जिससे उसे एक आख़री बार बात करनी है हालांकि वो वजह नहीं बता पाती। लेकिन वो डॉक्टर हैं, वो दर्द के सुरों को समझने, उन ठहरावों को बूझने के आदी हैं जो वो सब कह देते हैं जिसे शब्द नहीं कह पाते। वो समझते हैं। ख़ासकर, वो *बैस्ट फ्रेंड* को समझते हैं। वो प्रिया को रोकने की बहुत कोशिश करते हैं, मगर नाकाम रहते हैं।

लेकिन उनका दिल बड़ा है। निराश होते हुए भी, वो अपने भविष्य की जगह अपने अतीत को चुनने के लिए उसके ख़िलाफ़ अपने मन में मैल नहीं रखते। उसी दिन फ़ैकल्टी कमेटी में वो उसकी पुरज़ोर पैरवी करते हैं, इमर्जेंसी अनुमति हासिल कर लेते हैं। कमेटी ख़ुश नहीं है। विदेशी संस्कृतियों की लड़कियों के साथ यही मुश्किल है, वो कहते हैं। वो बहुत ज़्यादा जज़्बाती, परिवार में बहुत ज़्यादा उलझी होती हैं। वो प्रिया को

छह हफ़्ते की छुट्टी दे देते हैं, चार हफ़्ते आने-जाने की यात्रा के लिए, दो पारिवारिक ज़रूरतों को निपटाने के लिए। आर्थर उसे जो पत्र देते हैं, उसमें लिखा है, *अगर आप सेमेस्टर के अंत में होने वाली परीक्षाओं के लिए समय से वापस नहीं आईं, तो हम आपके स्थान पर अपनी विचाराधीन प्रतीक्षासूची की किसी उम्मीदवार को प्रवेश दे देंगे।*

कलकत्ता जाने वाले अगले समुद्री जहाज़ के टिकट ख़रीदे गए, जिसके लिए उसे एक पूरे अनंत हफ़्ते इंतज़ार करना होगा। सोमनाथ के लिए एक तार। आर्थर प्रिया को स्टेशन तक छोड़ने का आग्रह करते हैं। वो तो उसके साथ न्यूयॉर्क भी चलना, उसे जहाज़ पर सवार करवाना चाहते थे, मगर उसने मना कर दिया। कुली को हाथ से मना करते हुए, वो उसका सामान ट्रेन पर चढ़ा देते हैं, बस एक छोटा सा सूटकेस ही तो है; बाक़ी सब कुछ तो वो उनके घर में छोड़ आई है। उनकी आंखें दालचीनी के रंग की, कुछ खो देने के रंग की सी हो रही हैं। कितने समय बाद, वो एक कसक के साथ सोचती है, वो उनसे फिर मिल पाएगी? ट्रेन में वो उनके हाथ पकड़ लेती है। 'थैंक्यू। मैं इस उदारता की, उदारता-से-कहीं-ज़्यादा इस सबकी हक़दार नहीं हूं... जब मैं वापस आऊंगी तो बंधनों और दायित्वों से मुक्त हो जाऊंगी, फ़ैसले लेने के लिए आज़ाद होऊंगी। लेकिन अपने लिए मैं आपसे अपनी ज़िंदगी को रोके रखने के लिए नहीं कह सकती।'

वो उसकी हथेलियों को पलट देते हैं, वो उन्हें इस तरह चूमते हैं जैसे उनके पिता ने उनकी मां से प्रेम करते वक़्त उन्हें चूमा होगा। वो बस इतना कहते हैं, 'तुम्हारे लिए, मैं इंतज़ार करूंगा।'

न्यूयॉर्क में, दुख में दो टूक बोलती, आंसू भरी आंखों से मैरियेन उसके हाथों को दबाती है। 'एक ऐसे आदमी को पीछे छोड़कर तुम बड़ी भारी ग़लती कर रही हो जो तुमसे प्यार करता है, जो हर तरह से तुम्हारी मदद करने के लिए उत्सुक है। तुम भारत जा ही क्यों रही हो? तुम्हारे अंकल के अलावा कोई तुम्हें वहां नहीं देखना चाहता—और वो भी नहीं चाहेंगे कि तुम अपना कैरियर इस तरह बर्बाद करो।'

ये सब सच है; प्रिया इतनी ईमानदार है कि इसे नकार नहीं सकती। वो और कुछ नहीं कर पाती, बस अपनी दोस्त को गले लगा लेती है और

मैरियेन से उसे शुभकामनाएं देने को कहती है।

एक जहाज़, फिर दूसरा, सुबह-शाम डेक पर टहलना जबकि दिन इंच-इंच आगे बढ़ रहे हैं। या कि ऐसा हो सकता है कि बस प्रिया के दिन ही इंच-इंच करके बढ़ रहे हैं, जबकि भारत में वो उड़े जा रहे हैं, शादी की तैयारियां की जा रही हैं, सब चीज़ें आकार ले रही हैं, जो फिर कभी वैसी नहीं होंगी जैसी वो थीं? आख़िरकार कलकत्ता का बंदरगाह दिखाई देता है, कर्तव्यनिष्ठ मुंशीजी इंतज़ार कर रहे हैं। इस बार कितना कुछ भिन्न है; इसे देखकर परेशान प्रिया तक को एक छोटी, तीव्र ख़ुशी होती है। अधिकारी सब भारतीय हैं: कस्टम्स, पुलिस, सेना, बंदरगाह सुपरवाइज़र, सबके सिर ऊंचे हैं, उनकी आंखों में चमक है, वो अपने देश के लिए, अपने भारत के लिए काम कर रहे हैं। हां, कहीं-कहीं नफ़रत की आग अभी भी सुलग रही हैं, लेकिन उन्हें भी बुझा दिया जाएगा। तब तक एक हवा, आज़ादी की हवा, सदियों के कुहास को उड़ा ले जाते हुए चमकीले आसमान को उजागर कर रही है।

उसे अपनी बेसब्री, अपनी चिंता को शांत करना होगा, उसे सोमनाथ के कलकत्ता वाले घर में रुकना होगा क्योंकि रात में सफ़र करना सुरक्षित नहीं है। वो मुंशीजी से पता करने को कहती है कि अगले कुछ हफ़्तों में अमेरिका के लिए जहाज़ कब-कब रवाना होंगे। मुंशीजी तो अपने काम में दक्ष ठहरे, वो पहले ही इस बारे में सोच चुके हैं और उसे जहाज़ों का विवरण थमा देते हैं। वो बिना देखे उसे अपने पर्स में ठूंस लेती है। उसके अंदर एक नन्ही सी उम्मीद झिलमिलाती है, शायद ये अंधविश्वास ही हो। *अगर मैं इसे पढ़ूं नहीं, तो शायद मुझे इसकी ज़रूरत न पड़े।*

उसका ध्यान भटकाने के लिए मुंशीजी उसे अख़बार पकड़ा देते हैं। वो उसे खोलती है और एक बिनमांगी भेंट पाती है: सरोजिनी नायडू को उत्तर प्रदेश की नई राज्यपाल चुना गया था, उम्र ने अपना असर छोड़ा था, मगर फिर भी अपनी विशाल कुर्सी पर वो भव्य दिख रही थीं। वो बीमार थीं लेकिन अब बेहतर हैं; वो अपने देशवासियों से चिंता न करने को कहती हैं। *मैं अभी मरने के लिए तैयार नहीं हूं क्योंकि जीने के लिए असीम साहस की आवश्यकता है।* शब्द प्रिया के भीतर गूंजते हैं। हां, हां। उसने सरोजिनी से मिलने का अपना सपना छोड़ दिया है, लेकिन इस संदेश के लिए वो

शुक्रगुज़ार है; वो इसे अपने दिल में संजो लेगी। दीपा की कोई ख़बर जानने की उम्मीद में वो डॉ. अब्दुल्लाह को फ़ोन करती है, लेकिन वो उसे बताते हैं कि उन्हें आलिया या रज़ा से कोई ख़बर, एक ख़त तक नहीं मिला है—आजकल के नौजवान ऐसे ही हैं। वो कड़वाहट से कहते हैं लेकिन वो उनके शब्दों के पीछे छिपे दर्द और फ़िक्र को महसूस करती है क्योंकि रज़ा वो बेटा है जो उन्हें कभी नहीं हुआ था। लेकिन उन्हें फ़िक्र क्यों होनी चाहिए? क्या ये सच नहीं है कि पूर्वी बंगाल में मुस्लिम लीग का राज है?

आख़िरकार रानीपुर, प्यारा और हृदय पर कठोर। ये दुर्गा पूजा के दिन हैं, और मानो प्रिया का मज़ाक़ उड़ाते हुए सब कुछ खिल रहा है, गेंदा, गुड़हल, चमेली, हनीसकल की मदमस्त मधुरता। सफ़ेद कॉटन कैंडी जैसे बादल शांत आसमान में बिखरे हुए हैं। देवी के लिए बांस के पंडाल बनाए जा रहे हैं, मगर सावधानी बरतते हुए, मुहल्ले के नौजवान बारी-बारी से पहरेदारी करते हैं। जब बदुरिया स्टेशन से सोमनाथ की बग्घी ने उसे लिया तो उसने चालक से कहा था कि उसके नष्ट हुए घर की ओर से घुमाकर ले चले। अब वो उसके सामने खड़ा है, उतना ही उजड़ा हुआ जितना उसे डर था, छतविहीन, जले हुए दरवाज़ों और खिड़कियों के साथ। काली ईंटें उसके मन को खुरच डालती हैं।

हवेली में बिना दाढ़ी-बाल बनाए, पिचके गालों वाले सोमनाथ अपने पैर छूने को झुकी प्रिया को गले से लगा लेते हैं; वो उनकी हड्डियों की भंगुरता को, उनकी उम्मीदों के भार को महसूस कर सकती है। शुक्र है तुम आ गईं, बेटी, वो कहते हैं, अब तुम यहां आ गई हो तो निश्चय ही सब ठीक हो जाएगा; लेकिन उसे इसकी बहुत कम उम्मीद है। बीना सो रही हैं, उनका चेहरा काला और हड्डियों का ढांचा रह गया है, पलकों के भीतर उनकी आंखें तेज़ी से घूम रही हैं। प्रिया उन्हें जगाने का साहस नहीं कर पाती। अमित एस्टेट संभालने, क्षतिग्रस्त घरों को फिर से बनवाने के काम से गया हुआ है। काम पिछड़ गए हैं क्योंकि पिछले हफ़्ते उसे कुछ मालूमात हासिल करने कलकत्ता जाना पड़ा था, उन्हें अपना जहाज़रानी का कारोबार बेचना होगा, वो अच्छा नहीं चल रहा है। सोमनाथ ठंडी सांस भरते हैं। मुझे डर है कि लड़के ने ख़ुद को काम में झोंक रखा है, वो कभी भी अंधेरा होने से पहले घर नहीं आता।

मनोरमा सावधानी भरे स्नेह से प्रिया का स्वागत करती हैं। दिन काफ़ी गुज़र चुका है, लेकिन उन्होंने उसके लिए दोपहर का खाना बचा रखा है। वो ख़ुश हैं लेकिन घबराई हुई भी हैं। क्या उस हंगामे को लेकर जो प्रिया पैदा कर सकती है? प्रिया इस विचार को परे करके खाने पर ध्यान देती है, महीनों से वंचित उसकी ज़बान पर चढ़ा बचपन का वो खाना: रसीले डंठलों वाला पुई शाक, सरसों में पकी मौरला मछली। वो हड्डियां तक खा जाती है। मनोरमा संतुष्टि से उसे देखती हैं, और जब उन्हें लगता है कि प्रिया देख नहीं रही है तो वो अपनी आंखें पोंछ लेती हैं। जामिनी को कोई नहीं ढूंढ़ पाता। शायद वो बेघरों को खाना बांट रही है, या शायद घायलों की मरहमपट्टी कर रही है, बहुत मददगार लड़की है, हमेशा दूसरों के बारे में सोचती है।

बाद में प्रिया अपनी मां के पलंग पर बैठकर उनके पैर सहलाने लगती है जब तक कि—वो उनकी सांसों की बदली हुई लय से बता सकती है—बीना जग नहीं जातीं। लेकिन उनके आंखें खोलने में कुछ समय लगता है और उससे भी ज़्यादा समय लगता है प्रिया को अपने पास आने का इशारा करने में, हल्के हाथ से वो उसके गाल को छूती हैं। बुदबुदाती हैं, मैं ख़ुश हूं कि तुम आ गईं, मुझे लगता था कि तुम्हें कभी नहीं देख पाऊंगी। वो ऐसे ही बैठी रहती हैं, और कोई बात किए बिना, फिर बीना कहती हैं, 'तुम अमित को दोष मत देना। वो तो जामिनी से इसलिए शादी कर रहा है क्योंकि मैंने उससे ऐसा करने को कहा था।'

प्रिया बुत बन गई है, न पलक झपकाती है, न सांस लेती है।

बीना कहती हैं, 'हमें यहां लाने के बाद रोज़ाना अमित मेरे पास आकर बैठता था। मैं बहुत बुरे हाल में थी, खाल फट गई थी, मेरे सर में, पीठ में दर्द की टीसें उठती थीं। चलने, खाने, शौचालय तक जाने में भी दर्द होता था। मैंने सब कुछ गंवा दिया था। जो साड़ी मैं पहनती थी वो भी मनोरमा की थीं। और बेचारी मेरी जामिनी, सब उसे ऐसे देखते थे जैसे वो कोई सड़ी चीज़ हो। मैं तो मर जाना चाहती थी। वो मेरा हाथ पकड़ता, मुझसे बात करता था। मैं कोई जवाब नहीं देती थी। वो कहता रहता था कि उसे अफ़सोस है कि वो तुम्हारे बाबा से किया अपना वादा पूरा नहीं कर पाया। वो समय से हम तक नहीं पहुंच पाया। वो उसे रोक या बचा नहीं

पाया। वो मुझसे इल्तेजा करता कि अपने शेष जीवन के लिए इस घर को ही अपना घर बना लूं। मैं ये पक्का करूंगा कि आपको कोई कमी न हो, उसने कहा था। मैंने कहा, नहीं, मुझे और मेरी बेटी को दान नहीं चाहिए, हम अपने घर वापस जाना चाहते हैं, वहीं जिएंगे-मरेंगे। लेकिन वो मान ही नहीं रहा था।

'एक दिन, मैंने कहा, अगर तुम वाक़ई मदद करना चाहते हो, अगर तुम चाहते हो कि हम यहां रहें, तो तुम एक काम कर सकते हो। कुछ भी, उसने कहा। मैंने उससे कहा, जामिनी से शादी कर लो। हमले के बाद, अब कोई उससे शादी नहीं करेगा। किसी को परवाह नहीं है कि वो इसलिए हुआ था कि वो हमारे पड़ोसियों को बचाने की कोशिश कर रही थी। किसी को परवाह नहीं है कि उस आदमी के उसका बलात्कार करने से पहले वो बच निकली थी।

'मैंने कहा, दीपा और प्रिया जा चुकी हैं, वो जहां जाना चाहती थीं, चली गईं। वो अपनी मर्ज़ी की ज़िंदगी जी रही हैं। लेकिन जामिनी ने मुझे चुना, और अब उसका भविष्य बर्बाद हो गया है। मैंने कहा, अगर तुम ऐसा करोगे, तो मैं समझूंगी कि तुम्हारा वादा पूरा हुआ। जब ये जामिनी का भी घर हो जाएगा, तो मैं तुम्हारे घर में रह लूंगी। तीन दिन तक अमित मुझसे मिलने ही नहीं आया। चौथे दिन वो मेरे पलंग के पास आया और बोला, मैं वही करूंगा जो आप चाहती हैं।'

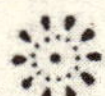

शाम को प्रिया नदी पर चली जाती है। वो अभी तक जामिनी से नहीं मिली है। शायद वो दोनों एक दूसरे से बच रही हैं। डूबते सूरज के ऐसे सुंदर रंगों के बीच कि उसे रोना आ जाए, मछुआरों की नावें वापस आ रही हैं। वो सबसे नाराज़ होती है, फिर किसी से नहीं रहती, फिर ख़ुद से होती है। फिर ये सोचने के लिए कि बहुत कुछ की इच्छा करना उसका दोष है। उसकी कहानी चाहे जिस तरह से भी ख़त्म हो, मगर वो ये मानने को तैयार नहीं होती कि एक स्त्री घर के सुख और दुनिया में अपनी जगह दोनों नहीं पा सकती।

आसमान अपनी चमक खो देता है, मच्छर उसके कानों में भनभना

रहे हैं, प्रिया नीम-अंधेरे में इंतज़ार कर रही है। वो क्या इंतज़ार कर रही है? घर की रौशनियां पानी पर झिलमिला रही हैं, छोटी-छोटी लहरें किनारों को चूमती हैं और विलीन हो जाती हैं। और वो आ जाता है जैसी उसे उम्मीद, और डर था क्योंकि इसी जगह चीज़ें टूटी थीं, और अगर कुछ अभी भी ठीक हो सकता है, तो वो भी यहीं होगा। वो उसकी ओर पलटती है और ये देखकर भौचक्की रह जाती है कि वो कितना उम्रदराज़, कितना कठोर दिख रहा है। उसके चेहरे का खिलंदड़ापन ग़ायब हो गया है, और उसकी जगह, जैसा कि उसने बाइबिल की कहानियों की एक किताब में पढ़ा था जो बहुत पहले उसे नबकुमार ने लाकर दी थी, अच्छाई और बुराई के ज्ञान ने ले ली थी।

वो किसी तरह मुस्कुराती है, वो कुछ हल्की, शरारती और फ़ालतू सी बात कहना शुरू करती है। *तुमने सोचा था कि अपनी शादी में मुझे बुलाए बिना बच निकलोगे?* लेकिन वो इतनी तेज़ी से आगे बढ़ता है जिसकी उसे उम्मीद भी नहीं थी, और फिर उसे इतना कसकर भींच लेता है कि वो सांस भी नहीं ले पाती; लेकिन वो सांस लेना भी नहीं चाहती, तब नहीं जब इसका मतलब ये हो कि अमित को उसे छोड़ना होगा। वो उसे किस कर रहा है, उसका नाम लेकर रो रहा है, पूछ रहा है *क्यों।* क्या उसका मतलब है कि वो क्यों चली गई थी? क्या उसका मतलब ये है कि वो अब क्यों वापस आई है? नहीं, वो कह रहा है कि वो इतना अड़ियल क्यों रहा, उसने उसके पत्रों का जवाब क्यों नहीं दिया जो वो देना चाहता था। और फिर सज़ा के तौर पर उसके पत्र आना बंद हो गए। शायद ये सपना ही है क्योंकि उसकी उंगली में सगाई की वो अंगूठी है जो उसने सरसी नदी की कीचड़ में फेंक दी थी। वो उसे देखते पाता है और उसके चेहरे पर पछतावे भरी मुस्कुराहट आ जाती है। अगली सुबह मैं नौकरों को लेकर नदी पर गया था। हम घंटों किनारे पर खोज करते रहे जब तक कि ये मिली नहीं। तुम्हारे अमेरिका जाने तक मैं इसे अल्मारी में रखे रहा और फिर मैंने इसे पहन लिया। वो कह रहा है, मैं तुम्हें फिर से नहीं खो सकता। पिया, मेरी जान, अगर तुम यही चाहती हो तो मैं तुम्हारे साथ अमेरिका चलूंगा। बाबा ने कलकत्ता वाला घर मुझे दे दिया है, मैं उसे बेच दूंगा, हम जामिनी के लिए कोई अच्छा वर ढूंढ़ लेंगे, अच्छे-ख़ासे दहेज से कुछ भी मुमकिन है।

चुप रहो, वो कहती है, उसके होंठ अमित के सीने पर हैं। चुप रहो।

वो एक गिरे हुए पेड़ के तने पर बैठे हैं, उंगिलयां आपस में गुथी हुईं, धीमे-धीमे प्यार भरी बातें करते हुए। वो साथ में अपनी ज़िंदगी की कल्पना करना चाहता है, लेकिन वो बस इस पल को जीना चाहती है, उसके कंधे पर सिर रखे, अपने बालों में धरे उसके होंठ, एक गाना उसके मन में बार-बार उठ रहा है, *आमार पोरान जहा चाय, तुमी ताइ, तुमी ताइ गो। मेरे हृदय की इच्छा, तुम हो, तुम ही हो।* टैगोर का एक पुराना गाना, बाबा के उन पसंदीदा गानों में से एक जिन्हें वो जामिनी से गाने को कहते थे।

अब याद कौंधती है: प्रिया की सगाई पर गाना गाती जामिनी, पलकों के नीचे से अमित को देखती क्योंकि वो ख़ुद को रोक नहीं पा रही थी।

और मानो यादों ने उसे साकार कर दिया हो, जामिनी पक्की पगडंडी पर खड़ी है, पत्तों के साये में इसलिए प्रिया उसके भाव पढ़ नहीं पाती। वो कब से देख रही है? बेहद हल्के-फुल्के अंदाज़ में वो कहती है, 'आह यहां हो तुम दोनों। पिशी ने मुझे तुम्हें ढूंढ़ने भेजा था। खाना ठंडा हो रहा है।'

लेकिन उस रात वो प्रिया के कमरे में आती है और कहती है, तुम वापस क्यों आई हो, तुम जो चाहती हो वो सब तो है अमेरिका में। कहती है, मैं प्यार से निराश हो चुकी थी लेकिन फिर अमित ने मुझे चुना। कहती है, अगर वो तुम्हारे लिए मुझे छोड़ता है, तो मुझे नहीं लगता मैं ये सहन कर पाऊंगी। वो कुछ और बातें भी कहती है। प्रिया अपनी बहन से निगाह नहीं हटा पाती। उसे जामिनी के चेहरे पर नफ़रत देखने की अपेक्षा थी। नाराज़गी भी। इसके बजाय, जामिनी चकित सी दिख रही है। मानो इन चोट पहुंचाने वाली बातों को कहने का उसका कोई इरादा नहीं था, मानो वो ख़ुद को रोक ही न पा रही हो। मानो उसके होंठों को अपना अलग वजूद मिल गया हो।

जामिनी के जाने के बाद प्रिया देर तक जगी हुई लेटी रही, शायद इसकी वजह अमेरिका के साथ समय का फ़र्क़ रहा हो, शायद ये अपराधबोध रहा हो। अपने मन में वो उन बातों को सुनती है जो उसकी बहन ने कही थीं, बार-बार, किसी टेक की तरह। शब्दों को नहीं, उस डर को, उदासी को जिसे उसके लिए लेकर प्रिया दुनिया के दूसरे हिस्से से आ गई है।

22

दीपा

पूर्वी बंगाल में सर्दियां कोई भिन्न नहीं हैं; मौसम सीमाओं को नहीं जानते। ऊनी शॉल संदूक़ों से निकाल लिए गए हैं, रज़ाइयों को—उनमें से कोई भी बीना की रज़ाई जैसी अच्छी नहीं है—धूप लगा दी गई है। परी सरसों के गर्म तेल से दीपा और समीरा की मालिश करती है। नादिया शकरकंद के पीठे बनाती हैं और उन्हें चाशनी में लपेटती हैं। दिन ख़त्म होने पर घर पर रज़ा लिविंग रूम में अंगीठी पर हाथ सेंकता है। दीपा उसके लिए ईसबगोल के साथ गर्म दूध लाती है, ख़ुशी से उमगती समीरा गोद में आने के लिए उसकी ओर बांहें फैलाती है। रज़ा मुस्कुराता है, दिन भर की परेशानियां उसके चेहरे से काफ़ूर हो जाती हैं। बिस्तर में, प्यार करने के बाद वो दीपा को अपने क़रीब सटा लेता है। मेरी ज़िंदगी पूरी हो गई है। फिर वो ठंडी सांस भरता है। काश लीग में कम अंदरूनी कलह, कम भ्रष्टाचार, पाकिस्तान की कम जी-हुज़ूरी होती।

'जिन्ना उर्दू को पूर्वी बंगाल की राजकीय भाषा बनाने का सोच रहे हैं। हममें से बहुत लोग असहमत हैं। हमने उनसे कह दिया है कि हम बंगाली को नहीं छोड़ सकते। हमारी मातृभाषा ही हमारी पहचान है। लेकिन वो सुनने को तैयार नहीं हैं। लीग शायद दो धड़ों में बंट जाए—'

दीपा तनावग्रस्त हो जाती है। 'फिर तुम क्या करोगे?'

'मैं मुजीब के साथ जाऊंगा। उसके पास एक विज़न है। वो छात्रों को जोड़ना चाहता है, जैसे आज़ादी से पहले हमने भारत में लीग के साथ किया था। तुम इसका एक शब्द भी किसी से नहीं कहोगी...'

दीपा हामी भरती है, लेकिन उसके पेट में ऐंठन सी होती है। शांति, बस इतना ही तो वो चाहती है, अपने पति और बेटी के साथ सुकून भरी ज़िंदगी। क्या ये चाहना बहुत ज़्यादा है।

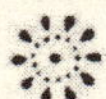

ढाका रेडियो से कोई फ़ोन करता है। उन्हें कलाकार चाहिए, ख़ासकर महिला कलाकार, उन्होंने दीपा की प्रतिभा के बारे में सुना है, क्या वो हफ़्ते में एक बार उनके लिए कुछ नज़रूल गीति गा सकती है, बाक़ी दिनों के लिए उनके पास उर्दू गायक हैं। दीपा नर्वस है मगर रज़ा उसका हौसला बढ़ाता है; हमारे बांग्ला गीत गाओ, वो कहता है। परी को साथ लेकर वो स्टेशन जाने लगती है।

अपनी घबराहट से उबर जाने के बाद दीपा इस रोमांच का आनंद लेने लगती है। वो कल्पना करती है कि उसकी आवाज़ श्रोताओं को प्रेरित कर रही है, उन्हें सुकून दे रही है। जब उसे अपनी फ़ेहरिस्त बढ़ाने की ज़रूरत लगती है तो रज़ा उसके लिए एक नज़रूल गीति में पारंगत उस्ताद तलाश लेता है, कांपती आवाज़ वाले मगर कान के पक्के एक बुज़ुर्ग शख़्स। वो ये जानकर हैरान रह जाती है कि नज़रूल ने लगभग चार हज़ार गीत, साथ ही कविताएं और नाटक भी लिखे थे; वो बेबाक स्वतंत्रता सेनानी थे, अपने उत्तेजक लेखन के लिए अलीपुर जेल में भी रहे थे। उसे उनकी बीमारी, शारीरिक और मानसिक, के बारे में जानकर अफ़सोस होता है। वो अपना दायरा बढ़ाती है, लोकगीत और ग़ज़लें भी सीखती है; उससे हफ़्ते में दो बार, फिर तीन बार आने के लिए कहा जाता है; स्टेशन में उसके प्रशंसकों के ख़तों का अंबार लगने लगा है।

शोहरत के अपने नुकसान होते हैं। लीग में बंगाली मुसलमानों की ओर से एक निमंत्रण आता है: बंगाल के पूर्व प्रधानमंत्री सुहरवर्दी दौरे पर आ रहे हैं, एक जलसा होगा। क्या वो प्रोग्राम दे सकती है? सीधे श्रोताओं के सामने, भले ही दूसरी मुस्लिम औरतों की तरह पर्दे के पीछे से, गाने का

ख़्याल ही दीपा को भयभीत कर देता है। सुहरवर्दी का ज़िक्र कलकत्ता के दंगों की उस काली रात को सामने ला खड़ा करता है जिसे रोकने में वो नाकाम रहे थे; आगज़नी और ख़ून, अपने पिता की मुंदती आंखें। लेकिन रज़ा उसे बांहों में ले लेता है और कहता है कि वो इंकार नहीं कर सकती, इससे ग़लत संदेश जाएगा, पहले ही लीग की नीतियों की आलोचना करके उसने सवालिया नज़रें अपनी ओर घुमा ली हैं। इसके अलावा, उसे ये अच्छा भी लग सकता है।

'कभी नहीं,' वो विद्रोही स्वर में कहती है। 'एक-एक पल यंत्रणा होगी।' लेकिन वो हथियार डाल देती है। कैसे नहीं डालती, अगर इससे उसके पति को मदद मिलती हो तो? इस अवसर के लिए, रज़ा उसके लिए आधी रात के से रंग का ख़ूबसूरत रेशमी बुर्क़ा ख़रीदता है।

वो ये पाकर अचंभित रह जाती है कि वाहवाही करते जीवंत श्रोता बिजली की शक्ति सरीखे होते हैं।

'तुमने तो कमाल कर दिया,' बाद में रज़ा उससे कहता है।

'मुझे बहुत अच्छा लगा,' वो क़ुबूल करती है।

वो मुस्कुरा देता है; वो बुद्धिमान पति है; वो ये नहीं कहता *मैं तुम्हें उससे ज़्यादा जानता हूं जितना तुम ख़ुद को जानती हो।*

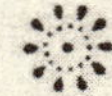

रज़ा को एक निरीक्षण दौरे पर जाना है, इस बार दक्षिण में चटगांव, लगभग एक दिन की यात्रा होगी। हैज़ा फैलने की अफ़वाहें आ रही हैं। बीमारी को फैलने से पहले ही रोक देना होगा। दीपा को ये विचार पसंद नहीं है। 'ऐसे ख़तरनाक काम संभालने के लिए हमेशा तुम्हें ही क्यों जाना होता है?' वो पूछती है।

वो उसका माथा चूमता है। 'फ़िक्र करने की कोई बात नहीं है। मुझे टीका लगा हुआ है, और इसमें ज़्यादा से ज़्यादा एक हफ़्ता लगेगा। मैं वादा करता हूं, मैं केवल ताज़ा बना खाना खाऊंगा और उबला पानी ही पियूंगा।' जब दीपा नाख़ुश ही दिखती है, तो वो आगे कहता है, 'जब मैं वापस आऊंगा, तो कोई भिन्न काम के लिए कहूंगा, कुछ ऐसा जिसमें कहीं

आना-जाना न हो।' वो उसकी मान-मनुहार करता रहता है जब तक कि वो उसके गले लगकर उसे विदा नहीं करती।

परेशान होना नादानी है; रज़ा बहुत सावधान और माहिर है। इसलिए दीपा ख़ुद को अपनी अनेकों ज़िम्मेदारियों में डुबो लेती है। रेडियो स्टेशन के लिए नए गानों का रियाज़ करना है, जहां अब वो हफ़्ते में तीन कार्यक्रम देती है; नन्ही समीरा को सूखी खांसी हो गई है, डॉक्टर को बुलाना होगा, सरसों की पुल्टिस लगानी होगी; मैमनसिंग में नादिया की भानजी की शादी हो रही है, उन्हें एक हफ़्ते की छुट्टी चाहिए, लेकिन बावर्चीख़ाना कौन संभालेगा? जब सेना का जाना-पहचाना ट्रक एक दिन पहले आ पहुंचता है तो वो इस बारे में कुछ नहीं सोचती। रज़ा अपनी सक्षमता, लालफीताशाही को ख़त्म करने के लिए मशहूर है।

लेकिन रज़ा ट्रक से कूदकर उसकी ओर ये कहते हुए नहीं लपकता, आलिया बेगम, मैं भूख से मरा जा रहा हूं, नादिया से कहता कि मेरे लिए खेसरी दाल और प्याज़ के साथ-साथ गर्मागरम भात परोस दें। और वो बच्ची कहां है? परी, उसे फ़ौरन मेरे पास लाओ, देखूं तो वो कितनी बड़ी हो गई है, आह, घर जैसी कोई जगह नहीं है! इसके बजाय ये तो शरीफ़ है, ज़ख़्मी आंख, और बांह पर बंधी ख़ूनमख़ून पट्टी लिए लड़खड़ाता, कहता हुआ, आपा, बहुत बुरी ख़बर है, कहता हुआ, हाय अल्लाह, वो मैं क्यों न हुआ। और इस तरह दीपा को पता चलता है कि एक संकरे हाईवे पर रात में हिंदू विद्रोहियों के हथियारों से लैस एक गुट ने ट्रक पर धावा बोल दिया था, और कि गार्ड जिस ढके हुए शरीर को अंदर ला रहे हैं, वो उसके पति का है।

वो रज़ा के ऊपर गिर पड़ती है, यक़ीनन वो मरा नहीं हो सकता, किसी से कोई ग़लती हुई है, उसका चेहरा तो हमेशा की तरह शांत है, जब वो उसका गाल चूमती है तो वो लचीला है, बस उसकी आंखें नहीं खुल रही हैं। लेकिन जब वो चादर हटाते हैं, तो सब ख़ून में डूबा हुआ है, कलकत्ता के क्लिनिक में उसके पिता के सीने पर बंधी पट्टियों की तरह। परी और नादिया को उसे लाश से खींचकर हटाना होगा, उन्हें उसे दूसरे कमरे मे ले जाना होगा, वो प्रतिरोध करती है, चीख़ती है नहीं, वो परी के गाल पर निशान छोड़ते हुए ज़ोरदार थप्पड़ जड़ देती है। लड़की आंसू पी

जाती है, कुछ नहीं कहती। कोई डॉक्टर को बुलाता है, जो ज़बर्दस्ती उसे बेहोशी की दवाई देता है। होश खोने से पहले दीपा पास के कमरे में समीरा को रोते सुनती है। आमतौर पर वो शांत रहने वाली बच्ची है, लेकिन आज वो चीख़ रही है जब तक कि उसकी सांस उखड़ने नहीं लगती।

जब दीपा को होश आता है तो मस्जिद के आदमी आ चुके हैं। वो एकदम व्यावहारिक हैं; उन्हें बहुत काम करना है और वक़्त बहुत थोड़ा सा है जिसमें सब कुछ निपटाना है। उन्हें शव को गुसल कराना है, उसे सफ़ेद कफ़न में लपेटना है, दफ़्न के लिए उसे मस्जिद ले जाना है। वो दीपा को नज़रअंदाज़ कर देते हैं और उसके बजाय शरीफ़ से बात करते हैं, उसे निर्देश देते हैं कि दीपा को रास्ते में न आने दे। मानो वो कोई बच्ची, या कमदिमाग़ हो। जब वो सवाल पूछने पर अड़ी रहती है तो वो सख़्त हो जाते हैं। वो उससे कहते हैं कि उन्हें अकेला छोड़ दे ताकि वो अपने काम पर ध्यान दे सकें। नहीं, वो मृतक के साथ उसे और वक़्त नहीं दे सकते, ये हराम होगा। देखिए, शव-वाहन आ चुका है। वो मय्यत को बाहर ले जाते हैं। नहीं, वो उनके साथ नहीं जा सकती, औरतों को इजाज़त नहीं है।

'आप मुझे मेरे शौहर से दूर नहीं रख सकते,' वो चिल्लाती है, 'मैं आपको ऐसा नहीं करने दूंगी। मैं ख़ुद चीफ़ मिनिस्टर को संदेश भेजूंगी, वो मुझे जानते हैं।' लेकिन शरीफ़ उसे रोक लेता है। आपा, ख़ुद को संभालिए। फिर भी वो उसका नाम पुकारती रहती है, रज़ा, रज़ा, रज़ा। वो वाहन के सामने पथरीली बजरी के ड्राइववे पर गिर पड़ती है। कोई सख़्ती से आदेश देता है, वो अपने ऊपर हाथों को महसूस करती है, नादिया और परी उसे रास्ते से खींचकर हटा रही हैं ताकि गाड़ी जा सके। वो उसके काले पिछले हिस्से को ड्राइववे पर बढ़ते, मोड़ पर गुम होते देखती है। उसे अहसास होता है कि अब वो रज़ा को कभी नहीं देख पाएगी। अचानक ताक़त पाकर वो परी और नादिया को एक ओर झटक देती है और अपना सिर ज़मीन पर दे मारती है। उसके चेहरे पर ख़ून की धाराएं बहने लगती हैं। भयभीत शरीफ़ गेट पर मौजूद गार्डों को बुलाकर उसे बेडरूम में ले जाने को कहता है और फिर से डॉक्टर को बुला भेजता है।

एक हफ़्ते के भीतर शानदार मेमोरियल सर्विस होती है: उच्च सम्मान, बंदूक़ों की सलामी, तराना-ए-पाकिस्तान गाती सेनाएं, अपनी आंखें पोंछता मुजीब, ख़ुद सुहरवर्दी ने शोक-संदेश दिया: एक ईमानदार आदमी, सच्चे देशभक्त, हमारे कामरेड को भरी जवानी में मार डाला गया, बहुत अफ़सोस की बात है। उसे बाद में ये सब शरीफ़ से सुनने को मिलता है क्योंकि बेवा वहां मौजूद नहीं हो सकती, ये परंपरा नहीं है। बेवा को घर पर इंतज़ार करना होगा, अपने काले बुर्क़े में स्तंभित और अवाक।

एक हफ़्ता गुज़र गया है—या दो हो गए हैं? उस गहरी धुंध के भीतर से कह पाना मुश्किल है जिसने उसे घेर रखा है, सांस लेना तक दूभर कर दिया है। एक दिन लीग पार्टी के अधिकारी उससे मिलने आते हैं, पछतावे से भरे लेकिन दृढ़। उन्हें कार और ड्राइवर ले जाना होगा, उनकी कहीं और ज़रूरत है। फ़ोन की लाइन भी काटनी होगी। वो फ़िलहाल उसे घर रखने देंगे, लेकिन वो दूसरा घर तलाशना शुरू कर दे तो बेहतर होगा। दूसरा घर, उसने बेवक़ूफ़ाना ढंग से दोहराया। लेकिन बच्ची को लेकर मैं कहां जाऊंगी, क्या करूंगी? नया घर खोजने, पैकिंग करने, और उस घर को, जहां उस इत्र के अंश की महक अभी तक है जो रज़ा इस्तेमाल करता था, छोड़ देने के ख़्याल से ही उसे चक्कर आ जाता है।

तभी एक कार ड्राइववे में आती है। मामून बाहर आता है, मातमी सफ़ेद लिबास पहने। दीपा का दिल डूब जाता है। ओह, इस आदमी को ही उसकी बेइज़्ज़ती देखनी है। लेकिन जब मामून को समझ आता है कि क्या मामला है, तो वो सख़्ती से लीग के अफ़सरों को डांटता है। क्या बेगम साहिबा से, एक शहीद की बेवा से बर्ताव करने का यही तरीक़ा है, जबकि अभी ही उनके ऊपर इतनी भारी विपदा आई है? वो शर्मिंदगी से भरे चेहरों के साथ उन्हें वापस भेज देता है, फिर दीपा की ओर मुड़ता है। 'बेगम, इस त्रासदी, और लीग के ऐसे बेरहम बर्ताव से मैं तो टूट ही गया हूं। मैं सही लोगों से बात करूंगा और पक्का करूंगा कि आप जब तक चाहें आपको इस घर में रहने की इजाज़त दी जाए।'

जब दीपा हकलाते हुए शुक्रिया कहती है, तो वो उसे दरकिनार कर देता है। 'नहीं, नहीं, रज़ा भाई के लिए मैं कम से कम इतना तो कर ही सकता हूं जिन्होंने हमारे देश की ख़ातिर क़ुर्बानी दी है।'

उसके जाने के बाद नौकर फुसफुसाने लगे कि कैसे वो अल्लाह के भेजे फ़रिश्ते की तरह एकदम सही मौक़े पर आ पहुंचा था। वो कितना मददगार, कितना नर्म, अपनी संवेदनाओं में कितना सटीक था। नादिया तक सिर हिलाकर अपनी मंज़ूरी देती हैं और कहती हैं कि ऐसे मुश्किल वक़्त में, ऊंचे ओहदों पर कुछेक दोस्तों के होने में आलिया बेगम का कोई नुक़सान नहीं है।

अगले हफ़्ते, और उसके बाद हर हफ़्ते मामून दीपा का हालचाल जानने आने लगता है। उसका बर्ताव बेदाग़ है। वो बस कुछेक मिनट ही रुकता है। उसे इस बात से एतराज़ होता जान नहीं पड़ता कि वो हमेशा कमरे में अपने साथ परी को मौजूद रखती है। वो दीपा से वादा करता है कि उसका और समीरा का ध्यान रखा जाएगा, उसने सुना है कि लीग के पास उसके जैसे दुखद हालात के लिए फ़ंड है, वो पक्का इसके लिए उसके नाम की सिफ़ारिश करेगा। वो अपने निजी गार्डों को उसके घर की गश्त के लिए भेज देता है ताकि ये जानकर कि वो अकेली, असुरक्षित बेवा है, कोई घुसपैठिया वहां आने की कोशिश न करे। वो उसके लिए अपनी कार और ड्राइवर को भी छोड़ देता है ताकि रज़ा भाई की आत्मा की शांति के लिए दान देने के लिए वो सुकून से मस्जिद जा सके। वो उसे वो पेंशन भी दिलवा देता है जिसकी वो फ़र्ज़ पूरा करने के दौरान मारे गए राज्य कर्मचारी की बेवा के तौर पर हक़दार है। ये कोई ज़्यादा तो नहीं है; लेकिन इसकी भरपाई के लिए वो ताज़े फल, ज़िंदा चिकन, नादिया द्वारा बढ़िया बिरयानी बनाने के लिए कालीजीरा चावल का एक बोरा भिजवा देता है। वो ये सुनिश्चित करने के लिए एक हथियारबंद दरबान को भी तैनात कर देता है कि अनचाहे आगंतुक आलिया बेगम को परेशान न करें। महीने भर तक उसके इस तरह के हानिरहित आगमनों के बाद दीपा ख़ुद को सहज होने देती है। वो परी के सामने मानती है कि वो मामून के बारे में ग़लत थी। उसके इरादे साफ़तौर पर परोपकारी हैं। उसकी तरफ़दारी ने दीपा की ज़िंदगी को कहीं आसान बना दिया है, वो भी ये जानता होगा; इसके बावजूद एक बार भी कभी उसने उससे कुछ नहीं मांगा है।

फिर एक रात परी नौकरों के दरवाज़े से चोरी-छुपे शरीफ़ को घर में लाती है, शरीफ़ ने ख़ुद भी नौकरों के से कपड़े पहने हुए थे, सिर और

चेहरे को एक सस्ते से शॉल से ढका हुआ था। वो दीपा से कहता है कि वो उससे मिलने की कोशिश करता रहा था, लेकिन दरबान उसे अंदर आने ही नहीं देता।

'इस वक़्त मैं आपको और ज़्यादा परेशान नहीं करना चाहता,' वो कहता है, 'लेकिन मुझे परेशानी भरी कुछ बात पता चली है और मुझे लगा कि मुझे उसे आपको बताना ही होगा। ये पक्का नहीं है कि रज़ा भाई को गोली मारने वाले आदमी हिंदू थे। मैं गुपचुप तौर पर पता लगाने के लिए चटगांव वापस गया था, मगर मुझे उस इलाक़े में किसी विद्रोही गुट के बारे में कोई जानकारी नहीं मिली। साथ ही, ऐसा कैसे हुआ कि उन्हें पता था कि रज़ा भाई का ट्रक कब उस संकरे मोड़ पर आएगा? ऐसा कैसे हुआ कि एक-एक हमलावर भाग गया, पहचान के लिए कोई घायल या मृतक पीछे नहीं छूटा?'

दीपा ग़ुस्से और दुख से, लेकिन सबसे ज़्यादा तो डर से बौखला जाती है। उसे ट्रेन की वो रात याद आती है जब उसकी आंख खुली थी और उसे मामून के चेहरे पर नंगी हवस दिखी थी। वो शाम जब, पर्दे के पीछे से गाते हुए, उसने उसकी लोलुप नज़रों को महसूस किया था। जब वो बोल पाती है, तो कहती है, 'आपके ख़्याल से कौन शामिल हो सकता है?' जब शरीफ़ अनमनेपन से जवाब देता है कि वो पक्का नहीं कह सकता, तो वो कहती है, 'मामून?'

उसके चेहरे पर परेशानी झलक उठती है। 'सीधे-सीधे तो नहीं। उसकी एलिबाइ एकदम ठोस है। लेकिन उसने कुछ धड़ों को उकसाया हो सकता है जो पहले से ही रज़ा भाई से नाख़ुश थे—जैसे वो था। उसने यक़ीनन रज़ा भाई के दोस्तों के लिए ये मुश्किल कर दिया है कि वो आपके संपर्क में रह सकें। ख़ुद मुझ पर भी नज़र रखी जा रही है। मैं नहीं जानता कि दोबारा आपसे मिलने आ पाऊंगा या नहीं। होशियार रहिएगा, आपा।'

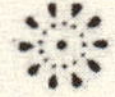

अक्सर जब मामून आता है, तो दीपा परी से कहलवा देती है कि उसकी तबीयत ठीक नहीं है, वो लेटी हुई है। लेकिन आज उससे मिलने के लिए वो ख़ुद को कठोर बनाती है। वो उसकी सेहत के बारे में पूछती है, नाश्ता

पेश करती है, उसकी मेहरबानियों के लिए शुक्रिया कहती है। फिर वो उससे कहती है कि वो इंडिया जाना चाहती है। बस कुछ दिन के लिए। 'अगर बर्दवान में मैं अपने घरवालों से, कलकत्ता में अपनी कज़िन सलीमा से मिलने जा सकूं तो मेरा दुख कुछ हल्का हो जाएगा। मैं थोड़ा समय अब्दुल्लाह चाचा के साथ भी बिताना चाहूंगी, वो रज़ा के लिए अब्बा जैसे थे।' उसके लिए गला रुंधे बिना अपने पति का नाम लेना मुश्किल हो जाता है। 'मेहरबानी करके मेरी मदद करें।'

मामून का चेहरा हमदर्दी में लंबूतरा हो गया है। अगर वो नाटक कर रहा है, तो वो इतना माहिर है कि दीपा इसे पकड़ नहीं पा रही है। वो कहता है कि वो तो उसकी भरसक मदद करना चाहता है मगर सरकार ने फ़ैसला लिया है कि उसे इंडिया नहीं जाने दिया जा सकता। वो बहुत ज़्यादा जानती है, वो सारी योजनाएं और राज़ जो रज़ा ने उसे बताए थे। बेशक उन्हें उस पर भरोसा है, लेकिन अगर कहीं उसे अग़वा कर लिया गया तो? अगर जानकारी निकालने के लिए उसे यातनाएं दी गईं तो?

'लेकिन रज़ा ने तो मुझे कुछ भी नहीं बताया,' वो रो पड़ती है। वो अपनी सुबकियां रोक ही नहीं पाती, हालांकि मामून के सामने इस तरह फूट पड़ने पर उसे शर्म आ रही है। शुक्र है बुर्क़ा है, जिससे वो अपनी तार-तार होती इज़्ज़त के क़तरे बचाए रख पा रही है।

मामून परेशान दिखता है। वो उससे कहता है कि उसे उस पर यक़ीन है। लेकिन ऊपर बैठी ताक़तों ने फ़ैसला किया है कि सावधानी बरतनी होगी। 'मगर,' वो उठते हुए कहता है, 'मैं पता करूंगा और देखूंगा इसकी कोई सूरत निकल सकती है या नहीं।'

अगले हफ़्ते फिर से आने पर वो उसे बताता है, 'एक रास्ता है। इद्दत पूरी होने पर, मुल्लों का कहना है चार महीने पर, आप फिर से शादी कर सकती हैं। अगर आपके नए शौहर सरकार के भरोसेमंद होंगे, अगर वो इतने ताक़तवर और आपके साथ जाने के लिए राज़ी होंगे, तो आपको इंडिया जाने की इजाज़त दे दी जाएगी।' इसमें कोई शक नहीं है कि उसका मतलब किससे है। एक पल के लिए, उसकी शराफ़त का नक़ाब टूट जाता है और वो लोलुप निगाहों से उसे तकता है, जैसे बाज़ अपने शिकार को

देख रहा हो।

दीपा को डर है कि ग़ुस्से, घिन्न और नफ़रत से वो फट पड़ेगी, लेकिन वो ऊपर पालने में लेटी समीरा के बारे में सोचती है, समीरा जिसे पता भी नहीं कि उसके पिता अब नहीं रहे हैं और उसके और आपदाओं के बीच केवल उसकी मां खड़ी है। वो अपनी सारी अभिनय-क्षमता को बटोरती है जो उसे पता भी नहीं था कि उसके अंदर है। 'मैं आपकी नेक सलाह के लिए शुक्रगुज़ार हूं, मामून साहब। अभी इन बातों को सोचना मेरे लिए बहुत ज़्यादा जल्दी है, लेकिन आपकी सलाह को मैं दिल में रखूंगी।'

उसके जाने के बाद लाचारगी भरे ग़ुस्से में वो रो पड़ती है, परी उसे संभालती है और उसके साथ रोती है। जब दीपा काफ़ी रो चुकती है—लेकिन नहीं, ये काफ़ी नहीं है, ये बस तब तक के लिए टला है जब वो और आंसुओं की विलासिता को वहन कर पाएगी—वो अपनी आंखें पोंछती है और योजना बनाने लगती है।

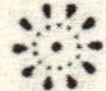

अगली सुबह परी कोरेल बस्ती में अपनी चाची के यहां जाती है। कुछ दिन बाद उसकी चाची एक सहेली से मिलने जाती हैं जो अगली पट्टी में रहती है। सहेली की रिश्ते की बहन जो दुस्साहसी है लेकिन ज़रूरत पड़ने पर काफ़ी समझदार हो जाती है, शरीफ़ के यहां काम करती है। और इस तरह डॉ. अब्दुल्लाह के नाम लिखा एक पत्र शरीफ़ तक पहुंचता है, जो उसे तब तक अपने पास रखता है जब तक कि उसे कोई ऐसा बंदा नहीं मिल जाता जिसे वो रिश्वत देकर पत्र को सीमा पार पहुंचवा सके।

चाचा,

मैं जानती हूं आपने हमेशा मुझे मुसीबत खड़ी करने वाली माना है, और शायद आप सही भी हैं। लेकिन आज मैं आपको इसलिए लिख रही हूं क्योंकि और कोई ऐसा नहीं है जिससे मैं मदद मांग सकूं। मैं रज़ा की बेटी, बिन बाप की समीरा, की ओर से लिख रही हूं, अगर मैं नहीं, तो वो तो आपकी मदद पाने की हक़दार है।

रज़ा चला गया, उसे संदिग्ध हालात में गोली मार दी गई थी। रज़ा जो अपने देश को प्यार करता था, जो पूर्वी बंगाल के लोगों के लिए बस बेहतरीन चाहता था।

मैं अपने घर में ही क़ैद हूं, मुझे आपसे मिलने भारत आने, या आपको ख़त लिखने तक की मनाही है। इससे भी बुरा ये है कि मुझ पर उस आदमी से शादी करने का दबाव बनाया जा रहा है जो मुझे शक है कि मेरे शौहर की मौत का ज़िम्मेदार हो सकता है।

मुझे नहीं पता कि मैं आपको दोबारा पत्र लिख पाऊंगी या नहीं। इस ख़त को आप तक पहुंचाने के लिए बहुत से लोगों ने ख़ुद को जोखिम में डाला है। मेहरबानी करके मेरे घरवालों को मेरी हालत के बारे में ख़बर कर दीजिएगा।

मैं घर आना चाहती हूं।

अगर आप—या वो—मदद कर सकते हों, तो नीचे दिए गए पते पर ख़ुफ़िया तरीक़े से शरीफ़ अली को ख़बर भेजें।

आलिया

भाग पांच

नवंबर–फ़रवरी 1948

यहां एक नवजात राष्ट्र है, ख़ुद को आकार देता हुआ। यहां एक शख़्स है जो हर मुमकिन तरीक़े से राजाओं को राज़ी कर रहा है। यहां नागरिकों के लिए अपनी आवाज़ बुलंद करने का आह्वान है। यहां एक युद्ध है, अभी से, और शरणार्थी शिविर हैं। यहां एक गोली है, एक बूढ़ा व्यक्ति गिर रहा है। यहां उसके अंतिम शब्द हैं जो देश के दिल में बसे हैं।

शिशु भारत की पहली कैबिनेट, जो हिंदू, मुस्लिम, सिख, ईसाई, पारसियों को मिलाकर बनी है। सरदार पटेल पांच सौ से ज़्यादा रियासतों को सरकार को समर्थन देने के लिए एकजुट होने के लिए आश्वस्त करते हैं। संविधान प्रत्येक भारतीय को मतदान का अधिकार देता है। पाकिस्तान की सेना मुज़फ़्फ़राबाद में सीमा पार करती है; महाराजा हरि सिंह भारत से मदद मांगते हैं; कश्मीर का पहला युद्ध शुरू हो जाता है। दिल्ली में पांच लाख शरणार्थी शिविरों में हैं: किंगस्वे, हुमायूं के मक़बरे, पुराने क़िले में। गोडसे की गोली गांधी जी के सीने को भेद देती है। अंधेरा उतर आता है, एक युग समाप्त हो जाता है।

साल है 1948। माह है जनवरी।

सब कुछ बदल गया है।

23

जामिनी

जामिनी की शादी की सुबह, वो पल जिसका उसने बरसों से सपना देखा है। बहुत सी ऐसी घटनाओं की तरह जिनका आतुरता से इंतज़ार होता है, ये भी अपनी अलग ही धज के साथ आया था, ऐसी-ऐसी पेचीदगियों को लेकर जिनकी उसने कल्पना भी नहीं की थी। उसने पीछे जाकर खोजने की कोशिश की कि ये सब कुछ शुरू कहां से हुआ था, लेकिन सब कुछ धुंधला सा था। बेहतर होगा उस रात से शुरू करे जब उसने प्रिया के बेडरूम में जाकर कहा था, मैं अमित के बिना नहीं जी सकती, उसके मेरे साथ शादी करने, मेरा होने का वादा करने के बाद नहीं। क्या मैं कोई खिलौना हूं कि जब मर्ज़ी उठाया और फेंक दिया? अगर वो अपने वादे से पीछे हटता है क्योंकि तुमने उसकी ज़िंदगी में वापस आने का फ़ैसला किया है, तो मैं अपनी जान दे दूंगी। उसकी आवाज़ धीमी थी। मैं तुम्हें धमकी नहीं दे रही हूं, मैं बस तुम्हें बता रही हूं, ताकि बाद में तुम ये न कह सको कि मुझे पता होता तो मैं ऐसा नहीं करती।

वो रुकी लेकिन प्रिया ने कुछ नहीं कहा। पुरानी प्रिया तो ग़ुस्से में बहस करती, चढ़ बैठती, वो कहती कि जामिनी ग़लत है, कि वो स्वार्थी हो रही है। जामिनी को पता था कि उससे कैसे लड़ना और जीतना है। ये प्रिया तो बस अपनी फटी-फटी आंखों से उसे तकती रही, और कुछ देर

बाद जामिनी कमरे से जाने के अलावा और कुछ नहीं कर पाई।

उस रात वो बिस्तर पर पड़ी अपनी धमकी के बारे में सोचती रही जो उसने तलवार की तरह प्रिया पर भोंक दी थी। *मैं अपनी जान दे दूंगी।* उसने बार-बार अपने मन में इसे दोहराया, हर कोण से इसे देखा। ये इतनी भी डरावनी नहीं लगी। शायद वो ऐसा करे, या शायद न करे। मैं कल तय करूंगी, उसने सोचा। लेकिन सूरज निकलने के पहले ब्रह्म मुहूर्त में प्रिया जामिनी और बीना के बेडरूम में आई। उसने बीना को जगाया और कहा, मैंने अमेरिका लौटने का फ़ैसला किया है। सात दिन में एक जहाज़ जाएगा। अंधेरे में जामिनी उसके चेहरे के भाव नहीं देख पाई। जामिनी धन्यवाद देना चाहती थी। वो कहना चाहती थी कि मैं तुम्हें शुभकामनाएं देना चाहती हूं, काश तुम्हें सफलता हासिल हो, काश तुम प्यार या कम से कम उस प्रोफ़ेसर में दिलासा पा सको जिसके बारे में तुम अपने पत्रों में लिखती थीं। लेकिन हालांकि वो दिल से ये सब चाहती थी, लेकिन वो जानती थी कि उसके शब्द उथले, तानाकशी जैसे लगेंगे। उसने कुछ नहीं कहा।

जब तक बाक़ी परिवार उठा, प्रिया कलकत्ता के लिए रवाना हो चुकी थी।

शीघ्र ही, अमित जामिनी के पास आया, उसका चेहरा ऐसा हो रहा था जैसे वो जाने कब से बिना पानी के रेगिस्तान में भटक रहा हो। तुमने प्रिया से ऐसा क्या कहा कि वो चली गई? जामिनी ने कोई जवाब नहीं दिया। वास्तव में वो नहीं जानती थी कि उसकी बातों के इतने सारे तीरों में से कौन सा उसकी बहन को भेद गया था।

अमित ने कहा, मुझे मेरे वादे से मुक्त कर दो। वो बोली, मैं नहीं करूंगी, मैं नहीं कर सकती, तुम मुझसे मेरे जीवन की सांसें मांग रहे हो। लेकिन तुम ख़ुद अपना वादा तोड़ सकते हो, मैं तुम्हें नहीं रोकूंगी। वो बोला, तुम जानती हो मैं ऐसा नहीं कर सकता। ये उस दूसरे पुराने वचन के साथ गुथा है जो मैंने तुम्हारे मरणासन्न पिता को दिया था। लेकिन ये जान लो: अगर तुम मुझे उस वचन से बांधोगी जो मैंने ख़ुद को जानने से पहले तुम्हारी मां को दिया था, तो मैं तुमसे विवाह तो कर लूंगा लेकिन हमेशा तुमसे नफ़रत करूंगा। वो बोली, मैं ये जोखिम लूंगी।

फिर अमित ने मनोरमा को बुलाया और कहा, शादी की तैयारियां कीजिए। मैं इसे जल्दी से जल्दी निपटाना चाहता हूं।

अचंभित और हैरान-परेशान मनोरमा ने कहा भी कि इतनी जल्दी क्या है। उन्होंने विरोध किया कि हाल-फ़िलहाल कोई शुभ दिन भी नहीं है। अमित ने जवाब दिया कि उसे बचकाने अंधविश्वासों की परवाह नहीं है, और वैसे भी इस शादी में कुछ भी शुभ नहीं है। मनोरमा सोमनाथ के पास गईं और उनसे कहा, अपने बेटे को इस तरह अपनी ज़िंदगी बर्बाद करने से रोकिए। मगर जाने से पहले प्रिया शायद सोमनाथ से बात कर चुकी थी। उन्होंने बस इतना कहा, भावहीन चेहरे से, कि अमित बड़ा है, उसे अपनी राह ख़ुद चुननी होगी, और शादी के ज़रूरी सामान के लिए कलकत्ता भेज दिया।

जामिनी इस जल्दबाज़ी की वजह जानती थी। अमित ख़ुद को उसके साथ बेड़ियों में जकड़ रहा था ताकि उसकी बहन के, प्रिया के पीछे जाने से ख़ुद को रोक सके, जो उसे फिर से छोड़ गई थी, लेकिन इस बार एक भिन्न कारण से। शायद जब उन्होंने आख़री बार चुंबन लिया हो, तो उसने अमित से कहा हो कि मर्यादा की राह चुने।

उसके अंदर से एक आवाज़ ने कहा, ऐसा मत कर, जामिनी, इससे कुछ भला नहीं होने वाला। ये आग की रात की आवाज़ थी। लेकिन फिर एक और आवाज़ उभरी, बड़ी, स्याह, ज़ोरदार। *मैंने तो इस शादी के लिए नहीं कहा था। ये ख़ुद मेरे पास आई थी। अब ये मेरा अधिकार है। मैं इसे नहीं छोड़ूंगी।*

उस कमरे में जो उसका है और नहीं भी है, जामिनी रस्मों के लिए तैयार हो रही है। बीना उसकी मदद कर रही हैं। वो ख़ामोशी से काम कर रही हैं क्योंकि हर शब्द एक जोखिम है, एक खाई है गिरने के लिए। बीना के हाथ झिझक से रहे हैं। क्या वो ये सोच रही हैं कि वो कोई ग़लती कर रही हैं, क्या एक बेटी की मदद करके वो दूसरी को घात दे रही हैं? जामिनी ने लाल बनारसी पहनी है, रेशमी साड़ी जिस पर सुनहरी धागे का इतना भारी काम है कि वो उसे दबाए दे रहा है। बीना उसके ज़ेवर ठीक करती हैं, बुंदे,

नथ, सतलड़ा हार, कंगन, बाज़ूबंद, पायल, तगड़ी, सब अमित की मां के हैं या मनोरमा के क्योंकि जामिनी के पास अपना तो लगभग कुछ नहीं है। वो प्रिया का कंगन नहीं पहनती। अमित के साथ वो ऐसा नहीं करेगी।

आंगन में वो एक दूसरे को माला पहनाते हैं, अग्नि के फेरे लेते हैं, धान फेंकते हैं, बूढ़े पंडित के साथ-साथ मंत्र दोहराते हैं जो मंत्र बोलते हुए हकला रहा है। जामिनी सोचती है: अपनी सारी ज़िंदगी में बंदे ने ऐसी शादी कभी नहीं देखी होगी। न कोई हंसी-मज़ाक़, न गाने, न सजावट, न मेहमान, न शादी के खेल, बस सर्द चमकीले उपहास में सर्दियों का सूरज चमक रहा है। जब शुभो दृष्टि के लिए दूल्हा-दुल्हन के बीच का पर्दा हटाया जाता है, और वो एक दूसरे की आंखों में देखते हैं तो न हंसी-मज़ाक़ होता है न कोई शोरशराबा। एक अकेली नौकरानी शंख फूंकती है, उन्हें आशीर्वाद देने के लिए बस दो विधवाएं और एक झुके हुए वृद्ध हैं। जामिनी सोचती है कि युवा जोड़े के चेहरे के भावों से पंडित जी क्या अर्थ निकाल रहे होंगे: दूल्हा गंभीर है, और दुल्हन—लेकिन उसके चेहरे पर क्या भाव हैं? क्या ये शर्मिंदगी है, या अपराधबोध है, या घबराहट है, क्या ये उस छिपी हुई आकांक्षा की चुगली कर रहा होगा जो वो संजोए हुए है? लंबे, ख़ूबसूरत पुरुष को तेज़-तेज़ डग भरकर अग्नि के फेरे लेते, और स्त्री को अपनी उस शानदार बनारसी साड़ी संभालने की जद्दोजहद करते देखकर पंडित जी भुनभुनाते हैं, जिसका मोल उनके परिवार का महीने भर पेट भर सकता है। वो शादी का सादा सा भोजन करने से मना कर देते हैं, अपनी दक्षिणा लेते हैं और झटपट चले जाते हैं, उनके क़दमों से उनकी नागवारी टपक रही है। जामिनी को अपने गले में उमग-उमग कर आ रही ज़ोरदार हंसी को रोकने के लिए बहुत कोशिश करनी होगी। वो सोचती है: इनको लगता होगा कि अमित ने मुझे गर्भवती कर दिया है। वर्ना उसके जैसा कोई मुझ जैसी से क्यों ब्याह करेगा?

सुहाग सेज पर जिस पर जामिनी ने ख़ुद ही फूल बिखेर दिए हैं क्योंकि उसके लिए ऐसा करने को कोई सहेली या बहन नहीं है, वो अमित की पीठ से कहती है जबकि वो उससे उतनी दूर लेटा हुआ है जितनी दूर लेट

सकता है। अपने पत्नीत्व के अधिकार के नाते मैं तुमसे तीन रात के दैहिक संबंधों की मांग करती हूं, मैं इसे प्रेम करना नहीं कहूंगी। इसके बाद मैं मान लूंगी कि तुम्हारा वचन पूरा हो गया। फिर अपनी उपस्थिति से मैं तुम्हें और परेशान नहीं करूंगी। मैं नीचे वाले छोटे बेडरूम में चली जाऊंगी, या अगर तुम चाहोगे, तो मैं कलकत्ता वाले घर में रह लूंगी। मैं तुम्हारे किसी भी काम पर सवाल नहीं उठाऊंगी। अगर तुम दूर जाना चाहोगे, तो मैं तुम्हारे परिवार की देखरेख करूंगी।

मगर मन ही मन वो सोच रही है, शायद नियति जिसने कितने-कितने तरीक़ों से मेरी ओर से पीठ फेर रखी है, इस बार मुझे पर मेहरबान हो जाए। शायद अब जब पीर बाबा की मज़ार फिर से बन चुकी है, तो उनकी कृपा से कोई संतान हो जाए, और कौन जाने बच्चा क्या बदल दे। अमंगल को दूर रखने के लिए वो जल्दी से इस विचार को दूर धकेल देती है, और जब अमित ने कहा, ठीक है, और बुरी तरह, ग़ुस्से से उसमें समाता है तो वो आंसू रोकने के लिए अपनी जीभ काट लेती है।

एक रात। दूसरी। तीसरी रात वो थोड़ा नर्म पड़ जाता है। शायद इसलिए कि वो जानता है कि अब उसका दायित्व लगभग पूरा हो गया है, या शायद उसे तरस आ गया हो, क्योंकि दिल से तो वो नेक आदमी है। वो जानता है कि वो फिर कभी शारीरिक सुख नहीं भोग पाएगी, क्योंकि उनके जैसे परंपरावादी परिवारों में भली स्त्रियों की यही गति है। वो उसके मुंह को, उसके वक्ष को चूमता है, और उसे आनंद देते हुए इस तरह अंदर जाता है कि वो हांफते हुए उसे कसकर पकड़ लेती है। जब वो निपट जाते हैं, तो वो उसकी ओर से मुंह फेर लेता है, लेकिन निर्दयता से नहीं; वो उससे कहता है कि वो उस रात वहां रुक सकती है। वो बिना सोए लेटी रहती है, जांघों को भींचे हुए क्योंकि उसने गांव की औरतों को कहते सुना है कि इससे गर्भ ठहरने की संभावना बढ़ जाती है। फटे हुए बादल चांद पर छा जाते हैं। जामिनी अमित की सांसों की लय को, उसके कंधे के आकार को, उसके कूल्हे की रेखा को मापती है। उसकी उंगली में पड़ी माणिक की अंगूठी की चमक को। वो इस सबको याद कर लेती है ताकि आने वाली एकाकी रातों में इसे जी सके।

24

प्रिया

उसका टिकट ख़रीद लिया गया है, उसका इकलौता बैग पैक हो गया है, आर्थर को तार भेज दिया गया है जिसने बहुत ख़ुशी से जवाब दिया है। वो न्यूयॉर्क आ जाएगा, वो उससे मिलने को बेताब है, उसने उसके क्लासमेट्स से उन लेक्चर्स के नोट्स ले लिए हैं जो प्रिया ने मिस कर दिए थे; उसे परीक्षा पास करने में कोई दिक़्क़त नहीं होगी। *डियरेस्ट प्रिया तुम्हारे बिना मेरा दिल सूना है।* प्रिया को तुरंत ही कृतज्ञता और अपराधबोध हुआ।

उसके जहाज़ को चलने में अभी भी तीन अनंत दिन थे। अमित के ख़्याल उसके भीतर झंझावात मचाए हुए थे। वो सुल्तान पर घुड़सवारी करते हुए दक्षिण में सरसी नदी के साथ-साथ जा रहे थे जब तक कि गांव पीछे नहीं छूट गए और वहां बस बांस के जंगल रह गए जिनमें सियार दोपहर में भी हुआं-हुआं कर रहे थे। वो हाथ पकड़े हुए ख़ामोशी से पानी के किनारे बैठ गए। दूसरे के मन में क्या चल रहा है, ये जानने के लिए उन्हें शब्दों की ज़रूरत नहीं थी। बांस के पेड़ों के पीछे जब सूरज डूबा तो उन्होंने किस किया, एक बार, फिर दोबारा, और फिर सैकड़ों बार। उसने अपनी देह अमित को सौंप दी थी, और अमित ने अपनी उसे। वो ख़ुद को और किस बेहतर मौक़े के लिए बचाकर रखते?

काश उसने यही किया होता।

हक़ीक़त में, प्रिया उससे मिले बिना ही चली आई थी। हाय भीरू हृदय। वो डरती थी कि कहीं अमित उसका इरादा न बदलवा दे। उसने उसके लिए बस एक छोटा सा ख़त छोड़ा था। *मैं खोए हुए प्यार के साथ तो जी सकती हूं लेकिन उस अपराधबोध के साथ नहीं जो हम दोनों के लिए उस प्यार में हमेशा के लिए ज़हर घोल देगा।*

एक और दिन सरक जाता है। शांत बैठ पाना असंभव है हालांकि बाग़ में नन्हे-नन्हे सूरजों जैसे डहलिया खिल रहे है और शेफाली उसके लिए फूली-फूली लूची तल रही है। शायद इस समय अमित और जामिनी की शादी हो रही होगी। प्रिया अमित को ऐसे जानती है जैसे ख़ुद को जानती है: एक बार वो इरादा कर ले, तो इंतज़ार नहीं करता। वो एक दूसरे को माला पहना रहे हैं, मिठाई खिला रहे हैं। प्रिया मालाओं के गेंदे के फूलों की, उनके माथों पर लगे चंदन, सुहाग सेज पर बिखरे रजनीगंधा की महक सूंघ सकती है। वो ख़ुद को बाथरूम में बंद कर लेती है और नल खोल देती है ताकि शेफाली उसे रोते हुए न सुन सके।

घर में एक नई नौकरानी आई है, बड़ी-बड़ी, डरी सी आंखों वाली एक पंजाबी लड़की जो फ़र्श पर पोंछा लगाते वक़्त अपने सिर को नीचे झुकाए रहती है। प्रिया उसमें दिलचस्पी लेने की कोशिश करती है—लड़की से ज़्यादा अपने लिए—लेकिन ये नौकरानी कुछ भी पूछे जाने पर जवाब ही नहीं देती। जब वो बाल्टी फिर से भरने बाथरूम गई तो शेफाली धीरे से बताती है कि उसका नाम बन्नो है, वो दरबान की भानजी है, उसका बाक़ी परिवार लाहौर से आने वाली ट्रेन में मारा गया, टुकड़े-टुकड़े कर दिया गया था। भगवान जाने वो कैसे बच गई, कैसे कलकत्ता आ पहुंची। आह, स्वतंत्रता का मोल। शेफाली गहरी सांस भरती है। मेरे अपने परिवार ने भी तकलीफ़ झेली थी, 1946 के दंगों में मेरी बहन के इकलौते बेटे को इतनी बुरी तरह पीटा गया था कि वो अभी भी बेंत के सहारे से ही चल पाता है।

प्रिया शेफाली को तकती है। हम सबके अंदर कितने राज़ दफ़्न हैं, उन लोगों तक के अंदर जिन पर हम बहुत कम ध्यान देते हैं। अब वो रज़ा की ओर हाउसकीपर की बेरुख़ी समझ सकती है।

लेकिन शेफाली बन्नो की कहानी पर आगे बढ़ चुकी है। दो महीने

तक तो लड़की बोली ही नहीं, वो बस कोनों में दुबकी बैठी रहती थी। दरबान को तो कुछ सूझ ही नहीं रहा था। आख़िरकार शेफाली ने सोमनाथ को पत्र लिखा जिन्होंने उससे कहा कि लड़की को काम पर रख ले और उसे अपने घर में रहने दे। हफ़्तों शेफाली ने लड़की को अपने बिस्तर पर अपने पास सुलाया वर्ना वो रात में चीख़ें मारते हुए उठ बैठती थी। लेकिन अब वो बेहतर है, खाना खाती है, कभी-कभी तो मुस्कुरा भी देती है। यौवन के लचीलेपन का शुक्र है। वो प्रिया को ऐसे देखती है मानो कह रही हो *जल्दी ही तुम भी बेहतर हो जाओगी।* या उसका मतलब है *देखा तुम कितनी ख़ुशक़िस्मत हो।*

प्रिया लड़की को तकती है जो दूसरी बार सावधानी से एक लय में हाथ चलाते हुए पोछा लगा रही है क्योंकि शेफाली हमदर्द भले ही हो लेकिन गंदा फ़र्श बिल्कुल बर्दाश्त नहीं करती। बन्नो की गर्दन सरकंडे जैसी पतली है, उसके होंठ इतने कसकर भिंचे हुए हैं कि ग़ायब ही हो गए हैं। बाहर शोर होता है, जो शायद किसी बस के बैकफ़ायर करने का हो सकता है, लड़की उससे चौंककर सिहर उठती है। प्रिया चाहती है कि उसे क़रीब खींचकर संसार की क्रूरताओं से सुरक्षित कर ले। अनचाहे ही उसे अपनी सुविधाजनक स्थिति, उन सुरक्षाओं को स्वीकारना पड़ता है जिन्हें वो सामान्य ढंग से लेती है।

अभी भी दिन बर्दाश्त के बाहर है, शीरे की तरह चिपचिपा। अब अमित क्या कर रहा है? क्या वो दूर स्थित खेतों को देख रहा है, ज़मींदारी के बहीखाते देख रहा है, या लंच करने घर आ गया है जो जामिनी उसे परोस रही है? *एक और फ्राइड बैंगन लो, और मछली लो, बस एक मिठाई और ले लो, मुझे पता है तुम्हें मिठाइयां पसंद हैं। ये पान है तुम्हारे होंठों को लाल करने के लिए और मैं भी खा लेती हूं। क्या दोपहर के ठंडा होने तक हम मसहरी पर चलकर आराम करें?* अपना ध्यान भटकाने के लिए वो अब्दुल्लाह को फ़ोन करती है; शायद अब तक उन्हें दीपा की कुछ ख़बर मिल गई हो। किसी ने फ़ोन नहीं उठाया तो वो उनसे मिलने क्लिनिक पर जाने का फ़ैसला करती है हालांकि इसके साथ अपने दर्द जुड़े हैं।

❋

क्लिनिक पहुंचकर उसकी बदहाली देखकर उसे सदमा लगता है, उखड़ा पेंट, टेढ़ा लटका साइनबोर्ड, बाहर खड़े पहले से ज़्यादा ग़रीब दिखने वाले मरीज़। अपने पिता के बारे में सोचकर उसके दिल में मरोड़ उठी, उन्हें इस जगह पर कितना गर्व था। अंदर अब्दुल्लाह अपनी उम्र से ज़्यादा बूढ़े दिख रहे हैं, वो धीमे-धीमे काम कर रहे हैं और चिड़चिड़ेपन से प्रिया के नमस्कार का जवाब देते हैं। झगड़ालू सी आवाज़ में वो हैरान-परेशान सलीमा से कहते हैं कि आयोडीन टिंक्चर लाए, ये देखे कि सूइयां स्टर्लाइज़्ड की हुई हों, उन्हें बुख़ार की दवा की बोतल दे। और वेटिंग एरिया में लोगों से टकराता वो बच्चा भाग क्यों रहा है? वो प्रिया को बैठने का इशारा करते हैं, लेकिन वो हाथ धोकर सलीमा की मदद करना शुरू कर देती है, जो धीरे से उसे शुक्रिया कहती है। प्रिया उसे बताना चाहती है कि शुक्रगुज़ार तो वो है, कि जब वो घाव पर टांके लगाती है, पपड़ी जमी आंखों की जांच करती है, और घरघराते फेफड़ों को सुनती है, तो उसके सीने की घुटन थोड़ी हल्की हो जाती है।

जब मौजूदा मरीज़ों को देख लिया गया, तो अब्दुल्लाह सलीमा से दरवाज़ा बंद करने को कह देते हैं और चकित सी प्रिया को अपने साथ भीतरी कमरे में चलने का इशारा करते हैं। वो अपने मेडिकल बैग में से एक गंदा सा, मुड़ा-तुड़ा ख़त निकालते हैं और उसे थमा देते हैं। 'पूर्वी बंगाल से आए एक ट्रक ड्राइवर ने कल ये पहुंचाया था। मेरे तो इसने होश ही उड़ा दिए हैं। मुझे तो समझ ही नहीं आ रहा है कि क्या करूं, किससे मदद मांगूं,' उनकी आवाज़ में परेशानी झलक रही है, हाथ कांप रहे हैं। 'तुम्हारे पिता के गुज़रने के बाद मेरी सेहत भी अच्छी नहीं रहती है; क्लिनिक भी बस घिसट रही है। उस भयंकर रात के बाद जल्दी ही मैंने ख़ुद को लीग से अलग कर लिया क्योंकि कुछ लीडरों ने मुझसे कहा कि मैं यहां हिंदुओं का इलाज न करूं। इसके बदले में, उन्होंने ये पक्का किया कि मेरे मुसलमान सरपरस्त मेरा साथ छोड़ दें। मैं ये ख़त सोमनाथ को भेजने का सोच रहा था। लेकिन अगर तुम इसे ले जाओ तो ये कहीं जल्दी और निश्चित तौर पर उनके पास पहुंच जाएगा।'

घुमावदार लिखाई से प्रिया जान जाती है कि वो ख़त दीपा का है। जब वो इसे पढ़ती है तो उसे बैठना पड़ जाता है। एक पल के लिए उसे

लगता है जैसे उसके भी होश उड़ गए हैं। वो इस ख़त को फ़टाफ़ट अमित के पास पहुंचाने के लिए बहुत तजुर्बेकार मुंशीजी को दे देगी, उसे पता होगा कि इस समस्या को कैसे हल किया जाए। और वो ये ज़्यादा सटीक रास्ता क्यों न अपनाए? क्या अमित ने बार-बार नहीं कहा था कि नबकुमार ने उससे—प्रिया से नहीं—परिवार का ध्यान रखने को कहा था? और क्या उसने ऐसा करने का वचन नहीं दिया था? क्या इसीलिए वो जामिनी से विवाह करने के लिए राज़ी नहीं हुआ था? प्रिया के सामने अपनी ज़िंदगी है: उसे संमदर पार करने हैं, परीक्षाएं पास करनी हैं, एक नेक इंसान उसका इंतज़ार कर रहा है, जिसका सीधा-सरल दिल विश्वास और कोमलता से भरा है।

उसने ख़ुद को कहते हुए पाया, 'चिंता न करें, अब्दुल्लाह चाचा। आज ही मैं ये ख़त रानीपुर ले जाऊंगी। दीपा की मदद के लिए मैं जो भी कर सकती हूं, वो करूंगी।'

घर पर ढेरों मसले देखने हैं: टिकट कैंसल करने हैं, आर्थर और एडमीशन कमेटी को तार भेजना हैं जिनमें वो कुछ और हफ़्तों के लिए उनकी सहानुभूति चाहती है। *एक और पारिवारिक इमर्जेंसी। बड़ी बहन की जान ख़तरे में है। जब मैं वापस आऊंगी तो रात-दिन काम करके इसकी भरपाई कर लूंगी।* ये तार भेजते हुए उसका दिल डर से भिंच गया है। अगर कमेटी ने इंकार कर दिया कि वो ग़ैरभरोसेमंद है तो? अगर आर्थर ने फ़ैसला किया कि वो बहुत सिरदर्द है तो?

लेकिन दीपा ख़तरे में है। दीपा और समीरा, प्रिया की भानजी, जिसकी वो कल्पना नहीं कर पाती लेकिन फिर भी उससे प्यार करती है, और इससे ज़्यादा ज़रूरी और क्या हो सकता है?

जब वो उस प्रिय हवेली पर पहुंचती है जिसे उसने फिर कभी न देखने की उम्मीद की थी, तब तक शाम हो चुकी है। वहां भी किसी को उसके आने का इंतज़ार नहीं है। वो कल्पना करती है कि सारे लोगों की क्या प्रतिक्रिया होगी। सोमनाथ: आनंदित होंगे क्योंकि वो उससे प्रेम करते हैं, सीधा-सरल; मनोरमा: घबराहट क्योंकि वो समझ नहीं पाएंगी कि इसका उनके अमित

पर क्या असर होगा; बीना: चिंता क्योंकि प्रिया फिर से अशांति फैलाने आ गई है; जामिनी: स्पष्ट और उपयुक्त नाराज़गी; अमित: —लेकिन यहां उसकी कल्पनाशक्ति जवाब दे जाती है और दुख हावी हो जाता है, और उसके दिल में इतनी तीखी कसक उठती है कि उसके मुंह से आह निकल जाती है।

प्रिया के अंदर जो भी थोड़ी-बहुत ताक़त बची है, उसे वो बचाकर रखनी होगी, वो अविश्वास और नाराज़गी को दूर करने में, बहाने बनाने और सफ़ाइयां देने में समय बर्बाद नहीं कर सकती। वो इस उम्मीद में दबे पांव सीढ़ियां चढ़ती है कि अमित के—अब अमित और जामिनी के—कमरे से बचकर निकल जाएगी। मगर यहां तो जामिनी बांहों में ढेर सारे कपड़े लिए खड़ी है; ये अमित की अल्मारी से अपनी साड़ियां क्यों हटा रही है, ये इन्हें कहां ले जा रही है? और जामिनी के चेहरे पर ग़ुस्सा नहीं, बल्कि इतना गहरा डर है कि प्रिया रो देना चाहती है। उनके बीच ये सब कैसे आ गया है?

वो कहती है, उससे ज़्यादा तीखेपन से जितना वो चाहती थी, 'मैं कोई बखेड़ा खड़ा करने नहीं आई हूं। ये तुम्हारी या मेरी बात नहीं है। दीपा ख़तरे में है। दीपा और उसकी बेटी। उन्हें हमारी मदद चाहिए। मैं सोमनाथ काकू के कमरे में जा रही हूं। तुम मां और पिशी को भी ले आओ जिससे मैं एक बार में सबको बता दूं।'

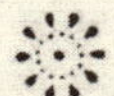

लेकिन कहानी एकबारगी नहीं बताई जा सकती है, इसे रोकना और पीछे ले जाना पड़ता है और बीना को बार-बार बताना पड़ता है जो समझ ही नहीं पा रही प्रतीत हो रही हैं। पूर्वी बंगाल में मेरी दीपा विधवा हो गई है, उसकी बेटी है? मेरी दीपा को मेरे पास घर आने नहीं दिया जा रहा? आसमान से सूरज की आख़री किरण उतरती है; अमित लौट आया है। वो प्रिया को आश्चर्य, अविश्वास, और ख़ुशी से देखता है। वो कमरे में लपकते हुए आगे बढ़कर उसका हाथ पकड़ लेने वाला होता है मगर वो अपना सिर हिला देती है और उसे ख़त थमा देती है। वो उसे पढ़ता है। एक बार। दो बार। फिर बीना जो सुबक-सुबककर रो रही हैं, अपना सूजा हुआ चेहरा उठाकर उससे कहती

हैं, 'मैं तुमसे बहुत मदद ले चुकी हूं, तुम पर अब मेरा कोई अधिकार नहीं रहा है, फिर भी मुझे कहना—'

अमित उन्हें रोक देता है। 'आपको कुछ नहीं कहना है। अपनी जान पर खेलकर भी मैं दीपा की मदद करूंगा। लेकिन मुझे कोई सही रास्ता सोचना होगा।'

वो बरामदे में बैठे हैं जहां ख़ुशहाल दिनों में शतरंज खेला जाता था और जहां नेहरू की आवाज़ ने भारत के लोगों से जीवन और आज़ादी में जागृति का वादा किया था। देर रात गए तक वो समस्या पर चर्चा करते रहते हैं; यहां तक कि सुघड़ मनोरमा भी भोजन लगवाने की बात भूल जाती हैं। आख़िरकार एक रज़ामंदी बनती है: शरीफ़ से संपर्क करना होगा, मिलकर एक योजना बनाई गई। लेकिन संदेश लेकर कौन जाएगा? कौन बिना संदेह के, बिना नज़रों में आए सीमा पार कर सकता है? जो पुरुष रानीपुर या कलकत्ता में रह गए हैं, जिन पर चौधरी परिवार भरोसा कर सकता है, वो सभी हिंदू हैं। उन्हें तो पहचान लिया जाएगा। प्रिया निरर्थक ही दिमाग़ दौड़ाती है। आख़िरकार आग की रात से दग़ीली जामिनी एक नाम सुझाती है जिस पर हैरानी और प्रशंसा से अमित कह उठता है, हां, तुमने सही कहा।

मछुआरे हामिद को संदेश भेजा जाता है: चौधरी परिवार के यहां कोई मेहमान आए हैं, उन्हें ताज़ा इलिश चाहिए हालांकि आजकल मौसम नहीं है, लेकिन क्या वो कोई मदद कर सकता है? हामिद आता है, उसके सिर पर रखी हांडी में गुलाबी और रुपहले रंग की मछली अभी भी फड़फड़ा रही है। वो मछुआरा बस्ती में उसके समेत दूसरे लोगों के घर फिर से बनवाने के लिए अमित को शुक्रिया कहता है। जब वो उसे वो उद्देश्य बताते हैं जिसके लिए उन्होंने उसे बुलवाया है, तो वो कुछ देर सोचता रहता है, माथे पर बल डालकर। आख़िरकार वो कहता है कि ये हो सकता है। सीमा के दोनों ओर के मछुआरे समान नदियों पर चलते हैं, उनके आपसी ताल्लुक़ात अभी भी अच्छे हैं, वो अक्सर एक-दूसरे को बताते रहते हैं कि किस इलाक़े में मछलियों की नई आबादी दिखी है। डेल्टा में एक धारा दूसरी से जुड़ती

है। वो और उसके भाई-बंधु मछली पकड़ने सरसी से अपनी नावें खेते हुए पूर्वी बंगाल की ओर इछामती की तरफ़, बेतना और कोबाडुक नदियों की तरफ़ जा चुके हैं। विभाजन से पहले तो एक बार वो पद्मा तक चले गए थे, ऊंची-ऊंची लहरों वाला क्या ज़बर्दस्त जलमार्ग था वो। वो आसपास पता कर सकता है; क्या वो सीमापार संदेश पहुंचा सकता है, और कोई वहां से उसे ढाका ले जाने को तैयार हो जाए बशर्ते अमित बाबू ठीकठाक पैसा ख़र्च करने को तैयार हों।

एक हफ़्ते के भीतर ही ख़त शरीफ़ तक पहुंच जाता है: *हम आलिया और उनकी बेटी के कलकत्ता में अब्दुल्लाह चाचा के यहां वापस पहुंचने में मदद करना चाहेंगे। हमें बताएं क्या करना है।* एक पखवाड़े में जवाब आ जाता है। प्रिया को फ़िक्र थी कि शरीफ़ को शक हो जाएगा क्योंकि एक हिंदू परिवार आलिया के भारत वापस लौटने में मदद करना चाहता था लेकिन वो ऐसा कुछ नहीं कहता। शायद उसे लगता होगा कि आलिया धर्मांतरित है। पूर्वी बंगाल में शायद उसकी जैसी और भी औरतें होंगी जो किसी वजह से मुस्लिम हो गई होंगी।

शरीफ़ आलिया आपा के लिए बड़ी इज़्ज़त से और नन्ही समीरा के लिए प्यार से बात करता है, लेकिन जो ख़बर वो भेजता है वो परेशान कर देने वाली है। सेना के एक कैप्टन, एक ताक़तवर और ख़तरनाक आदमी, ने क़रीब दो महीने में इद्दत पूरी होने पर आलिया से शादी करने में दिलचस्पी जताई है। इस बंदे ने ढाका के उसके घर पर कड़ी निगरानी लगा रखी है; उसे बस कुछेक जगह ही जाने की इजाज़त है और वहां भी उसके गार्ड उसके साथ जाते हैं। आलिया से संपर्क करना मुश्किल है, और उससे भी मुश्किल उसे निकाल पाना है। ख़ुद शरीफ़ भी कई हफ़्तों से उससे नहीं मिल पाया है; वो ख़ुफ़िया तौर पर नौकरों के नेटवर्क के ज़रिए ही बात कर पाते हैं, लेकिन हाल में ये भी नाकाम हो गया है। *मैं आपा से संपर्क करने की भरसक कोशिश कर रहा हूं। शायद हम कोई योजना बना सकें। सब्र रखें। जैसे ही मुझे कोई ख़बर मिलेगी, मैं फिर से ख़त लिखूंगा।*

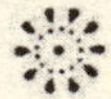

बिना किसी ख़त के एक हफ़्ता निकल जाता है। दूसरा हफ़्ता। इंतज़ार की

यातना। सोमनाथ के मज़ाक़ों और छेड़छाड़ के, शतरंज में उनके ज़ोरदार मुक़ाबले के पीछे प्रिया किसी फोड़े की तरह टीसती चिंता को महसूस करती है। उन्हें चिंता है क्योंकि कोई ख़बर नहीं आ रही है; उन्हें चिंता है कि जब कोई ख़बर आएगी तो अमित क्या करेगा। प्रिया उनकी परेशानी को झेल नहीं पाती; वो बहाना करके कमरे से चली जाती है। रोज़ाना, नियम से वो समाचार सुनती है क्योंकि कई महत्वपूर्ण घटनाएं आकार लेने लगी हैं: संविधान लिखा जा रहा है, मतदान का अधिकार दे दिया गया है, रियासतें एक बड़े देश में एकीकृत होने लगी हैं। ये सब कुछ उसे अवास्तविक सा लगता है; उसकी निजी परेशानियां, हालांकि वो जानती है कि वो बहुत मामूली हैं, बड़ी से बड़ी राष्ट्रीय उपलब्धि को भी ढांप लेती हैं। दीपा पूर्वी बंगाल में इंतज़ार कर रही है, आर्थर अमेरिका में। हर दिन विमेंस कॉलेज में उसकी कक्षाएं छूटे जा रही हैं। और यहां प्रिया फंसी हुई और फ़ालतू पड़ी है।

बाबा, मैं आपको निराश कर रही हूं।

रसोई में जामिनी की नाख़ुशी प्रिया को मदद करने से दूर रखती है। वो ये देखने गांव के क्लिनिक में जाती है जो कभी उसके पिता की थी कि क्या वो कुछ मदद कर सकती है, मगर नया डॉक्टर उसकी मौजूदगी से असहज है। करने को कुछ नहीं है अलावा उद्‌देश्यहीन टहल के जो अनिवार्यतः उसके अपने घर के जले हुए पोर्च पर जाकर ख़त्म होती है, और वहां इंतज़ार करते रहने के जब तक कि शाम उसे वापस हवेली पर जाने के लिए विवश नहीं कर देती। प्रिया ने ख़ुद से वादा किया है कि वो अमित से बचेगी; बिना कुछ कहे वो भी समझ गया है और उसने इस दंड को स्वीकार कर लिया है। उसने सोमनाथ से इजाज़त मांगी है कि रात का खाना वो अपने कमरे में अकेले खा ले, लेकिन वो ये बर्दाश्त नहीं कर सकते; उन्होंने नौकरानी से उन दोनों का खाना बरामदे में मंगवा लिया है। पहली बार खाने के वक़्त पर चौधरी परिवार बंट गया है। ये कष्ट भी उन पर प्रिया ने थोपा है।

25

दीपा

हर हफ़्ते वो अपनी बेटी के विश्वास से भरे मुस्कुराते चेहरे को देखती है और ख़ुद से कहती है कि मैं हार नहीं मान सकती। फिर भी हताशा का अंधेरा गहरा जाता है। शरीफ़ की नौकरानी, वो जो उसके ख़त परी की चाची तक पहुंचाती है, लापता हो गई है। किसी को उसका अता-पता नहीं है। क्या उसे क़ैद कर लिया गया है? क्या उसे यातनाएं दी जा रही होंगी? शायद उसने उनकी चुगली ही कर दी हो? डर से दीपा का गला भिंच जाता है, उसके लिए गाना मुश्किल हो जाता है, और इससे उसे सबसे ज़्यादा ख़ौफ़ आता है क्योंकि गायन ही तो उसकी आजीविका, उसका सुकून, उसकी सुरक्षा है। रेडियो ढाका का स्टूडियो ही एक ऐसी जगह है जहां जाने से मामून उसे मना नहीं कर सकता, न ही लोगों की नज़रों में आए बिना वहां उसके साथ जा सकता है। अपने काम से वो पैसे कमाती है—बहुत ज़्यादा नहीं, लेकिन वो अपने उस हुनर को काम में ला रही है जो उसने नबकुमार की मृत्यु के बाद हासिल किया है और उससे अपना रोज़मर्रा का ख़र्च चला रही है। उससे भी अहम: जब तक लोग उसके गानों को पसंद करते रहेंगे, जब तक हर हफ़्ते वो हज़ारों फ़रमाइशें, ख़त और तोहफ़े भेजते रहेंगे, वो ग़ायब नहीं की जा सकेगी, पूछताछ हुए बिना नहीं। वो गाती है; रोज़ाना वो नए गाने सीख रही है; गाने जो नौजवानों को प्रेरित करते

हैं, ख़ासकर कॉलेज के छात्रों को जो मुजीबुर्रहमान के तहत शक्तिशाली बन रहे हैं। *आमरा शक्ति आमरा बोल, आमरा छात्रा दोल। हम शक्ति हैं, हम बल हैं, हम छात्र हैं।* लेकिन वो प्रेमगीत भी गाती है। *तोमारेई अमि चाहियाछी प्रियो, मैं बस तुम्हें ही चाहता हूं, प्रिय।* ये बेतहाशा लोकप्रिय होते हैं। पहले तो वो भौचक्की रह जाती है; फिर सोचती है, बेशक, ऐसे देश में जिसके अनेक ज़ख़्मों से अभी भी ख़ून रिस रहा है, अनंत प्रेम के वादे से बेहतर मरहम क्या होगा?

जब दीपा शरीफ़ का संदेसा आने की उम्मीद लगभग छोड़ चुकी है, तो परी एक ख़त लाती है। नौकरानी को गिरफ़्तार नहीं किया गया था आख़िरकार। वो एक आदमी के साथ भाग गई थी, लेकिन फिर उसे पता लगा कि वो उससे ज़्यादा उसकी कमाई की परवाह करता है, ये पता लगते ही उसने उसकी धुनाई कर दी, जमकर खरी-खोटी सुनाते हुए उसके ख़ानदान की कड़ी सूअरों से जोड़ दी, और कोरेल और अपने काम पर वापस आ गई। दीपा ख़त को खोलती है और उसके अंदर एक और ख़त पाती है, मैला-कुचैला, जगह-जगह से फटा मानो उसे कमरबंद में खोंसकर लाया गया हो। अमित का ख़त है, वो उससे कहता है कि डरे नहीं, और वादा करता है कि वो उसे घर वापस लेकर आएगा। उसके हस्तलेख के नीचे दूसरों ने लिखा है, उसकी बहनों ने प्यार भेजा है, और सबसे नीचे बीना ने लिखा है। बेटी, मुझे तुमसे और अपनी नातिन से मिलने की प्रतीक्षा है। ओह अद्‌भुत जीवन, तूफ़ान के बाद इंद्रधनुष झलक आया। दीपा रोती है, हंसती है, समीरा को हंसाते हुए सैकड़ों बार उसे चूम डालती है, परी को पकड़कर कमरे में घुमा देती है जब तक कि दोनों हांफने नहीं लगतीं। उस शाम रेडियो ढाका पर वो शुक्राने के गाने गाती है, हालांकि अभी सीज़न नहीं आया है, *ओ मोन रोमजानेर ओइ रोजार शेषे एलो खुशीर ईद, ऐ मेरे मन, रमज़ान ख़त्म हो गया है और ख़ुशियों भरी ईद आ गई है।* सुनने वाले उसकी आवाज़ में उछाह महसूस करके अपनी आंखें पोंछते हैं और कहते हैं, माशाल्लाह, ये आलिया बेगम तो सच में दीनी हैं, इनके दिल में हमेशा ईद ही होती है।

इस शाम जब मामून आता है तो दीपा ड्रॉइंग रूम में उसके सामने बैठती है और परी को जाने का इशारा करती है। वो ख़ुद उसके लिए चाय निकालती है, उसकी पसंद के मुताबिक़ दो चम्मच चीनी डालती है। फिर, पहली बार, वो अपना पर्दा उठाती है। वो उसे तकता रह जाता है, उसकी कनपटी पर एक नस तड़कने लगती है, लेकिन उसकी आंखों में दीपा देख रही है कि उसे कुछ संदेह सा हो रहा है। इस बंदे को चलाना मुश्किल होगा। ख़ुशक़िस्मती से आज उसे जो झूठ बोलने हैं वो छोटे से हैं।

'मामून साहब, मैं आपसे एक मशवरा लेना चाहती हूं। मैं हमारी सेना के लिए, उन बहादुर जवानों के लिए कुछ करना चाहती हूं जिनमें से ज़्यादातर अपने परिवारों से दूर हैं, रोज़ाना अपनी जान जोखिम में डालते हैं ताकि हम रातों को चैन से सो सकें। क्या मेरे लिए ये सही होगा कि उनकी हौसलाअफ़ज़ाई में कुछ गाऊं, बेशक मुफ़्त, और पर्दे के पीछे से?'

माथे पर बल डाले वो सोचता है। वो अपनी सांस थामे रहती है। आख़िरकार वो कहता है कि उसे इसमें कोई नुकसान नहीं दिखता, ये बहुत नेक ख़्याल है। वाक़ई, सैनिक बहुत मुश्किल ज़िंदगी जीते हैं और बहुत कम मौज-मस्ती कर पाते हैं। वो इस आयोजन के लिए शुक्रगुज़ार होंगे, ख़ासकर अगर वो सही गाने चुनेगी तो। शहर के उत्तर में कुर्मीटोला छावनी में वो एक छोटे से कंसर्ट का बंदोबस्त कर सकता है। वो आंखें झुकाती है, पलकों को पटपटाती है, और बहुत ख़ूबसूरती से उसे शुक्रिया कहती है। उसके अंदर एक कड़वाहट भरा आनंद सिर उठाता है। वो अपनी नारीसुलभ चेष्टाओं को अभी तक भूली नहीं है हालांकि एक ज़माने से उसने इनका इस्तेमाल नहीं किया है। रज़ा के साथ तो इस सबकी कोई ज़रूरत ही नहीं थी; वो उससे उसी तरह प्यार करता था जैसी वो थी, अपनी सारी कमियों के साथ।

अभी रज़ा के बारे में मत सोचो।

दरवाज़े पर वो अपनी आवाज़ में अनिश्चितता का हल्का सा कंपन ले आती है। 'जब मैं गानों की फ़ेहरिस्त बना लूंगी, तो आपसे उसे देखने को कह सकती हूं? अगर आपको बहुत ज़हमत न हो तो?'

'आपका कुछ भी कहना मेरे लिए कभी कोई ज़हमत नहीं होगी,

आलिया,' वो सिर झुकाते हुए कहता है।

उसके संबोधन में परिचितता उसे अंदर तक कचोट जाती है। वो ख़ुद को तनावरहित दिखने के लिए विवश करती है। जब वो अपनी कार में बैठता है तो वो दरवाज़े पर खड़ी रहती है, विदा में हाथ उठाए, वो उसे अपने सिर को इस तरह घुमाते हुए देखती है जिससे कार के आगे बढ़ने पर भी वो उसे देखता रह सके। जब तक कार गेट से निकलकर सड़क पर नहीं मुड़ती, वो अपने चेहरे पर जबरन मुस्कान जमाए रहती है।

कंसर्ट कामयाब है। श्रोताओं में पाकिस्तान के साथ ही पूर्वी बंगाल के जवान भी हैं। जब आलिया एक पर्दे के पीछे से उन्हें सलाम करती है और देश के प्रति उनकी सेवा के लिए उनका शुक्रिया अदा करती है, तो वो आलिया बेगम की मीठी आवाज़, उसके शालीन आचरण पर फ़िदा हो जाते हैं। उन्हें उसकी दिल दहला देने वाली कहानी पहले से ही पता है, मामून ने इसका ध्यान रखा है: उसका शौहर भरी जवानी में दुखद रूप से शहीद हो गया, और उसे अपनी नन्ही बेटी के साथ अकेला छोड़ गया; मगर फिर भी उसने इस शाम के लिए एक पैसा भी नहीं मांगा है। प्रोग्राम देशभक्ति और जोश से भरपूर नज़रूल गीति और रवींद्र संगीत, साथ में मुहब्बत और तन्हाई की कुछ ग़ज़लों का ख़ूबसूरत मेल बन गया है, जो दीपा ने ख़ासतौर से उन जवानों के लिए सीखी हैं जिन्हें पाकिस्तान में अपनी माशूक़ाओं को छोड़कर आना पड़ा है। मुक़र्रर की इतनी फ़रमाइशें होती हैं कि आयोजन नियत समय से कहीं लंबा खिंच जाता है। जब अंत में वो *चांद रौशन, चमकता सितारा रहे, गाती* है, वो गाना जो जिन्ना के आज़ादी के भाषण के बाद रेडियो पाकिस्तान पर प्रसारित हुआ था, तो तालियों की गड़गड़ाहट से हॉल गूंज उठता है।

इस तरह वो सेना के लिए गाने की शुरुआत करती है, पहले उनके लिए जो ढाका के आसपास तैनात हैं, फिर धीरे-धीरे थोड़ी दूर: नारायणगंज, मैमनसिंग, कोमिला जहां उसे रात को रुकना पड़ता है इसलिए वो परी और समीरा को अपने साथ ले जाती है क्योंकि बच्ची अभी भी मां का दूध पीती है। मामून भी साथ चला आया, तो उसे कोफ़्त होती है। बंदोबस्त बहुत

मुनासिब हैं—वो ऑफ़िसर्स आवास में रहता है और वो शहर की एक दीनी बुज़ुर्ग औरत के साथ—फिर भी, वो एक ऐसी चिड़िया की तरह महसूस करती है जो उड़ने की कोशिश करती है तो पता लगता है कि उसके पंख कटे हुए हैं। *सब्र, दीपा।* वो पूछती है क्या वो उस इलाक़े की एक सबसे ऐतिहासिक मस्जिद जा सकती है; उसे मस्जिदें और दरगाहें बहुत पसंद हैं, ख़ासकर पुरानी, वो समीरा के लिए दुआ मांगना चाहती है। क्या अल्लाह ने उसे दिखा नहीं दिया है कि ज़िंदगी कितनी छोटी सी, कितनी भंगुर है? वो मामून साहब के लिए भी दुआ मांगेगी। मामून हामी भर देता है—कैसे नहीं भरता जबकि उसने इतनी पाक गुज़ारिश की है, और वो भी इतने लुभावने ढंग से। उसे बस यही अफ़सोस है कि वो उसके साथ नहीं चल सकता; उसे एक मीटिंग में जाना है। वो दो हथियारबंद सैनिकों के साथ उसके लिए एक मिलिट्री जीप भेज देता है, ये पक्का करने के लिए कि उसके साथ पूरी इज़्ज़त से पेश आया जाए। जीप में वो चैन की सांस लेती है और कसकर परी का हाथ पकड़ लेती है। *एक छोटी सी जीत।*

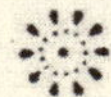

वापस ढाका आने पर दीपा और शरीफ़ अपनी योजना बनाना जारी रखते हैं। वो अपने कार्यक्रमों के लिए बस ऐसे शहर चुनेगी जहां मशहूर दरगाहें और पुरानी मस्जिदें हों। वो इन सभी पवित्र स्थानों पर जाएगी जब तक कि मामून उसकी सनक का आदी न हो जाए। अगर वो किसी जगह उसके साथ जाता है तो वो घंटों दुआ मांगती रहेगी जब तक कि वो उकता न जाए और उसे अकेले जाने की इजाज़त दे दे।

जब मामून उसके रुटीन का आदी हो जाएगा, जब वो उसे अपने दम पर यात्रा करने देगा, तो वो भारतीय सीमा के पास के किसी शहर में जाने का प्रस्ताव रखेगी, खुलना, या शायद जैसोर। वहां सीमा के साथ इछामती नदी बहती है। जब कंसर्ट की पुष्टि हो जाएगी, तो शरीफ़ अमित को ख़बर भेज देगा। अमित ने पहले ही एक छोटी सी मोटरबोट का इंतज़ाम कर लिया है, और उसने और हामिद ने उसे चलाना भी सीख लिया है। सही समय आने पर वो पूर्वी बंगाल में घुसने के लिए इसे इस्तेमाल करेंगे।

शरीफ़ गुपचुप तरीक़े से दीपा के पुराने ड्राइवर अरशद से भी मिलता

है, जो इन दिनों ढाका में एक मेजर के लिए काम करता है। अरशद वादा करता है कि वो सही जगह पर एक गाड़ी लेकर मौजूद रहेगा ताकि आलिया बेगम जल्दी से जल्दी नदी पर पहुंच सकें। 'आप बस मुझे वक़्त बता देना। मेरे मालिक के पास एक जीप है। मैं उसे ले आऊंगा। मेरी नौकरी जाती है तो जाए। वैसे भी मैं गांव जाकर रहना चाहता हूं।' शर्माते हुए वो पूछता है कि क्या वो समीरा जान का कोई फ़ोटो देख सकता है, वो तो अब बहुत बड़ी हो गई होंगी।

एक ओर इतना प्रेम, दीपा सोचती है, इतनी खरी उदारता। और दूसरी ओर लपलपाते हाथ, भूखी निगाहें, धातुई ज़हरीली मधुमक्खियों की तरह सीनों में धंसती गोलियों की भिनभिनाहट। वो समीरा को ऐसी दुनिया में जीना कैसे सिखाए जहां इतने सारे विरोधाभास हैं? उस शाम वो अपने एक नए पसंदीदा शायर रजनीकांत सेन की पंक्तियां गाती है:

अमि देखी ना किछु बूझी ना किछु,
दाओ हे देखाए बूझाए।

मैंने कुछ नहीं देखा, कुछ नहीं समझा,
हे ईश्वर मुझे दिखाओ, मुझे समझाओ।

26

जामिनी

ये देखने से बड़ी और कोई यातना हो सकती है कि कमरे में आने पर आपके प्रियतम की बेचैन आंखें किसी को ढूंढ़ें और फिर निराश होकर आपके चेहरे पर टिक जाएं? अगर है, तो जामिनी को इसका पता नहीं है। उसकी इच्छा होती है कि प्रिया पर दोष मढ़े, लेकिन कैसे मढ़े जबकि उसकी बहन अमित से दूर रहने के लिए जो भी कर सकती है, कर रही है। वो अमित को दोष देना चाहती है, लेकिन कैसे दे जबकि उसने जामिनी से अपनी विवाह-शैया पर ही सोते रहने को कहा है—भले ही जामिनी के लिए ये कितना ही पीड़ादायी हो—ताकि उसे प्रिया के सामने शर्मिंदा न होना पड़े। वो बीना को, मनोरमा को, यहां तक कि सोमनाथ को भी दोष देना चाहती है जो घंटों अचंभित से पड़े रहते हैं, और जब उन्हें लगता है कि कोई नहीं देख रहा है तो सबसे छिपाकर अपना सीना मलते रहते हैं। लेकिन वो इतनी अक़्लमंद है कि ख़ुद को मूर्ख नहीं बना सकती। तो फिर उसके कष्ट का दोष मढ़ने के लिए उसके अपने सिवा और कोई नहीं बचता; ये मानना उसकी पीड़ा को दोगुना कर देता है।

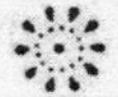

जब शाम के आसमान में रौशनी धूमिल हुई, तब एक ख़त के रूप में राहत

आ पहुंचती है। तीन विभिन्न मछुआरों के ज़रिए इसे पहुंचने में एक हफ़्ता लग गया है, और इस दौरान इसकी मुड़ी-तुड़ी ख़बर और भी ज़्यादा अर्जेंट हो गई है। वो डाइनिंग टेबल के चारों ओर जमा होते हैं—जानबूझकर बनाई गई दूरी भरे दिनों के बाद वो सब एक साथ आ जुड़ते हैं—और सोमनाथ अपनी कांपती हुई आवाज़ में वो ख़त उन्हें सुनाते हैं। एक दिन बाद दीपा सीमा के पास के एक नगर सतखिरा में वहां की बटालियन के लिए परफ़ॉर्म करने जा रही है। पूरी संभावना है कि वो अकेले ही यात्रा करेगी। जल्दी ही गवर्नर जनरल जिन्ना के पूर्वी बंगाल के दौरे पर आने की उम्मीद है; ढाका के अधिकारी योजनाएं बनाने में जुटे हुए हैं। मामून, जिसे हाल ही में मेजर के रैंक पर प्रमोट किया गया था, इसमें पूरी तरह से शामिल है। एक हफ़्ते पहले डिनर पर, जो अब वो नियमित रूप से दीपा के साथ ही करता है, जो दीपा को क़तई नहीं भाता, उसने दीपा को राज़ की बात बताई थी कि उसने उड़ती-उड़ती बातें सुनी हैं। इस मौक़े पर उसे विद्रोही टुकड़ियों को ढूंढ़ने और उन्हें नष्ट करने के लिए मैडल ऑफ़ एक्सीलेंस दिया जा सकता है। दीपा ने धीमे से कहा था कि वो सोच भी नहीं सकती कि कोई और उससे ज़्यादा लायक़ हो सकता है।

दीपा लिखती है: सुखद संयोग से, सतखिरा नगर से कुछ ही दूरी पर एक प्राचीन मस्जिद, तेतुलिया शाही मस्जिद है। अपने कार्यक्रम वाले दिन शाम को मग़रिब की नमाज़ के लिए उसने परी और समीरा के साथ वहां जाने की योजना बनाई है। लेकिन नमाज़ शुरू होने से पहले ही वो लोग औरतों वाले हिस्से के पिछले दरवाज़े से बाहर खिसक लेंगी। शरीफ़ और अशरफ़ पास में ही एक गाड़ी के साथ इंतज़ार कर रहे होंगे। वो उसे इछामती नदी के तट पर ले जाएंगे और अमित को संकेत करेंगे, जो तब तक वहां पहुंच चुका होगा। भगवान ने चाहा, तो किसी को ये पता लगने से पहले ही कि क्या हो रहा है, वो भारत पहुंचने के रास्ते पर होंगे। *अमित दादा,* ख़त के अंत में है, *मैं आपके भरोसे हूं।*

सोमनाथ पढ़ना ख़त्म करते, इससे पहले ही अमित खड़ा हो गया है। वो एक दराज़ खोलता है और एक नक़्शा निकालता है जिसे उसने इसी पल के लिए तैयार रखा है, अविभाजित बंगाल का पुराना नक़्शा। उसके नथुने फड़क रहे हैं, आंखें चमक रही हैं, सांसें तेज़ हो गई हैं। इंतज़ार, जामिनी

देखती है, अमित के लिए भी उतना ही कष्टकारी रहा था जितना ख़ुद उसके लिए था हालांकि विभिन्न कारणों से। वो नक़्शे पर निशानदेही करता है; नई ऊर्जा से उसकी आवाज़ कांप रही है। 'कल शाम को दीपा यहां सतखिरा में होगी। हामिद और मैं—आह, मुझे तुरंत उसे ख़बर भेज देनी चाहिए—अगर वक़्त से पहुंचना है तो हमें सुबह-सुबह निकल लेना होगा।'

जब अमित ने हामिद से उसे पूर्वी बंगाल ले चलने की गुज़ारिश की थी, तो हामिद हिचकिचाया नहीं था। उसने बस सोमनाथ से इतना कहा, बाबू, अगर मुझे कुछ हो जाए, तो मेरे बीवी और बच्चे का ध्यान रख लीजिएगा।

अमित कहना जारी रखता है, 'हमें सरसी नदी से ऊपर की ओर एक छोटी नदी पर जाना होगा जो इछामती से जुड़ती है, और फिर हमें फिर से दक्षिण की ओर आना होगा। अगर सीमा पर गश्त हुई, तो हमें वहीं छिपकर रुकना होगा।' फिर वो मनोरमा की ओर मुड़ता है। 'पिशी, आप हमारे लिए कुछ खाना तैयार रखेंगी—बस चिवड़ा और गुड़ जो ख़राब न हो। और पानी भी—समुद्र के इतना पास नदियां नुनखरी हो जाती हैं। चार लोगों लायक़ रख देना। लगता है दीपा की नौकरानी भी उसके साथ आ रही है।'

'पांच लोगों के लिए रख देना, पिशी,' प्रिया कहती है।

'नहीं,' अमित कहता है। 'इसमें बहुत ख़तरा है।'

प्रिया उसके रूबरू खड़ी है। वो क़द में अमित से छोटी है मगर अपनी दृढ़ता में, जामिनी सोचती है, वो उतनी ही लंबी दिखती है। 'और इसीलिए तुम्हें मेडिकल ट्रेनिंग वाला भी कोई चाहिए होगा।'

अमित अपनी बांहें झटकता है। 'मेरे पास बहस करने का वक़्त नहीं है। अगर तुम्हें चलना ही है तो चलो।' उसकी झुंझलाहट के पीछे जामिनी को एक ख़तरनाक आनंद सुनाई पड़ता है।

वो खड़ी नहीं होती। उनके निर्भीक डील-डौल के सामने अपनी दोषपूर्ण टांग के साथ वो किसी गिनती में नहीं आती। लेकिन उसकी आवाज़ शांत होते हुए भी सख़्त है। 'आपका काम बढ़ाने के लिए क्षमा करें, पिशी। लेकिन छह लोगों का रख दें।'

सारी आंखें उस पर टिक गई हैं, दोष देती हुई। वो जानती है कि वो क्या सोच रहे हैं। *तुम बस हमें धीमा ही करोगी।* लेकिन ये सच नहीं है, वो बार-बार बस पूर्वाग्रह का ही शिकार बनती है। 'भगवान के लिए,' वो कहती है। 'हमें नाव में इंतज़ार करना होगा, पैदल नहीं दौड़ना है। और अगर हमें किसी संकेत का इंतज़ार करना है, तो निश्चय ही और एक जोड़ी आंखें मददगार ही होंगी।'

अमित: 'तुम क्यों चलना चाहती हो?'

क्योंकि मैं नहीं चाहती कि तुम दोनों मुझे पीछे छोड़कर अपने एडवेंचर पर निकल पड़ो। लेकिन ये एक बिनबुलाए बच्चे का आहत क्रंदन जैसा ही सुनाई देता, तो इसके बजाय वो कुछ ऐसा कहती है जो, एक तरह से, इतना ही सच है। 'क्योंकि मैं तुम्हारी पत्नी हूं। मेरा स्थान तुम्हारे पहलू में है।' वो जीभ काटकर ख़ुद को अगले शब्द कहने से रोक लेती है। *इसका नहीं।*

'ठीक है।' अमित के कंधे शिथिल पड़ गए हैं।

इन बहनों ने, सफ़र शुरू होने से पहले ही उसे थका दिया है। जामिनी को इसके लिए दुख होता है। बेजान सी वो कैनवस का वाटरप्रूफ़ बैग लिए उसके पीछे-पीछे चलती है जिसमें वो ज़रूरी चीज़ें डालता जा रहा है: दवाइयां, पैसे, अतिरिक्त कपड़े, एक टॉर्च, दूरबीन, अपनी गन। उन्हें एक और चीज़ की ज़रूरत पड़ सकती है, जामिनी का ख़्याल है, ख़ासकर अगर योजना गड़बड़ा गई तो, लेकिन वो उनके पास उनके घर में नहीं है। कोई बात नहीं, मैं हामिद को कहला भेजूंगा, वो कल लेता आएगा।

तड़के, नाव में क़दम रखने पर जामिनी डर जाती है। नदी की परिवर्तनशीलता पर, इसके तेज़ प्रवाह पर उसे भरोसा नहीं है। नाव पर पड़ते इसके बेलगाम प्रहारों ने उसे उस सच से सचेत करा दिया है जिसे वो सावधानी बरतते हुए सामने नहीं लाई है: उसे तैरना नहीं आता। वो डगमगाते हुए लकड़ी के सख़्त तख़्ते पर बैठती है, ध्यान रखती है कि किनारे से ज़्यादा से ज़्यादा दूर बैठे। लेकिन एक बार जब हामिद मोटर को स्टार्ट करता है और नाव लहरों को काटते हुए आगे बढ़ती है, तो वो मंत्रमुग्ध रह जाती है। वो किनारे की

ओर खिसक जाती है और रेशमी मटमैले पानी में अपना हाथ डाल देती है। तैरती बत्तख़ें, झपट्टा मारते अबाबील, उछालें भरती मछलियों के रुपहले चाप। अपनी बुद्धिमानी भरी निगाहों से उसे सम्मोहित करती डॉल्फ़िनों का एक समूह भी कुछ देर तक उनके पीछे आता है। नदी पर हर चीज़ की अपनी लय है, किसी भी चीज़ में हड़बड़ी नहीं की जा सकती। हामिद और अमित धीरे-धीरे बात कर रहे हैं, बारी-बारी से नाव चला रहे हैं। प्रिया दूर कहीं के ख़्यालों में गुम क्षितिज को तक रही है। नाव उससे कहीं ज़्यादा बड़ी है जितना जैमनी ने सोचा था। वो तख़्ते पर लेट जाती है और अपने सिर के नीचे उस बंडल को रख लेती है जो सुबह हामिद ने उसे दिया था। वो अपनी आंखें बंद कर लेती है ताकि सर्दियों के सूरज को पूरी तरह अपने चेहरे पर महसूस कर सके। उसे नींद आ जाती है।

जब तक वो नींद के ख़ुमार में चेहरे को मलती उठकर बैठती है, वो इछामती के सुदूर किनारे पर पहुंच चुके हैं। उनके पीछे, दूसरी तरफ़, सूर्यास्त से भारतीय आसमान सिंदूरी हो रहा है। चतुर हामिद ने नाव को मैन्ग्रोव और बेलों के एक झुरमुट के नीचे बांध दिया है; ज़मीन से वो बमुश्किल ही दिखाई दे रही है। वो विदेशी भूमि में घुसकर सावधानी से एक स्थानीय किसान से बात कर आया है। अमित का नक़्शा उन्हें सही जगह ले आया है; वो तेतुलिया मस्जिद से बहुत दूर नहीं हैं। उसने इसकी पतली मीनारों को देख लिया है। अब बस संकेत का इंतज़ार करना रह जाता है।

आधा एडवेंचर तो निबट गया, और जामिनी इसे चूक गई है। तुमने मुझे जगाया क्यों नहीं, वो चिढ़कर पूछती है। मैंने कोशिश की थी, प्रिया कहती है, लेकिन जामिनी को यक़ीन नहीं होता कि उसने बहुत कोशिश की होगी। अप्रभावित प्रिया जामिनी को थोड़ा सा चिवड़ा, और पानी की बोतल थमा देती है। बाक़ी लोग अपने हिस्से का खा चुके हैं। बस कुछ घूंट लेना, प्रिया चेतावनी देती है। उन्हें दीपा और समीरा के लिए पानी बचाना होगा; साथ ही खुले मैदान में पेशाब करना भी शर्मिंदगी भरा होगा।

अब उपयोगी होने के लिए दृढ़संकल्प जामिनी पैनी निगाहों से रात में तकती है। वहां बस तारे और जुगनू हैं, और बांसों के झुरमुट में लोमड़ियां ग़ुर्रा रही हैं। *मेरी मदद करना, पीर बाबा!* लगभग तभी, भूमि पर बाईं ओर से रोशनी की एक लकीर अंधेरे को तोड़ देती है। वो अमित की बांह पकड़

लेती है; बेशक ऐसे वक़्त पर इस तरह की चेष्टा जायज़ है। अमित अपनी टॉर्च लहराता है और एक जीप ऊबड़खाबड़ रास्ते से होती उनकी ओर बढ़ती है। जामिनी डर रही है कि कोई इंजन की आवाज़ सुन लेगा, जो कि ख़ामोश रात में धरती और आसमान में गूंजती मालूम दे रही है। लेकिन गाड़ी अनचीन्ही, स्याहपोश में लिपटी उन तक पहुंच जाती है। उत्साह और राहत की उमंग में वो धीरे से कहती है, बहन, भानजी।

लेकिन गाड़ी से न कोई दीपा, न अपनी गोद में बच्ची को लिए कोई नौकरानी उतरती है। इसके बजाय दो आदमी लड़खड़ाते हुए उनकी ओर आते हैं, उनमें से कम उम्र वाले के कंधे ढलके हुए हैं, बड़ी उम्र का अपने हाथ मल रहा है। परेशानी भरे आवेग में वो अपनी नाकामी की बात बताते हैं। योजना के मुताबिक़, आलिया बेगम शाम को नमाज़ पढ़ने सतखिरा आई थीं। पेड़ों के पीछे से उन्होंने उन्हें गाड़ी से उतरते देखा था, उस शानदार नीले बुर्क़े को कौन चूक सकता था। उनके पीछे नौकरानी परी थी, समीरा को लिए हुए। शरीफ़ और अरशद संकेत करने ही वाले थे कि तभी आलिया के पीछे-पीछे एक आदमी बाहर निकला। अपनी मेजर की कैप पहने, कूल्हे पर गन लगाए मामून। सैनिकों से भरी एक जीप उसके पास आकर रुकी।

'हम कुछ नहीं कर सकते थे,' शरीफ़ कहता है। 'मैं अंदाज़ा भी नहीं लगा पा रहा कि मामून ने अपना इरादा क्यों बदला होगा। ये ज़रूर आख़री पल में हुआ होगा; वर्ना आपा मुझे ख़बर भेज देतीं।' वो धम्म से ज़मीन पर बैठ जाता है, वो हताश-निराश है; वो सभी हैं।

आख़िरकार अमित कहता है, 'हम हार नहीं मानेंगे। फिर से योजना बनाना शुरू करते हैं।'

शरीफ़ सिर हिलाता है। 'ये बहुत मुश्किल होगा। सतखिरा छावनी सीमा के सबसे क़रीब है। हाल में अस्थायी बनाई गई है, यहां कोई दीवारें नहीं हैं। दूसरी छावनियां, जो कहीं बड़ी हैं, भीतरी हिस्सों में या उत्तर की ओर हैं, और वहां भारी सुरक्षा है।'

'उनमें से किसी से भी आलिया बेगम को नदी तक लाने में हमें बहुत वक़्त लगेगा—अगर हम उन्हें किसी तरह निकाल पाते हैं तो,' अरशद

कहता है। उदास भाव से वो आगे कहता है, 'हमारे पास तो शायद तब कोई कार भी न हो। आज रात ऐसे ग़ायब होने के बाद पक्का मेरा मालिक मुझे निकाल देगा।'

रास्ते में आने वाले पत्थरों को ज़ोर से लात मारते हुए अमित चहलक़दमी करता है। 'ये बहुत बुरा हुआ, ये बहुत बड़ी नाकामी है। लगता है फ़िलहाल हमें रानीपुर लौटना होगा और—'

प्रिया उसकी बांह पकड़ लेती है। 'नहीं! हम मेरी बहन को छोड़कर ऐसे ही वापस नहीं जा सकते। हम नहीं जा सकते!'

'और कोई रास्ता नहीं है, पिया,' अमित ने दुखी होते हुए कहा। पिया। प्यार भरा छोटा सा शब्द, जामिनी के कानों में बम की तरह फटा। वो उसे अपना हाथ उसकी बहन के हाथ पर रखते देखती है। वो फ़ैसला कर लेती है।

शरीफ़ बेमन से अमित से सहमत होता है। अरशद हवा को सूंघता है। 'बेहतर होगा आप लोग फ़ौरन नदी पार करना शुरू कर दें। रात में ज़्यादा महफ़ूज़ होगा। साथ ही, बारिश भी आने वाली है। ख़ुदा हाफ़िज़।'

हामिद रस्सियां ढीली कर रहा है। प्रिया सुबक रही है। दोनों आदमी धीरे-धीरे वापस जीप की ओर चल देते हैं। अब जल्दी करने का क्या फ़ायदा है?

'रुकिए।' अपने बंडल को पकड़े हुए जामिनी लंगड़ाते हुए उनकी ओर बढ़ती है।

'जामिनी,' अमित पुकारता है। 'जामिनी, क्या कर रही हो?'

वो उस पर ध्यान नहीं देती। धीमी आवाज़ में वो उन दोनों आदमियों को अपना वो आइडिया बताती है जो उसे पिछली रात सूझा था, अगर बाक़ी सब नाकाम हो जाए तो वैकल्पिक योजना। हताश, दुस्साहस भरी, लेकिन शायद मुमकिन।

शरीफ़ की भौंहें जुड़ जाती हैं। 'आपको यक़ीन है?'

वो हामी भरती है। 'पूरा।'

'आलिया आपा इसके लिए कभी राज़ी नहीं होंगी।'

जामिनी एक भौंह उठाती है। 'समीरा की ख़ातिर भी नहीं?'

चुप होकर वो अरशद से मशवरा करने मुड़ जाता है। वो एक पल धीरे-धीरे बात करते हैं, फिर शरीफ़ कंधे झटकता है। उनके पास और क्या विकल्प है?

अरशद अपनी देसी ज़ुबान में चिल्लाकर हामिद से कुछ कहता है जिसे समझना जामिनी को मुश्किल लगता है, और वो दक्षिण की ओर इशारा करता है। लगता है जैसे वो हामिद से कह रहा हो कि नाव को अर्धचंद्राकार छोटी खाड़ी में ले जाए जो शिविर के क़रीब है। अगर दो घंटे के अंदर जीप उनसे वहां नहीं मिलती है, तो इसका मतलब होगा कि वो पकड़े गए हैं। उस स्थिति में हामिद तुरंत रानीपुर के लिए निकल पड़े क्योंकि शिविर के सैनिक शायद जुर्म में सहयोगियों को ढूंढ़ते आ धमकें। इसके अलावा, इस जगह पर ज्वार बहुत ज़बर्दस्त है। और जब वो उतरने लगेगा तो उन्हें समुद्र में खींच ले जाएगा। वहां से उनकी छोटी सी नाव को वापस आ पाने में बहुत अरसा लग जाएगा—अगर वो आ पाई तो। गंभीर चेहरे से हामिद हामी भरता है। इंसान को मनाया जा सकता है, वो जानता है, मगर क़ुदरत पत्थरदिल होती है।

अमित के माथे पर बल पड़ जाते हैं। 'आप लोग क्या योजना बना रहे हैं, भाइयों? क्या बात है?'

कोई जवाब नहीं। आदमियों ने जामिनी का निवेदन मान लिया है कि उसकी योजना के बारे में कुछ न कहा जाए। जीप धड़धड़ाती है, पीछे हटती है। पीछे की सीट से जामिनी, जो उस समय अंदर जा बैठी थी जब बाक़ी सबका ध्यान बातों में लगा था, बाहर झुककर ऐसी ख़ुशी से अमित और प्रिया को हाथ हिलाती है जो वो महसूस नहीं कर रही है।

विदा, बहन, पति, अलविदा।

27

दीपा

सतखिरा सैन्य शिविर के कामचलाऊ ग्रीन रूम में दीपा अपनी सारी इच्छाशक्ति बटोरकर उस पर फ़ोकस रहने की कोशिश करती है जो इस शाम उसे करना है। वो समीरा को दूध पिलाती है और उसे परी को सौंप देती है, जो कमरे में ही रहेगी। दीपा के सामने एक ढका हुआ गलियारा है जिससे होकर कुछ ही मिनट बाद वो पर्दा पड़े मंच पर जाएगी। वो अपना नीला बुर्क़ा ठीक करती है, गानों की फ़ेहरिस्त पर नज़र डालती है जो उसने उस शाम के लिए बनाई है। उसका दिल इतना टूटा हुआ और निराश है कि वो समझ नहीं पा रही है कि गाने की ताक़त कैसे जुटा पाएगी। उसका मन बार-बार उन सारी बातों पर वापस जा रहा है जो ग़लत हो गई हैं।

एक हफ़्ते पहले, परी की चाची के ज़रिए दीपा ने वो थोड़े से ज़ेवर बेच दिए थे जो उसके पास थे; एक पतली सी चेन, एक जोड़ी बुंदे, प्रिया का कंगन। कल थोड़े से पैसे उसने नादिया को दिए, जो इतना रोईं, इतना रोईं कि उनका चेहरा सूज गया था। दीपा ने कुछ पैसे अरशद के लिए रखे थे। लेकिन जब बाक़ी पैसे उसने परी को देने चाहे, तो लड़की ने अड़ियलपन से ठुकरा दिया। आप जहां भी जा रही हैं, मैं आपके साथ चल रही हूं। दीपा को अपने सीने में हल्कापन फूटता महसूस हुआ था क्योंकि वो उस लड़की को पसंद करने लगी थी, अब जब उसकी बहनें इतनी दूर

थीं तो वो एक बहन की तरह उस पर निर्भर होने लगी थी। लेकिन उसने परी से कहा, 'भारत में मेरा परिवार हिंदू है।'

उसने ख़ुद को कठोर कर लिया था—किसलिए, वो नहीं जानती थी। मगर परी ने बस कंधे उचकाए और कहा कि उसे मज़हबों की कोई परवाह नहीं है। वो एक छोटा सा सूटकेस निकाल लाई—बड़े सूटकेस से शक पैदा होता—और पैकिंग करने में दीपा की मदद करने लगी।

उस रात जब मामून डिनर के लिए आया, तो दीपा ने कुछ ज़्यादा ही सुशिष्ट होने की कोशिश की थी। आख़िरकार ये आख़री बार था जब उसे ये सब करना पड़ रहा था। जब वो सरकारी ख़बरें बता रहा था तो उसने अपना उत्सुक चेहरा बनाए रखा, खुले हाथ से दोबारा मटन का सालन दिया। उसने अपने दांतों से हड्डी तोड़ी और मींग चूसी।

फिर उसने कहा, 'गवर्नर जनरल जिन्ना ने संदेश भेजा है। अगले महीने ढाका के अपने दौरे के बाद जब वो पाकिस्तान वापस जाएंगे, तो वो चाहते हैं कि मैं उनके साथ जाऊं। वो पाकिस्तानी सेना का गठन कर रहे हैं और चाहते हैं कि मैं उसमें मदद करूं। वो मुझे लेफ़्टिनेंट कर्नल बना रहे हैं।'

दीपा उसे बधाई देने लगी, मगर मामून जल्दी-जल्दी बोलता रहा। 'मैं तुमसे शादी करके तुम्हें अपने साथ ले जाना चाहता हूं। समीरा को भी, बेशक। हम राजधानी कराची में रहेंगे। मैंने सुना है वो ख़ूबसूरत शहर है, समंदर किनारे। तुम ये पसंद करोगी, जान?'

उसकी आंखों की इल्तेजा—जिसने दीपा को उससे ज़्यादा असहज कर दिया था जितना उसका ऑर्डर देना करता।

अपने सिर में होती धमक के साथ उसने कहा था, 'मगर सोग की मियाद—'

मामून ने उसके हाथ पकड़ लिए। 'तुम फ़िक्र मत करो। मैंने तारा मस्जिद के इमाम से ख़ास इजाज़त ले ली है। सारे ढाका में वो सबसे इज़्ज़तदार आदमी हैं। देश की भलाई के लिए उन्होंने इसकी इजाज़त दे दी है। हम दो हफ़्ते में निकाह कर सकते हैं।'

दो हफ़्ते। उसने अपने हाथ उसके हाथों में छोड़ दिए, कोशिश की कि वो सख़्त न पड़ें। इससे फ़र्क़ नहीं पड़ता, कल तो वो उड़नछूं हो जाएगी। *ख़ुश दिख, दीपा, अहसानमंद दिख।* लेकिन उसने कुछ ऐसा देख लिया होगा जिसने उसकी चुगली खा दी थी, उसकी निगाह में झलक आई घबराहट, होंठों की कपकपाहट। मामून ने औचक लिया फ़ैसला सुनाते हुए अपना हाथ मेज़ पर मारा। कल वो भी उसके साथ सतखिरा चलेगा।

'मैं तुम्हारे साथ ठीक से वक़्त नहीं बिता पा रहा हूं, जान। मुझे इस पर अफ़सोस है। ये अच्छा रहेगा कि हम साथ में मस्जिद चलें, अपने मिलन के लिए अल्लाह से दुआ मांगें। वो ख़ूबसूरत जगह है। शायद हम एक दिन और रुक सकते हैं और नदी में बोटिंग पर जा सकते हैं।'

'लेकिन आपका काम—'

'मेरे सुपीरियर एतराज़ नहीं करेंगे। उन सबको मेरे भावी प्रमोशन का पता है। इसके अलावा, इससे मुझे हमारी सीमा की सुरक्षा पर नज़र डालने, उसे कड़ा करने का मौक़ा भी मिल जाएगा। अब जबकि हमारे गवर्नर जनरल को आना है, तो ये ख़ासतौर से अहम हो जाता है।'

रात भर वो सो नहीं पाई। बदक़िस्मत नादान लड़की! तुम अपनी भावनाओं को ठीक से छिपा क्यों नहीं सकती थीं? तुमने सब बर्बाद कर दिया है। अब तो शरीफ़ और अरशद को चेतावनी देने के लिए भी बहुत देर हो चुकी है। वो तो पहले ही उस इलाक़े की टोह लेने, नदी तक का सबसे छोटा रास्ता तलाशने के लिए निकल चुके थे। तेतुलिया मस्जिद में जब उसने उन दोनों को कनेर की बाड़ के पीछे से लाचारी से तकते देखा तो उसके दिल में हूक सी उठी थी। सारी योजनाएं, ख़तरे, क़ुर्बानियां—बेकार गईं।

किसी ने घंटी बजाई है। परफ़ॉर्मेंस का वक़्त हो गया है। उसका शरीर मन भर का हो गया है, स्टेज की ओर बढ़ते हुए उसके पैर डगमगा रहे हैं। उसका गला ऐसा सूजा हुआ सा महसूस हो रहा है जैसे उसे कोई रोग जकड़ने वाला हो। और वो है: हताशा का रोग। पर्दे के दूसरी ओर वो पहली पंक्ति में बैठे अहम अफ़सरों को देखती है, उनके बीच गर्व से दमकता मामून भी बैठा है। वो अपने सहयोगियों को अपने भावी निकाह के बारे में

बता चुका है। टैंट सादा सा है, ऊपर से सपाट, साइड के फ़्लैप गिरे हुए और बंद क्योंकि ये सर्दी के दिन हैं। अंदर और बाहर लाउडस्पीकर लगा दिए गए हैं; इस तरह शहर के लोग भी ढाका की मशहूर आलिया बेगम को सुन सकते हैं। दीपा ने एक अलग सी चीज़ से शुरुआत की है, द्विजेंद्रलाल का *धन धान्ये पुष्पे भरा,* गांधी जी का पसंदीदा गीत। उसने हाल ही में पढ़ा था कि उन्होंने बिना किसी सैन्य सुरक्षा के पाकिस्तान जाने की इच्छा जताई है, इस उम्मीद से कि उनका ये कृत्य हिंदुओं और मुसलमानों के बीच नफ़रत को कम कर पाएगा। बेचारे, उसने सोचा था, वो पक्का मारे जाएंगे।

एमोन देश टी कोथाओ खूजे पाबे नको तुमि
सकल देशेर रानी शे जे आमार जन्मभूमि...

तुम्हें कहीं ऐसा देश नहीं मिलेगा, चाहे कितना भी ढूंढ़
लो। सारे देशों की रानी, ये मेरी जन्मभूमि।

लेकिन ये उसकी तो जन्मभूमि नहीं है, है न? ये तो वो देश है जहां से वो बचकर भागना चाहती है।

अब आख़री छंद:

ओ मा तोमार चरण दूती बक्खे आमार धोरी
आमार एइ देशेतेई जन्मा जेनो एइ देशेतेई मोरी।

ओ मां, तेरे चरण मैं अपने हृदय में संजोकर रखता हूं।
काश मेरी मृत्यु यहां हो, उस देश में जहां मैं जन्मा हूं।

श्रोताओं में बैठे जवान जज़्बाती हो गए हैं। कुछेक अपनी आंखें पोंछते हैं। यहां तक कि मामून भी अपना रूमाल निकाल लेता है। मादरेवतन की मुहब्बत में रोने में कोई शर्मिंदगी नहीं है। दीपा की अपनी आवाज़ भी आंसुओं से कांप जाती है। वो जानती है कि वो लोग क्या सोच रहे हैं। आह, देशभक्त आलिया बेगम। कोई कभी उस विडंबना का अंदाज़ा भी नहीं लगा पाएगा जो उसके भीतर कटार की तरह धंसी हुई है। वो शायद—गांधी जी

की तरह—पाकिस्तान में मरेगी, उस देश में जो उसकी कल्पना में टेढ़े-मेढ़े पहाड़ों, नमक के मैदानों, बर्फ़ से भूरे आसमानों से भरा है। जब तक कि अपने असली देश लौटने की कोशिश करते हुए वो यहां पूर्वी बंगाल में ही न मारी जाए। अगर समीरा की बात न होती, तो वो ख़ुशी से उस नियति को ही चुनती।

गाना ख़त्म हो गया है; अपने ख़्यालों में गुम उसने दूसरा गाना शुरू नहीं किया है। मामून फ़िक्रमंद सा पर्दे को तकता है। एक मिनट में वो ये देखने साइड में आ धमकेगा कि सब ठीक तो है। अब जबकि वो उसे अपनी मंगेतर समझता है तो ये उसका हक़ भी है। उसे रोकने के लिए वो जल्दी से अगला गाना शुरू कर देती है।

जोखोन प्रोथोम धोरेचे कोली
आमार मल्लिका बोने
तोमार लागिया तोखोनी बंधु
बेधेचीनु अंजलि

जब मेरे चमेली के बाग़ में पहली कलियां खिलीं
प्रियतम बंधु, मैंने उन्हें केवल तुम्हारे लिए चुन लिया

ये गाना कहां से आ गया? ये तो उसकी लिस्ट में नहीं था। पहली बार इसे उसने अपने वलीमे के बाद गाया था, छल-कपट की, रज़ा की ब्याहता होने का नाटक करने की उस मुश्किल, तनावभरी शाम को। जब वो क्लिनिक के ऊपर स्थित अपने फ़्लैट पर लौटे तो वो थकी-हारी, सहमी सी रज़ा के कुंआरेपन के संकरे पलंग पर गिर गई, उसके तकिए में अपना चेहरा छिपाए, सोचते हुए कि मैंने ये क्या कर डाला है, मैंने इसे किस जंजाल में फंसा दिया है। लेकिन उसने उसे घुमाकर अपनी ओर किया, उसके बालों से पिनें निकालीं और उसके घुंघराले बालों में अपना चेहरा धंसा लिया। उसने अपने चुंबनों से उसकी चिंता को दूर कर दिया, कहा कि चाहे जो भी हो जाए, मैं इस पर कभी अफ़सोस नहीं करूंगा। बाद में उसने कहा था कि उसके बदन से ताज़ा चुने चमेली के फूलों की सी महक आती है, कि वो फिर कभी इस रात को याद किए बिना चमेली के फूलों

को नहीं सूंघ पाएगा। उस पल उसने ये गीत गाया था।

पर्दे के पार से वो मामून की निगाहों को महसूस कर रही है, उसके प्रचंड ख़तरनाक आनंद को। उसे लग रहा है कि मैं ये गीत उसके लिए गा रही हूं, लेकिन रज़ा, मेरे महबूब, ये गीत मैं हमेशा बस तुम्हारे लिए ही गा सकती हूं।

एखोनो बोनेर गान बोंधू
होय नी तो अबोसान
तबु एखोनी जाबे की चोली

वन का ये गीत अभी समाप्त नहीं हुआ है
प्रियतम बंधु तुम इतनी जल्दी क्यों जा रहे हो

गाना ख़त्म होता है तो तालियां दबी-दबी, गहरी सी बजती हैं, लोग अपनी पहली मुहब्बतों को, खोई मुहब्बतों को, उन मुहब्बतों को याद करने लगे हैं जिनकी ग़ैरमौजूदगी अंतरतम तक झुलसा जाती है।

वो याद को झटकती है। उसे वर्तमान में रहना होगा। शाम में जान डालने के लिए वो अपनी लिस्ट में कोई ख़ुशगवार सा गाना ढूंढ़ती है। सुनने वाले आख़िर इसी के लिए तो आए हैं। लेकिन आंख की कोर से उसे कुछ हलचल सी दिखती है: परी फ़ौरन उसे बुला रही है। समीरा उसके साथ क्यों नहीं है? क्या मामून उसे ले गया होगा? लेकिन नहीं, वो तो आगे की पंक्ति में बैठा है, अभी-अभी किसी दूसरे अफ़सर की कही किसी बात पर विनम्रता से मुस्कुराता हुआ। वो झटपट ऐलान करती है, माफ़ी चाहूंगी, सिर में दर्द है, एस्प्रिन लेनी है, पांच मिनट बस, और जल्दी से ढके हुए गलियारे में भाग जाती है, पर्दा हटाती है। कमरे में एक सस्ता सा काला बुर्क़ा पहने एक औरत खड़ी है। वो समीरा को गोद में लिए हुए उससे बात कर रही है। और समीरा, जिसे अजनबी क़तई पसंद नहीं हैं, जो अगर कोई बहुत क़रीब आए तो चीख़ें मारने लगती है, बहुत ध्यान से सुन रही है।

औरत ने पर्दा किया हुआ है लेकिन दीपा आवाज़ पहचान लेती है।

'जामिनी?' वो राहत की सांस लेती है। ये कैसे मुमकिन है?

जामिनी अपनी भानजी को चूमती है, उसे परी को वापस थमा देती है, अपना बुर्क़ा उतार देती है। 'जल्दी करो, इसे पहन लो और मुझे अपना बुर्क़ा दे दो। स्टेज पर मैं तुम्हारी जगह ले लूंगी। जैसे ही मैं गाना शुरू करूं, समीरा और अपनी नौकरानी के साथ टैंट के पीछे से निकल जाना। अंधेरे में रहना। अरशद और शरीफ़ कंपाउंड के पास एक जीप में इंतज़ार कर रहे हैं। वो तुम्हें नाव पर ले जाएंगे।'

'ये बकवास आइडिया है, ये कभी कारगर नहीं होगा,' दीपा कहती है। लेकिन कांपती उंगलियों से वो अपने रेशमी बुर्क़े को पुराने काले बुर्क़े से बदल रही है जिससे मछलियों की बू आ रही है।

'बदबू के लिए माफ़ करना—ये हामिद की बीवी फ़ातिमा का है,' जामिनी कहती है। 'बेशक ये कारगर होगा। ये एकदम परफ़ेक्ट स्कीम है। ये मैंने ख़ुद बनाई है। हम एक से डीलडौल की हैं, लंबे बुर्क़े के नीचे मेरी लंगड़ाहट पर किसी का ध्यान नहीं जाएगा, कुछ क़दम में तो नहीं। बस एक ही परेशानी है, श्रोता हैरान होंगे कि अचानक ही तुम्हारी आवाज़ इतनी बेहतर कैसे हो गई है!'

दीपा मज़ाक़ पर हंसती नहीं है। 'और तुम्हारा क्या? कंसर्ट ख़त्म हो जाने के बाद तुम क्या करोगी?'

'चिंता मत करो, मेरे लिए भी एक योजना है, बहुत अच्छी,' जामिनी दीपा को गले लगाती है और ठेल देती है। नीले सिल्क के बुर्क़े में लिपटी जो उसे एकदम फ़िट आया है वो गलियारे की ओर चल देती है। 'जाओ, मेरी भानजी को यहां से निकालो। सबसे अहम काम यही है।'

दीपा इस पर कैसे बहस कर सकती है? इसके अलावा उन असहजता भरे सवालों को पूछने के लिए अभी समय नहीं है जो उसके मुंह पर आ रहे हैं; किसी भी पल मामून उसकी तबीयत पूछने ग्रीन रूम में आ सकता है। उसे जामिनी और उसकी योजना पर भरोसा करना होगा। वो उसकी ओर गानों की अपनी लिस्ट बढ़ाती है। 'तुम्हें इसकी ज़रूरत होगी।'

जामिनी अपने माथे को थपथपाती है। 'यहां मेरी अपनी लिस्ट है।'

'रुको, जिस गाने से मैं हमेशा प्रोग्राम ख़त्म करती हूं, *चांद रौशन चमकता सितारा रहे*, तुम्हें वो नहीं आता होगा।'

लेकिन जामिनी तो गलियारे में ग़ायब हो चुकी थी।

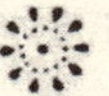

दबे पांव चलते हुए उन्होंने टैंट के पीछे एक बंधन खोला और खुले में निकल आईं। दीपा का दिल इतनी ज़ोरों से धाड़-धाड़ कर रहा है कि ये हैरानी की ही बात है कि उसने उनकी पोल नहीं खोली। वो और परी अरवी के बड़े-बड़े पत्तों वाले एक पौधे के पीछे दुबक जाती हैं। जामिनी की आवाज़ दीपा की आवाज़ से काफ़ी मेल खाती है; श्रोताओं में किसी को शायद आभास नहीं हुआ है कि कुछ गड़बड़ है। एक हथियारबंद गार्ड अहाते में गश्त कर रहा है, लेकिन जब वो टैंट के दूसरी ओर जाता है तो दोनों औरतें दौड़ती हुई अहाता पार कर लेती हैं। आख़िरकार, अल्हमदुलिल्लाह, वो जीप तक पहुंच जाती हैं। शरीफ़ दीपा की गोद से समीरा को लेने के लिए कूदकर नीचे उतरता है। दोनों औरतें जीप में चढ़ जाती हैं। आंसू बहाए जाते हैं, हाथ कसकर पकड़े जाते हैं, फुसफुसाकर जल्दी से शुक्रिया किया जाता है। फिर वो रात में आगे बढ़ जाते हैं। एक बार जब सड़क मुड़ जाती है और उन्हें शिविर दिखना बंद हो जाता है तो दीपा चैन की सांस ले पाती है। शायद जामिनी सही कह रही थी, ये पागलपन आख़िरकार कामयाब रहेगा।

जल्द ही जीप सड़क पार कर लेती है; उमड़ते-घुमड़ते बादलों के बीच से झांककर पल भर के लिए चांदनी देहात को रुपहला कर देती है; जामिनी ने जो गाना चुना है वो लाउडस्पीकरों से सुनाई दे रहा है। इतनी दूर से भी, उन्हें शब्द सुनाई दे रहे हैं:

बोली गो सजनी जेयो न जेयो न
मोर कथा तारे बोलो न बोलो न
सुखी से रोयेचे सुखी से थाकुक
मोर तोरे तारे दियो न बेडोना

प्यारी सखी, उसे मेरे प्यार की बात मत कहना
वो ख़ुश रहे
वो हमेशा ख़ुश रहे
मेरी ख़ातिर कभी दुख न पाए

जब तक दीपा योजना के दूसरे हिस्से और उस संदेश को समझ पाती है जो उसे शेष बचाव दल को देना है, तब तक बहुत देर हो चुकी है। अभागी जामिनी ने अपनी बहनों के कल्याण के लिए, उस आदमी की ख़ुशी के लिए जिससे वो प्रेम करती है, ख़ुद को क़ुर्बान करने का फ़ैसला किया है।

28

प्रिया

तेज़ हवा का झोंका आता है, हवा प्रचंड होती जा रही है, उन्हें जल्दी ही निकलना होगा। अमित और हामिद पश्चिम में भयंकर तूफ़ानी बादल उमड़ने पर बात करने में लगे हैं, इसलिए प्रिया ही सबसे पहले हैडलाइट्स देखती है। वो चिल्लाते और टॉर्च हिलाते हुए नारियल के पेड़ों के झुरमुट से बाहर भागती है जहां वो छिपे हुए हैं। फिर वो कसकर दीपा को गले से लगाती है, परी का स्वागत करती है, बार-बार समीरा को चूमती है। अमित बच्ची को गले से लगाता है, हामिद तक सकुचाते हाथ से उसके घुंघराले बालों को छूता है। समीरा घबरा जाती है; अजनबियों की ओर से मिल रहे प्यार की इस बौछार का वो पुरज़ोर विरोध करती है। तीनों औरतें एक साथ हंस रही हैं, रो रही हैं, बातें कर रही हैं। अमित शरीफ़ की बांह हिलाता है, *बहुत ख़ूब, बहुत ख़ूब।* शरीफ़ मुस्कुराता है जैसे किसी ने उसे चांद थमा दिया हो। ये सब अरशद का काम है, वो विनम्रता से कहता है, इन्होंने दीवानावार जीप दौड़ाई है। खिचड़ी बालों वाला अरशद धीरे से कहता है अल्लाहू अकबर और अपनी आंखें पोंछता है। वो पूछता है कि वापस जाने से पहले क्या वो बच्ची को गोद में ले सकता है। अगर वो रात भर गाड़ी चलाएगा तो शायद अपने मालिक के बहुत नाराज़ होने से पहले वापस पहुंच जाए।

एक बार फिर सबसे पहले प्रिया का ही ध्यान जाता है। 'जामिनी कहां है?'

ये बताने का मुश्किल काम दीपा के ऊपर आ पड़ता है। 'अगर समीरा की बात नहीं होती, तो मैं कभी उसे ऐसा नहीं करने देती,' वो अपराधबोध से कहती है।

आश्चर्य, दुख, पछतावा; प्रिया और अमित दोनों का ख़ुद को दोष देना जो सारी रात—नहीं, उनकी सारी ज़िंदगी—जारी रह सकता था। अलावा इसके कि वक़्त नहीं है। हवाएं और ज़्यादा ज़ोर से गड़गड़ा रही हैं। तूफ़ान आ रहा है।

अमित कहता है, 'भाइयो, मैं जानता हूं ये आपसे बहुत बड़ी मांग करना है, लेकिन मुझे कैंप में जाना होगा। मुझे जामिनी को लाने की कोशिश करनी होगी। आप तो जानते हैं जब उन्हें पता लगेगा कि जामिनी ने क्या किया है, तो उनका क्या हश्र किया जाएगा।'

एक लंबा पल। फिर अरशद ने कंधे उचकाए। 'मैं तो वैसे भी बूढ़ा आदमी हूं। मोतियाबिंद और गठिया के अलावा मुझे और क्या होना है।'

और शरीफ़: 'क्या, अरशद चचा! बस इसलिए कि आपने कुछेक गर्मियां ज़्यादा देखी हैं, आप ख़ुद को ज़्यादा बहादुर और स्मार्ट समझते हैं? मैं आपके साथ चल रहा हूं। किसी को योजना भी तो बनानी होगी।'

एक साथ तीनों जन प्रिया को देखते हैं जो कंधे पर अपना मेडिकल बैग लटकाए जीप की ओर बढ़ रही थी। उसके पास वो दोनों बुर्क़े हैं जो दीपा और परी पहने हुई थीं। नही, नहीं, नहीं, इसमें बहुत ज़्यादा ख़तरा है।

'मुझे बताओ,' वो कहती है, उसकी आवाज़ काफ़ी तर्कपूर्ण है, 'आप लोगों के पास उस टैंट में जाने और लोगों को सतर्क किए बिना जामिनी को लाने की क्या योजना है?' उनकी ख़ामोशी पर वो विजयी भाव से एक भौंह उठाती है और जीप में सवार हो जाती है।

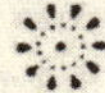

स्टेज पर जामिनी देशभक्ति के एक जोशीले गीत से श्रोताओं में जोश भर देती है। *बोलो जय, बोलो जय, बोलो जय, मुक्तिर जय बोलो भाई। जीत*

का ऐलान करो, भाइयो, जीत का ऐलान करो। जवान ताली बजा रहे हैं और अपने पैरों से ताल दे रहे हैं। काफ़ी देर हो चुकी है, कंसर्ट जल्दी ही ख़त्म हो जाएगा, बस एक-दो गाने और होंगे। हामिद की बीवी के बुर्क़े में छिपी प्रिया जानती है कि उसके पास उस टैंट के पीछे के हिस्से तक पहुंचने के लिए बस कुछेक मिनट ही हैं जिसका ब्योरा दीपा ने उसे दिया है। वो दबे पांव अंधेरों से होकर गुज़र रही है उसी तरह जैसे एक ज़माने पहले उस दिल दहला देने वाली रात को वो अपनी बहनों का हाथ पकड़े बढ़ रही थी, उनके चारों ओर ख़ून में नहाया और जलता हुआ कलकत्ता था। लेकिन नहीं, इस अहसास ने उसे चौंका दिया कि बस डेढ़ साल ही हुआ है जब डाइरेक्ट एक्शन डे पर उसकी ज़िंदगी हमेशा के लिए बदल गई थी।

बांसों के एक झुरमुट के पीछे आदमी जीप को मोड़े, भागने के लिए तैयार खड़े हैं। वो बेमन से मान गए हैं कि, अगर किसी ने भांप लिया, तो दो अकेली बुर्क़ाधारी औरतें कम संदेह पैदा करेंगी।

टैंट के फ़्लैप को उठाना है, ग्रीन रूम में जाना है, फिर साइड के गलियारे से जाना है। सबसे मुश्किल हिस्सा है जामिनी का ध्यान खींचना। लेकिन आख़िरकार, जब गाना ख़त्म होता है, तो वो फ़ातिमा के बुर्क़े में खड़ी प्रिया को देखती है। प्रिया अपनी बहन की नागवारी को महसूस करती है। क्या उसे लग रहा है कि दीपा वापस आ गई है? कि उसकी क़ुर्बानी बेकार गई? प्रिया हाथ से बुलाती है। जामिनी ऐलान करती है कि उसे कुछ पल आराम करना है जिससे वो पूरी ऊर्जा से अपना आख़री गाना गा सके। वो श्रोताओं की इनायत के लिए उन्हें शुक्रिया कहती है और संभ्रांत महिलाओं की तरह छोटे-छोटे डग भरकर चलती है ताकि कोई उसकी लंगड़ाहट न देख सके।

ग्रीन रूम में प्रिया जामिनी से बहस करने में नहीं पड़ती जो ज़ोरदार कानाफूसी में कह रही है, तुम्हें नहीं आना चाहिए था, तुम देखतीं नहीं, मैंने ये अमित के लिए किया था। मैं जानती हूं कि वो कभी मेरी परवाह नहीं करेगा, मैं उसकी ख़ुशी चाहती हूं, भले ही वो तुम्हारे साथ हो, हमेशा की तरह तुमने सब बर्बाद कर दिया है। ख़ामोशी से प्रिया झगड़ती हुई जामिनी से आलिया बेगम का रॉयल ब्लू बुर्क़ा उतारती है जो उसे मारती है। मुझे जाने दो, मुझे स्टेज पर जाने दो। बस करो, प्रिया भी भड़क जाती है। तुम

हम सबको ख़तरे में डाल रही हो, अमित समेत जो जीप में इंतज़ार कर रहा है।

उसका नाम जादू की तरह है। वो जामिनी को शांत कर देता है।

प्रिया रेशमी वस्त्र को फ़र्श पर एक ढेर में गिरने देती है; वो अपनी बहन की ठोड़ी के नीचे परी के सादा से सूती बुर्क़े के बटन लगाती है और बिना किसी विरोध के उसे रात में खींच ले जाती है। जामिनी लड़खड़ाती है, सारी शाम वो खड़ी रही है, लेकिन टैंट से बाहर आते ही वो तेज़ी से चलती है। शायद वो समझ गई है कि उसके सामने और कोई रास्ता नहीं है। शायद इसलिए कि वो जानती है कि अमित उसे लेने आया है। वो एक गार्ड के पास से निकलती हैं, धीरे से अस्सलाम अलैकुम कहती हैं। वो उन पर ऐसी उखड़ी सी निगाह डालता है जो लोग नौकरों पर डालते हैं। उनके पार करने के लिए बस एक आख़री अहाता बचा था। प्रिया संकेत करती है, बांसों के पीछे इंतज़ार करती जीप देख रही हो?

मगर तभी टैंट से शोर गूंज उठता है। क्या अपनी आलिया की ग़ैरमौजूदगी से फ़िक्रमंद मामून उसे देखने गया था, क्या उसे फ़र्श पर पड़ा नीला बुर्क़ा मिल गया होगा और उसने शोर मचा दिया होगा? प्रिया को अपनी बेवक़ूफ़ी पर ग़ुस्सा आता है। ओह, मैंने उसे किसी कुर्सी के पीछे छिपाने का क्यों नहीं सोचा, मैं उसे अपने साथ ही क्यों नहीं ले आई? रात में किसी के चिल्लाने की आवाज़ आती है। रुक जाओ वर्ना मैं गोली मार दूंगा। प्रिया धीरे से जामिनी से तेज़ चलने को कहती है। एक गोली सन्न से उसके कान के पास से निकलती है। जामिनी चीख़ती है और लड़खड़ा जाती है, अब वो बजरी पर गिर गई है। प्रिया ज़ोर से उसे खींचती है, लेकिन उसे दिख रहा है कि वो निकल नहीं पाएंगी। टैंट से चींटियों के दल की तरह सैनिक निकल रहे हैं।

अचानक एक जोड़ी दूसरी बाज़ुओं ने जामिनी को उठा लिया है और उसे ले चलती हैं। अमित।

भागो, भागो। अरशद ने उन्हें देख लिया है। वो जीप को स्टार्ट करता है। और गोलियां, जामिनी ज़ोर से चीख़ती है, लेकिन वो जीप तक पहुंच गए हैं। शरीफ़ उन्हें पीछे की सीट पर खींच लेता है। अरशद बिना

हैडलाइट्स के ड्राइव कर रहा है, उसने तेज़ी से एक मोड़ लिया और सड़क से उतरकर रुक गया है, शायद इस तरह वो उन गाड़ियों से बच सकें जो यक़ीनन पीछा करेंगी, शुक्र है कि बादल हैं, शायद वो पेड़ों के पीछे छिपे रह सकें। ओह चालाक अरशद! उनका पीछा कर रहा ट्रक धड़धड़ाता हुआ सड़क पर आगे बढ़ जाता है। अरशद शांति से इंतज़ार करता है हालांकि प्रिया डर के मारे बेदम है। वो उन सवालों को मन में ही रखने के लिए अपने होंठ काटती है जिनका कोई जवाब नहीं है। अगर मोड़ पर दूसरा ट्रक आ गया तो? अगर सैनिकों ने उन्हें देख लिया तो? आख़िरकार अरशद फिर से जीप को स्टार्ट करता है। गंवाए हुए वक़्त की भरपाई करने, ज्वार उतरने से पहले नदी तक पहुंचने की कोशिश करने के लिए अब उसे पेड़ों के बीच से होते हुए बहुत तेज़ी से ड्राइव करना होगा। प्रिया सामने वाली सीट को कसकर पकड़ लेती है; वो प्रार्थना करती है कि वो किसी गड्ढे में न गिरें। जामिनी कराहती है, वो प्रिया को दिखाती है कि गोली उसकी बांह को कहां छूती गई थी, जो अब ख़ून से भर गई है। प्रिया पट्टियों से भरा अपना बैग निकालती है, अंदाज़े से छूकर उसे बांधती है। फ़िलहाल तो इससे काम हो जाएगा, ये इतना भी बुरा नहीं है, एक बार हम नाव पर पहुंच जाएं, फिर मैं इसे दोबारा देख लूंगी। अरशद कह उठता है, सुब्हानअल्लाह, शायद हमने उन्हें ग़च्चा दे दिया है।

तभी अमित गिर पड़ता है।

अंधेरे में भी प्रिया उसकी पीठ पर चिपचिपा गीलापन देख लेती है। ये तो बहुत सारा ख़ून है। ये ज़रूर बड़ा घाव है। उसके हाथ कांपने लगते हैं। ये आह उसके अपने मुंह से निकली है, या जामिनी की है? वो गोली घुसने की जगह ढूंढ़ने की कोशिश करती है, लेकिन इस मनहूस अंधेरे में तलाश नहीं पाती। उसकी उंगलियां ख़ून में डूब जाती हैं, वो चिल्लाकर रौशनी करने को कहती है, अरशद एक टॉर्च दिखाता है। वो अमित की शर्ट फाड़ देती है। घाव उससे कहीं ज़्यादा बुरा है जितना उसने सोचा था। वो बहुत ख़ून गंवा रहा है। उसके पास जितनी पट्टियां हैं, वो उन सबसे घाव को दबाती है। क्या गोली फेफड़े में लगी है? लेकिन उसका मेडिकल ज्ञान अंधेरे में काफ़ूर हो गया है, और बस डर पीछे रह गया है। जामिनी सुबक रही है, भद्दी कर्कश आवाज़ में। प्रिया अपना सारा आत्मनियंत्रण लगाकर

ख़ुद को उस पर चिल्लाने से रोकती है। अमित का ख़ून अभी भी बह रहा है, हालांकि अब बहुत कम हो गया है। वो अपनी साड़ी से पट्टियां फाड़ती है और उन्हें उसके सीने पर बांध देती है, वो उसे सीट पर लिटा देती है और घाव को अपने हाथ से दबाती है। मेरी जान, मेरी जान, हिम्मत रखो।

वो उसका नाम बुदबुदाता है। अगर ये बोल सकता है तो यक़ीनन उम्मीद है। प्लीज़। प्लीज़। नाव तक पहुंचने के सारे रास्ते वो प्रार्थना करती रहती है हालांकि उसे ये पता नहीं था कि वो किससे याचना कर रही है।

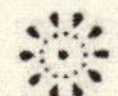

अब वो नदी पर हैं, लहरें नाव के सामने के हिस्से पर ज़ोरों से टकरा रही हैं, नाव ज्वार और हवाओं के ख़िलाफ़ बल लगा रही है तो मोटर पर दबाव पड़ रहा है। गंभीर हामिद ने अपना सारा ध्यान सामने मौजूद काम पर लगा रखा है; उसने पूरी ताक़त से पतवार को पकड़ा हुआ है; फिर भी नाव को समुद्र में खिंचने से रोकना मुश्किल हो रहा है। वो दलदल की देवी बोन बीबी से दुआ मांगता है। परी जो पहले कभी पानी पर नहीं गई है, डर के मारे समीरा को कसकर पकड़ के डोलती नाव के फ़र्श पर सिकुड़कर बैठ जाती है। समीरा ने दूध पी लिया है, उसके कपड़े बदल गए हैं, तो अब वो अच्छे मूड में है, उसे ये हिचकोले पसंद आ रहे हैं, बीच-बीच में वो किलकिला उठती है। वो उत्सुकता से अपने चारों ओर देखती है, फिर अपने अंगूठे पकड़ लेती है। हाल ही में उसने अपने पैरों को खोजा है और वो उन पर लट्टू है। कितनी ख़ुशक़िस्मत है ये, प्रिया सोचती है, इसे ये कुछ भी याद नहीं रहेगा।

हतप्रभ आंखों वाली दीपा नदी के प्रचंड अंधेरे को घूर रही है। जब उसने अमित को जीप से लाए जाते देखा तो वो नीचे गिर पड़ी और ज़मीन पर अपना सिर मारने लगी। ये सब मेरा किया-धरा है, मैं ही मनहूस हूं, मैं उन सबको तबाह कर देती हूं जो मेरे नज़दीक आते हैं, मुझे तुमसे मदद कभी मांगनी ही नहीं चाहिए थी। उसकी आवाज़ तेज़ हो गई थी, वो बुरी तरह कांपने लगी और बेक़ाबू हो गई। प्रिया को उसे रोकने के लिए उसे ज़ोर से थप्पड़ मारना पड़ा, उसे सख़्त आवाज़ में कहना पड़ा, ख़ुद पर क़ाबू करो। इस सबके साथ अब हम तुम्हारा ये रोना-धोना नहीं झेल सकते।

अब दीपा मुड़कर ढाका की ओर देखती है जहां रज़ा दफ़्न है, जहां उसकी क़ब्र की देखरेख करने के लिए वो कभी वापस नहीं आएगी। नाव पर चढ़ने से पहले वो शरीफ़ और अरशद से लिपटकर रोई थी। उसके पास जितने भी पैसे थे, वो सब उसने उन्हें दे दिए। लेकिन आप उन लोगों का अहसान कैसे चुका सकते हैं जिन्होंने आपके लिए अपनी जान जोखिम में डाली है, जिन्हें अब बरसों के लिए कोरेल की झोपड़पट्टी में ग़ायब हो जाना होगा, क्योंकि मामून बहुत बदलख़ोर इंसान है।

आदमियों ने अमित को तख़्ते पर लिटा दिया था ताकि प्रिया उसकी जांच कर सके। उसने देखा कि गोली उसके अंदर से निकल गई थी। पीठ के साथ-साथ सीने से भी ख़ून बह रहा था, क्षति उससे कहीं ज़्यादा थी जितना पहले प्रिया को लगी थी। अंधेरे में, बिना मेडिकल उपकरणों के वो उसके लिए ज़्यादा कुछ नहीं कर सकती थी। उसके घावों को दबाने के लिए अब उसके पास गॉज़ भी नहीं बचा था; केवल बुर्क़ा पहने हुए उसने अपनी साड़ी उतार दी, जितनी भी वो बची थी, उसकी पट्टियां फाड़ीं और जितना अच्छे से उसकी मरहमपट्टी कर सकती थी, वो कर दी। जब जामिनी ने, जिसने एक शब्द भी नहीं बोला था, प्रिया को अपनी साड़ी थमाई, तो उसने उसे भी फाड़ दिया। अमित दर्द से कराह रहा था। वो और बर्दाश्त नहीं कर पाई और उसने उसे मॉर्फ़ीन का इंजेक्शन दे दिया हालांकि वो जानती थी कि इतना ख़ून बह जाने की हालत में ये ख़तरनाक था।

अब वो शांत लेटा है, उसका हाथ प्रिया के हाथ में है, वो बेहोशी में डूब-उतरा रहा है। उसकी नब्ज़ अनियंत्रित है, दिल की धड़कन भी बहुत तेज़ है। उसके पैरों को तख़्ते के किनारे से टेढ़ेपन से लटके देखकर प्रिया को परेशानी हो रही है, हालांकि ये बचपना है, है ना, जबकि वो कहीं बड़ी परेशानियों में घिरा है। प्रिया उसके चेहरे, उसकी आंखों को चूमती है। नबकुमार ने एक बार उसे बताया था कि प्रियजनों की आवाज़ों से मरीज़ों को ज़िंदा रहने में मदद मिलती है, इसलिए वो अमित से बात करती रहती है। जब उसे समझ नहीं आता कि क्या कहे, तो वो रात का ब्योरा देने लगती है: हवाएं तेज़ हो गई हैं, दूर बिजली चमकी है, एक काला लट्ठा तैर रहा है जो शायद घड़ियाल हो सकता है। पीली पड़ी, ख़ामोश, सूखी आंखें लिए जामिनी नाव के फ़र्श पर बैठी उसके पांव मल रही है। जीप में उसने अमित

से पूछा था कि तुमने ऐसा क्यों किया और दर्द के बीच भी मुस्कुराते हुए अमित ने कहा था, क्योंकि तुम मेरी पत्नी हो।

मॉर्फ़ीन का असर कम हो रहा है। अमित अपनी आंखें खोलता है, कराहता है। उसे पानी चाहिए। अमेरिका में प्रिया ने सीखा था कि इस हालत में किसी मरीज़ को पानी नहीं देना चाहिए, इससे उल्टी आ सकती है। लेकिन ये बहुत निर्मम प्रतीत होता है। वो उसके होंठों से बोतल लगा देती है हालांकि उसमें बस घूंट भर पीने की ही ताक़त है। वो उसे क़रीब बुलाता है।

'मुझे ग़लतफ़हमी थी,' वो धीरे से कहता है। 'हम दोनों को ही।'

'क्या मतलब है तुम्हारा?'

वो ताक़त इकट्ठा करने को रुकता है। 'याद है उस रात नबो काका ने क्या कहा था?'

'हां,' वो कहती है, उस याद पर हिचकिचाती सी: एक दूसरा मरणासन्न पुरुष जिसे वो प्यार करती थी। 'उन्होंने कहा था, *ध्यान रखना—*'

'हमने सोचा था उनका मतलब था *ध्यान रखना मेरे परिवार का।* मुझे लगा उन्होंने ये मुझसे कहा था—'

'और मुझे यक़ीन था वो मुझसे कह रहे थे। मुझे अफ़सोस है इसे लेकर मैं तुमसे लड़ी थी।' कितने अड़ियलपन से प्रिया अपनी ख़ुद की और अमित की भी ख़ुशी के रास्ते में खड़ी हो गई थी। अगर उसे दूसरा मौक़ा मिलता है, वो सोचती है, तो वो इसे भिन्न तरीक़े से करेगी। लेकिन मौक़ा तो हाथ से फिसलती रेत की तरह है, और वो अमित के हाथों को ठंडा होते महसूस कर पा रही है।

अमित की सांस उखड़ रही हैं; वो शब्दों के बीच हांफ़ रहा है। 'काका का ये मतलब नहीं था। उनका मतलब था, *ध्यान रखना एक दूसरे का।*' वो अपनी मुस्कान में उन सबको शामिल कर लेता है: उत्सुक और प्राणहीन जामिनी, शोकाकुल दीपा, समीरा जो सो गई है, नाव के डगमगाने पर चिल्लाती परी, अपनी पूरी ताक़त से पतवार को पकड़े हामिद। रात का एक पंछी नाव के ऊपर से उड़ता है, उदासी भरी आवाज़ में चिल्लाता।

प्रिया इस अथाह सटीक सच को कैसे चूक गई थी? *ध्यान रखना*

एक दूसरे का। लज्जित होकर वो कहती है, 'तुम ठीक कहते हो।'

उसका चेहरा पीड़ा से विकृत हो गया है। फिर भी, वो एक भौंह उठाता है। 'कभी नहीं सोचा था कि मैं तुम्हें ये कहते सुनूंगा।'

उसे और पीड़ा भोगने देने में कोई तुक नहीं थी। वो उसे मॉर्फ़ीन की एक डोज़ और दे देती है। वो चुंबन के लिए उसके होंठों पर अपने होंठ रख देती है। वो अपना सिर उसके कटे-फटे सीने पर रख देती है।

उसकी आवाज़ डूब रही है। 'अब हम कहां है, पिया?'

वो उसे अपनी बांहों में ले लेती है। वो कहती है, 'तुम मेरे साथ हो। हम घर पर हैं।'

फिर से सरसी नदी, फिर से जलते हुए घाट, फिर से मंत्र पढ़ता पुरोहित। इस बार, मगर, गंदला किनारा शोकाकुलों से भरा है हालांकि दुख में डूबे सोमनाथ ने किसी को ख़बर नहीं दी थी। शायद उन्होंने हामिद से प्यार और बचाव की, बहादुरी और त्रासदी की ये कहानी सुनी होगी। कम से कम आज तो हिंदू-मुस्लिम शांति से साथ-साथ खड़े हैं।

वो सारी रात जगे इंतज़ार करते रहे होंगे, सोमनाथ, मनोरमा और बीना। हामिद ने चौधरी बाग़ के पीछे अपनी नाव लगाई ही थी कि प्रिया ने उन्हें लालटेनें झुलाते केले के बाग़ के पास वाली ऊबड़-खाबड़ पगडंडी पर आते देखा। मनोरमा के विलाप ने कोहरे को चाक कर दिया था। 'मेरा लाड़ला, मेरा बहादुर, मेरा सोने सा बच्चा। तुमने इसे मार डाला, अभागी लड़कियो! हे भगवान, उसे तुम लोगों के चक्कर में कभी पड़ना ही नहीं चाहिए था।'

बीना धरती पर धंस गईं लेकिन सोमनाथ की आवाज़ सख़्त थी। 'शर्म करो, मनोरमा। क्या तुम ये पसंद करतीं कि नबो की बेटी की मदद की पुकार को नज़रअंदाज़ करके अमित घर में सुरक्षित और दुबका हुआ बैठा रहता? वो ज़िंदा तो रहता, मगर किस क़ीमत पर?' उन्होंने हामिद को भेजा कि नौकरों को उठाए, उनसे शव को घर में लाने को कहे। फिर उन्होंने अपने हाथ फैलाए। 'आओ, मेरी बच्चियो।' बस प्रिया ने ही बाद में, अपने

बेडरूम के बंद दरवाज़ों के पीछे उन्हें रोते देखा, उनका शरीर दुख से इतना टूट गया था कि उसे डर लगा कि वो शायद इससे कभी उबर नहीं पाएंगे। लेकिन अपने ख़ुद के भीतर कहीं वो पहले से ये निर्मम सच जानती थी: टूटे दिल की वजह से कोई इतनी आसानी से नहीं मरता।

अब शव को दाग देने का समय है। पुजारी सोमनाथ की ओर मुड़ता है। उसके पास इस क्रूर, अस्वाभाविक अनुरोध के लिए शब्द नहीं हैं: एक पिता द्वारा अपने बेटे को परलोक भेजने के। लेकिन सोमनाथ आगे बढ़ते हैं, एक बार फिर से शांत। वो कहते हैं, 'मैं इन लड़कियों के साथ ये करूंगा जो अब मेरे बेटे भी हैं और बेटियां भी।'

एक साथ वो चिता को अग्नि देते हैं।

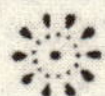

ओह मायावी समय। रानीपुर में ये रिसता है; फ़िलाडेल्फ़िया में उड़ जाता है। फ़ाइनल परीक्षाएं अब पुराना भयंकर सपना बन चुकी हैं, क्रिसमस की झालरों की तरह छुट्टियां सहेज दी गई हैं, नया सेमेस्टर तेज़ी से आगे बढ़ रहा है, जैसे पॉल रिवियर आधी रात को घोड़े पर सरपट गया था। तो एक शाम को प्रिया ख़ुद को अमित के ख़ाली बिस्तर से बाहर निकालती है जहां वो अपना अधिकांश दिन बिताती है, जामिनी नीचे एक छोटे कमरे में चली गई है। वो सोमनाथ के पास जाती है, और उसके चेहरे को देखकर वो कहते हैं *हां*। वो दोनों जानते हैं कि दूसरा व्यक्ति कितना अकेला हो जाएगा। केवल अपने बीच ही वो अमित की उस रूप में बात कर सकते हैं जैसा वो था, ज़िद्दी, अड़ियल, कोमल, ग़ुस्सा दिलाने वाला; बाक़ी सबने तो उसे संत बना दिया है।

वो उसकी अमेरिका यात्रा के ख़र्च का हिसाब लगाते हैं। 'मैं मुंशीजी को ख़बर कर दूंगा कि कलकत्ता के घर को बेचने की कोशिश करें,' वो कहते हैं।

व्यथित प्रिया उनसे कहती है कि ऐसा न करें, निश्चय ही कोई दूसरा रास्ता होगा, ज़मीनों से होने वाली आय कम हो गई है, हां, लेकिन शायद वो कोई ऋण ले सकती है, उन्हें ज़मानती बनाकर, ये संभव होना चाहिए। 'एक बार मैं ग्रेजुएट हो जाऊं, तो कुछ समय अमेरिका में ही काम करूंगी।

वहां मैं जल्दी पैसा कमा सकती हूं, मैं ऋण वापस चुका दूंगी।'

वो कंधे उचकाते हैं। 'उस मक़बरे में कौन रहेगा? वैसे भी मुझे तो वो कभी पसंद था ही नहीं।'

उस रात डिनर पर सोमनाथ और प्रिया परिवार को उसके जाने की योजना के बारे में बताते हैं। अपने-अपने दुख में लिपटी मनोरमा और दीपा उसके जाने से दुखी हैं लेकिन उसके फ़ैसले पर चकित नहीं हैं। बीना बुदबुदाकर शुभकामनाएं देती हैं, लेकिन उनका ध्यान समीरा पर है जो पास ही एक रज़ाई पर लेटी टांगें चला रही है, समीरा जो किसी भी पल पलट सकती है क्योंकि उसने हाल ही में ये करना सीखा है। आजकल बीना का ध्यान हमेशा समीरा पर रहता है, भले ही बच्ची का ध्यान रखने के लिए परी है। प्रिया इससे ख़ुश है।

फिर जामिनी कहती है, 'घर को रहने दें। इसके बजाय मेरे ज़ेवर बेच दो, जितने की भी तुम्हें ज़रूरत है।' जब मनोरमा कसमसाती हैं, तो वो ज़ोर देकर कहती है, 'ये मेरे हैं, है ना?' वो सीधे मनोरमा की आंखों में देखती है जब तक कि वृद्धा बेमन से हामी नहीं भर देतीं। हिचकिचाती प्रिया से जामिनी एक पत्नी के अधिकार से कहती है, 'वो भी यही चाहते।'

उस रात वो प्रिया के कमरे में एक डिब्बा लाती है और उसे सतलड़ा हार, तगड़ी, रूबी जड़े कान के बुंदे देती है। आख़िर में वो प्रिया की कलाई में वो कंगन पहना देती है जो अमित ने उसे तोहफ़े में दिया था। दोषारोपण, माफ़ी और शोक की निरर्थकता को दरकिनार करते हुए बहनें ख़ामोशी से एक दूसरे को गले लगाती हैं।

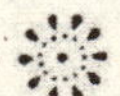

कलकत्ता के घर में पत्र और तार प्रतीक्षारत हैं।

दो एक से तार आर्थर के हैं, हफ़्तों पुराने। *प्लीज़ जल्दी से जल्दी वापस आ जाओ वर्ना तुम्हें अपनी फ़ाइनल परीक्षा में नहीं बैठने दिया जाएगा। मुझे अपनी वापसी की तारीख़ बताओ ताकि मैं यूनिवर्सिटी को सूचित कर दूं।*

एक पत्र यूनिवर्सिटी कमेटी का है, जुलाई के शुरू में भेजा हुआ।

वो उसकी छुट्टी और नहीं बढ़ा सकते। वो बहुत लंबे समय से गई हुई है और उसने बहुत सारी कक्षाएं मिस कर दी हैं। स्पष्ट रूप से अपनी शिक्षा उसके लिए उतनी प्राथमिकता नहीं है जितनी उन्हें अपेक्षा थी। उन्होंने उसकी जगह किसी और स्त्री को अनुमति दे दी है। वो उसके भविष्य के लिए मंगलकामना करते हैं। उनका लहजा विनम्र, कठोर और अंतिम है।

एक दूसरा पत्र, आर्थर का, एक हफ़्ते बाद भेजा गया था।

माई डियरेस्ट प्रिया,

मेरे दो तारों के बावजूद तुम्हारी लंबी चुप्पी से मैं फ़िक्रमंद हूं। साफ़तौर पर वो तुम तक नहीं पहुंचे हैं, इससे मुझे और ज़्यादा फ़िक्र हो रही है।

उम्मीद है तुम और तुम्हारे प्रियजन कुशल से होंगे।

मुझे अफ़सोस है; मैंने अपनी पूरी क्षमता से यूनिवर्सिटी से तुम्हारे केस की पैरवी की थी, मगर मैं नाकाम रहा। इसके बावजूद, मैं तुमसे वापस आने की गुज़ारिश करता हूं। तुम्हारे जाने के बाद मैंने जाना कि तुम मेरे लिए क्या मायने रखती हो। क्या ये महज़ मेरा ख़्याल है कि मैं भी तुम्हारे लिए कुछ मायने रखता होऊंगा? जाने से पहले तुमने कहा था कि जब तुम वापस आओगी, तो पुराने मामलों को निपटा चुकी होगी। उम्मीद है इस सिलसिले में तुम कामयाब रही होगी।

अगर तुम्हारी भी यही इच्छा है, तो मैं चाहूंगा कि तुम्हारे आते ही हम शादी कर लें। यहां दूसरे मेडिकल कॉलेज भी हैं। मुझे यक़ीन है तुम उनमें से किसी में एडमीशन पा लोगी और डॉक्टर बनने का अपना सपना पूरा करोगी। मैं वादा करता हूं कि इसके हर क़दम पर मैं तुम्हारी मदद करूंगा। उसके बाद, अगर तुम चाहो, तो मेरी प्रेक्टिस में जुड़ सकती हो और हम साथ काम कर सकते हैं। मैं सोच नहीं सकता कि मैं इससे ज़्यादा कुछ चाहूंगा।

प्लीज़ मुझे तार कर देना। मैं तुम्हें लेने न्यूयॉर्क आ जाऊंगा।

तुम्हारा,

आर्थर

वो पत्र लिए बाग़ में बैठी रही जब तक कि दिन शाम में नहीं ढल गया और आर्थर की सधी, नपी-तुली लिखाई पढ़ना उसके लिए मुमकिन नहीं रहा। एक भले आदमी ने उसकी सभी समस्याओं का हल भेजा है, ऐसे आदमी ने जिसने कुछ ही समय पहले उसके दिल को धड़काया था। उसे शुक्रगुज़ार होना चाहिए; बेशक, वो शुक्रगुज़ार है। फिर ये दुविधा क्यों?

सफ़ाई में कोई शब्द नहीं उभरा, बस कुछ छवियां इतनी तेज़ी से उसके सामने कौंधी कि उसका सिर घूमने लगा। इसी बाग़ में उसके बालों में लगाने के लिए गुलाब तोड़ता अमित; उसकी कलाइयों में कंगन पहनाता अमित; अपना चेहरा घुमाता, कठोर आवाज़ में कहता अमित *तुम चाहती हो मैं किसी पालतू कुत्ते की तरह तुम्हारे पीछे-पीछे अमेरिका चला आऊं;* अपनी हठीली चुप्पी के लिए माफ़ी मांगता अमित; जामिनी से ख़ुद को मुक्त करने, प्रिया के साथ प्यार भरा जीवन जीने का सपना देखता अमित; नदी पर अमित, ख़ून से भरा उसका सीना, धुंधलाती आंखें, पूछता हुआ कि हम कहां हैं।

तुम मेरे साथ हो, हम घर पर हैं।

उस रात जब तूफ़ान उनकी नाव को डुलाए दे रहा था और हवा उनके कानों में सांय-सांय कर रही थी, उसने जो शब्द कहे थे वो अभी भी सच हैं, भले ही वो ये चाहे या न चाहे। और चूंकि प्रिया लोगों का इस्तेमाल नहीं कर सकती, तो वो उसे नहीं ले सकती जहां उसके पास देने को कुछ न हो, उसे आर्थर को लिखना होगा। *मैं तुम्हारे नेक प्रस्ताव, तुम्हारी उदारता, तुम्हारे प्यार के लिए दिल से शुक्रगुज़ार हूं लेकिन मैं किसी के लायक़ नहीं हूं, मैं ख़ालीपन से भरी खोखले बांस जैसी हूं। मैं तुम्हें ख़ुशी नहीं दे पाऊंगी।*

वो ये पत्र दरबान को दे सकती थी, लेकिन ख़ुद ही सड़क पर निकल गई। जब उसने लैटरबॉक्स के खुले लाल मुंह में इसे डाला, तो उसे चक्कर सा आ गया। ऐसा ही उसने पूर्वी बंगाल के रास्ते में महसूस किया था जब नाव ने इछामती का आधा रास्ता पार किया था, जब वो जान गई थी कि

अब वापसी नहीं है।

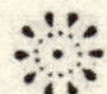

अगली सुबह प्रिया क्लिनिक जाती है और अब्दुल्लाह से उसे काम पर रखने को कहती है।

अब्दुल्लाह ख़ुशी से तैयार हो जाते हैं। सुबह से रात तक एक के बाद एक मरीज़, और औरतें ज़्यादा क्योंकि ख़बर आम हो गई है कि अब क्लिनिक में एक डाक्टरनी है जिससे बिना किसी शर्म के ज़नाना परेशानियों पर बात की जा सकती है। हिंदू भी ज़्यादा हो गए क्योंकि बीमारों में भी वरीयताएं और पूर्वाग्रह होते हैं। ख़ुशक़िस्मती से सोचने के लिए वक़्त नहीं है; वो रोज़ाना रात में इतनी थकी हुई बिस्तर पर पड़ती है कि सपने भी नहीं आते।

प्रिया ने अब्दुल्लाह को पूर्वी बंगाल में अपने बचाव अभियान की तफ़्सील नहीं बताई है, और उसके चेहरे को देखकर उन्होंने पूछा भी नहीं। लेकिन वो उन्हें समीरा के बारे में बताती है, जब कोई उसे गुदगुदाए तो कैसे बच्ची अपने सारे शरीर से कुलबुला जाती है, जब वो मुंडेर पर किसी चिड़िया को, या दीवार पर छिपकली को देखती है तो कैसे ज़ोर से हंस पड़ती है, कैसे उसने दादा कहना सीख लिया है और जब वो सोमनाथ को देखती है तो कैसे अपनी बांहें फैला देती है। अब्दुल्लाह अपनी आंखें पोंछते हैं और कहते हैं कि वो जानते हैं कि दीपा के लिए उनसे मिलने आना सुरक्षित नहीं है, ग़लत लोगों तक ख़बर पहुंच सकती है। इसलिए वो रानीपुर जाएंगे, हां, अपनी ज़िंदगी में पहली बार, और अपनी पोती को देखेंगे, क्योंकि सारे मज़े अकेले सोमनाथ ही क्यों लें। अगर सलीमा मदद करे तो क्या प्रिया कुछ दिन क्लिनिक संभाल लेगी?

प्रिया मुस्कुराती है। अमित की मौत के बाद पहली बार वो मुस्कुराई है। 'बेशक मैं संभाल लूंगी,' वो कहती है।

अब काम का पहिया और तेज़ी पकड़ गया है, अब सांस लेने का भी वक़्त नहीं है। काटो, सियो, बांधो। अस्थिर दिल, गड़गड़ाती आंतों, घरघराती, मुश्किल से आती सांसों को सुनो। यहां पपड़ी जमी आंख है, तिल्ली पर सूजन है, एक टांग मवाद से इतना सूज गई है कि उसे तुरंत चीरा

लगाना होगा। सोने के बुंदे बेच दो ताकि पर्याप्त एंटीबायोटिक्स, वैक्सीन, पट्टियां, कीटाणुनाशक, दर्द की गोलियां, खांसी के मिक्स्चर, और बहुत बड़ी आंखों वाले बेहद मरियल बच्चों को देने के लिए फल-बिस्कुट हों। एक दूसरे में गड्डमड्ड होते कृतज्ञ चेहरे। *डाक्टर दीदी, धोनोबाद, शुक्रिया।* काश उन्हें पता होता कि बचा तो वो लोग उसे रहे हैं।

फिर भी एक कांटे की तरह ये अहसास उसे कोंचता रहता है: वो कितना कुछ नहीं जानती है। ऐसे भी दिन होते हैं जब बीमार उसके पास आते हैं और उसे उन्हें वापस भेजना पड़ता है क्योंकि वो समझ ही नहीं पाती कि उन्हें क्या रोग है। हां, अब्दुल्लाह वापस आएंगे, हालांकि अभी कुछ समय नहीं; उन्होंने एक पत्र भेजकर कहा है कि उन्हें देर लगेगी। वो अभी अपनी पोती-भानजी को छोड़कर नहीं आ सकते, वो अच्छे दोस्त बन गए हैं, सोमनाथ जल-भुन रहे हैं। *तुम यक़ीन नहीं करोगी, समीरा बिल्कुल वैसी दिखती है जैसा रज़ा उस उम्र में दिखता था। इसमें सारी उसकी आदतें हैं। वो अपने हाथ को गर्दन में घुसाकर पेट के बल सोती है जैसे बचपन में वो सोता था। तुम्हारी मां ने उसके लिए बहुत ख़ूबसूरत रज़ाई बनाई है। वो एक पल को भी उसे नहीं छोड़ती।*

हां, जब अब्दुल्लाह वापस आएंगे तो प्रिया को वो सब सिखाएंगे जो उन्हें आता है। लेकिन ये काफ़ी नहीं है। वो आकांक्षा से विचलित हो रही है: काश कोई तरीक़ा होता कि वो उपचार की नवीनतम पद्धतियां, मौजूदा प्रक्रियाएं, नवीनतम विज्ञान सीख पाती।

जामिनी का पत्र आता है, आश्चर्य।

बहन, मैं गर्भ से हूं। मुझे कलकत्ता आना और ख़ुद तुम्हें बताना चाहिए; यही करना उचित भी होता। लेकिन इससे मुझे बहुत ज़्यादा तकलीफ़ होती और बच्चे को भी नुकसान हो सकता था—और मैं ये जोखिम नहीं ले सकती। इसके बाद वो खेदपूर्ण स्पष्टीकरण देती है कि ये कैसे उन तीन प्रेमहीन रातों में हुआ था जो उसने अपने वैवाहिक अधिकार के रूप में मांगी थीं। *मैं तुम्हें बताना चाहती हूं कि उन्होंने ये बस एक फ़र्ज़ के तौर पर किया था। वो पल भर को भी मेरी ओर आकर्षित नहीं हुए थे।*

उनके दिल में हमेशा तुम ही थीं, वो हमेशा तुम्हारे प्रति निष्ठावान थे।

प्रिया इस पर विश्वास करती है; उसने नाव में अमित की आंखों को देखा था, उसके अंतिम शब्दों को सुना था। फिर भी वो बार-बार उन तीन रातों की, बिस्तर में दो बदनों की कल्पना करने से ख़ुद को रोक नहीं पा रही है। इससे उसका जी मिचला जाता है, उसे उल्टी हो जाती है, और अपने ख़ाली गर्भ के साथ क्या ये उसके लिए कटुतम विडंबना नहीं है। वो आराम नहीं कर पाती, हालांकि वो थकी हुई है, वो घंटों कलकत्ता के बंगले में टहलती रहती है, वो ग़ुस्से से, जलन के ताप से, उन सब चीज़ों की नाइंसाफ़ी से बौखला रही है जिन्हें ज़िंदगी ने उससे छीनकर कहीं और जमा कर दिया है। नींद से कोसों दूर वो जामिनी को इतनी कठोर बातें लिखती है जितनी सोच सकती है, घिनौने, ज़हर बुझे विशेषण। भोर से पहले के भारी घंटों में थकान से बेहाल जब वो अपने पत्र को मोड़कर एक लिफ़ाफ़े में डालती है, तो उसे लगता है जैसे उसने अपने पिता की आवाज़ सुनी हो। *प्रिया तुम इससे बेहतर हो।*

मैं बेहतर नहीं होना चाहती, बाबा। मैं इससे थक गई हूं। बेहतर होने से मुझे क्या मिल गया? इससे आपको क्या मिला?

इतने महीनों में सबसे स्पष्ट रूप से उनका चेहरा, अपनी शांत सज्जनता के साथ उसके मन में उभरता है। *जीवन केवल पाने के लिए नहीं है, बेटी।*

धीरे-धीरे उस पर चढ़ा ग़ुस्से का ज्वार उतरने लगता है; रह जाती है तो जामिनी के पत्र की आख़री पंक्ति। *मैं जानती हूं तुम मुझसे नाराज़ हो, प्रिया। तुम्हें इसका पूरा अधिकार है। लेकिन ये सोचो। हमें लगा था अमित को हम पूरी तरह खो चुके हैं, हमेशा के लिए। लेकिन इस शिशु में, उसका एक हिस्सा हमेशा जीवित रहेगा।*

उसमें इतनी ईमानदारी है कि वो अपनी बहन के शब्दों के सच को मान सके। वो अपने लिखे पत्र को अपनी मुट्ठी में भींच लेती है।

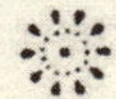

जन्म और मृत्युः एक दूसरे की पूंछों को निगलते सांप। एक पिता उस बच्चे

के लिए दुनिया में जगह बनाने को मर जाता है जो आने वाला है। जब एक राष्ट्र ने जन्म लिया है, तो कितनों को मरना होगा?

शाम के समाचारों में उद्घोषक रो रहा है, बेदम है और अविश्वास से भरा है। उसे बीच में ही प्रसारण से हटना पड़ता है, और किसी और को उसकी जगह लेनी होगी, क्योंकि दिल्ली में जब राष्ट्रपिता एक प्रार्थना सभा की ओर जा रहे थे तब उन्हें एक नाथूराम गोडसे, *हिंदू राष्ट्र* के संपादक, ने गोली मार दी थी। गिरते हुए बापू ने कहा था, *हे राम।* सुनते ही प्रिया हतप्रभ रह जाती है। उनके बारे में कहानियां सुनकर बड़े होते हुए उसके बाल-मन ने ये विश्वास कर लिया था कि महात्मा गांधी, जो उसके पिता से बड़े थे, उन सभी से बड़े थे जिन्हें वो जानती थी, हमेशा जीवित रहेंगे। अब कुछ ही पलों में उनका जीवन समाप्त हो गया है, और नेहरू रो रहे हैं, वो कह रहे हैं *हमारे जीवन से प्रकाश चला गया है और चारों ओर अंधकार फैल गया है।* कमरे में वो लोग भी रो रही हैं। प्रिया और शेफाली, और लाहौर से आई बन्नो जो अंधकार को पहचानती है। सारे देश में लोग रो रहे हैं, वो कई दिनों तक रोएंगे, उस इंसान के प्यार में दंगे भड़केंगे जिसने सारी ज़िंदगी शांति के लिए प्रार्थना की थी, शहर जलेंगे। लेकिन क्योंकि संतों के भी दुश्मन होते हैं, तो कुछ लोग ख़ुश होंगे, गुपचुप वो कहेंगे चलो छुटकारा मिला, उन्हें मुसलमानों से बहुत प्रेम था, उन्हीं की वजह से देश के दो टुकड़े हुए थे।

ये सब प्रिया को पता लगता है जब अगले कुछ दिन वो जैसे नींद में चलते हुए क्लिनिक में वो सब करती है जो किया जाना चाहिए। दिन-रात वो रेडियो चलाए रखती है, हालांकि वो नहीं जानती कि किसलिए। शायद वो ये समझना चाहती है कि इस तरह की आपदाएं क्यों होती हैं, शायद ये देखने के लिए कि नबकुमार उसे जो बताया करते थे क्या वो सच है; बुराई से अच्छाई उभरती है। तिरंगे में लिपटे गांधी जी के शव के साथ पांच लाख लोग यमुना नदी के किनारे श्मशान घाट तक गए थे। विमानों ने उनकी चिता पर गुलाब की पंखुडियां बिखेरी थीं। भारत के सभी नेता अपना दुख व्यक्त करने एकजुट हुए थे; दुनिया भर से राजा-रानियां, राष्ट्रपति और प्रधानमंत्री, लेखक और वैज्ञानिक शोक-संदेश भेज रहे हैं। *भाईचारे और शांति की ख़ातिर एक महामानव मृत्यु को प्राप्त हुआ है। उनका सर्वोच्च*

बलिदान राष्ट्र की अतंरात्मा को जगाएगा। हज़ार साल बाद भी, उनका प्रकाश इस देश में देखा जाएगा, और दुनिया इसे देखेगी और ये असंख्य हृदयों को शांति प्रदान करेगा। बस लंगोटधारी एक बूढ़ा आदमी—मगर फिर भी जब उनकी मृत्यु हुई तो मानवता रो उठी। हम उनके योग्य बनें।

और फिर, जब वो बंदरगाह में लापरवाही से हुए एक हादसे में घायल एक मज़दूर के सिर के घाव पर टांके लगा रही थी, तो उसने रेडियो पर एक प्रिय आवाज़ सुनी। 'युद्ध में सेनाओं का नेतृत्व करने वाले सभी योद्धाओं से कहीं अधिक महान ये छोटा सा इंसान था, सबसे बहादुर, सबसे अधिक विजयी। मेरे गुरु की आत्मा को शांति न मिले, बल्कि उनकी अस्थियों की राख जीवन और प्रेरणा से इतनी आवेशित हो जाए कि उनकी मृत्यु के बाद पूरा भारत स्वतंत्रता की वास्तविकता में पुनर्जीवित हो उठे। मेरे पिता, हमें आराम न करने देना। हमसे अपनी प्रतिज्ञा पूरी करवाना। हमें शक्ति देना कि हम आपके उत्तराधिकारी, आपके सपनों के रखवाले, भारत की नियति को पूरा करने का अपना वादा पूरा कर सकें।'

सरोजिनी नायडू।

उद्घोषक कह रहा है कि तीन दिन बाद वो कलकत्ता के लोगों से महात्मा के बारे में बात करने आ रही हैं, उस शहर में जो महात्मा को इतना पसंद था कि स्वतंत्रता प्राप्ति का दिन उन्होंने यहां प्रार्थना करते बिताया था। निराशा के मकड़जाल से झटके से बाहर निकली प्रिया ब्योरा लिखने के लिए लपककर अपनी डेस्क पर जाती है: सरोजिनी शाम को तीन बजे मैदान में भाषण देंगी। वो सांप्रदायिक दंगों में विस्थापित औरतों के लिए धन जमा करेंगी, ख़ासकर नोआखाली की औरतों के लिए, जहां 1946 के नरसंहार के बाद गांधी कई दिन रहे थे। इस बार तो पक्का है, प्रिया ख़ुद से वादा करती है, दुनिया चाहे इधर की उधर हो जाए, मगर मैं वहां मौजूद होऊंगी।

उसे क्या रोक सकता है, अब जबकि वो सब उसकी ज़िंदगी से छीन लिया गया है जिसकी उसे परवाह थी?

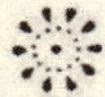

सरोजिनी के भाषण वाले दिन, प्रिया दरवाज़े पर बोर्ड लगा देती है: *क्लिनिक*

दोपहर दो बजे बंद हो जाएगी। उसने वो सारा पैसा ले लिया है जो घर में है; उसने क्लिनिक का पैसा तक ले लिया है जो उसका नहीं है। उसने ये सारा पैसा सरोजिनी को देने का सोचा है। बाद में उसकी भरपाई करने के लिए वो कुछ और ज़ेवर बेच देगी।

दो बजे वो तैयार हो गई है, बाल काढ़कर, चेहरा धोकर, खादी की सफ़ेद साड़ी पहनकर जिसे उत्साहित शेफाली ने उसके लिए इस्त्री कर दिया था। जब वो क्लिनिक के मेन दरवाज़े को ताला लगाती है तो उसका शरीर किसी पंछी की तरह हल्का है; जैसे वो उड़ सकती हो। *बाबा, आप मेरे लिए जो चाहते थे, आख़िरकार वो हो रहा है।*

तभी एक मां अपने बच्चे को उठाए सड़क पर दौड़ी चली आती है। दया करें, डॉक्टर मेमसाब, दया करें।

प्रिया का दिल डूब जाता है। लड़का गिर गया है और उसकी टांग टूट गई है, बहुत बुरा घाव है, पिंडली की टूटी हुई हड्डी बाहर दिख रही है। बच्चा चीख़ता रहता है जब तक कि थक नहीं जाता, और फिर दोबारा चीख़ने लगता है। सलीमा तो पहले ही जा चुकी है, तो प्रिया को ये सब ख़ुद ही करना होगा: दर्द का इंजेक्शन लगाना, घाव को साफ़ करना, हड्डी को जितना उससे हो सकता है उतना सीधा करना, बच्चे को टेटनस का इंजेक्शन लगाना। टांग का जल्दी ही ऑपरेशन करना होगा; क्लिनिक में इसके लिए संसाधन नहीं हैं, न ही वो इस तरह के ऑपरेशन के लिए प्रशिक्षित है। ये जानते हुए कि भीड़ भरे अस्पतालों में ग़रीबों के पहुंचने पर क्या होता है, वो एक टैक्सी बुलाती है; कार सोमनाथ ने बेच दी है। वो मां-बेटे को एक बड़ी क्लिनिक में ले जाती है, ऑपरेशन के लिए एडवांस भुगतान करती है जिसमें उसका काफ़ी सारा पैसा लग जाता है, अधीरता से उस औरत की आंसू भरी कृतज्ञता को झेलती है।

जब तक वो मैदान में पहुंचती है, पांच से ऊपर हो गए हैं। भाषण कब का ख़त्म हो चुका है। होना ही था। उसने क्या उम्मीद की थी? मज़दूर स्टेज खोल रहे हैं, बल्लियां ट्रक में लाद रहे हैं, झंडों को तह कर रहे हैं। क्या सरोजिनी शहर से भी चली गई हैं? वो यहां-वहां दौड़ती किसी ऐसे शख़्स को ढूंढ़ रही है जो उसे कुछ बता सके। आख़िरकार कुर्ता और नेहरू

टोपीधारी एक आदमी को उसकी व्याकुलता पर तरस आ जाता है और वो उसे बताता है कि सरोजिनी शायद बेलियाघाट में हैदरी मंज़िल गई होंगी जहां पिछली अगस्त में गांधी जी एक महीने रहे थे।

फिर से एक टैक्सी जिसका ख़र्च वो बहुत मुश्किल से ही उठा सकती है, फिर से ट्रैफ़िक से भरे शहर के पार जाना, धर्मतला, टांगरा, एंटाली, बोबाज़ार से निकलना, दो बार बंद गलियों में खो जाना। क्या ये ड्राइवर उसके अनजानेपन को भांपकर उसे घुमा रहा है? लेकिन नहीं, उसने उस पर ग़लत इल्ज़ाम लगाया है। ये रहा वो जीर्ण-क्षीण पुराना विला, धुंधला गई सफ़ेदी, काई से काले पड़ गए प्रवेशद्वार को संभाले हुए गिरताऊ खंभे, गंदगी से भरा एक तालाब। ये निर्जन दिख रहा है।

उसका मन भारी हो गया है। वो ड्राइवर को पैसे देती है, जो थोड़ी फ़िक्र से पूछता है कि क्या वो उसका इंतज़ार करे, एक अकेली जवान लड़की के लिए ये सही मुहल्ला नहीं है। थकी सी वो अपना सिर हिला देती है। सरोजिनी से मिलने का मौक़ा तो वो गंवा चुकी है, लेकिन वो उन सीढ़ियों पर बैठेगी जहां महात्मा बैठा करते थे, जहां शायद दिन में सरोजिनी भी बैठी हों। वो कल्पना करती है कि गांधी जी अपने कपड़े, अपने बर्तन धोने तालाब की सीढ़ियां उतर रहे हैं। नबकुमार ने उसे बताया था कि अपने ऐसे काम वो ख़ुद किया करते थे।

उसके पीछे क़दमों की आहट होती है। किताबें, डिब्बे, लिखने का सामान लिए दो युवतियां सवालिया नज़रों से उसे देख रही हैं। और उनके पीछे एक बड़ी उम्र की महिला, जो लड़खड़ाती सी चल रही हैं, थकी आवाज़ में उन्हें पुकारती हैं, पूछती हैं कि हावड़ा स्टेशन से उनकी ट्रेन कब छूटेगी। जल्दी ही, एक सहायिका जवाब देती है, हमें जल्दी से कार में सामान रख लेना चाहिए, इस शहर में ट्रैफ़िक हमेशा बुरा होता है। उन बुज़ुर्ग महिला को पहचानने में प्रिया को एक पल लगता है। दुख और थकान उनके नैन-नक़्श पर हावी हो गए हैं, जिससे वो अख़बारों में छपने वाली अपनी तस्वीरों से कहीं ज़्यादा बड़ी उम्र की लग रही हैं, लेकिन ये सरोजिनी ही हैं।

प्रिया खड़ी हो जाती है। सरोजिनी के साथी—घर से बाहर आता एक

आदमी भी है—उसका रास्ता रोक लेते हैं। हाल की त्रासदी से वो घबराए हुए हैं। लेकिन सरोजिनी उन्हें हटा देती हैं और उससे पूछती हैं कि वो क्या चाहती है।

इतने गहन सवाल का जवाब कैसे दिया जाए? अपने कानों में गूंजते ख़ून के प्रवाह के बीच प्रिया बस ये कह पाती है, 'मुझे आपसे मिलना था। मैं बरसों से कोशिश कर रही हूं। मैं नबकुमार गांगुली की बेटी हूं, आपको शायद वो याद न हों लेकिन वो अक्सर आपकी बातें किया करते थे, बहुत साल पहले वो आपके साथ नमक यात्रा पर गए थे।'

सरोजिनी आश्चर्यजनक रूप से मीठी मुस्कान बिखेरती हैं। पल भर के लिए उनके चेहरे से गहन दुख मिट जाता है और प्रिया उनके सम्मोहन को महसूस करती है। वो जान जाती है कि क्यों इतने लोग, उसके पिता समेत, इस स्त्री को पूजते थे, क्यों वो इनके साथ ख़तरों, हमलों, क़ैद, मौत के मुंह में चलते जाते थे।

'मुझे नबो याद हैं,' सरोजिनी कहती हैं। 'उन्हें गाना पसंद था। अब कहां हैं वो?'

प्रिया के मुंह से कहानी बह निकलती है, और आंसू भी। सरोजिनी टूटी हुई सीढ़ियों पर बैठ जाती हैं और प्रिया को भी साथ बैठने का संकेत करती हैं। वो गहरी सांस भरती हैं। 'बापूजी की सारी कोशिशों के बावजूद, उनके साथ हमारी भरपूर कोशिशों के बावजूद इतनी मौतें। लेकिन हमें आगे बढ़ते रहना होगा, उनके सपने को आगे बढ़ाना होगा। मृतात्मा को श्रद्धांजलि देने के लिए हम बस यही कर सकते हैं।' वो अपने सहायकों को नज़रअंदाज़ कर देती हैं जो उन्हें ले जाने की कोशिश कर रहे हैं, और प्रिया का हाथ अपने हाथ में ले लेती हैं। 'तुम क्या करने का सोच रही हो, नबकुमार की बेटी?'

सरोजिनी की आवाज़ में, उनके सिर के झुकाव में वास्तविक दिलचस्पी पाकर प्रिया अवाक रह जाती है। ये भी वजह होगी कि लोग इन महिला से प्रेम करने लगते हैं, हर उस व्यक्ति को पूरा ध्यान देना जिसे ज़िंदगी उनके सामने ला खड़ा करती है। वो गहरी सांस भरती है।

'मैं अपने पिता की तरह डॉक्टर बनना चाहती हूं।'

वो कहानी भी बह निकलती है: प्रवेश परीक्षा, अनुचित परिणाम, अमेरिका की यात्रा, पारिवारिक ज़िम्मेदारियां जो उसे वापस ले आती हैं, पूर्वी बंगाल का बचाव अभियान, फ़िलाडेल्फ़िया में विमेंस कॉलेज से निष्कासन, अब वो काम जो वो क्लिनिक में कर रही है, अहम मगर हताशाजनक, वो कारण जिससे आज उसे देर हो गई थी।

सरोजिनी इतनी निश्चल बैठी हैं कि वो प्रतिमा हो सकती थीं। जब प्रिया की बात पूरी होती है, तो वो लेखन सामग्री लिए खड़ी एक युवती को इशारा करती हैं, उनके नाम की मोहर लगा एक काग़ज़। 'तुम बहुत बुद्धिमान और फ़ोकस्ड हो, प्रिया, ऐसी ही औरतों की भारत को ज़रूरत है,' वो कहती हैं। 'तुम्हें फिर कोशिश करनी चाहिए। अब जब ये देश हमारा है तो पढ़ाई के लिए तुम्हें बाहर जाने की ज़रूरत नहीं है। मैं तुम्हारे लिए एक पत्र लिख देती हूं। देखते हैं क्या ये तुम्हें कलकत्ता मेडिकल कॉलेज में पहुंचा सकता है। तुम्हें प्रवेश परीक्षा तो फिर से देनी होगी, निष्पक्षता के लिए, मगर मुझे नहीं लगता कि तुम्हें उसे पास करने में कोई परेशानी होगी। अगर किसी वजह से ये कारगर नहीं होता है, तो उत्तर प्रदेश में मेरे पास आना। उन्होंने हाल ही में आगरा मेडिकल कॉलेज का नाम बदलकर मेरे नाम पर रखा है। मैंने इसकी इजाज़त इसलिए दी थी कि उन्होंने वादा किया था कि वो महिला डॉक्टरों को शिक्षित करने के लिए विशेष प्रयास करेंगे। वहां तुम्हारे लिए स्थान ज़रूर होगा।'

लिखते हुए वो बेसाख़्ता गुनगुनाने लगती हैं। प्रिया गाने को पहचान लेती है। पिछले कुछ दिन से ये रेडियो पर लगातार आ रहा है क्योंकि ये गांधी जी का मनपसंद था।

वैष्णव जन तो तैंने कहिए जे पीर पराई जाणे रे।

जो लोग दूसरों की पीड़ा महसूस करते हैं, केवल उन्हें ही वाक़ई नेक कहा जा सकता है।

सरोजिनी उसे सुनते देखती हैं और कहती हैं, 'डॉक्टर भी ऐसे ही होते हैं, नहीं?'

वो प्रिया को पत्र देती हैं। फिर वो उसका हाथ पकड़ती हैं और एक आख़री बात कहती हैं।

उनके साथी अब हताशा से व्याकुल हो रहे हैं, आदमी दो बार अपना गला खखारता है। 'अच्छा, अच्छा,' वो उससे कहती हैं। 'मैं अब जा रही हूं।' आम के पेड़ों के साये में खड़ी एक कार तेज़ी से आती है, वो उसमें बैठती हैं और सपने की तरह ग़ायब हो जाती हैं।

पत्र बंगाल के नव-नियुक्त मुख्यमंत्री बिधान चंद्र रॉय के नाम है। प्रिया को कहीं सुनना याद है कि वो गांधी जी के डॉक्टर थे; वो भी नमक यात्रा पर गए थे।

> *बिधान,*
>
> *मैं एक प्रतिभाशाली युवती को आपके पास भेज रही हूं जो डॉक्टर बनना चाहती है। आज़ादी से पहले इन्हें अनुचित ढंग से कलकत्ता मेडिकल कॉलेज में नहीं लिया गया था। मुझे विश्वास है कि आप इन्हें वो मौक़ा देंगे जिसकी ये हक़दार हैं। अगर नहीं, तो मैं इन्हें चुरा ले जाऊंगी।*

उसका टैक्सी ड्राइवर आ जाता है। वो इतनी देर से सड़क पर ही इंतज़ार कर रहा है। 'दीदीमोनी, मैं आपको यहां, अंधेरे में अकेला नहीं छोड़ना चाहता था।' वो उसके पीछे कार तक जाती है। दुनिया अच्छे लोगों से भी भरी है, जो शांति से अपनी कामकाजी ज़िंदगी जी रहे हैं। वो अब ये देख रही है।

टैक्सी में वो शीशा नीचे कर देती है। शहर की गंधें उसे घेर लेती हैं, पेट्रोल, पसीना, चाट-पकौड़ी, कचरा, फूल। वो उस आख़री बात को गांठ बांध लेती है जो सरोजिनी ने कही थी। *तुम स्वतंत्रता की बेटी हो, देश का भविष्य हो। तुम्हारे जैसी लड़कियों के लिए ही हम लड़े-मरे थे, वो लड़कियां जो भारत को बदल देंगी। तुम्हें ही झंडा आगे ले जाना है। कभी-कभार तुम गिर सकती हो। हम सब गिरे थे। महत्वपूर्ण फिर से उठ खड़े होना है।*

उपसंहार

1954

पुरानी हवेली के बरामदे में वो शतरंज खेल रहे हैं—एक सफ़ेद बालों वाले बुज़ुर्ग और सात साल की बच्ची। बुज़ुर्ग बच्ची को जीतने दे रहे हैं; बिसात पर पूरी एकाग्रता से झुकी बच्ची ये नहीं जानती है।

क्लिनिक से लौटी प्रिया ये देखती है और याद करके मुस्कुरा देती है। जब वो बच्ची थी तब सोमनाथ उसके साथ भी यही किया करते थे, लेकिन फिर वो बड़ी हुई और सच में जीतने लगी थी। उसका अंदाज़ा है कि समीरा भी यही करेगी। बच्ची तेज़ है, और इस बात पर बहस शुरू हो चुकी है कि वो कहां पढ़ेगी। दीपा सोचती है कि गांव का स्कूल ही ठीक है मगर प्रिया कहती है नहीं, अगर वो चाहते हैं कि समीरा कोई कैरियर बनाए तो नहीं, और यक़ीनन वो ये चाहते हैं, नए भारत में लड़कियों के लिए बहुत सारे अवसर खुल रहे हैं।

प्रिया अपना मेडिकल बैग रख देती है और प्रणाम करती है। सोमनाथ व्यस्त भाव से हाथ हिला देते हैं; समीरा ख़ुशी से बताती है कि वो सोम दादू को हरा रही है। तेज़ी से चलते क़दमों की आवाज़ आती है, पांच साल का एक बच्चा दौड़ता आ रहा है। *पिया मां!* वो अपनी बांहें फैलाता है और वो उसे गोदी में उठा लेती है, जामिनी का बेटा, तपन, जिसने अमित की मुस्कुराहट और उसका ही स्वभाव भी पाया है। दोनों बच्चे उसे पिया बुलाते हैं। जब वो छोटे थे तो उसका नाम नहीं ले पाते थे और अब ये आदत पड़ गई है, वो इसकी आदी हो गई है, ये शब्द अब उसके दिल को मसोसता नहीं है।

जामिनी उस रज़ाई को छोड़ देती है जिस पर वो और बीना काम कर रहे हैं और अपने बेटे को डांटते हुए तेज़ी से बरामदे में आती है। 'पिया मां दिन भर काम करके अभी घर आई हैं, इन्हें चाय तो पीने दो, इन्हें परेशान मत करो। वैसे भी तुम गोद में लेने के लिए अब बहुत बड़े और भारी हो

गए हो।'

लड़के को ये बात जंचती नहीं है। 'मैं इन्हें परेशान नहीं कर रहा हूं। और मैं बहुत भारी भी नहीं हूं। है ना, पिया मां?'

प्रिया उसे यक़ीन दिलाती है कि वो सबसे अच्छा बच्चा है, किसी को परेशान कर ही नहीं सकता, और बादलों की तरह हल्का है।

'तुम इसे बिगाड़ रही हो,' जामिनी नाराज़गी से कहती है। शायद वो सही है, प्रिया परवाह नहीं करती। वो जामिनी को प्यार करती है, उसके लिए उसके मन में कोई मैल नहीं है। अगर जामिनी किसी ख़तरे में पड़ती है तो प्रिया फिर से उसके लिए अपनी जान जोखिम में डाल देगी। मगर फिर भी, अगर कभी वो तपन को देखती है और उसके पिता की आंखें देखती है, अगर कभी उसके दिल में ये ख़्याल आता है कि *ये मेरा होना चाहिए था,* तो इसके लिए उसे कौन दोष दे सकता है?

मनोरमा किचन से आती हैं, वो पहले से धीमी हो गई हैं मगर उनकी चाल अभी भी दबंग है, उनकी कमर में अभी भी गर्व से चाबियां लटकी होती हैं। वो परी को आवाज़ देकर चाय लगाने और बच्चों के लिए दूध लाने को कहती हैं। परी नारियल के नारू, खस्ता शिंगारे, पोहे लाती है। नाश्ता हालांकि स्वादिष्ट है, लेकिन बीते दौर की तरह विलासिता भरा नहीं है। दीपा एस्टेट के साथ-साथ घरेलू ख़र्चों को भी संभाल रही है, उसने सख़्ती से कहा था कि कोई बर्बादी नहीं होगी; चौधरी परिवार पहले की तरह अमीर नहीं रहा है। जब दीपा सख़्ती करती है, तो मनोरमा भी उससे बहस करने की हिम्मत नहीं कर पातीं।

अब दीपा कोने वाले कमरे से निकलकर उनके साथ आ बैठी है जो उसके ऑफ़िस का काम करता है, वो अपना चश्मा उतारती है और आंखें मलती है। प्रिया अब कलकत्ता कब जा रही है, वो पूछती है। उसे मुंशीजी को कुछ काग़ज़ भेजने हैं।

अमित की मौत के बाद एस्टेट बुरे हाल में आ गई थी, खेत बंजर पड़े थे; दुख में डूबे सोमनाथ ने कलकत्ता के कारोबारों को औने-पौने में बेच दिया; मेडिकल कॉलेज में व्यस्त प्रिया उन्हें रोकने के लिए मौजूद नहीं थी। आख़िरकार दीपा ने पूछा क्या वो कामकाज संभाल सकती है। तब

से हालात में सुधार आया है क्योंकि दीपा सख़्त मैनेजर है। जब किराएदार वक़्त पर किराया नहीं देते तो वो ख़ुद जाकर उनसे वसूली करती है, वो दरबान गणेश को साथ ले जाती है जो बाबा आदम के ज़माने की राइफ़ल लटकाए रहता है जिसे बरसों से किसी ने चलाया भी नहीं है।

'मैं पिया मां के साथ कलकत्ता जा सकती हूं?' समीरा पूछती है। वो अब्दुल्लाह दादू से मिलना चाहती है, वो क्लिनिक में ज़रा भी परेशान नहीं करेगी, जब वो मरीज़ों को देख रहे होंगे तो वो पीछे के कमरे में बिल्ली की तरह चुप बैठी रहेगी।

'नहीं,' निर्मोही दीपा कहती है। 'रात में तुम बीना दीदीमां के लिए रोओगी, तुम उनके बिना सो नहीं पाती हो।'

आहत समीरा प्रिया से अपील करती है, जो कूटनीति से काम लेते हुए कहती है कि वो इस बारे में सोचेगी। वो जानती है कि वो बस मौसी है; इस मामले में और इससे अहम मामलों में आख़री फ़ैसला मांएं ही लेंगी, और ऐसा ही होना भी चाहिए।

जब मनोरमा नहीं देख रही होतीं तो सोमनाथ चुपके से कटोरे में से एक मीठा नारू उठा लेते हैं। कुछ दिनों से उनकी ब्लड शुगर बढ़ गई है। प्रिया उन्हें घूरकर देखती है लेकिन खाने देती है। ज़िंदगी में छोटी-छोटी ख़ुशियों का, एकाध नियम तोड़ने के रोमांच का सबको हक़ है। वो सोमनाथ को दोनों क्लिनिकों के बारे में बताती है, कि वो कितने अच्छे से चल रही हैं, अपना ख़र्चा निकाल रही हैं, वो कितने लोगों का उपचार करती है। उसकी आवाज़ में जोश की, एक सपना पूरा होने की धमक है। लेकिन उसने अपने पिता की ग़लतियों से सीख ली है। उसे ग़रीब मरीज़ों का मुफ़्त इलाज करने में ख़ुशी मिलती है—उसकी क्लिनिक में वो कभी भी किसी को लौटाते नहीं हैं—लेकिन वो आग्रह करती है कि जो लोग पैसा दे सकते हैं, वो दें भले ही राशि थोड़ी सी हो। कलकत्ता और रानीपुर दोनों जगह उसके पास बहुत महिला मरीज़ आती हैं। महिला डॉक्टर दुर्लभ हैं और घर पर देखने आने के लिए लोग प्रिया को अच्छी फ़ीस देने के लिए इच्छुक रहते हैं। बहुत मुश्किल प्रसव करवाने में उसने काफ़ी ख्याति पा ली है। वो जो पैसा कमाती है, उससे उसे गांव की क्लिनिक चलाने में

मदद मिलती है, जिसका नाम उसने नबकुमार चिकित्सालय रखा है। जब वो रानीपुर में नहीं होती तब दो नर्सें उसे चलाती हैं। सोमनाथ अक्सर कहते हैं, नबो को तुम पर बहुत गर्व होता।

बीना भी उनके साथ टेबल पर आ गई हैं। हालांकि उनके बाल सफ़ेद हो गए हैं, मगर उनका स्वास्थ्य अच्छा है और वो ख़ुश हैं। नाती-नातिन ने वो कर दिया है जो उनके डॉक्टर भी नहीं कर पाए थे, प्रिया विनोदी भाव से सोचती है। बीना ने समीरा के लिए जो रज़ाई बनाई थी, उसने उन्हें वापस अपनी कला से जोड़ दिया था। एक बार फिर से वो और जामिनी बारीक काम वाली रज़ाइयां काढ़ रही हैं जिन्हें वो अच्छे दामों पर न्यू मार्केट में बेच देती हैं। बीना चौधरी परिवार के ख़र्चों में हाथ बंटाने का आग्रह करती हैं। प्रिया को अनमने सोमनाथ को इसे स्वीकार करने के लिए राज़ी करना पड़ता है। उसने उनसे कहा कि उन्हें हमेशा कर्ता-धर्ता बनने की ज़रूरत नहीं है। *हम एक दूसरे का ध्यान रखेंगे।*

मनोरमा खखारती हैं; उन्हें कोई ख़ास बात कहनी है। प्रिया अंदाज़ा लगा सकती है वो क्या होगी। वो विनोदित भाव से सोमनाथ पर निगाह डालती है। मनोरमा बताती हैं कि प्रिया के लिए एक और रिश्ता आया है; ये परफ़ेक्ट मैच है, कलकत्ता का एक डॉक्टर जो शादी के बाद भी अपनी पत्नी को काम करने देने के लिए तैयार है। इसे मना करने से पहले उसे अच्छी तरह सोच-विचार कर लेना चाहिए, मनोरमा चेतावनी देती हैं। उसे शायद कोई और इतना अच्छा रिश्ता न मिले। उदास भाव से वो कहती हैं, 'तुम्हारी उम्र कोई कम तो हो नहीं रही है।'

प्रिया बस मुस्कुरा देती है। उसने जान लिया है कि मनोरमा के नेक इरादों से सबसे अच्छा बचाव बस ख़ामोशी है।

चाय ख़त्म हो गई है; बच्चे खेलने चले गए हैं, उनके पीछे बाज़ जैसी नज़र रखने वाली परी भी चली गई है। बीना और जामिनी, धीरे-धीरे बतियाते हुए, अपनी रज़ाई पर काम करने वापस चली जाती हैं। दीपा और मनोरमा घर-ख़र्च का मिलान करने ऑफ़िस में चली गई हैं। बालकनी में बस सोमनाथ और प्रिया बचे हैं।

जामिनी एक गाना गाने लगती है। *एइ कोरेछो भालो।* वो बहुत सुंदर

गा रही है, लेकिन सोमनाथ मुंह बनाते हैं। 'काश ये कोई थोड़ा आनंद भरा गीत गाती। ये तुम्हारे बाबा के पसंदीदा गानों में से था, मगर मुझे कभी अच्छा नहीं लगा।'

प्रिया को भी ये कोई ख़ास पसंद नहीं है, लेकिन वो अब इन शब्दों के पीछे के सच को जान गई है।

तुमने बहुत अच्छा किया है, ओ निर्मोही,
मेरे दिल को जलाकर।
जब तक धूप जलती नहीं है, तब तक वो अपनी सुगंध नहीं बिखेरती
जब तक दीया जलता नहीं है, वो अपना प्रकाश नहीं फैलाता।

सोमनाथ उसे शतरंज की बाज़ी खेलने के लिए ललकारते हैं।

'आप बेचैन हो रहे हैं, है ना?' वो ताना कसती है। वो खेलने लगते हैं।

आधी बाज़ी के बीच सोमनाथ रुक जाते हैं। 'मनोरमा सही कहती है। ये अच्छा रिश्ता है।'

'और मेरी उम्र कोई कम नहीं हो रही है?' प्रिया भौंह उठाती है।

'बिल्कुल!'

फिर वो गहरी सांस भरते हैं, ये व्यक्ति जो सारी ज़िंदगी उसके लिए दूसरे पिता रहे हैं। 'मैं बस तुम्हें ख़ुश देखना चाहता हूं।'

वो बाहर गेट की ओर देखती है जहां गणेश अपने स्टूल पर बैठा ऊंघ रहा है। वो टापें, किसी घोड़े का हिनहिनाना सुनती है। वो एक आवाज़ को अपना नाम पुकारते सुनती है। *पिया, पिया, मुझे तुम्हें बहुत कुछ बताना है।* बाल उसकी आंखों पर गिर रहे हैं, आयातित जोधपुरी गांव के जीवन में बेतुके ढंग से बेमेल लग रहा है। उसके सीने के भीतर कुछ खिल रहा है; ये अभी और हमेशा खिलता रहेगा। वो अपना हाथ अमित की बांह पर रख देती है।

प्रिया सोमनाथ से नज़रें मिलाती है ताकि वो उसके शब्दों के सच को महसूस कर सकें।

'मैं ख़ुश हूं,' वो कहती है।

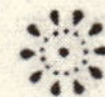

यहां एक नदी है। यहां हवा तेज़ हो रही है। यहां एक गांव है। यहां वो साल है।

नदी काल है, घटता, बढ़ता। हवा स्मृति है, ये फूल भी ला सकती है, ये लपटें भी ला सकती है। गांव संसार है, और आप इसके केंद्र में हैं। साल वर्तमान है।

आप इसका क्या करेंगे? आप क्या करेंगे?

आभार

मेरे *आज़ादी* लिखने के दौरान नीचे सूचीबद्ध सभी लोगों को उनके सहयोग, प्रोत्साहन, सुझावों और आशीर्वादों के लिए मेरा हार्दिक धन्यवाद।

मेरी एजेंट सैंड्रा डाइस्ट्रा और उनकी टीम, विशेष रूप से एलीस कैप्रन और एंड्रिया कैवालेरो।

मेरी अमेरिकी संपादक, लूसिया मैक्रो, और विलियम मॉरो/हार्पर कॉलिन्स में उनकी टीम।

मेरी भारतीय संपादक, दिया कार।

अनंत पद्मनाभन, सीईओ, हार्पर कॉलिन्स इंडिया और उनकी टीम।

टैंपल हिल एंटरटेनमेंट की एली डायर और आइज़ैक क्लॉज़नर, और राइटर्स हाउस में साइमन लिप्सकर और माजा निकोलिक।

मेरी लेखक मित्र, केया मित्रा और ऑइंड्रिला मुखर्जी।

ह्यूस्टन विश्वविद्यालय के अद्भुत लाइब्रेरियन, विशेष रूप से एमिली डील, जिन्होंने मेरी रिसर्च के लिए कई मुश्किल से मिलने वाली किताबों की व्यवस्था की।

आदीश, अरुण, कासी, एम.एम. और रमेश, जिन्होंने मूर्ति को ब्रिज खेलने में व्यस्त रखा ताकि मैं बिना रुकावट के लिख सकूं!

मेरा बहुत धैर्य से रहने वाला स्नेही परिवार: मूर्ति, आनंद और अभय।

मेरे आध्यात्मिक गाइड: बाबा मुक्तानंद, स्वामी चिन्मयानंद, श्री रामकृष्ण परमहंस, रमण महर्षि और निसर्गदत्त महाराज, जो मुझे उसकी ओर निर्देशित करते हैं जिससे सारी सृजनता प्रवाहित होती है।

मैं आप सबकी तहेदिल से आभारी हूं।

लेखिका के बारे में

चित्रा बैनर्जी दिवाकरुणी एक पुरस्कृत और बेस्टसेलिंग लेखिका, कवि, कार्यकर्ता और लेखन की शिक्षिका हैं। उनके लेख पत्रिकाओं और संकलनों में व्यापक रूप से प्रकाशित हुए हैं, और उनकी किताबों का उनतीस भाषाओं में अनुवाद किया जा चुका है। उनकी कई किताबों पर आधारित फ़िल्म और नाटक बनाए गए हैं। उनके सबसे हालिया उपन्यास हैं द *फ़ॉरेस्ट ऑफ़ एंचांटमेंट्स* और द *लास्ट क्वीन*, जिस पर जल्दी ही फ़िल्म बनने वाली है। वह ह्यूस्टन में अपने पति मूर्ति के साथ रहती हैं, और आनंद और अभय उनके दो बेटे हैं। वह ह्यूस्टन विश्वविद्यालय में अंतरराष्ट्रीय स्तर पर प्रशंसित क्रिएटिव राइटिंग प्रोग्राम में पढ़ाती हैं। चित्रा @cdivakaruni पर ट्वीट करती हैं और उन्हें अपने फ़ेसबुक पेज https://www.facebook.com/chitradivakaruni/ पर अपने पाठकों से जुड़ना अच्छा लगता है।

अनुवादक के बारे में

नवेद अकबर अनुवाद से काफी लंबे अरसे से जुड़े हुए हैं। आपने *पैराडाइज़* (खुशवंत सिंह), *माई डेज़ इन प्रिजन* (इफ़्तिखार गीलानी), *सी ऑफ़ पॉपीज, रीवर ऑफ़ स्मोक, फ़्लड ऑफ़ फ़ायर* (अमिताभ घोष), *बियॉन्ड 2020* (ए.पी.जे. अब्दुल कलाम व वाई. एस. राजन), *ब्लैक बुक* (ओरहान पामुक), *एसेंट ऑफ़ मनी* (निएल फ़र्ग्यसन) *मास्क ऑफ़ अफ़्रीका, ए हाउस फ़ॉर मि. बिस्वास, बियॉन्ड बिलीफ़* (वी. एस. नायपॉल), अश्विन सांघी की *चाणक्या'ज़ चैंट*, द *कृष्ण की* और द *रोज़ाबाल लाइन* का अनुवाद भी आपने ही किया है। आप स्वतंत्र रूप से अनुवाद कार्य से जुड़े हुए हैं।

किताब की प्रशंसा में

द फ़ॉरेस्ट ऑफ़ एंचांटमेंट्स

'एक कृति... बहुलताओं और संभावनाओं की... यह वह सीतायण है जो हम अपनी बेटियों को देंगे, ताकि वे सीता की शक्ति को आत्मसात कर सकें, और उससे भी अधिक गर्व के साथ अपने बेटों को जो सीखेंगे कि एक महिला के साथ कैसा व्यवहार किया जाना चाहिए।' —**द वायर**

'बैनर्जी स्पष्ट रूप से नारीवादी हैं... सीता के जीवन के सबसे महत्वपूर्ण क्षण, अग्निपरीक्षा प्रकरण पर उनकी व्याख्या नारीवादी प्रतिभा का क्षण है। उनकी सीता उन सभी सवालों का जवाब देती हैं जो रामायण सुनते समय हमारे मन में उठते और साथ ही हमारे सोचने के लिए भी बहुत कुछ छोड़ जाती हैं।' —***द न्यू इंडियन एक्सप्रेस***

'रामायण को एक प्रेम कहानी के नए रूप में प्रस्तुत करके दिवाकरुणी ने सीता की सहज शक्ति को उजागर करके उन्हें राम के बराबर का दर्जा प्रदान किया है। उनके विचारों और भावनाओं को प्रधानता देने से, यह श्री एवं श्रीमती रामचंद्र रघुवंशी की निजी कहानी भी बन जाती है, जो दो ऐसे अद्भुत लोग हैं जो एक दूसरे से प्यार करते थे लेकिन जिनमें अलगाव हो गया था। यह आधुनिक युग की त्रासदी, असफल विवाह, से परिचित पाठकों को अपील करेगा। लेकिन इसका अंत सभी अपेक्षाओं से परे है।' —***द सनडे स्टैंडर्ड***

'[द फ़ॉरेस्ट ऑफ़ एंचांटमेंट्स] सीता को महाकाव्य के केंद्र में ले आती है और एक प्राचीन कहानी को इच्छाशक्तियों की एक रोचक और समकालीन लड़ाई में बदल देती है।' —***द टाइम्स ऑफ़ इंडिया***

'चित्रा बैनर्जी दिवाकरुणी रामायण की महिलाओं के साथ न्याय करती हैं... द *फ़ॉरेस्ट ऑफ़ एंचांटमेंट्स* सिर्फ एक बहुचर्चित महाकाव्य का पुनर्कथन नहीं है, बल्कि यह एक ऐसी किताब है जो इसे उस तरह सुनाती है जिस तरह यह वास्तव में है—संतुलित और अ-निर्णयात्मक... [यह] उनके पाठकों को याद दिलाती है कि रामायण नैतिकता की कहानी होने के साथ-साथ मूल रूप से एक प्रेम कहानी है।' —**हफ़पोस्ट**

'चित्रा बैनर्जी दिवाकरुणी ने रामायण को सीता की आवाज़ में सुनाकर इसका स्वरूप ही बदल डाला है... यह कायापलट एक भेंट है—यह हमारे सामने एक पहले से ही प्रसिद्ध कहानी को बेहतर ढंग से जानने और एक पहले से ही प्रिय कहानी को और ज़्यादा प्रिय बनाने का एक तरीक़ा प्रस्तुत करती है।' —**अर्शिया सत्तार**

'देवी सीता का यह दिव्य आह्वान आनंद और जीवंतता के साथ कहा गया शक्ति और समन्वय का महाकाव्य है। यह रामायण के व्यक्तित्वों और कठिन परिस्थितियों को साकार कर देता है।' —**नमिता गोखले**

'चित्रा बैनर्जी दिवाकरुणी की सीता... साहस और स्वाभिमान की प्रतिमूर्ति हैं, जो सभी महिलाओं को एक राह दिखाती हैं। एक जानी-पहचानी कहानी बुनते हुए चित्रा एक गहन और आश्चर्यजनक अंतर्दृष्टि प्रदान करती हैं।' —**वोल्गा**

'एक अद्‌भुत किताब! चित्रा दिवाकरुणी ने द *पैलेस ऑफ इल्यूज़न्स* से भी अधिक आकर्षक कहानी लिखकर वह संभव कर दिखाया है जो लगभग असंभव था।' —**अश्विन सांघी**

किताब की प्रशंसा में

द लास्ट क्वीन

'अभूतपूर्व, मर्मस्पर्शी, रोमांचक... अत्यंत रोचक।' —***बिज़नेस स्टैंडर्ड***

'शब्दों पर लेखिका की महारत और कहानी के मूल के प्रति सच्चे रहते हुए काल्पनिक क्षणों को बुनने की उनकी प्रतिभा... स्पष्ट दिखाई देती है... *द लास्ट क्वीन* की सबसे बड़ी जीत यह है कि यह पाठक को इस राजसी व्यक्तित्व के वास्तविक जीवन के बारे में और अधिक जानने के लिए लालायित छोड़ देती है।' —**स्क्रॉल.इन**

'एक बेहद दिलचस्प कृति, एक अत्यंत संतोषजनक ऐतिहासिक उपन्यास जो उच्च स्तरीय शैली के कथा साहित्य की गति और जीवंतता से भरपूर है... एक ऐसी प्रमुख किरदार जिसका आज की युवा पीढ़ी अनुसरण कर सकती है।' —***द हिंदू बिज़नेसलाइन***

'लेखक ने इस भव्य प्रस्तुति के साथ अपने लेखन की पराकाष्ठा को छू लिया है... बेहद रोचक।' —***डेकन हैराल्ड***

'एक असाधारण महिला की दिलचस्प कहानी।' —***दि इंडियन एक्सप्रेस***

'दिवाकरुणी स्त्रियों की आंतरिक दुनिया और उनकी कशमकश को उकेरने की अपनी क्षमता पर खरी उतरती हैं... जिंदन की कहानी सुनाए जाने, फिर से सुनाए जाने और ज़ोर से पढ़ी जाने के लायक़ है।' —***द वीक***

'जिंदन की अपनी भाषा में कहानी आत्मविश्वास से खुलती जाती है... एक जटिल दौर में एक अपूर्ण भारतीय महिला की कहानी जिसने प्रभुता का सपना देखने का साहस किया। काश अधूरी स्त्रियों की यह जनजाति फले-फूले।' —***ओपन***

'निडर, भय पैदा करने वाली रानी की एक अविस्मरणीय कहानी जिसे इतिहास भूल गया प्रतीत होता है। जिंदन बहादुर है। उसकी ताक़त और जोश हमारे लिए एक सबक़ है।' —**शबाना आज़मी**